TOM KAKONIS

DIE SPUR DES SPIELERS

Michigan Roll

Aus dem Amerikanischen von Michael Kubiak

GOLDMANN VERLAG

Deutsche Erstausgabe

Originalverlag: St. Martin's Press, New York

Der Goldmann Verlag
ist ein Unternehmen der Verlagsgruppe Bertelsmann

Made in Germany · 12/89 · 1. Auflage

Umschlaggestaltung: Design Team München
Umschlagillustration: Tilman Michalski, München
Satz: Uhl + Massopust, Aalen
Druck: Elsnerdruck, Berlin
Krimi 5113
Lektorat: Ulrich Genzler
Herstellung: Heidrun Nawrot
ISBN 3-442-05113-4

Für Daniel, Tom und Judith.
Auch für Lou Gorfain, der Dinge bewegt.

1

Jeder Quacksalber am Tisch war bereits abgezockt, bis auf einen. Und da er sowieso derjenige war, der sich schon den ganzen Abend heimlich aus dem Pott bediente, mußte Waverly sich ernste Sorgen um die Qualität der öffentlichen Gesundheitsversorgung machen. Das Spiel war Lowball, fünf Karten. Drei waren bereits gefallen. Der Amateurhai, Sven Fish hieß er, teilte aus. Ein Urologe. Haute die Karten raus, als wären es Operationswerkzeuge: Bube, Zange, Acht, Zehn, Skalpell, Tupfer, König. Waverly bekam eine Sechs, der Bankhalter eine Dame. Alle paßten, bis auf sie beide. Fish setzte sein bestes Nullgesicht auf und schaute nach. Waverly setzte sechs Scheine.

Warum nicht? Es war die letzte Runde, und obwohl er längst genug im Sack hatte, versprach auch dieses Spiel seine Finanzkraft zu stärken. Was er auf der Hand hatte, war, wenn nicht sogar günstig, so doch zumindest vielversprechend, und außerdem kannte er mittlerweile seinen Gegner, diesen Dr. Fish.

Der Urologe schob seine Chips in die Mitte – diesmal ohne beim Zurückziehen der Hand welche mitgehen zu lassen, dafür gab es zu viele aufmerksame Zeugen – und verteilte die letzten Karten. Beim Anblick seiner Dame stieß er ein wütendes Pfeifen aus. Waverlys Karte war eine Fünf. Drei, Fünf, Sechs. Und die Acht lag auf. Eine starke Hand. Und ein dicker König im Keller. Er ließ seine Mundwinkel leicht hochsteigen, schaffte den vagen Anflug eines Lächelns. »Sechs dazu«, sagte er.

Fish studierte ihn. Er hatte eines dieser schädelähnlichen Skandinaviergesichter, Knubbel und Löcher, die Augen tief in den Höhlen und die Zähne leicht vorstehend. Er war noch ein junger Mann, aber die freudlose Natur seines Gewerbes hatte bereits auf ihn abgefärbt. »Also«, sagte er, »und was könnte ein Profi wohl da unten versteckt haben?« Es war nicht als Frage gedacht, sondern als laut ausgesprochene Überlegung. Er war schließlich ein mit allen Wassern gewaschener Doktor der Medizin.

»Sechs zum Sehen«, sagte Waverly.

Fish zögerte einen Augenblick länger, lange genug, um sich zu verraten, dann schnippte er mit einer genau berechneten Geste seine Karten auf den Tisch und gähnte ausgiebig. Wahrscheinlich rechnete er sich schon die Anzahl Schwänze aus, die er wieder reparieren müßte, um diesen Trip rauszuholen. Waverly sammelte den Pott ein. »Wären die Herren so nett, mich auszuzahlen?« sagte er und brachte für sie die Mississippi-Kartenhai-Nummer.

Sie waren so nett, aber nicht ohne einen Hauch von Unmut, und von Gutwilligkeit konnte schon gar keine Rede sein. Danach war alles wie umgewandelt, man unterhielt sich lautstark, Drinks und Zigarren machten die Runde, und alle waren wieder bester Laune wie bei einem Kameradschaftsabend. Bis er sich anschickte, aus dem Loch herauszuklettern, und dann nahm der Lautstärkepegel in dem Raum im gleichen Maße ab, wie er sich von ihm entfernte.

Es waren die typischen Tagungshengste, diese Ärzte aus dem mittleren Westen auf einem wilden fünftägigen Floridatrip: Schnaps, teure Nachtladies, verbissene Kartenschlachten, allgemeines Ausflippen; dazu, so nahm er an, ein gelegentliches Seminar oder auch zwei über die Behandlung von Zwölffingerdarmgeschwüren, das nur zum schönen Schein abgehalten wurde. Und er war auch nur ein Teil der allgemeinen Volksbelustigung. Der Risikofaktor; der Bote des Zufalls. Zuerst spielten sie unter sich, natürlich, aber dann wollten sie sich mit ihm messen. Vor allem Dr. Sven Fish, der entschlossen schien, den Beweis für die Überlegenheit des medizinischen Geistes zu erbringen. Sie waren gruppenweise gegen ihn angetreten, hatten ein paar Stunden gespielt und dann die Ablösung vorgeschickt, um ihn mürbe zu machen. Zumindest sahen sie es so. Ganz schön clevere Typen, diese Dr. Meds. Es war ungewöhnlich einfach, sie nicht zu mögen, wenn man es sich recht überlegte. Aber nach nunmehr sechsunddreißig Stunden ununterbrochenen Spiels machte Waverly sich darüber die wenigsten Gedanken.

Fish fragte, ob er morgen wiederkäme.

»Darüber sollten Sie mit meinem Partner sprechen«, sagte Waverly. Er hatte seinen Gewinn bereits eingesteckt und befand sich auf dem Weg zur Tür.

»Oh? Trifft er die Verabredungen für Sie?«

Waverly wandte sich um und schaute ihn an. »Das tut er. Aber wie Sie sehen, mache ich nebenbei auch noch Hausbesuche. Und ich brauche meinen Patienten nicht ans Kleingeld zu gehen, wenn ich das Haus verlasse.«

Fish hob eine Augenbraue und zeigte seine Zähne. Es war ein leicht amüsierter Ausdruck, perfekt geübt und makellos ausgeführt. »Höre ich da den düsteren Humor des Berufsspielers?«

Ihre Feindseligkeit brachte die Luft zum Knistern. Ein triefäugiger Zuschauer trat dazwischen, klopfte Waverly auf die Schulter und spielte den freundschaftlich Aufgeräumten. »Oh, wir werden Sie schon irgendwie wieder hierherlocken. Wir bekommen auch noch unsere Chance.«

»Wir werden sehen«, sagte Waverly.

Er wartete auf die Abgeschiedenheit der Liftkabine, ehe er sich seinen schmerzenden Hals und seine Schultern rieb. Vor denen ja keine Schwäche zeigen. Die Lobby des Sheraton war fast leer, ihre harmonische Buntheit wirkte noch melancholischer durch das hohe, klirrende Lachen einiger weniger Feierabendgestrandeter hier und da, die immer noch verzweifelt dem Glück nachjagten. So munter, wie sein träger Kreislauf es gerade noch zuließ, ging er zur Rezeption und bat darum, daß man seinen Wagen holte. Der Angestellte, ein Junge mit einem Wust strohblonder Haare und dem typisch coolen Floridalook, schnippte mit dem Finger und schickte jemanden los. »Hatten Sie einen einträglichen Abend?« fragte er. Er wußte, wer Waverly war, und er begleitete die Frage mit einem vagen, wissenden Grinsen.

»Ganz passabel«, sagte Waverly, legte einen Zwanziger auf die

Theke und beließ es dabei. Er hatte genug von sinnlosem Geplapper, und er war einfach nicht in der Stimmung, sein Spielglück mit einem Hotelangestellten durchzuhecheln. Sollte er doch denken, was er wollte.

Waverly stand draußen vor dem Eingang und wartete. Die Nacht war schwer und stickig vor Hitze und fühlte sich an wie eine kratzige, feuchte Wolldecke, die am Körper klebt. Es war nicht anders als an jedem anderen Abend um diese Jahreszeit, aber trotzdem irgendwie noch unerträglicher. Der Wagen tauchte auf mit voll aufgedrehter Klimaanlage, was dem Fahrer ein anständiges Trinkgeld einbrachte, aber die synthetische Kühle schaffte es kaum, ihn wiederzubeleben. Er fuhr direkt zu dem Eigentumsapartment, das er sein Zuhause nannte, und legte sich schlafen.

Am nächsten Morgen trat er aus der Tür und spürte die grelle Augustsonne, die gegen seine Augäpfel drückte wie ein Paar entschlossen handelnder Daumen. Innerhalb von dreißig Sekunden bildeten sich kleine Schweißrinnsale auf seinem Rücken, seinem Bauch und an den Seiten und sickerten südwärts. Unter seinen Füßen verwandelte die Teerauflage des Parkplatzes sich in einen zähen Kleister. Wer hat all das eigentlich nötig, stellte er sich die rhetorische Frage; das Leben ist so verdammt kurz, wer muß das ertragen? Die Antwort lautete, niemand, am wenigsten er, daher stieg er in seinen Wagen und fuhr rüber zum North Lake und suchte sich ein Reisebüro. Er kannte keins, normalerweise brauchte er auch keins. Es war nicht seine Gewohnheit, sich den Kopf mit unnötigen Informationen zuzuschütten. In den drei Jahren, die er hier unten wohnte, war er nicht weiter gefahren als nach Miami im Süden, Tampa im Westen und Orlando im Norden, und immer aus eigener Kraft, indem er die große Staatskarosse (wie Bennie den Wagen nannte) auf Reisegeschwindigkeit brachte und sich davon durch die Gegend schaukeln ließ, so weich wie auf einem Babypo (auch ein gern zitierter Vergleich Bennies).

An dem ersten Laden, der Erfolg versprach, hielt er an.

Ich möchte irgendwohin, wo es angenehm kühl ist, erklärte er der jungen Frau, die vor ihrer Computertastatur hockte und auf den Schirm starrte, als erwartete sie dort die Erscheinung einer mystischen Vision. Sie wandte ihm ein hübsches, gebräuntes Gesicht zu, das von zuckerwattegleichem Haar eingerahmt war, mitsamt automatischem Lächeln, perfekten Zähnen, leeren Augen. Ein hübsches Floridagesicht.

»Cancún ist in diesem Jahr in«, sagte sie freundlich und brachte die Worte ölig schleppend hervor, wie es in dieser Gegend üblich war. »Vielleicht haben Sie auch Lust auf eine Karnevalkreuzfahrt. Hab ich selbst schon mal mitgemacht. Sie sind einfach riesig und nicht zu teuer.«

Waverly fing wieder von vorne an. »Nein. Ich möchte niedrige Temperaturen. Ein kühles Klima.«

Zwei vertikale Grübelfalten furchten für eine Sekunde ihre Stirn und glätteten sich dann wieder. »Oh, das meinen Sie. Okay, wie wäre es mit Montreal? Oder mit einer dieser Alaska-Fahrten?«

»Keine Großstädte und keine Schiffe.«

Sie klopfte sich gegen die Seite einer schönen, geraden Nase und dachte nach. »Sie könnten zum Yellowstone-Park fahren. Oder zu diesem Park in Montana, dort liegt er jedenfalls, glaube ich. Ich vergesse immer seinen Namen.«

»Glacier.«

»Genau, das ist er. Der Glacier-Nationalpark.«

»Nein.«

Also lehnte sie sich auf ihrem Drehsessel nach hinten, schob ihren Donnerbusen vor, drehte hilflos die Handflächen nach oben und überließ alles ihm. Sie behielt ihr Lächeln bei, aber ihre Augen drehten sich zur Decke.

»Michigan«, hörte er sich selbst sagen, völlig verblüfft, daß er das Wort herausbekam. Er versuchte es wieder. »Vielleicht Michigan.« So schlecht war das nicht.

»Michigan ist kühl, glaube ich. Um diese Jahreszeit. Ich selbst war noch nie dort. Wohin in Michigan wollen Sie? Nach Detroit?«

»Na, na. Passen Sie auf.«

»Was gibt es denn sonst noch in Michigan?«

Nun, er hätte ihr erzählen können, zur Einführung sozusagen, daß dort Jackson ist, das größte durch Mauern gesicherte Gefängnis. Und dann gibt es dort Ypsi, genauer Ypsilanti, den Ort des »Zentrums«, genauer des »Zentrums für Gerichtspsychiatrie«, ein freundlicher Name für die Anstalt für kriminelle Geisteskranke. An keinem dieser Orte war es kühl im August, hätte er ihr sagen können, und zwar in jedem Wortsinn, in ihrem wie in seinem. Was er jedoch sagte, war: »Rauf in den Norden vielleicht. Sagen wir, Traverse City.«

Das hübsche Gesicht verlor jeden Ausdruck.

»Können Sie mir einen Flug nach Grand Rapids heraussuchen?«

»Michigan?«

»Genau das ist es.«

»Heute?«

»Heute.«

»Mal nachsehen.«

Zu Hause wollte er sich ein Glas Milch einschenken, überlegte es sich anders und machte sich dafür eine Dose Bier auf. Er hatte Ferien, okay? Er machte Urlaub, klar? Er hatte es verdient, oder? Ja, hatte er. Die Uhr an der Küchenwand verkündete 10 Uhr vormittags. Bis zu seinem Flug blieben ihm noch zwei Stunden, genügend Zeit, aber er mußte noch eine lästige Sache erledigen. Er starrte für eine Weile das Telefon an, leerte die Bierdose, holte sich eine neue. Es schmeckte seltsam so früh am Tag. Nicht schlecht, aber so gut auch nicht. Das war das Problem, so schien es, mit einer starren und unbeugsamen Disziplin. Und dabei riet Bennie ihm ständig: Laß es locker angehen, gönn dir mal ein paar schöne Tage. Schließlich ging er ans Telefon.

»Bennie? Hier ist Waverly.«

»Heh, Timothy. Was wird gespielt?«

»Nur Asse.«

»Das hören wir gerne. Und wie sieht's bei dir aus?«

»Och, nichts Besonderes.« Er schaffte diese ritualen Geplänkel mindestens ebensogut wie der einfache Mann um die Ecke.

»Hast du gestern abend das Spiel gesehen? Die Jets bekamen

eine Packung. Hat mich 'ne ganze Menge gekostet. Ist irgendwas am Laufen?«

»Ich hab gearbeitet, erinnerst du dich?« Als ob er das jemals vergaß. Ganz schön abgesahnt – was für ein dämliches Gelaber.

»Und wie lief's bei dir?«

»Wir kamen ganz gut zurecht, nichts Aufregendes. Sechs K und ein paar Punkte hinterm Komma, um genau zu sein.«

»Was hättest du denn mehr erwarten können, von deinen Pillenheinis«, sagte er und klang gar nicht so fröhlich. »Aber besser als in die hohle Hand geschissen, oder?«

»Das kann man wohl sagen.«

»Schön. Seh ich dich im Crazy Horse?«

»Klar, aber deswegen rufe ich auch an. Sieh mal, ich glaube, ich sollte mal Urlaub machen. Abdüsen, aus allem raus. Nicht lange, 'ne Woche, zehn Tage vielleicht.« Am anderen Ende herrschte Stille, deshalb fügte er schnell hinzu: »Ehe ich fahre, stecke ich deinen Anteil noch in die Post.«

»Ach ja, die liebe Post ist da.«

»Ach, Bennie...«

»Was soll dieser Quatsch von wegen aus allem raus. Du steckst doch mittendrin im Vergnügen. Wenn die Leute ausspannen wollen, dann kommen sie hierher.«

»Aber nicht im August.«

»Gerade im August. Florida ist wie ein heißes Girl. Hier liegt man immer richtig. Außerdem wollen die Quacksalber, daß du heute abend wieder kommst. Die mußt du ja sauber ausgenommen haben. Und nächste Woche kommen schon die Bauunternehmer. Weißt du noch letztes Jahr, unten in Boca? Ganz schön gediegene Typen waren das.«

»Du kannst doch Angelo holen.«

»Angelo. Natürlich kann ich Angelo holen, aber Angelo ist Grieche. Der flippt so schnell aus, wenn er spielt.«

»Dann gib ihm 'ne Valium.«

Es entstand eine ausgiebige Pause, und sie belauerten sich. Waverly konnte sich vorstellen, wie er da in seinem metertiefen, cremefarbenen Wattebausch von einer Couch hockte. Die Zigarre qualmte in einem Kristallaschenbecher auf dem Rauchtisch aus Glas und Marmor. Wahrscheinlich war irgend ne Nutte gerade dabei, sich im Bad frisch zu machen, und Bennie saß da in seinem Seidenpyjama, das runde Gesicht frisch rasiert und nach Old Spice riechend. Ein paar schlappe Haare vom Nacken hochgekämmt und auf dem Schädel in großen fettigen Wirbeln verteilt, die einer astronomischen Photographie von einem Spiralnebel glichen, der sich in der Ferne der Galaxis verliert. Bennie S. (für Saul: »Wenn du mir Geld schuldest, sag Saul zu mir; ansonsten reicht Bennie.«) Epstein: Agent, Mittelsmann, Buchmacher, Heiratsvermittler, genauer gesagt, Zuhälter, gegen einen Dreißigprozentanteil. Alleininhaber von Bennies Key Line Services, Inc. (»Das Inc. gibt der ganzen Sache Klasse.«) In vieler Hinsicht ein Arsch, aber im Grunde ein Anständiger. Ohne Bennie und sein Geld und seine Connections, wo stünde er da? Nirgendwo stünde er.

»Mir scheint, du bist fest entschlossen.«

»Nicht mehr als ein paar Tage.«

»Okay. Wohin geht's?« In der Stimme lag ein Achselzucken, ein Anflug von gelangweiltem Interesse. Um zum Abschluß zu kommen.

Dabei war er genau darauf jetzt besonders scharf. »Nach Norden«, sagte Waverly beiläufig. »Ein bißchen Schatten suchen.«

»Nach Norden?« Das Interesse belebte sich etwas, immer noch müde. »Wohin im Norden?«

»Michigan«, sagte Waverly, er ging darüber hinweg und wollte schon sagen, ist okay, aber Bennie meldete sich. »Heh, Timothy. Verdammte Scheiße, Mann, ich dachte, du wärst wieder bei Verstand.«

Ganz betont meinte Waverly: »Es gibt kein Problem, Bennie. Es ist der einzige Ort, den ich kenne, wo's kalt ist.«

»Wenn du's kalt willst, dann dreh die Klimaanlage auf. Herrgott im Himmel. Michigan. Und jetzt sag mir nur noch Traverse City, richtig? Willst wohl deine Alte und ihren Kerl ein bißchen erschrecken, was? Ihnen ein bißchen auf die Pelle rücken? Ihnen zeigen, wo's langgeht?«

»Hab ich nicht vor.«

»Warum dann Michigan? Sag nicht wieder, weil's dort kalt ist.«

»Okay.« Waverly seufzte. »Ich hab noch einen Jungen da oben, erinnerst du dich? Vielleicht schau ich mal bei ihm vorbei, seh nach, was er so treibt. Stell mich bei ihm vor.«

»Du hast also 'nen Jungen, na und? Du wolltest doch immer die Solonummer machen, oder? Wahrscheinlich treiben sich ein Dutzend oder mehr kleine B. Epsteins in verschiedenen Gegenden dieser wunderschönen Nation herum. Aber mich ertappst du nie dabei, daß ich den großen Nostalgietrip mache. Und weißt du auch, warum das so ist?«

»Ich kann wohl darauf wetten, daß du es mir gleich verraten wirst.«

»Weil der alte Satch es richtig gemacht hat, ohne Prozente, wenn ich zurückblicke. Wie lang ist's denn bei dir her? Fünfzehn Jahre?«

»Eher zehn.«

»Zehn«, wiederholte er mit einem Ausdruck gewichtiger Endgültigkeit. »Wenn du jetzt zu ihm hingehst, dann kommst du ihm vor wie ein Kurzsichtiger im Regen. Außerdem ist er längst kein Kind mehr. Wenn du dort rauffährst, dann sacken Sie dich gleich wieder ein, Block Fünf, was ja, wie du dich erinnern kannst, nicht unbedingt dein Lieblingsplatz ist.«

»Ich hab's gehört, Bennie. Und ich hab's auch nicht vergessen.«

»Timothy«, sagte er und wählte einen nüchternen, sachlichen Tonfall als Zeichen für die unwiderstehliche Macht der Logik und der verlockenden Vernunft. »Hör mir eine Minute lang zu, was ich dir sagen möchte. Wir sind doch hier ganz gut im Geschäft, ja oder nein?«

»Ersteres.«

»Häh?«

»Ja. Wir sind gut im Geschäft.«

»Und zwar *sehr* gut, mein Freund. Jetzt überleg mal. Du hast doch eine nette Behausung. Den Barschrank voller Fusel, den Kühlschrank voller Steaks. Einen großen neuen Wagen. Einige Scheine auf der Bank und ein paar in der Brieftasche. Eine Braut, wann immer du sie brauchst, es kostet dich nur einen Anruf bei deinem stets dienstbereiten Key Line Services. Sind wir uns soweit einig?«

»Noch ist alles klar, Bennie.«

»Okay. Werfen wir mal einen Blick zurück. Als du hierherkamst, hattest du nicht mal das Notwendigste zum Leben. Habe ich recht?«

»Das kann man durchaus so formulieren.«

»Vielleicht ist es auch nicht falsch – du kannst mich korrigieren, wenn ich mich irre – zu sagen, daß der alte Onkel Bennie ein kleines bißchen mit dem Wohlstand zu tun hat, über den wir reden.«

Waverly ließ sich einen Augenblick Zeit mit der Antwort. Es war unwiderlegbar, alles, was er hörte, doch es war genauso auch eine Verletzung der unausgesprochenen Regeln ihrer seltsamen Allianz. Dennoch war die Tatsache, daß Bennie bereit war, ihr ritualisiertes Umgehen zu durchbrechen, nur ein Ausdruck für die Dringlichkeit seiner keineswegs total egoistischen Bemühungen. Waverly wußte nicht, ob er ihm dankbar sein sollte oder ob er sich ärgern sollte. Er verspürte beides, Dankbarkeit und Ärger. »Sieh mal«, sagte er, »ich weiß, was ich dir schulde, Bennie. Und nicht nur als Rennpferd. Willst du das unbedingt hören?«

»Es ist nicht der Dank, hinter dem ich im Augenblick her bin. Sondern die Vernunft. Du und ich, wir gehen rückwärts. Wir könnten auch vorwärts gehen, wenn du die Stellung hältst. Erinnerst du dich noch an unser kleines Gespräch von vor einiger Zeit? Über unsere mögliche Partnerschaft? Über eine Ausweitung der Aktivitäten? Das war nicht nur blauer Dunst.«

»Das weiß ich«, sagte Waverly, und dann, bemüht die Stimmung etwas aufzulockern, fügte er hinzu: »Und wenn ich verspreche, mich anständig zu benehmen?«

Ein resignierter Seufzer kam durch die Leitung. »Du fährst also trotzdem. Ich hab mir jedenfalls alle Mühe gegeben.«

So wie er es sagte, konnte Waverly vor seinem geistigen Auge sehen, wie er den runden Kopf hin und her schüttelte und seine fleischigen Lippen schürzte. Enttäuscht von den Widrigkeiten des Lebens, aber mit seinem Schicksal versöhnt, mehr oder weniger.

»Wirst du Chop einen Besuch abstatten, wenn du rauffährst?« fragte Bennie.

»Ich weiß es nicht.«

»Der alte Chopper. Wo hängt er denn mittlerweile herum?«

»In Jacktown, wie ich zuletzt hörte. Er bemühte sich um einen Urlaub in Ypsi. Vielleicht ist er schon dort.«

»Traverse City, Jackson, Ypsi – wenn du schon durch diesen ganzen Staat fährst, kannst du auch mal vorbeischauen. Ich hab jedenfalls eine guten Rat für dich. Völlig gratis. Versuch nicht, in deinem Alter die Karriere zu wechseln. Halte dich lieber aus dem Tourismusgeschäft heraus. Ein Fremdenführer wirst du ganz bestimmt nicht.«

»Ehrlich nicht? Kann man damit kein Geld machen?«

»Ahh, mach doch, was du willst, Scheißkerl. Wenn du drüben in Jackson landest, schreib mir 'ne Postkarte.«

»Da kannst du lange drauf warten.«

»Heh, Timothy. Komm nicht in Schwierigkeiten, um Gottes willen.«

Drei Stunden später saß Waverly auf einem Fensterplatz, rauchte eine Zigarette, etwa die vierzigste, und der Tag war noch nicht mal halb zu Ende, aber er trank ein vernünftiges Gingerale. Gegensätzliche Gewohnheiten, irrationale und vernünftige, aus pragmatischen Überlegungen miteinander vereint, und je weiter er nach Norden vordrang, desto mehr bekämpften sie sich. Bekämpfen – das traf genau den Punkt. Was hatte er hier überhaupt zu suchen? Dreißigtausend Fuß hoch in der Luft und mit vierhundert Meilen in der Stunde unterwegs zu Ruin und Trauer. Genau mitten hinein. Und weshalb? Wegen Bennies Anspielung auf die alten Zeiten? Komm schon, hör auf, dich selbst zu belügen. Um einen Blick auf einen Zwölfjährigen zu werfen? Der Junge wußte wahrscheinlich gar nicht, daß er überhaupt existierte, und wenn er es wußte, dann würde er sich wahrscheinlich zu Tode schämen. Wegen der absurden, schwachsinnigen Absicht, es seiner Ex heimzuzahlen? Bennie war schon nach wenigen Sekunden darauf gekommen. Ein cleverer Typ. Es gab, tatsächlich, keinen vernünftigen Grund für diese Reise, nur dagegen, und da er sich selbst kannte, wahrscheinlich hundert oder mehr echte und ernste Risiken auf dem Weg. Drei Jahre voller Ordnung und System, ja sogar voller Ruhe, so leer und langweilig sie auch sein mochte; und alles wegen einer Schnapsidee aufs Spiel gesetzt. Doch da saß er nun, und es war unwahrscheinlich, daß sie nur wegen ihm das Flugzeug umkehren lassen würden.

Der Streifen einer dunklen Wolke glitt vorbei. Der Knabe zu seiner Linken machte ständig Konversation: »Kommen Sie aus West Palm? Dort ist es sicher heiß. Wo wollen Sie hin?« Er sah aus wie jemand, der zu den Elks gehört. Waverly griff nach einem Flugbegleitmagazin, doch das half nicht, und nach einiger Zeit war der Typ endlich dort angekommen, wo seine Art unweigerlich immer landet.

»In welchem Gewerbe sind Sie tätig?«

Für einen kurzen Moment zog er in Erwägung, seine Visitenkarte herauszuholen und sie ihm zu reichen. Darauf stand:

Timothy Waverly, M. A.
Angewandte Wahrscheinlichkeitsanalyse

Es war ein kleiner Scherz. Dann schaute er auf das Streichholzbriefchen in seiner Hand (er besaß kein Feuerzeug, weil er ernsthaft beabsichtigte, eines Tages mit dem Rauchen aufzuhören). Auf dem Umschlag waren ein glücklich aussehender Typ in Anzug und Krawatte zu sehen, ein großes Haus und ein Wagen im Hintergrund. Der Text unter dem Bild lautete »Mach dein Glück mit Mason Schuhen«. »Ich bin im Schuhbusineß«, sagte er und versteckte das Briefchen in der Hand. »Bei Mason Shoes.« Und dann drehte er sich zum Fenster, ließ den Kopf auf seine Schulter sinken und schlief sofort ein.

Am selben Morgen zur unzivilisierten Zeit von neun Uhr hämmerte in einem eleganten Vorort von Chicago das Dienstmädchen Drucilla an die Tür von Holly Clemmons und bestand darauf, daß sie aufwachte und den Anruf entgegennahm.

»Verschwinde«, sagte Holly.

»Es is' Mistah Clay«, blökte Drucilla. »Er sagt Sie wecken, er muß mit Sie reden.«

Mein Gott, das haßte sie, diese Schwarze-Mammi-Nummer. Man brauchte ihr nur ein Zirkuszelt als Schürze und ein rotkariertes Halstuch zu geben, und dann mußte sie mit den Augen rollen, und schon erlebte man *Vom Winde verweht* im hohen Norden. Das heisere Keifen hatte sie schon abgelegt. Drucilla brauchte neues Material, und das am besten schon gestern. »Ist gut«, rief Holly. »In Ordnung. Sag ihm, ich komme sofort.«

»Yessum. Aber schnell machen. Ist ein Ferngespräch aus Mish-gan.«

Alte Schnapsdrossel. Sie war wohl wieder am Barschrank, weil Daddy nicht in der Stadt und sonst niemand im Haus ist. Holly stieg aus dem Bett, streckte ihre schlanken Glieder, trottete ins Badezimmer, betrachtete sich im Wandspiegel und war nicht unbedingt unzufrieden mit dem, was sie sah. Sie kam zurück, stöpselte das Telefon ein, sank in einen Schminksessel und sagte: »Es ist verdammte neun Uhr, Clay. Morgens!«

»Hier oben ist es zehn. Die Sonne scheint.«

»Aha! Das kannst du deiner Tante Drucilla erzählen.«

»Das war gemein, Schwesterlein, sehr gemein. Aber auch sehr falsch. Drucilla liebt uns, sogar dich.«

»Mein Gott, was tue ich hier eigentlich, führe um neun Uhr morgens philosophische Gespräche. Und dazu noch mit einem Denker wie dir. Was willst du, einen Vorschuß auf dein Taschengeld? Daddy ist nicht da.«

»Kein Daddy? Was für ein Mist. Dann gehe ich gleich raus und werfe mich vor den nächstbesten Lastwagen.«

Er hatte seinen üblichen lässigen Ton in der Stimme, aber sie glaubte, auch etwas Ungewöhnliches zu hören, einen leichten Mißklang, einen düsteren Unterton. Er war nicht richtig kurzatmig, gehetzt – dazu war er viel zu selbstbeherrscht; es war eher so etwas wie ein Flattern. »Ha, ha«, sagte sie.

»Oh, die große Schwester ist heute morgen etwas unwirsch. Was ist los, hat dein Humor dich über Nacht verlassen?!«

»Sag mir, was du willst, oder ich hänge wieder ein. Und hör endlich auf mit diesem Schwesterleinquatsch.«

»Okay, Liebes. Beruhige dich. Es ist nicht viel, jedenfalls nichts, was du nicht erledigen könntest. Eigentlich habe ich außerordentliche Neuigkeiten.«

»Ich kann's kaum erwarten.«

»Nun, in Wahrheit ist es doch etwas komplizierter. Ich kann am Telefon jetzt nicht in alle Details gehen, wenn man die Gebühren für ein Ferngespräch bedenkt.«

Immer wenn er die Phrase »in Wahrheit« benutzte, dann wurde es Zeit, daß man wachsam nach seinem Portemonnaie schaute, und zwar auch auf die Münzen. »Ich bin völlig benommen vor Hilfsbereitschaft«, sagte sie.

»Ich wußte es! Das heißt, daß du schnellstens hierher nach Traverse City kommen mußt. Ohne lange zu warten. Sofort. Laß dir von Drucilla einen Koffer packen, und steig in deine kleine Rakete, und ich werde dich bei Anbruch der Dunkelheit in meine brüderlich liebenden Arme schließen – oder in etwas Entsprechendes.«

Holly ließ ein kunstvoll intoniertes Schluchzen über das Telefon hören. »Das ist aber verflucht poetisch, Clay. Ich hatte so gehofft, daß du mich darum bittest. Trotzdem muß ich das Angebot leider ausschlagen. Heute habe ich einen Vorsprechtermin. Und morgen habe ich eine andere Verabredung.«

»Ehrlich? Ein echtes Vorsprechen? Du wirst die Julia spielen? Oder eine Nonne? Ich wette, es ist eine Nonne.«

»Es ist ein Werbespot«, sagte sie und legte in die Bemerkung soviel überhebliche Distanz wie möglich.

Einen Moment lang herrschte Stille, und als er wieder redete, war seine Stimme flach und voller Ernsthaftigkeit, wie er sie nur unter Mühen aufbringen konnte. »Paß auf, ich bin in einer – also Vater würde es eine kleine Klemme nennen. Nichts Ernstes, eher ein Mißverständnis. Ich könnte etwas Hilfe gebrauchen. Kommst du?«

»Verdammt, warum sollte ich? Ich habe auch ein Leben, das solltest du dir vielleicht mal ins Gedächtnis rufen. Und zwar unabhängig von deinem. Schon mal darüber nachgedacht, daß du vielleicht nicht immer die Nummer eins sein mußt?«

»Du willst doch auch immer ganz oben sein«, sagte er und

schlug dabei den einschmeichelnden Ton an, den er so gut beherrschte. »Ich weiß das. Aber es könnte besser werden, wenn du herkämst. Dein Leben, meine ich. Meins auch. Unser Leben.«

»Besser.« Sie war sich überdeutlich dieses vertrauten Gefühls bewußt, bei dem Gespräch in ein Treibsandloch zu geraten, in dem sie rasend schnell versank. »Sicher. Genauso wie all die anderen kleinen ›Klemmen‹ unser Leben beständig besser gemacht haben.«

»Dies hier könnte ganz anders ausgehen«, sagte er, und er stand bemerkenswert dicht davor, zu jammern und zu betteln. »Ich brauche deine Hilfe.«

»Verdammt noch mal, das hätte ich mir doch denken können. Ich hätte diesen verdammten Telefonhörer niemals abnehmen sollen. Verdammt, verdammt, verdammt. Traverse City. Ich weiß noch nicht mal, wo das ist.«

»Halte dich nur an die Autokarte. Du kannst in sechs bis sieben Stunden hier sein.«

Holly hatte sich selbst im Schminkspiegel studiert, während sie sprach. Nun hatte sie das Gefühl, daß sie furchtbar aussah, wenngleich auf schöne Art furchtbar. Resigniert und sich geschlagen gebend sagte sie: »Eher zehn Stunden. Wie lautet deine Adresse?«

»Nein!« sagte er scharf, bellte es fast, er klang überhaupt nicht mehr cool.

»Wie bitte?«

»Ich meine, nein, ich, äh, ich bin aus dem Loch ausgezogen. Geh dort nicht hin. Am besten suchst du dir ein Hotel, wenn du hier bist. Es gibt eins in der City, Park Place. Das ist ganz gut. Dann rufst du die Nummer an, die ich dir jetzt gebe. Hast du was zu schreiben?«

Sie fand einen Stift. »Was bedeutet das alles?« fragte sie, nachdem er jede Zahl deutlich und langsam genannt hatte, als spräche er mit einer geistig Zurückgebliebenen, und verlangt hatte, sie solle die Nummer wiederholen. »Clay?«

»Frag nicht. Wenn du dort bist, ruf die Nummer an. Sagen wir, um acht Uhr. Bis dahin kannst du es schaffen. Ein Typ namens Rusty wird am Apparat sein. Rusty Barker. Mein Mitbewohner. Mein ehemaliger, um genau zu sein. Er wird etwas für dich haben. Neuigkeiten, Instruktionen, was immer. Hast du alles aufgeschrieben?«

»Aber ich hab dich was gefragt! Wo bist du?«

»Laß das. Alles ist total cool. Ich bin auf Achse. Wenn du herkommst, erklär ich dir alles. Hab Vertrauen. Und, heh, vielen Dank.«

»Bist du in Ordnung?« So sehr sie es auch versuchte, es gelang ihr doch nicht ganz, den besorgten Ton aus ihrer Stimme zu verdrängen.

Er hingegen schien wieder zu seiner alten, sorglosen Unbeschwertheit gefunden zu haben. »Mir geht es bestens, Schwesterlein. Und hör mal, jetzt kommt das Beste. In der ganzen Sache steckt für dich eine dicke Belohnung. Ein schöner Batzen. Unser alter Daddy würde mächtig stolz darauf sein. Vielleicht reicht es sogar, dich aus seinen liebenden Armen zu befreien.«

Holly dachte daran, aber nur für einen kurzen Moment. »Wer braucht schon Geld?« sagte sie scherzend. »Ich bestimmt nicht. Und du auch nicht.«

»Geld ist wie Frauen. Man kann davon nie genug haben. Aber wer weiß das besser als du, oder? Bis bald.«

Sie legte den Hörer auf, ging zur Treppe und rief hinunter: »Drucilla, komm rauf, und bring zwei Koffer mit.« Als sie sich wieder im Spiegel sah, diesmal in dem am Ende des Ganges, meinte sie: »Bring lieber drei.«

Zehn Stunden später wartete eine eindeutig nicht besonders gut gelaunte Holly Clemmons in einem Zimmer im vierten Stock des Park Place Hotels in Traverse City, Michigan. Sie hatte noch eine Stunde bis zu dem geheimnisvollen Telefonanruf, daher duschte sie und zog sich um und machte sich ausgehfertig, um etwas zu unternehmen. Später würde sie vielleicht nach unten gehen, sich einen Drink gönnen, sich entspannen, aber in den letzten fünf Minuten wurde sie doch unruhig. Um Punkt acht Uhr wählte sie die Nummer.

»Ich möchte Rusty Barker sprechen«, sagte sie fordernd.

»Selbst am Apparat.«

Früher an diesem Tag, um etwa die gleiche Zeit, als Waverly ein Flugzeug nach Michigan bestieg und Holly Clemmons hinter dem Lenkrad ihres Porsche saß und beide dem gleichen Ziel zustrebten, war Gaylon Ledbetter die fünfzehn Meilen von Traverse City aus die Leelanau Peninsula hinaufgefahren und saß nun in dem schicken Wohnzimmer des Strandhauses, das Mr. Dietz gemietet hatte oder das er besaß, Ledbetter wußte es nicht. Er hörte aufmerksam zu oder machte zumindest ein Gesicht, daß man hätte meinen können, es wäre so, aber Herrgott im Himmel noch mal, Dietz brauchte ja 'ne Ewigkeit und drei Tage, um endlich rauszubringen, was er zu sagen hatte. Niemals redete er direkt mit einem, von Mann zu Mann; immer mußte er einen Umweg machen, als spielte er mit einem Ringelreihn. Sie tranken Eistee, das einzige, was er angeboten hatte. Er hätte viel lieber einen Whisky genommen.

»... also sagte ich mir, schön, vielleicht sollte ich einfach mal verschwinden«, sagte Dietz oder versuchte es zu sagen. »Mal ausspannen. Freizeit. Vielleicht ein bißchen angeln.«

»Klar, das ist doch 'ne gute Idee. Chicago ist um diese Jahreszeit verdammt heiß.« Redeten sie jetzt über das verdammte Wetter? Er nickte dazu, als müßte er intensiv darüber nachdenken.

»Das Problem ist nur, Gaylon, ich hab überhaupt keine Ahnung vom Angeln.«

Was will er denn jetzt von mir? Daß ich nach Würmern grabe? Gaylon meinte: »Sie könnten sich doch jemanden mieten. Einen Indianer. Ich hab gehört, es gibt Indianer, die garantieren einem, daß man was fängt.«

Dietz hob eine Augenbraue, um sein Erstaunen zu zeigen. »Das ist aber bemerkenswert. Das können die? Das ist ja genauso, als würde man garantieren, daß die Sonne scheint. Oder daß es nicht regnet.«

Gaylon wußte es nicht sicher, aber er schätzte, daß er und Dietz im gleichen Alter waren, etwas über fünfzig. Genau konnte man das sowieso nicht sagen, wenn man ihn ansah. Der Hurensohn hatte ein Bein auf die Couch gelegt, die etwa zwölf Meter lang war und in einem Stück, nicht in Plätze unterteilt; er war ganz in Weiß gekleidet, weiße Bootsschuhe, Socken, Shorts, Gürtel, Polohemd. Auch weiße Haare, und keins fehlte. Der Wichser sah aus wie die reinste Schneewehe, wie er so dasaß. Er war so um die einsneunzig groß, breite Schultern, kein Gramm Fett dran, nicht mal ein kleiner, verräterischer Halbmond, der unterm Gürtel hing. Gaylon war um die einssechzig mit seinen Spezialschuhen mit den Doppelsohlen, und er wog 240 Pfund. Tag für Tag trug er Sporthosen und Sporthemden mit breiten, spitzen Kragen, in Pastellfarben oder kariert, typischer Nordmichigan-Stil. Aber für dieses Treffen hatte er einen Anzug angezogen, weil er meinte, daß das einfach professioneller wirkte. Es war einer für den Sommer, aber unter den Armen lief die Brühe wie eh und je. Dietz hingegen sah richtig frisch aus.

»Du hättest eine Badehose mitbringen sollen, Gaylon. Das wäre viel gemütlicher.«

Dieser Arsch kann sogar Gedankenlesen. »Nun, ich dachte, Sie wollten mit mir übers Geschäft reden.« Er konnte genausogut jetzt zur Sache kommen.

»Das Ge-schäft«, sagte Dietz und dehnte das Wort, als wäre es ihm völlig fremd, japanisch oder so. Hinter der Couch und durch die Balkontüren war eine ganze Garnitur rosenfarbener Rattanmöbel zu sehen. Und gleich dahinter, daß man fast hinpinkeln konnte, die Great Traverse Bay. Es sah aus wie irgendein gottverdammtes Kalenderbild mit der Sonne, die auf dem blauen Wasser glitzerte, und weißen Segelbooten, die darauf hin und her huschten. Gaylon liebte Geld, bis hin zu dem Wechselgeld in seiner Hosentasche, aber er mochte keine reichen Leute, vor allem keine Typen wie Dietz, die nicht besser waren als er, trotz dem großen Strandhaus und dem ganzen weißen Drum und Dran. Er hatte mal eine Geschichte über Dietz gehört, aus den frühen Tagen, wie Dietz einen Typen nur mit seinen Fäusten getötet hatte, mit nichts sonst. Er hatte ihn in einem Keller eines Lagerhauses auf der South Side an einem Balken aufgehängt und dann auf ihn eingeschlagen, bis das Blut aus jeder Öffnung rausfloß: Mund, Nase, Ohren, Arschloch, selbst aus dem Schwanz, so hatte er es gehört. Er hatte ihn totgeschlagen. Nur das Entscheidende an der Sache war, so erzählte man, daß der

Typ kein gewöhnlicher Verräter oder Spitzel war, sondern ein Blackstone Ranger. Es hieß, daß sogar die Bullen Angst hatten, sich mit Dietz anzulegen. Als er ihn jetzt so betrachtete, der Mund nur noch ein Schlitz und die Augen wie zwei Steine unter Wasser, da dachte Gaylon, ja, wahrscheinlich ist an der Story doch was dran. Er beschloß, noch nichts zu sagen.

»Wie lange ist es her, seit uns dieser Junge von der Fahne gegangen ist?«

»Zwei Tage, mehr nicht. Wir haben alles im Griff.«

»Weißt du, Gaylon, das Geschäft, in dem wir tätig sind, wir beide, du und ich, ist ein sogenanntes kostenintensives Unternehmen. Es gibt Ausschuß. Verluste. Auch Diebstahl von Zeit zu Zeit. So etwas ist zu erwarten. Das kann man dulden. Sag mal, möchtest du noch etwas, hmmmm... hmmmm... äh...« Er starrte auf Gaylons leeres Glas, als hätte er vergessen, was darin gewesen war.

»Tee?«

»Ja. Tee.«

»Nichts dagegen«, sagte Gaylon und fragte sich augenblicklich, warum. Er mußte bereits auf die Toilette, und seine Unterhose rutschte hinten in die Furche, und seine Hämorrhoiden juckten. Er wünschte, er könnte auf seiner Zigarre herumkauen, die sonst immer aus seinem Mund ragte wie eine qualmende Kanone, aber hier war ja noch nicht mal ein Aschenbecher zu sehen. Der warme Bruder rauchte nämlich auch nicht.

Dietz drehte sich halb zur Küche. »Oona.« Keine Antwort. Er sagte es wieder, ein wenig lauter, was er wahrscheinlich ein Rufen genannt hätte, was aber für andere Menschen nicht mehr war als ein ganz normaler Konversationston. Die meiste Zeit sprach er so leise, daß man sich fast zu ihm vorbeugen mußte.

Ein gut gebautes Mädchen in Bikinioberteil und Jeansminirock, mit Knöpfen in der Mitte, die genau auf der Muschi lagen, kam hereingetrippelt und füllte ihre Gläser aus einem Bleikristallkrug. Braune Haut, den Mund angemalt wie ein Ziel fürs Bogenschießen, schwarzer Pferdeschwanz, der fast bis zu ihrem runden Hintern runterhing. Sie sah aus wie fünfzehn. Die letzte Praline in der Schachtel.

»Oh, vielen Dank, Oona«, sagte Dietz und tat so, als hätte sie soeben die Kronjuwelen ausgeteilt. Das Girl warf sich in Positur, zielte mit ihren Möpsen auf ihn und verschwand. Gaylon überlegte kurz, ob er den alten Witz reißen und Dietz fragen sollte, ob sie bei denen wirklich quer sitzt, aber dann dachte er an die Lagerhausgeschichte und hielt lieber den Mund. Außerdem war Dietz gerade wieder dabei, seine Präsident-von-General-Motors-Nummer abzuziehen.

»Trotzdem müssen wir auch ständig Inventur machen, denn wir wollen ja auch eine Gewinnspanne, die, nun, vernünftig ist. Das begreifst du doch, nicht wahr, Gaylon?«

»Wie Sie schon sagten, das ist ja wohl das wichtigste, klar.«

»Gut. Es freut mich, daß wir uns verstehen. Zur Abwechslung mal. Ich will dir mal von einem Buch erzählen, das ich vor einiger Zeit gelesen habe. *Management in Ausnahmesituationen.* Es erzählte, wie man in einem Gewerbe, in jedem Gewerbe, mit allen Hindernissen verfährt, die sich bei der Durchführung eines Vorhabens ergeben können. Das heißt, wie man dafür sorgt, daß sie, diese Hindernisse, meine ich, den Plan nicht stören, ihn nicht zum Scheitern bringen. Wie man verhindert, daß sie einen davon abhalten, an seinem gesteckten Ziel anzukommen. Es ist ein nützliches Buch. Du solltest es mal lesen.«

»Ja, ich werd's mir mal besorgen«, sagte Gaylon und dachte daran, daß das letzte Buch, das er gelesen hatte, im vergangenen Winter, als ein Blizzard zwei Tage lang die Menschen in ihre Behausungen gesperrt hatte, ein Wichs-und-Bums-Buch gewesen war, das er von Shadow bekommen hatte. »Wie war der Titel noch mal?«

»Was wir hier haben, klingt mir ganz verdächtig nach einem ganz schön großen Hindernis«, sagte Dietz und hatte plötzlich überhaupt keine Schwierigkeiten mehr, seine Worte herauszubringen und ihm dabei in die Augen zu starren, aber ganz hart. Die Bullen hatten ganz recht, Angst zu bekommen. Der Ringelreihn war vorüber.

»Ich kann gut verstehen, was Sie sagen. Aber Sie haben keinen Grund, sich Sorgen zu machen, Mr. Dietz. Wir bekommen alles zurück, Ware und Geld, das eine oder das andere. Darauf können Sie sich verlassen.« Gaylon hatte die Rede geprobt, bevor er hergekommen war, und er hoffte, daß sie jetzt genauso hart und entschlossen klang wie in dem Moment, als er den Text in den Spiegel zu Hause gesprochen hatte.

»Das sind Worte, die ich höre, Gaylon. Aber Worte helfen mir nicht weiter.«

Gaylon hätte überhaupt nichts dagegen gehabt, wenn Dietz aufgehört hätte, dauernd seinen Namen zu nennen. Was für ein Name war Gaylon auch schon; er klang ja fast wie ein verdammter Schwuler. Er wünschte, er hätte einen strammeren, kurzen, knappen wie Jack oder Vince. Bart wäre auch ganz gut.

»Weißt du, Gaylon, das war erstklassige Ware. Dreimal verschnitten, würde sie vier, vier fünfundzwanzig bringen. Auf der Straße. Mehr noch hier oben, nette Urlaubsgegend, die Leute eine bessere Klasse. Was ich meine, die Arithmetik stimmt nicht ganz. Tausend oder zweitausend abstauben, na schön, das ist eben die menschliche Natur. Du und ich, wir werden daran nichts ändern können. Das gehört eben zum natürlichen Verlust, zu den Kosten, die anfallen. Von denen ich am Anfang sprach. Aber diese Zahl fünf mit den ganzen Nullen dahinter. Jedenfalls in dieser Größenordnung. Das treibt einem die Tränen in die Augen, Gaylon, wenn man das verliert.«

Tausend oder zweitausend abstauben – was für ein dämlicher Scheiß. Und das von einem Typen, der sogar aus einem Stein noch was rausquetschen würde. »Wir werden es nicht verlieren, Mr. Dietz. Dafür garantiere ich.«

»Wie bei den Fischen?«

»Häh?«

»Du sagtest, sie garantieren einem Fische.«

Gaylon stieß ein Gelächter aus, das sogar in seinen Ohren wie das Gequake einer Ente klang. Er flehte den Himmel an, woanders sein zu können.

»Vergewissern wir uns, daß wir uns richtig verstehen, Gaylon. Ich habe dir dieses Territorium anvertraut. Das macht dich rechenschaftspflichtig, und zwar für alle wesentlichen Verluste. Und ich glaube, daß wir hier über einen wesentlichen Verlust reden. Auch glaube ich, daß du sehr wohl weißt, was rechenschaftspflichtig heißt, vor allem in unserem Gewerbe. Verstehen wir uns noch, Gaylon?«

Gaylon nickte düster. Nach seinem Lachen hatte er kaum den Mut, etwas zu sagen.

»Ich werde mich noch einige Tage hier aufhalten. Ich warte, bis du mir mitteilst, daß du die Ware wieder herangeschafft hast.«

»Mr. Dietz, Sie werden es als erster erfahren.«

Dietz brachte ihn hinaus zu seinem Wagen und bewegte sich dabei in etwa genauso schnell, wie er redete. »Wer, sagtest du noch mal, ist dieser Junge?« fragte er im fast beiläufigen Konversationston.

»Er heißt Clemmons. Clay Clemmons. Ich denke, Sie kennen ihn nicht.«

»Hat er schon mal für uns gearbeitet?«

»Ähhmmm. Ich hab ihn erst in diesem Sommer eingesetzt. Der Grund war, daß er ein sensationeller Taucher ist. Lassen Sie einen Vierteldollar mitten in der Bucht ins Wasser fallen, dann ist er derjenige, der ihn wieder raufholt. Einmal, gleich nach der Lieferung, kommt so ein Unwetter und bläst wie nichts die Markierungsboje weg. Ich sage Ihnen, ich dachte schon, wir könnten uns von der Ware für immer verabschieden. Da kommt dieser Junge, fährt mit dem Boot in die ungefähre Gegend des Abwurfs, läßt sich über den Rand nach hinten fallen, und eine halbe Stunde, höchstens fünfundvierzig Minuten später kommt er wieder hoch und hat den Sack in der Hand. Er ist wirklich der beste, den wir haben. Hatten.« Nun hatte Gaylon das unbehagliche Gefühl, daß er zuviel redete. Sich mehr entschuldigte, als nötig war. Es war nicht leicht aufzuhören, aber er schaffte es.

»Aus der hiesigen Gegend?«

»Nein, aus der City. Aus den Vororten eigentlich. Oak Brook, hab ich gehört.«

Dietz schüttelte traurig den Kopf. »Ich nehme an, er kommt aus einer guten Familie.«

Ja, der Arsch kommt aus einer guten Familie. Er hatte alles, das Aussehen, gebaut wie Mister Scheißamerika, Geld, Klamotten, Autos. Bis zu den Ohren im Kies, ganz sicher. War dem kleinen Rattenarsch aber nicht genug; mußte unbedingt einen Ausflug in die gottverdammte Unterwelt machen. Und dann reichte auch das ihm nicht mehr, und er wollte selbst ins Geschäft. Jesus, es war eine verrückte Welt. Wer sollte damit klarkommen? »Wir schnappen ihn«, sagte er.

»Wen hast du angesetzt?«

»Hawkins und Scaggs«, antwortete Gaylon, und als Dietz nur ein dummes Gesicht machte, fügte er hinzu: »Es sind die besten, beide. Sie haben für uns hier unten schon eine ganze Menge erledigt.« Er war davon auch fest überzeugt; er hätte sie gegen jeden gesetzt, den Dietz aus Chicago angeschleppt hätte.

»Hoffen wir nur, daß sie zuverlässig sind«, sagte er, und alle Freundlichkeit war aus seiner Stimme verschwunden. »Um deinetwillen.«

»Sie sind jetzt schon an der Sache dran. Vielleicht habe ich schon morgen etwas für Sie. Ich denke Montag, spätestens.«

»Sieh zu, daß sich möglichst bald etwas tut, Gaylon.«

»Ich melde mich«, sagte er und legte den Gang ein, aber irgendwie würgte er ihn ab – sogar seinen Fleetwood Caddie – und mußte Dietz verkniffen angrinsen, der dort mit einem reptilienhaften Lächeln stand, und ihn wieder anlassen und holpernd losfahren.

Die Herren Hawkins und Scaggs, Gilbert und Willis mit Vornamen, aber besser bekannt als Gleep und Shadow, waren tatsächlich an dem Fall dran, obwohl man in diesem Moment Schwierigkeiten gehabt hätte, das festzustellen. Sie lümmelten auf einer Bank im Schatten in der Nähe des Strandparks von Traverse City, aßen Himbeereis und begutachteten das Fleisch am Strand. Shadow trug eine rostfarbene Sporthose und ein hellblaues Hemd mit Flammenmuster. Sein Partner, ein ungewöhnlich großer Mann, war ganz in Schwarz gekleidet, ein massiges *memento mori,* gekommen, um Tribut zu fordern. Auf dem Grandview Drive hinter ihnen raste der Mittagsverkehr vorbei. Begeisterte Schreie erklangen vom Kinderzug, der durch den Zoo dampfte.

»Sieh dir das an«, sagte Shadow und wies mit einem Kopfnikken auf ein Teenagerwunder, sonnengebräunt, sonnengebleichte Haare, das wie eine Meerjungfrau aus dem Wasser der Bucht stieg. Etwas zum Luftanhalten, wenn man ihn fragte. »Weißt du was, da würde ich sogar eine Meile weit über Glasscherben kriechen, um den Schwanz des Kerls zu küssen, der sie als letzter gebumst hat.«

»Beine sind zu dünn«, sagte Gleep. Sein roter Lappen von einer Zunge glitt über das obere Eisbällchen und nahm es ganz mit.

»Ja, das kann schon sein. Aber sie reichen bis hoch zu ihrem Hintern.«

»Ich mag sie mit mehr Fleisch dran.«

»Ist auch was Schönes, mit Fleisch. Aber, weißt du, man braucht manchmal auch mal was anderes.« Shadow versuchte sich zu erinnern, wann er sich das letzte Mal nicht von einer Nutte hatte den Dorn polieren lassen. Er wußte es nicht mehr. Die kleine Schnecke da draußen, die würde durch ihn hindurchsehen, als wäre er gar nicht vorhanden. Sein Gesicht und sein Hals waren noch immer fleckig von den tiefroten Kraternarben einer abklingenden Akne. Er hatte blauschwarze Augen, sehr dunkle, die in bläulichroten Höhlen saßen, eine Hakennase, Fischlippen und so gut wie kein Kinn, was der unteren Hälfte seines Gesichts ein gestutztes Aussehen verlieh. Sein Haar war fettig und dünn. Kein attraktiver Mann. Dazu war er noch schmal wie eine Messerklinge. Egal, von welcher Seite man ihn betrachtete, man sah immer ein Profil, was einer der Gründe dafür war, daß man ihm den Spitznamen Shadow verliehen hatte. Der andere Grund, auf den er stolz war, war der, daß er im Stateville Prison der schnellste Mann mit dem Bolzen war. Hatte er ein Werkzeug in der Hand, dann bewegte er sich mit fließender Geschwindigkeit, stürzte sich aus dem Nichts auf einen, ob hell oder dunkel, bei Tag oder bei Nacht, egal wann, servierte einen mit einem Fingerschnippen ab, schneller als Katzenpisse, und war schon wieder weg, verschwunden, bye-bye, in Luft aufgelöst, weg-ge-zau-bert. Er saß elf Jahre dort (bewaffneter Raubüberfall, zweimal, und Angriff mit einer tödlichen Waffe, einmal; was ihnen entgangen war, waren sechs Vergewaltigungen, vier alleine, zwei in der Gruppe; siebzehn Körperverletzungen; etwa drei Dutzend Einbrüche, plus/minus zwei; und dreizehn weitere bewaffnete Raubüberfälle – alles bevor er alt genug war, um zu wählen), und in einem dieser elf Jahre brachte die *Tribune* einen Bericht über die Haftbedingungen in Joliet, ein »Es-ist-einfach-zu-schlimm-um-es-sich-vorstellen-zu-können!«-Feature. Es hieß dort, daß es in den vergangenen zwölf Monaten zweiundfünfzig gemeldete nicht tödliche Messerstechereien gegeben hatte. Shadow hätte acht für sein Konto beanspruchen können. Ein Mann hatte alles Recht, stolz zu sein, bei einem solchen Rekord.

»Ganz bestimmt«, sagte Gleep.

»Wir wurden zwanzig Jahre zu früh geboren, du und ich«, meinte Shadow philosophisch. »All dieses zarte Fleisch da draußen. Und sie verschenken es einfach. Die bumsen heute schon, ehe sie bluten. Als Jungen waren wir froh, wenn wir mal anfassen durften. Und wenn man mal richtig in die Wäsche kam, dann war es wie – ›heh, guck mal hier, ich hab in der Lotterie gewonnen!‹ Das alles ist nicht fair. Weißt du das, Gleep?«

So wie Gleep es sah, vergeudete sein Partner viel zuviel Zeit bei seinen Muschiträumen. Wahrscheinlich machte er das schon sein ganzes Leben lang und hatte sich wohl schon einen runtergeholt, als er noch in die Hosen machte. Deshalb hatte er sicher auch die ganzen Pickel in seinem Gesicht. Mußte richtig schlimm ausgesehen haben, damals, die reinste Pizzafresse. Da war er selbst ganz anders. Er mochte Frauen sicher genauso gerne wie jeder andere Mann, aber er zerbrach sich nicht lange den Kopf darüber, und wenn er nicht landen und sich an eine heranmachen konnte, na, dann ging er eben bowlen oder spielte eine Runde Pool. Im Augenblick hatte er es wieder einmal satt, daß darüber gequatscht wurde. Er hatte aber auch keine Lust, groß zu diskutieren, deshalb sagte er: »Korrekt. Absolut.«

Mein Gott, was für ein Alleinunterhalter, dachte Shadow. Das kommt davon, weil er ein Halbblut ist; das ist seine indianische Hälfte. Manieren hat er auch keine. Das muß man sich ansehen, da hat er nun das ganze Eishörnchen im Mund und versucht, den letzten Rest Eis rauszulutschen, und macht dabei Schlürfgeräusche wie ein Hund kurz vor dem Verhungern. Trotzdem kamen sie beide ganz gut miteinander aus. Gleep hatte mehr Kraft, als man jemals brauchte, und er hielt einem den Rücken frei, und speziell das war die beste Eigenschaft, auf lange Sicht. Unten am Strand machten sich ein paar junge Hechte an die Bräute heran, neckten sie und brachten sie zum Kreischen. »Weißt du, was ich am liebsten tun würde, Gleep, und zwar auf der Stelle?«

»Was denn?« fragte Gleep. Er hätte wetten können, daß er das längst wußte.

»Am liebsten würde ich rübergehen, durch den Sand, und einen von diesen neunmalklugen Schuljungs aufmischen, einfach nur so als Demonstration, du weißt schon. Und dann würde ich mir jede Pflaume am Strand vornehmen und sie in Fetzen bumsen.«

Gleep überlegte einige Zeit. »Ich auch«, sagte er schließlich.

Sie schlugen die Zeit tot, und das auf die beste Art, die sie kannten. Früher an diesem Vormittag waren sie in dem Apartmenthaus gewesen, wo Clemmons und sein Kumpel eine Wohnung hatten. Ein schöner Bau, drei Stockwerke hoch, im Karree angelegt mit einem Swimmingpool in der Mitte und Tennisplätzen dahinter, sah er aus wie ein Motel. Viel zu gediegen für zwei derartige Scheißer. Sie wohnten in einem Parterreapartment, aber natürlich war niemand zu Hause. Das war keine Überraschung. Shadow und Gleep gingen zur Wohnung des Verwalters und donnerten gegen die Tür. Der Verwalter, ein untersetzter kleiner Bursche mit englischem Akzent, schlechten Zähnen und Mundgeruch, erklärte ihnen, nein, er wisse überhaupt nichts. Shadow fragte ihn, ob er sie nicht in die Wohnung reinlassen könne, aber er meinte, das könne er ohne entsprechende Genehmigung nicht tun, daher sah Shadow zu Gleep, hob die Hände in einer verzweifelten Geste und sagte: »Dann weiß ich nicht, was wir jetzt tun sollen. Mr. Clemmons machte es nämlich ganz dringend, als er uns bat, ihm seinen Tennisschläger zu holen.«

Der Verwalter schaute Gleep ebenfalls an, von der Seite. »Ich wünschte, ich könnte Ihnen helfen«, sagte er.

»Aber ich glaube, das können Sie«, sagte Gleep. »Wenigstens dieses eine Mal.«

»Schaun Sie, dieser Bursche dort«, sagte Shadow, zeigte mit dem Daumen auf Gleep und schien sich dabei köstlich zu amüsieren, »er ist Mr. Clemmons' Vetter. Er ist den weiten Weg von UP eigens hergekommen, um Tennis zu spielen. Das ist eine Familienangelegenheit. Sie treffen sich jeden Sommer etwa um diese Zeit und wollen sehen, wer am besten spielt. Wer die größten Fortschritte gemacht hat.«

»Sie sagen, Sie sind... miteinander verwandt?« fragte der Verwalter und grinste leicht, um ihnen anzudeuten, daß er ihren Scherz verstanden hatte, wobei er seine Zahnreihen zeigte. »Sie?« Er sprach Gleep nun direkt an. »Und Mr. Clemmons?« Aber der Indianer – und er war verdammt sicher ein Indianer, schwarze Haare so steif wie Besenstroh und Haut in der Farbe von Mahagoni, wie man sie niemals von der Sonne bekam – erwiderte das Lächeln nicht.

»Vettern. Wie er gesagt hat. Mütterlicherseits.«

Der Verwalter starrte Gleep für einen Moment an. Gleep sah aus wie ein im Dock liegendes Schlachtschiff, als er den Verwalter stehend überragte. Oder, aus dessen Perspektive, wie eine Säule, mit breiten Hüften und Schultern, sich weder nach oben noch nach unten verjüngend, solide. Hände so groß, daß sie schon fast in eine Freakshow gehörten. Das Mongolengesicht düster und traurig, wie ein Teufel, der der Sünde überdrüssig ist. »Nun, ich denke, großen Schaden kann dieses eine Mal nicht anrichten«, sagte er. »Aber ich fürchte, ich muß dabei bleiben, wenn Sie die Wohnung betreten. Vorschriften.«

»Oh, wir wollen sogar, daß Sie mitkommen«, sagte Shadow zu ihm. »Und wir finden es wirklich nett, wissen Sie, daß Sie so hilfsbereit sind und alles.«

Die Wohnung hatte eine Küchenbar und einen tiefer gelegenen Wohnraum mit Glasschiebetüren, die auf einen gefliesten Patio hinausgingen, der wiederum zum Pool führte, wo bereits das tägliche Fleisch in knappen Badeanzügen umherflanierte und sich in der Sonne röstete. Außerdem gab es zwei Schlafzimmer, jedes mit eigenem Bad und Toilette. Shadow stellte sich vor, wie viele Mädels sich hier flachgelegt hatten, in diesen beiden Zimmern, völlig freiwillig, gratis, und das machte ihn fast verrückt.

Er und Gleep trennten sich und stellten die Behausung auf den Kopf. Sie erwarteten gar nicht, etwas zu finden, aber es schadete nie, ein wenig herumzuwühlen. Das gehörte nun mal dazu, wenn man einen Job gründlich erledigte. Die Kleider hingen nicht mehr in den Schränken, und jede Schublade, die sie aufgezogen hatten, war leer.

Die ganze Zeit, während sie an der Arbeit waren, stand der Manager da, den Rücken gegen die Tür gepreßt und das Gesicht immer noch von einem krampfhaften Grinsen verzerrt. Die Erkenntnis seiner eigenen unmittelbaren und sehr realen Gefahr überkam ihn unvermittelt. Seine Beine fühlten sich taub an. »Ich hoffe, meine Herren, Ihnen ist klar, daß ich die Verantwortung habe für – das«, sagte er, während Shadow die Kissen von der Couch fegte und die Seiten abtastete. Aus einem der Schlafzimmer hörten sie beide ein Geräusch, als ob eine Matratze zerrissen würde. »Ich hab Sie schließlich so einfach hier reingelassen.«

»Ja, das hatten wir uns schon gedacht. Und wissen Sie was, Mr. Clemmons, der wird Ihnen dankbar sein, daß Sie's gemacht haben.«

»Was ich meine, ist eher, sehen Sie, das ist ein möbliertes Apartment. Alle Möbel sind das, hm, Eigentum der Verwaltungsfirma, also meines Arbeitgebers.«

»Tatsächlich?« sagte Shadow freundlich. Möbliertes Apartment, und die dämlichen Idioten haben noch nicht mal das TV mitgenommen. »Junge, die richten solche Buden aber echt gediegen ein. Ich wette, Sie haben 'ne Warteliste, die bis in die Bucht reicht.« Er war gerade damit beschäftigt, den Stoff von der Unterseite eines umgekippten Sofas herunterzureißen. Er machte sich nicht einmal die Mühe aufzuschauen.

»Wenn Sie mir vielleicht Ihre Namen hinterlassen könnten ...«

Nun hob er aber doch den Kopf. Er verzog säuerlich das Gesicht und schnippte mit einem Finger, als wäre es ihm soeben erst eingefallen. »Hören Sie, es stimmt, wenn ich es recht bedenke. Wir haben uns noch nicht einmal bekannt gemacht, oder? Wie heißen Sie?«

»Lloyd-Granger«, antwortete der Verwalter. »Es ist ein Doppelname. Mit einem Bindestrich. Englisch. Ich stamme aus England. Ursprünglich. Aus Bristol.«

Er klang für Shadow wie ein Motor, der langsam auslief und den Geist aufgab. »Ist das aber ein Zufall. Sehen Sie, ich habe auch zwei Namen. Meine lauten Ashley-Jones. Hab auch einen von diesen Bindestrichen drin. Mein Freund übrigens auch, Mr. Clemmons' Vetter. Er ist Winston Little Feather. Außer daß er keinen Bindestrich hat.« Er legte eine gewölbte Hand an einen Mundwinkel, zwinkerte mit den Augen und flüsterte: »Keine richtige Klasse.«

»Also, na, na. Was soll das alles überhaupt?«

»Nein, ehrlich. Ich verscheißer Sie nicht.«

»Sehen Sie, Sie sind doch wegen eines Tennisschlägers hergekommen, und da ist er, dort drüben bei der Tauchausrüstung.« Er wies auf einen Sauerstofftank und Maske und Flossen in einer Ecke des Raums. Und tatsächlich, da war auch der Schläger. »Ich glaube, Sie sollten ihn jetzt nehmen und gehen«, sagte er in einem bestimmten Ton, wie er ihn wahrscheinlich anschlug, wenn er Mieter anhielt, nicht soviel Lärm zu machen. Es war der Spaßbeiseite-Ton. Aber auch das Grinsen war zusammengebrochen, und das Rückgrat hatte sich gestrafft, und er schob seinen runden Bauch vor, so daß er aussah wie eine Baßtrommel. Eine Hand griff nach dem Türknauf, bereit, ihn zu drehen und die Tür zu öffnen und sie hinauszuscheuchen. Oder selbst so schnell wie möglich zu verschwinden, was wohl wahrscheinlicher war.

Shadow machte sich nicht die geringsten Sorgen. Bei der Entfernung hätte er ihn dreimal geschnappt, ehe er den Türknauf auch nur halb gedreht hätte. Und dann wüßte er auch, ob die Baßtrommel hohl war oder nicht. »Mann Gottes«, sagte er. »Ich glaub, Sie haben ihn tatsächlich gefunden.« Er ging hinüber und hob den Schläger auf und zupfte an der Saite, als spielte er auf einer Harfe. Ein Lächeln sah bei Shadow immer etwas schief aus bei den Lippen, die er hatte, daher setzte er es nicht allzuoft ein, aber diesmal brachte er sogar ein richtig nettes Strahlen zustande und rief: »Mr. Little Feather, könnten Sie mal für einen Augenblick herkommen?«

Gleep stand plötzlich im Zimmer. Noch eine weitere gute

Eigenschaft bei Gleep, er bewegte sich für einen Typen von seiner Größe ungemein schnell.

»Ich glaube, Mr. Ashley-Lloyd hat den Tennisschläger gefunden.«

»Das ist sehr gut«, sagte Gleep. »Ich hab mich schon gefragt, wo er abgeblieben sein könnte.«

»Sie haben da drin keine weiteren Tennisschläger gefunden, oder?«

»Uh hmmm.«

»Dann muß er das sein. Sieht ganz danach aus, oder, Mr. Ashley?«

»Ich heiße Lloyd-Granger. Aber ja, ja. Das scheint der Schläger zu sein, wirklich.« Er hatte die Hand vom Türknauf gelöst und umklammerte sie mit der anderen und ließ beide vor seinen Eiern hängen, als wollte er sie verstecken.

»Oh, Sie müssen entschuldigen. Aber ich kann mir Namen nur sehr schlecht merken, vor allem wenn es gleich zwei sind. Was halten Sie davon, wenn ich Sie Mr. Bindestrich nenne? Geht das?«

»Das wäre prima, sicher«, sagte der Verwalter. Er sah aus, als brauchte er Malox, eine ganze Ladung, mindestens aber eine Tablette gegen Sodbrennen.

Shadow und Gleep kamen die beiden Stufen aus dem Wohnzimmer herauf und standen neben ihm, je einer an einer Seite. Mit dem Rahmen des Tennisschlägers schlug Shadow sich leicht in die Hand. »Da Sie so nett waren, uns zu helfen, Mr. Bindestrich, könnten Sie uns unter Umständen auch noch einen weiteren Gefallen tun. Natürlich nur, wenn es Ihnen nicht zuviel ausmacht.«

»Überhaupt nicht.«

»Sehen Sie, Mr. Little Feather und ich, wir fragen uns, ob Sie uns vielleicht verraten können, wohin die beiden Jungs verschwunden sind. Damit wir sie dort aufsuchen können und heute noch zu unserem Spiel kommen.«

»Keine Ahnung«, sagte der Verwalter. »Ich – ich habe sie seit mehreren Tagen nicht gesehen. Am Pool draußen, meine ich. Oder sonstwo.«

Jesus Christus, dachte Shadow, dieser Wichser pinkelt gleich in die Hose. Nur gut, daß er seine Hände schon unten hat. Kann er etwas auffangen, ehe es auf den Fußboden läuft. Das wäre doch was, ihn da stehen zu sehen mit einer Handvoll Pipi. Shadow rieb sich nachdenklich das Kinn und spürte dabei die stachligen Krater unter seinen Fingerspitzen. »Nun, das ist schon okay«, sagte er freundlich, »man kann nicht über jeden auf dem laufenden sein. Aber vielleicht, wenn Sie mal nachdenken, können Sie uns sagen, wo sie schon mal hingehen, wo ihre Freunde sind, etwas in der Richtung.«

»Denken Sie nach«, knurrte Gleep. Sie arbeiteten schon so lange zusammen, daß sie einen hervorragenden Sinn fürs Timing hatten.

»Aber wie kann ich – also nein – nun, warten Sie mal, es gibt da eine junge Dame, die oft hier ist. Ich hab sie mit ihnen gesehen. Am Pool.«

Shadow stieß ihm fast einen Finger ins Auge. »Sehen Sie! Das ist ja schon was, Mr. Bindestrich! Sehen Sie, wie gut man sich erinnern kann, wenn man nur mal richtig nachdenkt. Also ich möchte wetten, daß Sie gleich noch mehr von ihr wissen, daß Ihnen noch einiges dazu einfällt. Ihr Name, wo sie wohnt, wie sie aussieht.« Er schickte einen Blick zu Gleep. »Um was wollen wir wetten, Mr. Little Feather?«

»Einen Vierteldollar.«

»Okay, die Wette gilt. Um einen Dime.« Er drehte sich wieder zu dem Verwalter um, dessen Gesicht jetzt den Ausdruck einer ängstlichen Katze zeigte.

»Bitte, ich habe noch eine Menge zu tun, mein Job, ich –«

»Ein Dime steht auf dem Spiel, Mr. Bindestrich.«

»Sie arbeitet bei Shimmers, im Holiday Inn. Das weiß ich nur, weil ich einmal hörte, wie sie davon sprach. Draußen am Pool. Sie sagte, sie müsse zur Arbeit gehen. Sie machte sich immer so gegen vier auf den Weg. Um zur Arbeit zu gehen, nehme ich an.«

»Haben Sie auch ihren Namen aufgeschnappt?«

»Ladonna sagten sie zu ihr. Ihren Nachnamen kenne ich nicht. Sie ist jung, Anfang Zwanzig, blondes Haar, gute Figur. Und ich weiß – ganz – bestimmt – nicht – mehr – über sie.«

»Mr. Bindestrich«, sagte Shadow und legte kameradschaftlich einen Arm um die Schultern des Verwalters, »Sie haben mir gerade zu einem Vierteldollar verholfen. Sie waren wirklich sehr nett zu uns. Stimmt das so, Mr. Little Feather?«

»Absolut«, pflichtete Gleep ihm bei. »Wie ein guter Nachbar.«

»Sie können jetzt gehen, wenn Sie wollen«, meinte Shadow. Er löste jedoch seinen Arm nicht.

»Ja, danke. Vielen Dank.«

»Wir gehen jetzt ebenfalls. Wir parken gleich dort drüben auf der Straße. Der hellgrüne Chevy ist es. Ein Caprice. Er hat diese Pelzdinger, die am Innenspiegel hängen, echte Klasse. Wissen Sie, Sie könnten natürlich jetzt in Ihre Wohnung gehen und durch die Jalousien linsen, wenn wir losfahren, unsere Autonummer aufschreiben und die Cops rufen. Das könnten Sie gerade tun.« Der Manager schüttelte energisch den Kopf, nein, geradezu beschwörend, aber Shadow ignorierte ihn. »Sie würden uns auch ganz gewiß finden und anhalten, in einer so kleinen Stadt wie dieser, und sie würden uns auch ins Polizeigebäude mitnehmen, um uns zu verhören. Wie im Fernehen. Aber was könnten wir ihnen erzählen? Daß wir den Tennisschläger unseres Freundes Mr. Clemmons gesucht haben, worum er uns gebeten hat, nämlich genau den hier, den ich in der Hand halte. Da niemand Mr. Clemmons zur Zeit aufstöbern kann, haben sie auch keine Möglichkeit, das alles zu überprüfen. Wir würden aussagen müssen, daß Sie uns ins Apartment reingelassen haben, obwohl die Gesellschaft meint, es sei gegen die Vorschriften. Und daß Sie meinten: ›Okay, Freunde, dann suchen wir mal danach.‹ Und wir drei kommen herein und sehen, daß es in der Bude ziemlich durcheinander aussieht. Irgendwie unordentlich könnte man ruhig sagen. Aber diese Kinder heutzutage sind einfach schrecklich, sie haben keinen Respekt vor ihren Mitmenschen, vor ihrem Besitz. Sie sind voller Schnapsideen. Alles verwandelt sich in Scheiße. Die ganze Welt. Auf jeden Fall schauen wir uns um und finden den Tennisschläger, und wir gehen wieder. Friedlich. Die Polizei sagt, Sie hätten behauptet, wir wären häßlich zu Ihnen gewesen, hätten Sie bedroht. Wir sagen: ›Mein Gott, Mr.

Officer, das stimmt überhaupt nicht. Wir waren im Gegenteil sehr anständig. Und der Mann hat uns reingelassen.‹ Der Officer schaut uns an, so wie nur ein Polizist es schafft, und sagt: ›Okay für diesmal. Aber eines sage ich euch, Jungs, ich will nicht hören, daß ihr diesen anständigen Gentleman noch einmal belästigt. Ich verspreche es euch, wenn ihr das tut, dann schaffe ich euch eigenhändig in den Bau.‹ Wir sagen: ›Tausend Dank, aber es ist alles nur ein Mißverständnis. Der Herr ist Engländer, Teetrinker. Er redet kein Amerikanisch, kann also nicht feststellen, ob jemand es ernst meint oder ihn nur hochnimmt. Und dann gehen wir. Wir machen drüben bei Kellys' halt, trinken dort vielleicht ein Bier. Und dann kommen wir noch mal her auf unserem Weg aus der Stadt und statten Ihnen einen Besuch ab. Sie begreifen, was ich Ihnen klarmachen will?«

Der Verwalter wackelte bejahend mit dem Kopf und sagte nichts. Er schien sich hinter seinen entsetzt blickenden Augen zu verkriechen.

»Eine Sache noch, Mr. Bindestrich. Sie sollten etwas gegen Ihren Atem tun. Der haut ja den stärksten Bullen um.«

Es war noch nicht ganz Mittag, als sie gingen. Sie machten Zwischenstation an einem Imbiß und bestellten Chilidogs und Krautsalat und Pommes und fuhren dann weiter in die Stadt und parkten. Sie überlegten, ob sie das Bier trinken sollten, das Shadow erwähnt hatte, diskutierten das Für und Wider und einigten sich dann auf ein Eis. Bier so früh am Tag machte Gleep schläfrig, und sie hatten noch einiges zu erledigen. Sie schlenderten die Front Street hinunter, kauften sich ihre Eistüten und gingen damit in den Park. Es war ein schöner Tag, und eine frische Brise wehte von der Bucht herauf. Und dort saßen sie dann, schlugen die Zeit tot. Warteten auf vier Uhr. Um mit Ladonna zu sprechen.

Es war Viertel vor vier, als die Maschine auf dem Flughafen von Grand Rapids landete. Kent County International hieß er jetzt. Waverly erkannte nichts wieder, so sehr hatte sich alles verändert. Aber es war schließlich schon ein Dutzend oder mehr Jahre her, seit er das letzte Mal hier gewesen war; kein Grund also, warum es sich nicht verändert haben sollte. Er wartete zwanzig Minuten lang auf seinen Koffer, rauchte eine Zigarette und ließ die Asche auf den Teppichboden fallen, weil so nahe an der Gepäckausgabe keine Aschenbecher aufgestellt waren. Die Frau, die neben ihm stand, wedelte mit der Hand in der Luft herum und rückte von ihm ab, wobei sie etwas von allgemeiner Rücksichtnahme murmelte. Wenig später kam das Gepäck vom Fließband heruntergepoltert. Sein Koffer war unter den letzten, die ausgeladen wurden. Er trottete rüber zum nächsten Autovermietungsschalter, und die Lady dahinter fragte ihn, was für ein Fahrzeug er bevorzuge – so drückte sie sich aus. Er meinte, es wäre ihm egal, auf jeden Fall etwas Zuverlässiges. Und bequem müßte es sein. Import oder amerikanisch? Mein Gott, war das eine komplizierte Welt, so weit weg vom Kartentisch. »Geben Sie mir einen Mazda«, sagte er und beobachtete den mißbilligenden Ausdruck in ihrem Gesicht. Willkommen in Michigan.

Er verließ den Parkplatz, der ihm viermal so groß vorkam wie in seiner Erinnerung, und fuhr einen Boulevard hinunter voller sprudelnder Brunnen bis zur ersten Ampel, bog dort ab und fuhr durch die Twenty-eighth Street. Es überraschte ihn schon, daß er sich noch so gut an Straßen und Richtungen erinnerte. Die Ampel zeigte Rot, daher hatte er sechzig Sekunden Zeit, sein Ziel zu überdenken: Nach rechts ging es in Richtung Jackson; fuhr er links, dann befand er sich auf der Straße nach Traverse City. Die Ampel sprang auf Grün, und er zögerte immer noch, versuchte in Sekunden, sich darüber klar zu werden, warum er überhaupt hierher gekommen war. Der Wagen hinter ihm hupte, und er fuhr nach links. Schließlich, so sagte er sich, hatte er im März zum letzten Mal von Chop gehört, und die Nachricht, die dem ausführlichen, ausschweifenden und unklaren Brief zu entnehmen war, schien zu besagen, daß er sich bemühte, nach Ypsi verlegt zu werden. Er konnte sich gut vorstellen, wie Chop seine Psychonummer abzog. Eine durchaus überzeugende Vorstellung. Daher war er wahrscheinlich längst im Zentrum. Auf dem Rückweg, so gab Waverly sich selbst das Versprechen, würde er vorbeischauen, ganz gleich, wo.

Dennoch hatte er den Anflug eines schlechten Gewissens, und

als er an einem großen, für ihn neuen Buchladen vorbeikam, hielt er an. Chop beherrschte längst Latein und beschäftigte sich schon lange mit Griechisch, deshalb käme Sanskrit als nächstes an die Reihe. Halb aus Scherz würde er ihm eine Sanskrit-Grammatik kaufen, wenn er so etwas auftreiben konnte.

Ein paar Leute standen herum: geschäftige Männer, die den schwierigen physiologischen Trick schafften, den Zustand von weich und hager in sich zu vereinen, und die Jacketts mit Lederflecken an den Ellbogen trugen, einige mit Bärten, alle mit Brille; leicht stutenhaft wirkende Frauen mit breiten Hüften und schütteren Schnurrbärten; zwei Kids, die aussahen, als gehörten sie zum Diskussionskreis der Highschool oder zum Schachclub. Waverly erinnerte sich an die Typen, an alle. An der Kasse unterhielten sich zwei müde Angestellte über die organische Einheit. Hintergrundmusik von Mozart säuselte durch die Luft.

»Sanskrit?« fragte der Angestellte und verdrängte das spöttische Grinsen aus seinem Gesicht, ließ es jedoch in seiner Stimme offen mitschwingen. »Nein, ich fürchte so etwas haben wir nicht.«

»Das hatte ich mir schon gedacht«, sagte Waverly. Er testete nur so zum Spaß seine eigene Modulationsfähigkeit. »Aber ich dachte, nachfragen könne nicht schaden.« Nicht gerade die volle lässige Arroganz, die hineingehörte, aber trotzdem nicht schlecht, ein bißchen plump vielleicht.

»Wir haben jedoch eine ziemlich umfangreiche Sprachabteilung. Für die meisten durchaus ausreichend. Vielleicht darf es etwas weniger... Exotisches sein.« Der Angestellte warf seinem Gefährten in organischer Einheit einen vielsagenden Blick zu.

Es fiel Waverly schwer, sich vorzustellen, daß er irgendwann einmal genauso gewesen war, aber er mußte, in aller Fairneß, zugeben, daß das wohl stimmte. Vor rund tausend Jahren. »Nein, ich bin nur an Sanskrit interessiert.«

»Dann tut es mir leid«, sagte der Angestellte. »Sie werden aber Schwierigkeiten haben, etwas darüber aufzutreiben. Hier in Grand Rapids.«

»Vielleicht in Lansing«, sagte sein schlaffer Freund. Waverly hatte den Verdacht, daß er nicht unbedingt die organische Hälfte ihrer Paarung war.

»Ich versuch's dort.«

Auf der Fahrt die Twenty-eighth Street hinunter spielte er mit dem Gedanken, den Mazda zu wenden und zurückzufahren zur Belt Line, dann hinüber zur Woodcliff Avenue, am Calvin College vorbei und zu dem zweistöckigen Haus im Kolonialstil mit dem gepflegten Rasen und der weißen Birke im Vorgarten und der Trauerweide dahinter, wo er aufgewachsen war. Aber zu welchem Zweck? Um das Anwesen anzuglotzen? Um in die Einfahrt zu rollen und zur Tür zu gehen und einfach anzuklopfen und einzutreten und zu sagen: »Ich hab hier mal gewohnt, als ich noch ein Junge war?« Um die völlig verblüfften Eigentümer, so gut wie sicher ein Collegeprofessor, seine altmodisch schlichte Frau und seine braven Kinder, um einen kleinen nostalgischen Rundgang zu bitten? Um die Erinnerungen eines halben Lebens in diesem kurzen Zeitabschnitt zu verarbeiten? Um den Echos der verschwundenen Stimmen zwischen den Wänden und Decken und Fußböden nachzuspüren? Um das Geheimnis aufzudecken, was geschehen war und was dabei nicht gestimmt hat? Es war Freud, der gesagt hatte, daß der Mensch, der sich nicht für seine Vergangenheit interessiert, ein Schuft ist. So ähnlich hatte er es formuliert.

Er fuhr weiter. Lieber ein Schuft sein als ein Narr oder, was noch schlimmer war, ein Verrückter. An der Auffahrt zum Highway 131 wandte er sich nach Norden. In drei Stunden wäre er in Traverse City.

Um vier Uhr an diesem Nachmittag parkten Shadow und Gleep auf dem Parkplatz des Holiday Inn und waren in ein besinnliches Gespräch vertieft. Ihr Thema: Blähungen.

»Hast du schon mal einen brennenden Furz gesehen?« wollte Shadow von seinem Partner wissen. »Du weißt doch, ein Zündholz dicht an den Hintern halten und dann den Wind drüberschicken.«

Gleep, der gerade mit dem Daumennagel in seinen Zähnen

herumpulte, mußte einen Moment nachdenken, ehe er antwortete: »Nö, kann ich nicht behaupten.«

»Ich auch nicht. Ich hab aber schon oft gesehen, wie es versucht wurde, und ich kenne Typen, die schwören, daß man einen leisen Knall hört, wie 'ne kleine Explosion. Daß sich wenigstens die Flamme blau färbt. Ich selbst hab nie gesehen, wie's gemacht wird.«

»Im Knast war mal ein Typ, 'n Schwarzer, der konnte furzen wie ein Musikinstrument. Posaune oder eins von diesen großen Dingern, wo man reinsteigen muß und die man dann um den Hals trägt, und oben ist so ein Riesentrichter.«

»Du meinst eine Tuba.«

»Okay, von mir aus, ist ja auch egal. Jedenfalls konntest du dem irgendeinen Titel sagen, und er blies die ersten paar Töne. Zumindest klang es so.«

Shadow musterte ihn skeptisch. »Willst du mir einen vom Pferd erzählen?«

»Nee, ehrlich, wie ich's sage. Ich war dabei. Hab's selbst gehört. Und gerochen. Hat gestunken wie die Hölle. Frank Sinatra hatte er richtig gut drauf. ›Strangers in the Night‹, das hättest du hören sollen. Und zu Weihnachten brachte er dann ›Stille Nacht, heilige Nacht‹. Ich glaube Nachtlieder waren seine Spezialität.«

Shadow schnaubte. »Da mußte schon 'n Nigger sein, um so was zu lernen.«

Der Grund dafür, daß sie auf dieses Thema gekommen waren, war der, daß Gleeps Verdauungstrakt sich unter der Last von drei Chilidogs, die er zu Mittag gegessen hatte, in Krämpfen wand, und in der Enge des Wagens – ungeachtet der Tatsache, daß die Fenster nach unten gedreht waren – war der Gestank infernalisch.

»Ich glaube, Bierfürze sind die allerschlimmsten«, äußerte Gleep seine Meinung.

»Schon mal 'ne Salve Popcornfürze mitbekommen? Die sind mindestens ebenso schlimm. Und deine Chilidoggers sind natürlich auch nicht ohne.«

Der kleine Seitenhieb schien Gleep nicht zu ärgern, der sich intensiv in die Materie hineinkniete. »Kennst du eigentlich den Spruch, daß ein Typ so taub ist, daß er sich noch nicht mal selbst furzen hört? Hast du darüber schon mal nachgedacht? Stell dir doch nur mal vor: Du bist irgendwo in Gesellschaft oder auch an irgendeinem öffentlichen Ort, und du hast einen kurz vor dem Ausgang hängen, den du absolut nicht zurückhalten kannst. Was machst du dann? Du machst folgendes, du drückst ihn leise raus, richtig? Nun, jetzt nimm mal unsere taube Nuß. Wie soll der wissen – ich meine, genau und mit Sicherheit – ob seiner leise ist oder ein Kanonenschlag? Häh? Erklär mir das mal.«

Selbst für Shadow war die Metaphysik dieser Frage zu verwirrend. Er schaute Gleep an und schüttelte langsam den Kopf. »Darüber muß ich wirklich mal nachdenken.«

Es blieb jedoch keine Zeit mehr, um dieser Frage auf den Grund zu gehen, denn in diesem Moment sah er eine junge Frau über den Parkplatz eilen, blondes Haar und Hintern im Gleichschritt schwingend und mit dem Gang einer Braut, die zweifelsfrei weiß, daß sie alles an sich hat, um die Jungs ausnahmslos zum Sabbern zu bringen. Sie trug die Kluft einer Shimmers-Cocktailserviererin, ein knappes, römisches Sklavengirlkostüm, das kaum ihren Schoß bedeckte und überall jede Menge rosiges Fleisch rausgucken ließ. »Ich wette, das isse«, sagte er und gab Gleep einen Rippenstoß. Sie warteten, bis sie mit ihrem Wagen auf gleicher Höhe war, dann stiegen sie aus und stellten sich ihr in den Weg.

»'ntschuldigung, Miss«, sagte Shadow liebenswürdig. »Wir haben hier ein kleines Problem und hoffen, daß Sie uns vielleicht behilflich sein können.«

Aus dieser Nähe konnte er sehen, daß sie keine Anfang Zwanzig war, wie Lloyd-Bindestrich gesagt hatte. Wahrscheinlich war er mit seinen Blicken nie weiter hinaufgekommen als bis zu ihren Titten, die richtig nett stramm federten, wenn sie ging, und die auch nicht übel aussahen, wenn sie nur ruhig dahingen, richtig schön zwei Hände voll. Sie ging wohl eher auf die Dreißig zu, schätzte Shadow. Unter der Farbe waren schon die ersten Falten zu sehen, vor allem oben um die großen Untertassenaugen mit dem blauen Schmier auf den Lidern, Augen, die ihn von oben bis unten abtaxierten, als wäre er ein Kakerlak, den man zerquetschen muß. Hätte er im Augenblick nicht gearbeitet, hätte er lieber was anderes gemacht, nämlich sie schnell und sauber flachgelegt, ihr ein Messer an den zarten Hals gehalten und es ihr mit dem alten Riemen ordentlich besorgt. Bis sie die Augen in den Höhlen verdreht hätte.

»Ich komme zu spät zur Arbeit«, sagte sie mit einer Stimme, mit der sie einem gerne klarmachen, daß man sich wieder an seinen eigenen Geschirrspüler trollen soll, Scheißer. »Warum fragen Sie nicht jemanden an der Rezeption?«

Sie machte Anstalten, um die beiden herumzugehen. Doch die rührten sich nicht. Shadow wußte sofort, daß ihm das, was jetzt käme, ausgiebig Spaß machen würde.

»Oh, das nimmt nur eine Minute Ihrer wertvollen Zeit in Anspruch, Miss. Der Name lautet Ladonna, habe ich recht?«

Sie hob eine Augenbraue, wurde wachsam, wirkte aber kein bißchen eingeschüchtert. »Woher wissen Sie das?«

»Hab's geraten. Sehen Sie, wir erhielten den Hinweis, daß Sie mit zwei Jungs befreundet sind, die wir unbedingt erreichen müssen. Mr. Clemmons und Mr. Barker, so heißen sie. Wir sind Freunde von ihnen, und wir dachten uns, daß Sie uns vielleicht helfen könnten, sie zu finden.«

Sie blickte ihn ruhig an. »Freunde von Ihnen? Rusty und Clay? Sicher. Und gestern abend wurde ich zur Miss Amerika gewählt. Haben Sie das nicht mitbekommen?«

»Nein, Sie haben einen völlig falschen Eindruck«, sagte Shadow und dehnte seine Worte, immer noch locker und freundlich. »Wissen Sie, dieser Gentleman dort« – und damit wies er auf Gleep – »schuldet ihnen Geld, und er ist ziemlich genau, wenn es darum geht, seine Schulden zurückzuzahlen. Schließlich geht es um seinen guten Namen. Stimmt's?« fragte er Gleep.

»Richtig, absolut.«

»Daher werden Sie verstehen, daß wir sie irgendwie erreichen müssen.«

Die ganze Zeit, während er redete, machte Ladonna auf dem Asphalt des Parkplatzes ein Trommelgeräusch mit ihrer hochhackigen Sandale. Als er fertig war, sagte sie: »Werden Sie und

Frankenstein mich jetzt vorbeilassen, oder muß ich den Sicherheitsdienst zu Hilfe rufen? Ich kann ganz hervorragend schreien.«

»Junge, ich wette, die Sicherheitstypen sind ganz schön gefährlich«, sagte Shadow, während er sich bückte und sein Hosenbein hochzog und ein Stahlmesser mit polierter, zweischneidiger Klinge aus einer Scheide zog, die mit Klettband an seinem knochigen Unterschenkel befestigt war. Er hielt das Messer hoch, mit der Spitze nach oben, und drehte es, so daß die Sonnenstrahlen sich darin fingen. »Haben Sie schon mal gesehen, wie eine Tittenwarze abgeknipst wird?«

»Nein, das habe ich noch nicht gesehen.«

»Muß man aber gesehen haben.«

Ladonna starrte mit halb geöffnetem Mund auf die rotierende Klinge, sie machte zwei kleine Schritte rückwärts. Ihre Augen zuckten hin und her. Auf dem Parkplatz hielt sich sonst niemand auf. Shadow schenkte ihr ein nettes, breites Grinsen. Das war schon das zweite heute. Es schien ein Tag zu sein wie geschaffen für ein freundliches Lächeln.

»Ich wette, wenn Sie genau darüber nachdenken, dann wird Ihnen irgend etwas einfallen, womit Sie uns helfen können, Miss Ladonna. Zum Beispiel, wo sie die Jungs während der letzten beiden Tage gesehen haben. Oder vielleicht haben Sie von ihnen gehört. Oder Sie wissen, wo sie sind. Überlegen Sie mal 'ne Minute.«

»Denken Sie nach«, sagte Gleep. Diese Textzeile schien ihm gut zu gefallen.

»Ich hab gehört, daß sie sich mit irgendeinem Kerl treffen wollten. Aus Saginaw. Einem Farbigen. Kein Name. Draußen am Flughafen war es, glaube ich. Gestern oder vorgestern. Ich weiß es nicht mehr genau.«

Es kam als hastig hervorgestotterter Wortstrom heraus, und Shadow wandte sich an Gleep und meinte: »Ist das menschliche Gehirn nicht seltsam? Ein erstaunliches Organ. Das reinste Lagerhaus, was man da alles drin hat.« Und zu Ladonna meinte er: »Das ist wirklich schön, daß Sie sich an all das erinnern. Aber wissen Sie, wir haben uns mit diesem Typen aus Saginaw längst unterhalten. Es stellte sich heraus, daß er uns nicht weiterhelfen konnte, deshalb fragen wir jetzt Sie.« Er strich sich mit der Messerspitze über die Unterlippe, sinnend, als wäre er tief in Gedanken versunken. »Wo wohnen Sie eigentlich, Ladonna?«

»Bei meinen Eltern.«

»Bei Ihren Eltern? Eine erwachsene Lady wie Sie? Das ist doch gar nicht so angenehm, oder? Was machen Sie denn, wenn es Sie mal richtig juckt?«

»Ich habe ein Kind.«

»Ist das nicht nett?« sagte Shadow. »Sie ist Mutter.« Er legte die Klinge mit der flachen Seite auf ihre Schulter und beobachtete, wie sie zusammenzuckte. Sie sah aus, als würde sie jeden Moment ohnmächtig. »Trotzdem, es gibt doch Zeiten, da, Sie wissen schon, da sticht einen der Hafer, da möchte man den alten Tanz ohne Schritte und Musik tanzen, oder? Na ja, ich wette, Sie und die Jungs haben sicherlich wer weiß wie oft die Sandwichnummer gemacht, ihr drei. Sicher können Sie sich daran erinnern, wo das war. Vielleicht irgendwo in einem kleinen Liebesnest? Bei einem Freund? Strengen Sie sich an.«

»Es gibt da ein Apartment«, sagte sie und nannte die Straße und die Hausnummer. »Es ist im Parterre.«

»Und die Jungs, sind die dort?«

»Sie waren es heute morgen, als ich dort wegging. Aber das war schon sehr früh. Hören Sie, das ist alles, was ich weiß. Das müssen Sie mir glauben. Ich hab keine Ahnung, was Sie wollen. Sie fragten nur, ob sie zwei Nächte dort bleiben könnten. Wir sind Freunde, mehr nicht. Kann ich jetzt zur Arbeit gehen?«

»Oh, sicher. Gehen Sie ruhig rein, damit Sie nicht zu spät kommen.«

Sie ließ den Blick zwischen ihnen hin und her wandern, machte einen zögernden Schritt nach links.

»Und wir glauben Ihnen auch«, sagte Shadow, »denn falls es Probleme gibt, wenn wir zum Beispiel eine falsche Adresse bekommen haben oder wenn wir dort hinkommen und feststellen, daß die Jungs gerade verschwunden sind, weil jemand sie angerufen und ihnen gemeldet hat, daß wir zu ihnen unterwegs sind, so etwas in der Art, nun, dann kommen wir wieder zurück, um auf Sie zu warten. Vielleicht heute abend, nach Dienstschluß. Oder morgen abend. Auf jeden Fall bald. Dieser Gentleman und ich, wir machen auch eine gute Sandwichnummer.«

»Wir sind die Besten«, sagte Gleep und verlieh dem Nachdruck. »Absolut.«

Zehn Minuten später standen sie am Fuß einer wackligen Treppe hinter einem alten, verkommenen Stuckgebäude. Auf ihr Klopfen öffnete die Tür sich nur einen Spalt, gerade weit genug für ein halbes männliches Gesicht, die obere Hälfte, Augen und Stirn, das nach draußen lugte. Gerade genug. Shadow hatte recht; das war ganz sicher sein Tag wie geschaffen zum Lachen. »Hi, Rusty«, sagte er, »wie geht's denn so?«

Innerhalb einer Stunde hatten sie alles aus ihm herausgeholt, was sie bekommen konnten. Selbst Gleep, der die Muskelarbeit geleistet hatte, war müde und beklagte sich, daß seine Knöchel wund waren und zu schmerzen anfingen. »Der Junge ist überhaupt nicht so weich wie die meisten, die du dir vornimmst«, sagte er.

Rusty Barker lag als Haufen in einer Ecke, die Hände mit stabilem Klebeband auf dem Rücken gefesselt und um den Knebel in seinem Mund Blut spuckend. Er hatte ihnen von Clays Plan soviel erzählt, wie er selbst darüber wußte. Hatte geschildert, wie sie die Ware in dem wasserdichten Sack geholt hätten, wie immer, oben vor dem Northport Hafen, in dreizehn Meter Tiefe. Er erzählte auch, wie Clay – es war von Anfang an Clays Idee gewesen, nicht seine – einen Verkauf mit dem Mann aus Saginaw vereinbart hätte; wie sie die Lieferung für Mr. Ledbetter an jenem Abend an sich gebracht hatten und sich hier versteckt hatten. Und als sie gestern zu dem Treffen mit dem Saginaw-Mann gingen, erschien dieser nicht, und Clay kam darauf, daß irgend etwas ganz sicher nicht stimmte.

Das alles wissen wir längst, Arschgesicht, erklärte Shadow ihm, gab Gleep ein Zeichen, ihm wieder eine zu verpassen, die Sache etwas zu beschleunigen. Was meinst du denn, wer deinen Saginaw-Heini getroffen hat? Und was, meinst du, tut dieser farbige Gentleman im Augenblick?

Nach einer Weile, es dauerte nicht sehr lange, erzählte Rusty ihnen, daß er und Clay an diesem Morgen in Streit geraten seien. Rusty wollte aus der Sache aussteigen, mehr nicht. Einfach raus. Er wollte Mr. Ledbetter seine Ware zurückgeben und heimkehren nach Cadillac und dann weiter nach Ferris State fahren ins Footballcamp. Er sei sowieso schon fast zu spät dran.

Weil er sich etwas weit vom Thema entfernte, bedeckte Gleep seinen Mund mit einer riesigen Hand, erstickte den Schrei und brachte die andere Faust wie einen Hammer herunter und brach ihm das Nasenbein. Das ließ ihn wieder zur Sache kommen.

Clay war wütend, zeigte sich aber schließlich damit einverstanden, daß er ausstieg. Er sagte, er würde sich selbst um die Ware kümmern, er hätte da eine Verbindung in Chicago, und seine Schwester würde ihm dabei helfen. Er sagte weiter, er würde das Apartment verlassen und wüßte nicht sicher, wo er sich aufhalten würde. Er wolle nur, daß Rusty den Anruf annahm, den Clay für diesen Abend mit seiner Schwester vereinbart habe. Um acht Uhr. Er solle ihr sagen, sie solle ganz ruhig sein, irgendwie würde er morgen versuchen, mit ihr Kontakt aufzunehmen. Nur das solle er ihr sagen, mehr nicht. Er habe keine Ahnung, wohin Clay gegangen sei und ob er die Ware bei sich habe oder sie irgendwo anders untergebracht habe oder wo seine Schwester wohne – all das wisse er nicht. Er schwor zu Gott, daß er keine Ahnung hatte.

Nach einer weiteren halben Stunde glaubten sie ihm.

Sie kamen ihrem Ziel jetzt nahe, und Shadow fühlte sich richtig gut. Es tat gut, endlich zur Sache zu kommen, ihren Lohn zu verdienen, verdammt noch mal, anstatt herumzuwichsen und durch die Gegend zu furzen. Dämliche Gespräche. Davon konnte einem ja schlecht werden, wenn man auf seine Arbeit auch nur ein wenig stolz sein wollte. Sie stellten die Bude auf den Kopf, nur um ganz sicher zu gehen, aber sie fanden nichts. Der Junge hatte soviel wimmernde Angst in den Knochen, daß er ganz einfach die Wahrheit sagen mußte. Man brauchte ihn sich nur da drüben anzusehen, wo er schluchzte wie ein Baby nach einer Tracht Prügel. Und so was wollte ein Footballheld sein. Herrgott, es war widerlich.

Sie konnten nichts anderes tun als zu warten. Ladonnamädchen hatte eine Flasche Wodka im Schrank, sonst nichts, daher mixten sie sich zwei Wodka-Seven-ups. Frauengesöff, aber was sollten sie sonst tun. Gleep blätterte eine *Cosmopolitan* durch, die er in der Wohnung fand. Shadow saß am Küchentisch und ließ nur die Zeit verstreichen. Rusty, der schlaff in seiner Ecke lag und dessen ganzer Körper schmerzte wie nie zuvor und nach keinem Footballspiel, in dem er je angetreten war, versuchte sich an einige Gebete zu erinnern, die er im Bibelcamp gelernt hatte in jenem Sommer, als er gerade dreizehn war.

Es wurde acht Uhr, und das Telefon klingelte. Shadow nahm den Hörer ab, und eine weibliche Stimme verlangte, mit Rusty Barker zu sprechen. »Selbst am Apparat«, sagte er.

»In Ordnung. Ich bin Clays Schwester. Soweit ich weiß, haben Sie mir etwas mitzuteilen.«

Shadow hatte überlegt, was er sagen würde, und versucht, ein Szenario zu konstruieren, hatte jedoch am Ende aufgegeben und sich entschlossen zu improvisieren. Nun wurde ihm durch die kühle, souveräne Stimme, die durch den Draht zu ihm drang, der Wind aus den Segeln genommen. »Nun, viel habe ich nicht. Clay, dem geht's gut, aber er war den ganzen Tag unterwegs. Haben Sie nichts von ihm gehört?«

»Würde ich Sie sonst anrufen, wenn ich das hätte?«

So wie sie das *Sie* herausbrachte, klang es, als sagte sie *Abfall* oder *Dreck*. Er freute sich schon auf das persönliche Zusammentreffen – wenn es dazu käme. »Er sagte, er würde bald anrufen, wahrscheinlich morgen. Er meinte, Sie und ich, wir sollten uns treffen, damit ich Ihnen erzählen kann, was bei uns gelaufen ist.«

»Das entspricht nicht ganz dem, was er mir gesagt hat. Er meinte, Sie hätten Informationen für mich. Heute abend.«

»Ja, sicher, aber es sind einige Dinge dazwischengekommen, und seine Pläne haben sich geändert.«

»Sind *Sie* Rusty Barker?«

»Na klar«, sagte Shadow schnell. Die war gar nicht so dumm. Er mußte sich in acht nehmen, sie nicht mißtrauisch werden zu lassen. »Ich und Clay sind schon den ganzen Sommer zusammen. Wo wohnen Sie übrigens?«

»Ich wüßte nicht, was Sie das angeht. Passen Sie auf, ich bin den ganzen Tag gefahren, und ich bin müde und nicht aufgelegt für irgendwelche Rätsel und sonstige Spielchen. Haben Sie etwas für mich oder nicht? Wenn nicht, dann lege ich auf.«

Shadow mußte jetzt schnell nachdenken. Sie konnte an über hundert Stellen sein und das unter jedem beliebigen Namen. Wenn sie Glück hatten, brauchten sie eine Woche, um sie zu finden. Schlimm war, daß er keine Ahnung hatte, wieviel sie wußte oder nicht wußte, wie tief sie in die Sache eingeweiht war. Tief konnte es dem Anschein nach nicht sein, aber da konnte er sich auch irren. Außerdem klang sie nicht wie jemand, dem man bei Tag nahe auf die Pelle rücken konnte, nicht so wie Ladonna oder Mr. Bindestrich. Das, so wußte er, hatte er schon richtig erkannt. Er konnte aus einer Stimme viel herauslesen. Bei der befand er sich auf dem Drahtseil. Wenn er es jetzt vermasselte, dann steckten sie tief in der Scheiße, arschlochtief. Ihm blieb nichts anderes übrig, als ein kalkuliertes Risiko einzugehen. Er ließ das Lächeln wieder in sein Gesicht zurückkehren und hoffte, daß es auch seine Stimme entsprechend beeinflußte. »Warum machen wir es nicht so, Miss Clemmons. Ich werde nicht mehr hier sein. Sobald wir auflegen, werden Sie mich nicht mehr erreichen können, nicht unter dieser Nummer. Clay sagte, wir sollten uns für morgen abend verabreden. Bis dahin sehe ich mich mal um, ob ich ihn finden kann. Wenn es mir gelingt, dann bringe ich ihn dorthin, wo wir uns treffen. Wie gefällt Ihnen das?«

In der kurzen Pause, die folgte, kaute Shadow auf einem Daumennagel. Er hoffte bei Gott, daß er es richtig gemacht hatte.

»Ist ihm irgend etwas zugestoßen?«

»Nein, ihm geht es wirklich gut.«

»Sie sind sich dessen sicher?«

»Natürlich. Aber Sie kennen Clay. Hier ist einiges durcheinandergeraten, das erst mal wieder in Ordnung gebracht werden muß. Deshalb wäre es eine große Hilfe, wenn wir beide ihn finden würden.«

Wieder Stille, länger diesmal. Er hatte das Gefühl, als marschierten ganze Ameisenheere über seine Haut. Schließlich sagte sie: »Sie werden unter dieser Nummer nicht mehr erreichbar sein?«

»Nein, ich muß noch heute von hier verschwinden.«

»Und Sie wohnen mit Clay zusammen?«

»Das tue ich. Den ganzen Sommer hindurch, ich und Ihr Bruder.«

»Na schön. Wo sollen wir uns treffen?«

Nur unter großen Mühen hielt Shadow einen tiefen, erleichterten Seufzer zurück. »Wie wäre es oben am indianischen Kasino? Peshawbestown. Sie wissen, wo das ist?«

»Nein, aber ich denke, ich kann es finden. Wann?«

»Sagen wir gegen eins. Nachts oder morgens, wie Sie wollen. Damit habe ich einen ganzen Tag Zeit, und ich kann zusehen, ob ich noch irgendwas in Erfahrung bringen kann. Da ist ein Parkplatz, links, wenn Sie vor dem Kasino stehen. Ich werde am hinteren Ende, weg von der Straße, auf Sie warten. Ich sitze in einem grünen Chevy Caprice.«

»Haben wir ein Losungswort?«

»Häh?«

»Vergessen Sie's.«

»Ich bin –«, begann Shadow den nächsten Satz, aber er unterhielt sich bereits mit dem Freizeichen. Er beendete den Satz trotzdem. »... wirklich gespannt, Sie kennenzulernen, Miss Clemmons.«

Es war ein produktiver Tag gewesen. Vielleicht nicht rundum von rasendem Erfolg gekrönt, aber es war ein Tag, an dessen Ende man das Gefühl haben konnte, etwas geleistet zu haben. Sie hatten noch eine letzte Sache zu erledigen, und dann konnten sie Feierabend machen. Shadow nickte Gleep zu, der hinüberging und Rusty auf die Füße hievte und zur Spüle schleifte. Die Augen des Jungen blickten starr, als stünde er unter Schock. Gleep mußte ihn stützen, damit er stehen blieb.

»Mr. Ledbetter erzählte mir, daß du ein großer Footballstar bist«, sagte Shadow. »Und daß du damit schon eine Menge Urkunden eingeheimst hast. Stimmt das?«

Rusty bewegte den Kopf auf und ab.

»Er sagt, du wärst ein guter Fänger. Dafür muß man sicher gute Hände haben, nicht wahr. Dann wollen wir sie uns mal anschauen, können wir, Gleep?«

Gleep stand hinter Rusty und hielt ihn unter den Achselhöhlen hoch. Er drängte ihn gegen die Anrichte und löste das Klebeband. Dann bog er Rustys Hände nach vorne, so daß Shadow sie sehen konnte.

»Ja, das waren gute Hände, stimmt schon«, sagte Shadow, und er sah Gleep an, dann warf er einen Blick auf die Spüle mit dem Müllschlucker und dem Zerkleinerer, und in diesem Augenblick begriff Rusty, was passieren würde, obgleich er es immer noch nicht glauben konnte, als er sah, wie seine Hand in der Öffnung verschwand, hineingestopft wurde bis zum Handgelenk, und unter dem Knebel stieß er kurze, tierhafte Schreie aus, aber es kam nicht viel heraus, und als Shadow den Schalter des Müllzerkleinerers umlegte und Blut und Knochensplitter in die Spüle spritzten, wurden aus den Schreien erstickte Brüllaute, und dann war es nur noch ein Gurgeln, und Rusty sank auf die Knie, einen Arm immer noch über den Spülenrand drapiert.

Während sie davonfuhren, meinte Shadow: »Wird wohl 'ne Weile dauern, ehe er mit der Hand irgendeiner Braut wieder an die Wäsche gehen kann.«

»Absolut.«

Shadow sagte für eine Minute gar nichts. Dann: »Gleep, könntest du mir einen Gefallen tun?«

»Und der wäre?«

»Hör auf, dauernd ›absolut‹ zu sagen.«

Gleep, der hinter dem Lenkrad saß, konzentrierte sich auf die Straße. »Klar doch«, sagte er friedlich. »Wenn du aufhörst, dauernd von Muschis zu reden.«

Holly Clemmons war schön, aber nicht so, wie es für Florida typisch war. Ihr Haar war so intensiv schwarz, daß es jegliches Licht in ihrer Umgebung zu absorbieren, es zu verschlucken schien, sozusagen in Form einer umgedrehten Aura, und ihre Augen waren ebenfalls schwarz, was auch die Ursache für den Namen war, den ihre engsten Freunde ihr verliehen hatten:

Midnight. Dagegen war ihre Haut weiß wie Porzellanstaub, hauchdünn, fast durchsichtig, aber mit einem Leuchten, als brenne dahinter ein Licht. Gute Haut. Das Gesicht schmal mit hübschen, genau definierten Nischen und Flächen, genauso wie der Körper, nichts schwellend Rundes, kein ausgeprägtes Gesäß und fast keine Brüste, nur feine, gleichmäßige Konturen. Ein Mannequinkörper, lang und elegant. Er strahlte außerordentliche Signale aus. Sie sah überwältigend aus, ihre gesamten ein Meter fünfundsechzig in hautengen Jeans und weichfließender, hauchdünner Sommerbluse, die beiden obersten Knöpfe offen, wie sie auf ihrem Barhocker in der Park Place Lounge thronte, und sie wußte es.

Unten am anderen Ende der Bar saßen zwei Ehepaare, ältere Leute, wohlhabend und wohlgenährt. Die Männer redeten lauter als nötig, rissen Witze, die sie für besonders gelungen hielten, und linsten dauernd in ihre Richtung. Ihre Frauen blickten finster. Sie war an solche Spielchen gewöhnt und ignorierte sie. Die Frauen unterhielten sich über irgendein Bühnenschauspiel, daher fragte sie, als der Barkeeper, ein fixer Junge, zu ihr rüberkam, um nachzuhören, ob sie noch etwas bestellen wolle, wo dieses Schauspiel zu sehen war.

»Gleich hier im Hotel. Eine Etage höher.« Er schien sich zu wundern, daß sie das nicht wußte. »Wohnen Sie hier?«

Sie bejahte.

»Dann haben Sie wahrscheinlich Freikarten. Wenn Sie ein Arrangement gebucht haben. Soll ich mal nachschauen?«

Was bei Holly Midnight Clemmons immer wieder passierte, war, daß Leute immer sofort bereit waren, ihr behilflich zu sein. Auch daran war sie gewöhnt. Sie sagte, es sei schon in Ordnung, sie würde sich später darum kümmern, aber einer der alten Knaben, der gelauscht hatte, wandte sich an sie und trompetete: »Sie sollten lieber hingehen. Es ist das einzige, was Traverse City an Nachtleben zu bieten hat.«

Sie schenkte ihm einen spröden Blick und sagte nichts. Er war nicht abzuwimmeln, drehte sich auf seinem Platz vollends herum, schaute sie an, zog den Bauch ein und produzierte ein Rotarierlächeln. »*Plaza Suite.* In der Hauptrolle, tätärätää,

Hugh O'Brian. Mr. Wyatt Earp persönlich«, sagte er mit gespielter Bewunderung im Gesicht, als sollte sie davon beeindruckt sein, daß er dadurch nicht beeindruckt war.

»Simon kann ganz lustig sein«, sagte sie, da er ganz eindeutig auf eine Reaktion wartete. »Manchmal.«

»Ach, es ist eigentlich ein ganz nettes Stück«, sagte er und mimte jetzt den weisen Kritiker, »es gibt einige echte Lacher.« Dann, als ihm einfiel, daß er sich ja in Begleitung seiner Ehefrau befand, meinte er, ohne sich zu ihr umzudrehen: »Stimmt's, Wanda?«

»Es haut einen um«, sagte Wanda und stand auf und entfernte sich in Richtung Toilette, während sie ein Kleid mit Sonnenmuster auf ihren Rundungen nach unten strich.

Der Ehemann hob die Schultern, als wollte er sagen: »Was hab ich denn jetzt wieder falsch gemacht?« Dann nahm er den Ball wieder auf. »Sind Sie in unserer kleinen Gemeinde zu Besuch? Machen Sie hier Urlaub?«

Er hatte Richard-Nixon-Wangen, und ein breiter, kahler Highway mit weißen Büschen rechts und links spannte sich über seinen Schädel. Von ihrem Platz aus sah die Landschaft ziemlich feucht aus. »Urlaub«, sagte Holly Clemmons ausgesucht freundlich.

»Und woher kommen Sie?«

»Aus Oak Brook«, sagte sie, und als er sie weiterhin anstarrte, fügte sie als Erklärung hinzu: »Das ist in der Nähe von Chicago. Ein Vorort.«

»Aha. Nun, hier ist es zwar nicht so wie bei Ihnen auf dem Loop. Aber so schlimm wie in Detroit ist es hier auch nicht gerade.« In der Stimme schwang eine Menge Kleinstädterstolz mit.

»Ich denke, ich werde hier einiges an Abwechslung finden«, sagte sie und klimperte mit ihren Wimpern, nur um in der Übung zu bleiben, und schaute dann demonstrativ an ihm vorbei.

Aber er wollte nicht lockerlassen. »Wenn Sie was für Wassersport übrig haben, dann ist das hier das reinste Paradies.«

Was sollte man darauf antworten? Es gab sowieso schon genügend Verwicklungen, die sie entwirren mußte, daher war sie nicht unbedingt scharf darauf, den Phantasien eines geilen, alten Knackers Zucker zu geben. Richtig müde war sie auch noch nicht; dafür war sie innerlich doch zu angespannt. Sie hatte vorgehabt, sich das alles für den nächsten Tag aufzusparen – bis dahin konnte sie sowieso nicht viel unternehmen. Aber da er sie nicht in Ruhe lassen wollte und da sie sich sowieso erkundigen mußte, wie sie zu ihrem Treffpunkt gelangte, meinte sie: »Ich habe gehört, man kann hier auch spielen?«

»Wow, Ernie, hast du das gehört? Unsere kleine Lady hat's mit den Karten.« Ernie, der sie die ganze Zeit nur angeglotzt hatte, schnaubte und leckte sich die Lippen. Er wirkte ausgesprochen unbehaglich, unser Ernie, dessen Frau ihn wütend bewachte. Der andere, ganz erfahrener Weltmann, sagte: »Na ja, Vegas ist es ja nicht, aber Sie haben richtig gehört. Wir haben ein Kasino. Hier in Traverse City.«

Mit seinem Gelaber war es schon ziemlich nervig. Da wäre es wirklich einfacher gewesen, an der Rezeption zu fragen. Dazu war es jetzt zu spät. Sie hakte nach: »Liegt es in der Stadt?«

Außer den fünf Leuten (die im Augenblick abwesende Wanda mitgezählt) war die Bar leer, und der junge Barkeeper hatte alles mitgehört, wobei sein Kopf auf seinem schlanken Hals hin und her zuckte wie bei einem Tennismatch. Nun witterte er die Chance, sich einzuklinken, und nahm sie augenblicklich wahr. »Nein, es ist in Peshawbestown. Etwa zwanzig Meilen nördlich von hier. Auf der Leelanau-Seite. Gleich hinter der Suttons Bay.«

Als müßten all diese Namen eine besondere Bedeutung für sie haben.

Der Mann reagierte mit einem unwirschen Gesicht, weil ihm von einem Schwulen dazwischen gefunkt wurde. »Es wird von Indianern betrieben, steht in ihrem Reservat. Alles total legal. Es existiert schon – wie lange jetzt, Ernie?«

»Fünf, sechs Jahre«, murmelte Ernie und glotzte immer noch. »Ich weiß es nicht genau.«

»Sie kommen auf dem Highway 22 hin«, sagte der Barkeeper. »Der ist zwei Blocks von hier entfernt.«

»Sie haben Pokertische und Würfel und Einundzwanzig,

glaube ich. Ich war noch nie dort. Mit meinem Gehalt kann ich mir kein Glücksspiel leisten. Aber in der Broschüre auf Ihrem Zimmer finden Sie weitere Informationen darüber.«

Was für eine geballte Masse an Intelligenz. Sie schenkte jedem von ihnen ein freundliches Lächeln und erwischte den Mann dabei, wie er den Jungen wütend anfunkelte. Das war nicht weiter schlimm, denn Wanda war wieder zurück und meinte, sie wäre schachmatt und wolle schnell nach Hause. Ernies Frau sekundierte ihr sofort. Über die Schulter und auf dem Weg nach draußen (sich zweifellos dabei denkend, was soll's eigentlich, Wanda macht mir sowieso die Hölle heiß) brachte Mr. Weltmann noch einen letzten Tip zum Abschied: »Passen Sie nur auf, daß die Rothäute Ihnen nicht Ihr letztes Urlaubsgeld aus der Tasche ziehen. Ihnen sozusagen Ihren Wagen abbrennen und Sie nicht mehr nach Hause können.«

Nachdem sie endlich gegangen waren, bestellte sie sich noch einen Drink, um etwas zur Ruhe zu kommen. Einsilbige Antworten brachten den Barkeeper schnell zum Schweigen, daher spülte er noch ein paar Gläser und verzog sich dann irgendwohin. Das ging ohne Probleme, denn sie war der einzige Gast. Sie konnte hinausblicken in die Lobby, und auch die lag verlassen. Ihre Uhr verkündete Viertel vor elf. Freitagabend, in irgendeiner Stadt. Wie hatte der alte Geck sie genannt – ein Paradies? Clay würde jedes Paradies, selbst dieses müde, schäbige, von innen nach außen kehren. Verfluchter Kerl, sie hierher zu holen. Wenn er schon überall, wo er auftauchte, Ärger bekam – und Gott weiß, er hatte eine ganz besondere Begabung dafür – und sie mit hineinziehen mußte, was er unweigerlich immer tat, absolut darauf vertrauend, daß sie auch immer da war, und sie war es – nun, dann hätte er sich wenigstens eine etwas abwechslungsreichere Umgebung aussuchen können.

Bald würde sie wohl darüber nachdenken müssen, was sie tun sollte, und obwohl sie nichts dagegen hatte nachzudenken, abstrakt gesehen, hatte sie für Rätsel wenig übrig und war auch nicht besonders gut im Rätsellösen. Details, Wahlmöglichkeiten, Entscheidungen – so etwas erledigten immer andere Leute für sie. Heute abend würde sie Ihren Kopf mit so etwas nicht belasten. Morgen wäre dafür noch Zeit genug. Sie nahm sich eine Zigarette, Carlton Ultralong, 120 mm. Am Rauchen fand sie eigentlich nicht soviel Gefallen, sie mochte den Anblick in ihrer Hand, das Gefühl zwischen ihren Fingern. Sollte sich ihr Psychoheini damit auseinandersetzen.

Zehn vor elf. Unter normalen Umständen – falls es überhaupt etwas in ihrem Leben gab, was man normal nennen konnte – würde sie jetzt in irgendeinem altmodischen neuen Laden hokken, den Erik entdeckt hätte, irgendwas Folkloristisches wahrscheinlich, exotische Speisen und Getränke, dunkelhäutige, diensteifrige Kellner, gefühlvolle Volksmusik, die in einem schwach erleuchteten Raum aus den Wänden zu kommen schien. Natürlich würde das bedeuten, daß auch er dort wäre, Erik, ihr Teilzeit-Schauspiellehrer, Bühnenautor in Hoffnung, und bis ins letzte mikroskopische Detail würde er seinen letzten »Versuch« analysieren, wie er so etwas gerne nannte. Natürlich noch unproduziert. Er hatte ansonsten mit wenig anderen Dingen zu tun, daher war dieser Teil vielleicht nur ein kleines Opfer. Aber er hatte einige gute Kontakte, verschaffte ihr einen Vorsprechtermin, der mittlerweile zu dieser Stunde geplatzt und unwiederbringlich verloren war, selbst wenn es nur ein Werbespot für einen Motorradhändler aus den Vororten war: ein hübsches Mädchen, dürftig bekleidet, verführerisch im Hintergrund auf einer Honda liegend, glatt und genauso erotisch aussehend wie die Maschine. Schund oder nicht, sie wäre dafür einfach die ideale Besetzung. Und wenn der große Durchbruch aus eigener Kraft jemals mehr sein sollte als ein sehnsüchtiger Traum, dann mußte sie irgendwo einen Anfang machen. Allein der Gedanke daran ließ sie gereizt reagieren.

Etwa gegen elf kam ein Mann herein und setzte sich dorthin, wo die glücklichen Ehepaare gesessen hatten. Er schaute sich nicht um, schien nicht verwirrt oder verärgert zu sein, daß niemand kam und nach seinen Wünschen fragte, sondern saß einfach geduldig da und betrachtete seine gefalteten Hände. Sie fragte sich, ob er wohl ein Tischgebet sprach.

Normalerweise achtete Holly Clemmons nicht sonderlich auf Männer. Aber dieser – und er hätte wirklich die ideale Gelegenheit dazu gehabt – sagte kein Wort, schaute sie nicht einmal an und tat so, als wäre sie überhaupt nicht vorhanden. Das fiel ihr auf. Er war schlank, was ganz gut war, nicht ausgesprochen groß und nicht gerade das, was man als gesund aussehend bezeichnen würde. Er hatte diese Blässe vom vielen Sitzen in geschlossenen Räumen wie ein Bibliothekar vielleicht oder ein Buchhalter. Ein nettes Profil trotzdem. Ein markantes Kinn mit einem Grübchen. Drei ausgeprägte vertikale Falten, je eine auf beiden Seiten der leicht gebogenen Nase und eine tiefe zwischen den Brauen. Muß ein Denker sein, dachte sie. Die Augen sahen müde aus. Sehr viele graue Strähnen zwischen ansonsten unauffällig braunen Haaren. Kein ausgeprägt hübsches Gesicht, aber hinreichend interessant. Für diese Gegend. Und das war ja schon eine Menge an Positivem in dieser Zeit. Er trug ein braunes Jackett und einen konservativen Schlips, kein schreiend pinkfarbenes Sporthemd wie Ernie und seine Begleitung. Und das war ein Lichtblick. Sie schätzte ihn auf Ende Dreißig, Anfang Vierzig. All dies nahm sie mit einem einzigen Blick auf. Sie war für so etwas geschult.

Sie wartete auf den Blick oder die einleitende Bemerkung. Nichts davon passierte, und das machte sie leicht ungehalten. Na schön, er war vermutlich schwul und hergekommen, um mit dem Barkeeper anzubandeln, der in diesem Moment erschien und Entschuldigungen hervorsprudelte. Sie leerte ihr Glas und glitt vom Hocker, stolzierte durch den schmalen Gang zwischen den Tischen und an ihm vorbei, versetzte die Hüften in leichte Schwingungen, nur zur Übung. An der Tür hörte sie ihn sagen: »Ich weiß nicht, vielleicht ein Ginger-ale.«

Nicht lange nach seiner Ankunft in Traverse City erkannte Waverly, daß es dort für ihn wirklich nichts zu tun gab. Er hatte um ein Doppelzimmer gebeten und hatte auch eines im zweiten Stock, neuer Flügel des Park Place Hotels, bekommen, obgleich die Angestellte, als sie sah, daß er alleine war, sofort darauf hingewiesen hatte, daß Einzelzimmer billiger seien und daß sie welche frei hätten. Ich komme aus Montana, erklärte er ihr, ich brauche viel Platz. Aber Sie haben Florida als Herkunft ins Buch geschrieben, erinnerte sie ihn und wurde etwas skeptisch; Palm Beach Gardens steht hier. Es stimmte. Beides ist richtig, sagte er und improvisierte. Montana im Sommer, im Winter runter in die Sonne. Und er zeigte ihr ein solch offenes, unschuldiges Lächeln, daß sie nur noch den Kopf schütteln konnte, amüsiert und verständnisvoll. Er war ein begnadeter Lügner, aber wenn das versagte, dann konnte er auch charmant sein; so etwas mußte man lernen. Es schadete nie, wenn man im Training blieb.

Aber nun, um zehn Uhr abends, saß er alleine in seinem geräumigen Doppelzimmer mit zwei Einzelbetten, einem Bad mit Heizlampe an der Decke, einer Waschecke mit Spiegel und Waschbecken, einem Fernseher und furchtbaren Kunstdrucken an der Wand. Er hatte ausgepackt und fragte sich, was er tun sollte. Der Impuls, der ihn aufgescheucht und hergebracht hatte, war verbraucht und verflogen. Er war eher steif als müde. Er stand auf und öffnete die Schiebetür und trat hinaus auf seinen Balkon. Hier standen Stahlrohrstühle und ein Tisch, und der Ort war wie geschaffen, um in einem Morgenmantel oder einer Hausjacke dazusitzen, einen Drink zu schlürfen und mit milder Kritik über die Vor- und Nachteile dieser alten, leidgeprüften Welt nachzudenken. Auf einem Parkplatz gegenüber auf der anderen Straßenseite rannte eine Bande lärmender Kinder herum, sie rempelten sich untereinander an und schrien dem vorbeirasenden Verkehr Schimpfworte entgegen. Dabei gerieten sie immer mehr in Rage. Ansonsten waren die Straßen nahezu ausgestorben. Draußen, über der Bucht, sah der Himmel von Michigan so weit und so unendlich tief aus. Eine Trostlosigkeit, wie er sie seit Jahren nicht mehr empfunden hatte, überwältigte ihn.

Bennie hatte recht, er hatte dort nichts zu suchen. Immerhin war es kühl, fast kalt; wenigstens das war nicht falsch gewesen.

Er ging wieder hinein, ließ die Jalousien herunter, zog sich bis auf die Unterhose aus, ließ sich auf den Boden fallen und machte fünfundsiebzig Liegestütze. Dann, als er gewohnheitsmäßig an William James dachte und die sorgfältig zusammengerollte Bindfadenkugel sich durch einen einzigen Zug auseinanderwickelte, drehte er sich auf den Rücken und machte dreihundert Sit-ups, bei den letzten fünfzig oder so kam er mächtig ins Keuchen. Von Chop, der täglich tausend Stück davon machte, hatte er den James-Wahlspruch gelernt, und er hatte entdeckt, daß es fast bei allem funktionierte. Außer bei Zigaretten. Dort funktionierte es nicht. Er würde sich ernsthaft damit auseinandersetzen müssen, vielleicht nach seinem Urlaub.

Er kam hellwach und ruhelos aus der Dusche. Er streckte sich nackt auf einem der Betten aus. Dort lag, natürlich, ein Telefonbuch auf dem Nachttisch, und nachdem er es für eine Weile betrachtet hatte, griff er danach und fand den Buchstaben F und fuhr mit den Fingern an den Spalten entlang, bis er zu Foss, Arthur – Annetta kam, und zog ihn weg, als hätte er eine glühende Kohle berührt. Foss, Annetta. Er konnte kaum noch ein Bild von ihr rekonstruieren, von dieser Frau, die, so viele Jahre zurück, einmal seine Ehefrau gewesen war, Mutter seines verlorenen Sohnes, und die ihn auf den unwahrscheinlich rauhen Pfad gebracht hatte, den sein Leben genommen hatte. Und sie lockte ihn schon wieder, diesmal total ohne es selbst zu wissen, zu einer weiteren gefährlichen Weggabelung hin. Wenn das Bild ihrer äußeren Erscheinung ihm auch entfallen war, mit etwas Mühe konnte er jede finstere Nische ihres treulos bösen Herzens nachzeichnen. Und das von Arthur ebenso.

Von dem Sohn, den die beiden mitgenommen hatten, war kaum mehr als ein verwischter Eindruck geblieben, bis auf eine glasklare Erinnerung aus dieser stürmischen Zeit. Ein Karneval, ein Karussell, in das der Junge sich verliebt hatte. Er hatte ihn dorthin mitgenommen, dieses stille, nervöse Kind, verwirrt von der plötzlich aufkommenden häuslichen Unruhe, hatte ihn von zu Hause weggelockt in Mißachtung des Gerichtsbeschlusses. Nun, in der Erinnerung, zählte er die letzten Scheine in seiner Brieftasche und stand da und hielt diesen ernsten, kleinen Reitersmann fest, der sich an einen Pfahl klammerte, der wie ein Speer das grinsende Pferd durchbohrte, das im fließenden Gleichtakt der Kirmesmusik auf- und niederstieg. Und als er ihn dort reiten sah, ernsthaft, seine kindlichen Gesichtszüge zu einem Ausdruck des Staunens und der Not verzogen, als ob er aus einer instinktiv ihm innewohnenden Weisheit heraus erkannt hätte, daß der gleichmäßige Rhythmus des Karussells und der Musik letztendlich nicht die Macht hatten, ihn vor Leid zu bewahren – als er ihn so sah, wurde Waverly von der Nähe überwältigt, die er zwischen ihnen, Vater und Sohn, in derart betäubender Intensität spürte. Und während er sich nun daran erinnerte, wurde er von einer gewaltigen Sorge überwältigt.

Dann waren sie also noch da, die Fosses. Und er war es auch; und was sollte nun geschehen? Nichts, war die Antwort, trotz all der grenzenlosen Trauer und Wut, die in ihm aufstieg, über einige Dinge, an denen nun nichts mehr zu ändern war. Selbst wenn es anders sein sollte. Es gab Schulden, die zurückzuzahlen das Leben sich hartnäckig weigerte.

Er hätte niemals herkommen sollen. Er sollte jetzt in den Gardens sein, sich für die Quacksalber an diesem Abend und für die Bauunternehmer in der nächsten Woche fit machen.

Hier, wo er gerade war, wartete nur der Wahnsinn auf ihn, sagte Waverly sich selbst, der ein Experte des inneren Dialogs war. Er legte das Telefonbuch beiseite und ersetzte es durch den Veranstaltungs- und Urlaubsführer, dessen Seiten er gleichgültig umblätterte. Er überflog den Lobgesang auf Traverse City: eine elegante, kleine Gemeinde, die am Ufer der prächtigen Grand Traverse Bay gewachsen ist; Einwohnerzahl um die fünfzigtausend (wenn man all die freundlichen Bürger auf der Halbinsel mitzählte, was sie auch taten); gehobene Hotelkategorie im Überfluß, mehr als ausreichend, um jeden Geschmack und jede Brieftasche zufriedenzustellen; elegante Speiselokale; aufregendes Nachtleben; zauberhafte Wasserlandschaften; ein Paradies für Wassersportler; das Juwel in der Krone des nördlichen Michigan. So stand es da. Die reinste Handelskammer-Rhapsodie.

Nichts fesselte seine Aufmerksamkeit, bis er auf eine Werbung für etwas stieß, das den Namen Leelanau Sands trug. Spielkasino, hieß es da: Würfeln, Poker, Blackjack, Automaten. Glücksspiel in Michigan? Das war ihm neu. Irgendwo mußte da ein Haken sein, wahrscheinlich wurde um festgesetzte Preise gespielt, wer am Ende des Abends die meisten Chips hatte, der gewann eine Polaroidkamera oder ein Abendessen für zwei Personen, und zwar so viele Whopper, wie man verdrücken konnte. Das war nicht sein Stil.

Es war fast elf Uhr, und er wußte, daß er noch lange nicht schlafen konnte. Das Fernsehen interessierte ihn nicht. All diese lachenden und weinenden Gestalten, die über den Schirm flimmerten. Vor seinem geistigen Auge konnte er Tausende von interessanteren und abwechslungsreicheren Filmen abspulen. Das war eine andere Fähigkeit, die er gelernt hatte.

Er zog frische Sachen an und ging hinunter in den »Parlor«, den der Fremdenführer als einen »lustigen Pub im Stil von 1890« anpries. Er war in Freudenhausfarben, Schwarz und Blutrot, dekoriert. Das Gemälde von einer fetten Nackten an der Wand, hohe Korbhocker, gedämpftes Licht, Stille. Was der Tatsache zuzuschreiben war, daß niemand da war, nicht einmal die Bedienung. Nun, nicht ganz. Am anderen Ende der Bar saß eine geradezu atemberaubende Brünette mit den absolut schwärzesten Haaren, die er je gesehen hatte, die sich über ihre Schultern und den Rücken ergossen, schlank, groß, mit einem schmalen Modigliani-Gesicht, das gelangweilt und exotisch zugleich aussah. Ein einmaliges Gesicht. Wie das der Sängerin Cher, als sie noch jung war und nur gut aussah. Und ganz alleine, wie es schien.

Er spürte, wie ihre Blicke über ihn hinwegglitten, aber er schaute nicht auf. Warum auch? Wahrscheinlich eine Nutte, wenn es hier oben so etwas gab, oder wenn nicht, dann sicher eine Nutte auf Urlaub, genau wie er. Die holzgetäfelte Bar erinnerte ihn seltsamerweise an jene Ausschnittdiagramme der Stämme von Redwoodbäumen, bei denen die Altersringe längst vergangenen Ereignissen in der Geschichte zugeordnet wurden: Christi Geburt, der Untergang Roms, Karl der Große, die Reformation – bis vorgestern. Nach einiger Zeit kam der Barkeeper hereingehuscht und sagte, oh, es tut mir so leid, Sie hätten rufen sollen. Er hatte die gleiche Sprache, den gleichen Tonfall wie die vom leichten Gewerbe, die in Jackson herumschwirrten. Und genau wie sie klemmte er die Arschbacken zusammen, als müßte er damit einen Vierteldollar festhalten. Sobald er erschien, stand die andere Hälfte der abendlichen Gästeschar auf und empfahl sich. Der Hauch eines eleganten Dufts hing in der Luft, als sie vorbeirauschte. Waverly bestellte ein Ginger-ale und, um sich ein wenig zu beschäftigen, erkundigte sich bei dem Barkeeper nach dem Leelanau Sands.

»Ist das nicht seltsam?« sagte der. »Die Lady, die gerade gegangen ist, hat auch danach gefragt. Damit sind es schon zwei, an einem Abend.«

Es ging an diesem späten Augustfreitag schon auf zwei Uhr zu, womit der Samstagmorgen angebrochen war. Die meisten Bars waren bereits geschlossen; die, die offen waren, schickten sich an zuzumachen. Das FlapJack Shack füllte sich mit übriggebliebenen Trinkern, der Grill brutzelte und zischte unter ihren Burgers, Spiegeleiern, sonstigen Bestellungen. Teenager waren immer noch auf der Front Street und der State Street unterwegs, hielten an den Ampeln in aufgemotzten Selbstmordmaschinen und Abrißheckraketen und Rennpantoffeln, die eher aussahen wie Raubvögel kurz vor dem Hinabtauchen auf ein Jagdopfer. In einer Gasse hinter der NBD-Bank war eine Schlägerei im Gange. Ein paar Lichter konnte man auf den Landzungen sehen, welche die Bucht umschlossen, und sie wirkten wie Löcher in der Nacht. Die Wohnstraßen waren meistenteils dunkel. Traverse City verkroch sich nach einem weiteren, langen und gewinnträchtigen Sommertag.

Ein paar Meilen nördlich der Stadt, in einem Zimmer des wunderschönen Hauses oberhalb der Bucht, lag Gunter Dietz auf seinem mit Seidenlaken bezogenen Bett auf dem Rücken. Eine angenehm duftende Brise wehte durch die offenen Fenster herein, und unten, zwischen seinen gespreizten Oberschenkeln, ruckte Oonas Kopf heftig auf und ab. Trotz all der erregenden, angenehmen Empfindungen konzentrierte Dietz' Geist sich immer noch auf die fehlende Ware, er schäumte innerlich vor Wut und dachte an die Stümperei dieses Ledbetter und an irgendein halbwüchsiges Arschloch, das die Frechheit besaß, zu versuchen, ihn aufs Kreuz zu legen. Wenn sie wissen wollten, wie es war, auf dem Kreuz zu liegen, dann war er der Mann, der es ihnen ganz schnell zeigen könnte.

Gaylon, alleine in seinem Bett, schlief tief und fest, jedenfalls relativ. Shadows Neuigkeiten hatten seine Laune aufgehellt. Jedenfalls reichte es aus, daß er wieder auf die Toilette konnte, ohne vorher eine Tablette zu nehmen, danach ein heißes Sitzbad, einen Drink und eine gute Zigarre. So wie es aussah, wäre bis Sonntag, Montag alles wieder erledigt, und Dietz konnte nach Hause zurückkehren, und jeder würde wieder seinen normalen Geschäften nachgehen können.

Gleep saß alleine an einem Ecktisch in einer Kneipe außerhalb der Stadt. Da es nichts mehr gab, was sie bis zum Abend des nächsten Tages tun konnten, ließ er sich gemütlich vollaufen. Die meiste Zeit dachte er an gar nichts, obwohl gelegentlich das Bild von Wäldern und Flüssen und Seen oben bei Ishpeming, wo er seine Kindheit verlebt hatte, vor seinem geistigen Auge erschien und gleich wieder verschwand.

Shadow lag auf einer indianischen Hure, die er für die Nacht gemietet hatte, und ackerte und keuchte. Sie lag wie gekreuzigt unter ihm, Arme und Beine mit Paketschnur an den vier Ecken des Bettes festgebunden. Da sein Gesicht in ihrem fettigen Haar vergraben war, konnte er den geistesabwesenden Ausdruck in ihrem braunen Gesicht nicht sehen.

Im Parterreapartment lag Rusty Barker bewußtlos auf dem Linoleumboden vor der Spüle. Ein wenig Blut sickerte noch immer aus seiner Hand, aber nicht viel. Gelegentlich hatte am Abend das Telefon geklingelt, aber er hatte natürlich nichts gehört.

In ihrem Zimmer im Park Place Hotel war Holly Clemmons endlich in einen Schlaf gesunken, wie er sich nach einem langen, aufregenden Tag meistens einstellt. Da das Fernsehgerät keine Fernbedienung hatte, lief es noch. Das Nachtprogramm brachte einen Horrorfilm.

In einem anderen Zimmer zwei Stockwerke tiefer und in einem anderen Flügel saß Waverly an einem Tisch, mit seinem Pyjama bekleidet, teilte rasendschnell Blackjack-Karten aus und überprüfte seine Mitzählfähigkeiten. Er hatte nur ein einziges Kartenspiel, daher war die Übung natürlich nicht so aussagekräftig, nichtsdestoweniger war er neugierig zu sehen, wie gut er sich noch an das Punktezählsystem erinnerte und wie schnell er war. Es war lange her, seit er Blackjack gespielt hatte. Drei Jahre, genaugenommen, als er nämlich – gerade entlassen – nach Atlantic City gekommen war und ständig gewann, bis jedes Kasino in der Stadt ein Verbotsschild für ihn nach draußen hängte und er in den Süden ziehen mußte, um sich mit Bennie zusammenzutun.

Von dem Barkeeper hatte er erfahren, daß das indianische Kasino tatsächlich existierte und auf legaler Basis operierte; es wurde tatsächlich um Geld gespielt. Wieviel allerdings über den Tisch ging oder wie hoch das Limit war, wußte der Junge nicht. Waverly überlegte sich, daß er beim Blackjack bleiben sollte – wenn er überhaupt hinging. Etwa eine Stunde an einem Kasinopokertisch inmitten all dieser Amateure reichte aus, und schon bekam er die bösen Blicke zu spüren, und dann klopfte ihm jemand auf die Schulter und gab ihm unmißverständlich zu verstehen, daß er sich verziehen solle. Blackjack wäre mal etwas anderes und würde ihn in Form halten – denn das Timing konnte schon nach einer Woche nachlassen. Es würde ihn zumindest vor Schwierigkeiten bewahren – falls er wirklich hingehen sollte.

Das Objekt des Interesses all dieser Personen (außer von Rusty, aufgrund seines derzeitigen Zustands, und von Waverly, vorerst jedenfalls), nämlich Matthew Clay Clemmons, lag zur gleichen Zeit gemütlich hingegossen auf einer Schlafcouch im Keller eines Discount-Möbelladens drei Meilen südlich der Stadt, eines Ladens übrigens, der seine Ware auf großen, grellfarbenen Schildern anpries mit Aufschriften wie: RÄUMUNGSVERKAUF! TOTALAUFLÖSUNG! GROSSHANDELSPREISE! Er mampfte ein in Folie eingeschweißtes Sandwich und trank dazu eine Pepsi Light und war ein wenig verärgert, daß die blöde Schnalle die Doritos vergessen hatte.

Trotzdem mußte er dankbar sein, daß sie ihm aus seinen Schwierigkeiten geholfen hatte. Er dankte den gnädig gesonnenen Göttern, daß er eines Tages im Frühsommer die Kleine am Strand aufgerissen hatte und es sich herausstellte, daß ihr alter Herr dieses Gerümpelparadies betrieb. Er brachte sie dazu, den

Schlüssel zu stibitzen, und an diesem Abend bumste er sie auf einem La-Z-Boy-Sessel. So besonders war es nicht mit ihr, aber es war ein paarmal passiert, daß er nichts anderes zu tun hatte. Was gar nicht zu ihm paßte, er hatte es Rusty oder jemand anderem gegenüber niemals erwähnt. Das Girl war gerade dreizehn, und er hatte keine Lust, sich den Spott der anderen anzuhören oder irgendwelche Schwierigkeiten zu bekommen.

An diesem Morgen, nach der Diskussion mit seinem ängstlichen Partner, rief er sie an, und sie kam ihn auf ihrem Motorroller abholen. Ein Motorroller! Aber er durfte nicht das Risiko eingehen und seinen feuerwehrroten TransAm in der Stadt zeigen oder sonstwo in diesem gottverdammten Staat, wenn man es genau nahm. Jedenfalls nicht, solange diese beiden Monster in der Nähe waren, die Ledbetter sicherlich längst auf seine Fährte gehetzt hatte. Was hätte dem Schwarzen aus Saginaw sonst zustoßen können? So fuhren sie also hinaus in irgendeinen Wald zu einer Stelle, den sie ihr »Versteck« nannte, und dort mußte er es ihr besorgen, immer wieder, den ganzen Nachmittag lang, bis der Discountpalast die Tore schloß, und das war erst um zehn Uhr der Fall. Unmöglich, bis acht Uhr zu Rusty zurückzukehren und ihm Instruktionen für Midnight zu geben. Selbst wenn er auch nur einen leisen Schimmer gehabt hätte, wie diese Instruktionen aussahen. Aber das Mädchen brachte ihn in den Keller und fand einen sicheren Platz, wo er sich tagsüber aufhalten konnte, wenn es nötig war, einen dunklen Lagerraum, der aussah und stank wie ein Burgverlies. Aber dann mußte sie auch noch herumhängen und konnte nicht genug von ihm bekommen, was im Rahmen seiner Erfahrungen mit Frauen nicht ungewöhnlich war, ihn aber in speziell diesem Moment doch erheblich störte, angesichts der Dinge, die ihn beschäftigten: ein überfälliger Telefonanruf, irgendein Plan und überhaupt alles. Schließlich überredete er sie, nach Hause zu gehen – nachdem sie ihm sein Essen vorbeigebracht hatte, wobei sie natürlich wieder Mist bauen mußte, indem sie die Corn Chips vergaß.

Und nun mußte er alles neu organisieren. Müde oder nicht, er mußte sich über seinen nächsten Schritt klar werden.

Nachdem sie gegangen war, hatte er fünfmal im Apartment

angerufen und niemanden erreicht. Was einen von zwei Gründen haben konnte. Entweder hatte dieser Arsch von Rusty sich aus dem Staub gemacht, kaum daß der Motorroller um die nächste Ecke gebogen war. Oder – und darüber wollte er gar nicht so gerne nachdenken – sie hatten ihn geschnappt. Und wenn sie ihn geschnappt hatten, dann gab es wieder zwei Möglichkeiten: Entweder wußten sie nun über Midnight Bescheid oder nicht. Wenn nicht (so lief seine Logik), dann gab es keinen Grund, sich Sorgen zu machen, obgleich ihm einfiel, daß er ihr vielleicht hätte raten sollen, sich unter einem anderen Namen im Hotel einzutragen, aber Herrgott noch mal, wer kann schon an alles denken? Und wenn sie Bescheid wußten ... den Gedanken wollte er auch nicht zu weit verfolgen. Vielleicht sollte er im Park Place anrufen, sie warnen, eine Nachricht für sie hinterlassen oder so etwas. Aber auch das könnte gefährlich sein, wenn –

Wenn, immer diese verdammten *Wenns*: Alles war aus den Fugen geraten. Von Anfang an hatte er nichts anderes tun wollen, als endlich einmal ganz groß zuzuschlagen, endlich mal ein eigenes Ding zu drehen, das er ausgedacht, geplant und durchgezogen hatte. Einmal in seinem Leben.

Er wollte nicht, daß irgendwem etwas passierte, ganz bestimmt nicht Midnight; wenn es überhaupt jemanden in der Welt gab, wegen dem er sich Sorgen machte und der ihm wirklich etwas bedeutete, dann war sie es. Noch nicht einmal Rusty, der sicher ganz in Ordnung war, aber dumm und ein Feigling und im Grunde ein harmloser Scheißer. Aber er spürte wieder dieses verzweifelte Bedürfnis, es ihnen allen endlich einmal zu zeigen – Midnight, dem alten Herrn, allen. Ihnen zeigen, daß mehr in Matthew Clay Clemmons steckte, als sie je begreifen würden, eine Raffiniertheit, die ihnen bisher entgangen war, etwas ... Substanz. Tiefe. War das zuviel verlangt? Man sehe sich nur an, wohin ihn das gebracht hatte, dieser simple, entschlossene Ehrgeiz. In den Himmel des Möbeldiscounts. Irgendwie mußte er sich einige Schritte überlegen. Aber wie es weitergehen sollte, dessen war er sich nicht mehr sicher.

Nur für den Bruchteil eines Augenblicks wünschte er, er hätte das Ganze gar nicht erst angefangen. Aber dann griff er nach unten und tätschelte den Sack mit der Ware unter dem Sofa. Immer noch in Sicherheit, genau wie er. Im Augenblick sowieso. Wahrscheinlich war Rusty längst zu Hause in Cadillac und lag im Bett, alle Lampen angeknipst und den Kopf unter der Bettdecke. Und so gut wie sicher war Midnight in Ordnung. Und er fühlte sich wirklich ausgebrannt und ausgepumpt von den hektischen Ereignissen der vergangenen beiden Tage. Er brauchte Schlaf. Morgen würde er sich alles durch den Kopf gehen lassen, würde er sich alles überlegen, wenn seine Gedanken wieder klar waren. Dann würde ihm etwas einfallen. Jedes Problem ist eine Herausforderung, sagte sein Vater immer, und für jedes Rätsel gibt es eine Lösung. Morgen würde er sie finden. Heute abend jedoch hätte er die Doritos gut gebrauchen können.

2

Am nächsten Morgen um sieben Uhr tauchte Waverly ruckartig aus einem traumlosen Schlaf auf und war anfangs ein wenig verwirrt und unsicher angesichts der ungewohnten Umgebung. Er mußte eine Weile liegen bleiben und rekonstruieren, wo er war. Dann stand er aus dem Bett auf, zog seine Badehose an und ging zu dem großen Swimmingpool hinunter, der unter einer hohen, transparenten Kuppel lag, welche die Sonnenstrahlen hereinließ. Er schwamm vierzig Bahnen, in einem lockeren Kraulstil, beobachtete, wie sein Schatten unter ihm mühelos mithielt, dann folgten zwanzig weitere Bahnen im wuchtigen Butterflystil, und dann ließ er sich einfach treiben, um wieder zu Atem zu kommen und sich auszuruhen. Neben dem Pool befand sich ein regelrechtes Kraftcenter, er ging hin und machte ein paar Sets an der Universalmaschine.

Als er in sein Zimmer zurückkehrte, fühlte er sich gut. Irgendwie rechtschaffen, so empfand er es, aber gut, tierisch gut, als gehörte sein Körper endlich wieder ihm, fast genauso, wie er sich vor Jahren immer gefühlt hatte, wenn er nach einem langen Nachmittagstraining im Schwimmbecken des College nach

Hause kam. Im gnadenlosen gelben Licht des Badezimmerspiegels unterzog er sich einer genauen Musterung. Nicht so übel, dachte er, für sechsunddreißig gar nicht schlecht. Sicher, die Haare, die seine Brust bedeckten, waren von einem irritierenden reinen Weiß, und sein Bauch war auch nicht mehr die Steinplatte, die er mal gewesen war, aber viele der Grate waren noch intakt, und an den Seiten, wo die meisten schwammige Ringe hatten, hatte er immer noch Einbuchtungen. Es konnte also durchaus schlechter sein.

Er nahm das Frühstück im Speisesaal des Hotels ein, und dann ging er in die Stadt, schlenderte die drei Blocks lange Hauptstraße entlang, auf beiden Seiten, schaute sich interesselos die Fenster der wenigen Souvenir- und Plunderläden an, von denen einige noch geschlossen waren, blieb in einem Zeitungs- und Taschenbuchladen namens Little Professor stehen und las ein wenig, bis die Angestellte zu ihm herüberkam und ganz gezielt die Regale in seiner nächsten Nähe abzustauben begann. Sie fragte ihn schließlich, ob sie ihm helfen könne, und er antwortete, nein, vielen Dank, nahm den Hinauswurf gelassen hin und trat wieder auf die Straße und schaute auf die Uhr und sah, daß es gerade kurz nach halb neun war. Und da war er nun, Mr. Gesundheit und Zufriedenheit, und stand im strahlenden Sonnenschein, blinzelte überhaupt nicht, atmete die klare, feuchte Luft – eine bemerkenswerte Luft von der Art, die man nicht sehen konnte. Und was ohne irgendeine gottverdammte Beschäftigung.

Einen Block entfernt befand sich ein kleines Freiluftcafé in einem Patio, also ging er hin und setzte sich an einen Tisch und trank eine Tasse Kaffee und rauchte. Er schaute zu, wie die Straßen allmählich zum Leben erwachten mit der allmorgendlichen Touristenparade. Er sah durch die Schaufenster, wie die Ladeninhaber umherhuschten wie aufgeregte Ratten in ihren engen Käfigen. Dann ging ihm durch den Kopf, daß, wenn er nur lange genug dort sitzen bliebe, die Fosses, Arthur und Annetta, vorbeigehen könnten. Und – da er nun schon einmal in dieser Richtung nachdachte – hätten sie wohl den Jungen bei sich? Und wenn ja, würde er ihn erkennen? Nach zehn Jahren?

Nachdem er ihn von seinem zweiten bis zu seinem zwölften Lebensjahr nicht gesehen hatte? Überhaupt nicht dran zu denken. Wahrscheinlich würde er nach all den Jahren das zufriedene Paar nicht einmal mehr aus der Menge der Passanten herauspikken können. Ganz gewiß nicht. Arthur, so erinnerte er sich schwach, hatte Haare so dünn wie Spinnweben. Und Annetta, so glaubte er sich entsinnen zu können, hatte eine Neigung zur Rundlichkeit, sogar damals schon, als sie noch jung war; sportlich oder nicht, sie hatte die Anlage zur Fettleibigkeit in sich. Daher war er jetzt vielleicht längst kahl, und sie war fett, und wenn das wirklich der Fall sein sollte, so fanden einige der kleineren Konflikte des Lebens schließlich doch noch ein befriedigendes Ende.

Er merkte, daß nichts davon ihm guttat, diese Erinnerungen und die gehässigen Reminiszenzen und Wunschvorstellungen. Nach einer Stunde oder so kehrte er in sein Hotel zurück und stellte fest, daß sein Zimmer noch nicht aufgeräumt war. Er suchte sich eine schnippische Angestellte, die meinte, sie würde sich so bald wie möglich darum kümmern, aber das Hotel sei voller Gäste, und dann ging er hinunter ins Foyer, ließ sich in einen Ledersessel fallen und starrte düster auf nichts Bestimmtes.

Auf nichts, das heißt, bis er die elegante junge Frau aus der Bar vom vorhergehenden Abend aus dem Speisesaal kommen und zur Rezeption gehen sah, um die Angestellte dahinter irgend etwas zu fragen, was er allerdings nicht verstehen konnte. Er konnte jedoch die sichere Aussprache hören, die kühle Souveränität. Bei Tageslicht betrachtet, sah sie noch viel aristokratischer aus. Das gleiche erstaunlich schwarze Haar und die marmorne Haut, der gleiche schlanke Körper, sehr groß, aber mit einer weichen Gestik und Bewegungsart, die ihm vorher entgangen war, eine nahtlose Verbindung von Gelenken und Gliedmaßen. Sie war mit einem sportlichen Rock und einer Bluse bekleidet, die fast gewichtslos erschien, im Grunde leicht gefärbter Luft glich. Da seine Erfahrungen mit Frauen bestenfalls begrenzt waren und dabei meistenteils auch noch bitter, nahm Waverly von ihnen wahrscheinlich weitaus weniger Notiz als andere Männer; aber diese, so entschied er, würde auch die schlappste

Phantasie anregen und brachte sogar die seine in Schwung. Sie sah aus, wie er sich die erste Brise vorstellte, die über eine von der Hitze ausgedörrte Steppe weht. Er entschied außerdem, daß sie keine Nutte war, sondern eher eine elegante junge Dame von Herkunft, durchaus stadterfahren und an Aufmerksamkeit und Bewunderung gewohnt, die den Norden des Landes aufsuchte, um die antiken Sehenswürdigkeiten zu besichtigen. Offensichtlich wohnte sie im Hotel. Und wenn es irgendwo einen Ehemann oder einen Gefährten gab, so war der, nachdem sie ihm nun schon ein zweites Mal über den Weg lief, nirgendwo zu sehen. Sie wandte sich von dem Schalter ab und ging dicht an seinem Sessel vorbei. Er schaute ihr direkt in die Augen, aber sie würdigte ihn nicht eines Blickes, ehe sie mit gemessenem Gang, die Gelenke gut geschmiert, durch den Korridor verschwand.

So viel zur Ouvertüre, wenn es das überhaupt war.

Den größten Teil des Nachmittags verschlief er, wachte schließlich aus wilden Träumen auf, die aus verzerrten, schiefen Bildern bestanden, von schreienden Kindern, falsch ausgeteilten Karten, undeutlichen Frauen, die kaum voneinander zu unterscheiden waren, aber alle verlockend lächelten, und dann kam von irgendwoher Blut geflossen, und er sah Räume ohne Fenster und mit Wänden aus nassem Schwamm. Es war vier Uhr. Er schwitzte. Er griff nach dem Fremdenführer und blätterte zu der Seite mit der Leelanau-Beschreibung. Samstags ab Mittag geöffnet, und aus dem Gespräch von gestern abend wußte er, wie er dorthin gelangte. Na schön. Dann war es also das. Er duschte erneut, zog ein Jackett und eine Krawatte an, weil er daran gewöhnt war, denn so etwas trug er immer, ob das hier nun gerade modern war oder nicht. Seit dem Morgen hatte er nichts gegessen, aber auch das ging in Ordnung; seine höchste Konzentrationsstufe erreichte er immer mit leerem Magen. Er ging direkt hinunter auf den Parkplatz und lenkte den Mazda nach Norden zum Highway 22.

Von dem Panorama sah er nicht viel, denn während der Fahrt spielte er im Kopf einige Runden durch, setzte er die Grundstrategie ein, dann fing er an mit einem einfachen As-Fünf-Zählen, dann ging er schließlich zu einem konzentrierten Serienzählen über, wobei er jeder Karte einem bestimmten Wert zuordnete und die Gesamtsumme in einem unabhängigen, aber zugänglichen Winkel seines Gehirns ständig addiert wurde. Zahlen, Kartenbilder, Gesamtsummen – all das zuckte lasergleich über den Schirm, den er ständig mit seinen geistigen Augen fixierte, wobei er den Eindruck eines ruhigen, gelassenen Heiligen vermittelte, während sich in seinem Innern die wilde, wabernde Hitze bildete, welche er immer dann verspürte, wenn er sich anschickte, in ein Spiel einzusteigen, in jedes Spiel, sogar in eine Spielerei, als die sich das sicherlich erweisen würde, was nun vor ihm lag. Es hatte überhaupt nichts mit Geld zu tun; das wußte er. Irgendwie war es mit Vorstellungen von Ordnung, von sich ergebenden Mustern, von einer Zunahme statischer Ladung verbunden. Alles weitere darüber hinaus war ein Mysterium, und wie bei allen Therapien, die erfolgreich waren, sollte man diesen Bereich lieber unerforscht lassen.

Er kam nicht zu früh an. Fast hätte er den Ort verfehlt, da nur ein kleines Straßenschild auf Peshawbestown hinwies, keine Neonbeleuchtung oder so, und trotz der Nachsilbe alles andere als eine Stadt. Es gab zwei Parkplätze. Und derjenige, der am günstigsten zu dem rechteckigen Bau lag, war bereits voll; er hatte keine andere Wahl, als auf den entfernteren zu fahren. Ein Mann, ganz geschäftig, wies mit einem Kopfnicken auf das Kasino. Er war, wie Waverly bemerkte, kein Indianer, und sein Job bestand darin, Wagen zu parken, aber sein Gesicht zeigte den typischen arroganten Ausdruck, der jeden überkommt, der, wie entfernt auch immer, mit dem mechanischen Umschichten von Geld zu tun hat, eben mit dem Spiel. Das Kasino stand auf der Kuppe einer sanft aufschwingenden Anhöhe und unterschied sich in nichts von dem aus Zedernholz erbauten Bingosaal, der aussah wie ein Rathaus, oder dem Souvenirladen und dem Verwaltungsgebäude. Die Gebäude zu unterscheiden lernte er durch das Belauschen eines Ehepaars vor ihm in der Schlange, die sich langsam dem Eingang entgegenschob.

Sobald er eingetreten war, erkannte er, daß die Bezeichnung Kasino eine Schmeichelei war. Hier gab es nichts von der üblichen Maske-des-roten-Todes-Dekoration, die aus roten Wänden, scharlachroten Decken und blutroten Teppichen besteht. Sondern das Innere erschien eher als eine Kirche oder ein VFW-Club (beige Wände ohne Zierat, Standventilatoren, die die dicke Luft umwälzten), der von den Kiwanians vermietet und für eine Wohltätigkeitsveranstaltung hergerichtet worden war, Motto: eine Nacht in Las Vegas – Spaß und Unterhaltung für jedermann. Und die Gäste paßten durchaus zu dem Etablissement. Geduldig warteten sie darauf, einen Platz an einem der halben Dutzend Tische zugewiesen zu bekommen, die von der Tür aus zu sehen waren, oder einen Platz an dem einzigen Würfeltisch im Raum an einer Wand (der Pokertisch, so hörte er, stand irgendwo im hinteren Teil). Sie hatten den treuherzigen Ausdruck von aufgekratzten Partygästen, völlig frei vom Gift der Unzufriedenheit, von adrenalintriefender Ungeduld, Verzweiflung, überheblicher Langeweile, dumpfer Schicksalsergebenheit, welche ausnahmslos und abwechselnd die Gesichter der Spielsüchtigen kennzeichnet. Sie waren hier für einen unterhaltsamen Abend, mehr nicht, Partner im ausgelassenen Spiel und völlig unberührt von Fluchtträumen.

Es schien eine ausgewogene Mischung von Amerikanern und Indianern zu sein, welche den Laden leitete, obwohl es keinen Zweifel gab, wer hier das Sagen hatte: Cocktailkellnerinnen und viele der Spielleiter waren weiß; Tischaufseher, Kassierer und Sicherheitswächter hatten rote Haut. Sie alle, ungeachtet ihrer Rasse, zeigten diesen gewissen Blick: abweisende, in Eis eingekapselte, nach innen gerichtete Augen des Feinschmeckers, der einen leicht nach Essig schmeckenden Wein verkostete. Dennoch haftete ihnen allen etwas Ersatzhaftes an wie Amateurschauspielern, die sich um die Beherrschung schwieriger Rollen bemühen, und außerdem hatten sie etwas leicht Verbissenes an sich, wie kleinwüchsige Männer, die sich bewußt einreden, daß der Glaube sie wachsen lassen wird.

Schließlich stand er an der Spitze der Schlange, reichte seine Zehn-Dollar-Eintrittsgebühr einer stämmigen indianischen Lady hinter einer Theke und bekam dafür einen der letzten noch freien Plätze an einem Tisch. Er befand sich genau in der Mitte des Halbkreises, der Kartengeberin genau gegenüber, je drei

Spieler rechts und links von ihm. Nicht unbedingt der erstrebenswerteste Platz. Er überflog schnell die Chipstapel um ihn herum, die meisten ordentliche kleine Säulen von Einern und Fünfern, ein paar verstreute Zwanziger hier und da. Reines Spiel zum Vergnügen, kein schweres Kaliber. Er kaufte sich Chips für unverfängliche zweihundert Dollar und antwortete auf die Frage der Geberin nach den Einheiten, daß er das ihr überlasse. »Zweihundert zum Wechseln«, rief sie niemandem speziell zu, der Wand vielleicht, und von hinter ihr erklang das knappe Baßecho: »Wechseln.«

Die Scheine wanderten in den Schacht, und das Spiel ging weiter.

Nach einigen Spielen mit einfacher Taktik war etwa die Hälfte von Waverlys Stapel weg. Was auch ganz okay war; es besänftigte mögliche Zweifel der Geberin und verschaffte ihm einen Platz unter den anderen Opfern, von denen die meisten spielten, als hätten sie die Absicht, ihre kollektive Schuld an der Behandlung des indianischen Volkes abzugelten, indem sie einige seltsame Hände wild spielten, unverständlicherweise auf anderen stehenblieben, die sich gegen eine Geber-Zehn halten sollten, oder Fünfer und sogar Zehner teilten und sich allgemein in ihr Schicksal fügten.

Er kaufte sich Chips für weitere zweihundert und begann mit einer einfachen Zähltechnik, indem er Asse und Fünfer nachhielt. Es war einfach, denn die erste Geberin, ein schlankes, braunhäutiges Mädchen, war nicht allzu schnell. Ihre Augen, teilweise verborgen hinter getönten Brillengläsern, machten zwar einen wachen Eindruck, aber es war so, als hätte sie noch nicht jene elektrische Verbindung geschaffen, Auge zu Arm zu Hand, mit nichts dazwischen, nichts Bewußtes, nur reflexhaftes Aufnehmen von Zahlen und Symbolen und ein entsprechender Impuls über die Nervenkanäle: Einsatz getätigt – Treffer? – nein? – stehenlassen? – verdoppeln? – geteilt? – verloren – zusammenraffen – verteilen – geben – das Wampum sichern – das Baby braucht neue Mokassins. Wenn das Spiel voller Asse war, machte er ein paar Einsätze für sie, und wenn sie bei ihr ankamen, summierten sie sich auf einen ganz netten Bonus. Sie wandte sich ab mit einem gemurmelten »Danke für die Einsätze, Sir« und zeigte den Anflug eines vagen Lächelns.

Die nächste Geberin, ebenfalls eine junge Indianerin mit rundem, hübschem Gesicht, war ein wenig besser, aber nicht viel, und nach etwa einer Stunde lief es bei ihm ganz gut, und er war fast wieder bei plus minus Null. Fast schon ein Wunder im Licht des Selbstmordspiels, das um ihn herum, auf beiden Seiten, im Gange war, und angesichts seiner stetigen Einsätze. Die Extremvarianten, die unwillkommenes Aufsehen erregten, sparte er sich für später auf. Es war neun Uhr. Er hatte jetzt fast drei Stunden gespielt und konnte eine Pause gebrauchen. Unglücklicherweise gehörten Pausen hier nicht zum allgemeinen Ablauf. Dies war ausschließlich ein Spielsaal, es gab keine Zuschauer oder Kibitze, kein zielloses Umherschlendern, kein Luftholen und Kräftesammeln. Man konnte seine Chips liegen lassen und auf die Toilette gehen oder sich einmal recken und strecken; war man zu lange fort, konnte man gleich für den Rest des Abends die Nachtluft genießen. Es wartete noch genug Nachschub in der Schlange. Gib ihnen einen Platz, verdreh ihnen den Kopf, versetze sie in Trance, dann spuck sie aus. Der reinste Fließbandbetrieb. Herzlich willkommen auf dem Hinrichtungsblock.

Also verschob er die Pause. Das war schon okay; wie eine erfahrene Sekretärin, die acht Stunden an den Tasten zubringt, hatte er gelernt, wie man sitzt – leicht nach vorne gebeugt, die Wirbelsäule leicht angespannt, Hals und Schultern locker – und er hatte schon sehr viel länger so gesessen als an diesem Abend. Er bestellte seinen ersten Drink des Abends, Tomatensaft. Spieler und Geberinnen kamen und gingen. Karten klatschten auf den Filz. Seine Chipsäulen wuchsen und schrumpften. Er übte, machte sich fit.

Zehn Uhr. Die Aufwärmrunden waren vorüber. Er stand auf, suchte die Toilette auf und erleichterte sich, wusch sich die Hände mit der ruhigen Sorgfalt eines Chirurgen vor der Operation, spritzte sich kaltes Wasser ins Gesicht, trocknete sich ab, spannte die Muskeln in seinem Rücken und seiner Schulter an, so daß sie sich in Federstahl verwandelten, dann ließ er sich total durchhängen, so schlaff, als sei er erschöpft. Dann richtete er seine Krawatte, ging zurück in die Arena, nahm seinen Platz wieder ein und begann ernsthaft zu zählen.

Um Mitternacht stapelten sich rund dreitausend Dollar in Chips neben seinem Ellbogen. Und hinter der Geberin lauerte ein Aufseher. Er versuchte, gleichgültig auszusehen, und strich sich mit einem nachdenklichen Finger über seinen Valentino-Schnurrbart. Eins von beiden würde gleich passieren: die Empfehlung, das Kasino zu verlassen, oder, wenn sie so etwas hatten, der Einsatz eines mechanischen Gebers, der das Spiel bremsen sollte.

Als sie erschien, bot sie einen unerwarteten Anblick: Eine Weiße, jung, mager, ungewöhnlich bieder, aschblonde Haare und säuerlich vorgestülpte Lippen waren noch das beste an ihr. Das Mädchen, das niemals zum Tanz in den Mai eingeladen wurde. Aber sie hatte diesen starren Blick des Mechanischen, den umfassenden Überblick, Roboterhände. Und sie hatte alle Bewegungen drauf: das schnelle Austeilen und Zurückziehen, Karten auf den Tisch und Karten weg in einem sinnverwirrenden Wechsel, ganze Schlitten flogen vorbei, die heiße Karte jedesmal ein wenig höher, wodurch das Zählen schwieriger wurde, Runden ohne Unterbrechung, ein Blinzeln, und schon war die letzte Vergangenheit, Sie haben verloren?, tut mir leid. Innerhalb von dreißig Minuten hatte sie sich von ihm zurückgeholt, was eigentlich dem Haus gehörte.

Waverly setzte ein paar Runden aus, rauchte eine Zigarette und studierte ihren Rhythmus. Sie ließ ihn frösteln, die Eisprinzessin, aber sie war für ihn auch eine Herausforderung. Er rechnete sich aus, daß er noch Energie für eine weitere halbe Stunde hatte. Der Schlitten war leer, und sie mischte mit einem Tempo, das jeder Beschreibung spottete und der Physik zuwiderlief. Er machte einige flache Atemzüge und stürzte sich wieder hinein, konzentrierte sich nur noch auf die Karten, auf nichts sonst, blendete die enge umgebende Welt weg wie ein Mystiker in einer selbsterzeugten Trance auf der Suche nach dem Licht der Ewigkeit.

Sie maßen sich. Er fing an, wieder aufzuholen, sie bremste ihn. Es war ein Zweikampf, und er wußte es. Sie war so gut wie er, vielleicht besser. Er fragte sich, wo sie die aufgegabelt hatten und ob sie überhaupt wußten, was sie an ihr hatten, ein Mauerblümchen, das sich für ein Leben voller Rückschläge rächte. Abrupt hörte er auf zu zählen, ließ einfach alle Zahlen und Summen in seinem Kopf davonwirbeln und verschwinden. Die Enden seiner Nerven fühlten sich wie gegrillt an. Blackjack, so hart gespielt, war vielleicht nicht sein bestes Spiel. Er setzte noch einmal, einmal für sie und einmal für sich selbst. Sie verloren beide. Er stand auf, sammelte seine Chips ein und ließ vier mit der Zwanzigerfarbe für sie zurück. »Danke, Sir«, sagte sie freundlich. »Einen schönen Abend noch.«

Er sagte, den habe er bereits gehabt.

»Dann eben ein schönes Wochenende«, sagte sie, und nicht bereit, es dabei zu belassen, fügte sie hinzu: »Beehren Sie uns bald wieder.«

Der Aufseher, dieser Geronimo für Arme, der den Tisch keine Sekunde verlassen hatte und der, wenn er nicht aufhörte, seine Muschibürste zu befingern, sie irgendwann ganz weggerieben und sich auf diese Weise für den Rest seines Lebens ruiniert haben würde, sagte nichts.

Waverlys Chips addierten sich insgesamt auf elfhundert Dollar plus etwas Kleingeld. Wenn er seinen Einsatz abzog, dann war er mit sieben Scheinen in den schwarzen Zahlen. Und das nach so vielen Stunden Arbeit. Bei einem solchen Lohn war es wahrscheinlich besser, einer bürgerlichen Arbeit nachzugehen. Kannst dir damit etwas Köder zum Angeln kaufen, würde Bennie jetzt sagen, der stets Optimist war; jeder Schein im Plus ist ein Fisch, der die Flucht nicht geschafft hat. Er versuchte sich ins Gedächtnis zu rufen, daß er Urlaub machte, und er wußte, daß er eigentlich hungrig sein müßte. Er trat hinaus in die klare mondhelle Nacht und ging den Abhang zu seinem Wagen hinunter.

Shadow und Gleep kamen um kurz nach elf zum Kasino. Da Gleep hier sehr gut bekannt war, kamen sie gleich rein und brauchten nicht in der Schlange zu warten. Am Würfeltisch wurde für Shadow sofort Platz gemacht, und schon nach einer halben Stunde stand er mit vierhundert im Minus, was seine Laune nicht gerade aufbesserte (er war von der Behandlung, die er der Squaw hatte angedeihen lassen, noch etwas mitgenommen, und ein Kater hing ihm auch noch in den Knochen). Seine Stimmung hob sich vor allem nicht wegen des Typen, der neben ihm stand, aussah wie Mex und schrie und auf den Tischrand trommelte und sich vor seine verdammte Brust schlug und jedesmal »Aw reight!« brüllte, wenn er gewann (was häufig geschah) und irgendwelchen anderen Scheiß schrie wie »Laß schon fallen, und das Glück ist mein!«, sobald er die Würfel in der Hand hatte. Schließlich wandte Shadow sich an ihn und sagte: »Heh, wie wäre es, wenn Sie es etwas leiser angehen ließen, wir anderen stehen schließlich nicht hinten im Wald!« Der Wichser aber schaute ihn nur an und sagte: »Wir sind hier in Amerika!« und brüllte weiter, und es gab nichts, was Shadow da hätte tun können, er konnte ihm nicht auf die Pelle rücken bei all den Menschen, daher ging er. Er schlenderte zu Gleep hinüber, der an der Imbißbar stand und sich mit einem Sicherheitsmann unterhielt, der fast so groß war wie er.

»Und wie war's?« fragte Gleep ihn.

»Ach, sie haben mich ausgenommen. Vier Scheine. Wenn dieser Mex nicht gewesen wäre, dann hätte es anders ausgesehen, hätt mich besser konzentrieren können. Die sollten Scheißer wie den gleich wieder rausschmeißen.«

»Das ist Pech«, sagte Gleep, obgleich es ihm eigentlich egal war, er selbst spielte nicht. Um das Thema zu wechseln, meinte er: »Elmo erzählt, es sei ein Zähler im Laden.«

»Ehrlich? Wo?«

»Der Typ in Jackett und Krawatte. Da drüben.« Er nickte in Richtung eines Tisches ihnen gegenüber.

»Sieht harmlos aus«, stellte Shadow fest. »Schmeißen sie ihn raus?«

»Nee, Elmo meint, zuerst holen sie Dolores.«

»Das ist die Weiße, nicht wahr? Die Häßliche?«

»Genau die.«

»Die schneidet ihm die Eier ab und reicht sie ihm auf 'nem Tablett. Hast du sie schon mal geben sehen?«

»Nein. Aber ich hab davon gehört.«

»Wenn wir mehr Zeit hätten, würde ich mir das gerne ansehen. Aber wir sollten lieber zum Wagen runtergehen, falls sie früher kommt. Ich hol mir zwei Bier zum Mitnehmen, mal sehen, ob ich meinen verdammten Schädel wieder in die Reihe bekomm. Willst du auch eins?«

»Denke schon. Das heute abend sollte ja nicht zu schwierig werden.«

Ihr Wagen war der letzte in der Reihe und so geparkt, daß sie die Straße überschauen konnten. Während sie warteten, verbreitete Shadow sich über die Unwägbarkeiten des Schicksals.

»Weißt du, Gleep, es ist schon verrückt, wie die Dinge manchmal so passieren, wenn man genau drüber nachdenkt. Manchmal richtig unheimlich. Da sitzt man sicher auf seinem Platz, hat alles total im Griff und kümmert sich um seinen eigenen Scheiß, und dann wird man wie aus dem Nichts plötzlich abgeknipst. Weg und aus.«

»Was meinst du?« fragte Gleep und schlürfte sein Bier. Er trank, indem er den Mund um die Flaschenöffnung schloß, als würde er an einem Schwanz lutschen, dachte Shadow, und wenn er schluckte, dann hüpfte der Adamsapfel in seinem Hals, so groß wie ein Kropf.

»Was ich meine, ist, nicht *jemand* serviert einen ab, sondern *etwas*. Als würde es in einem stecken. Ich denk da an diesen Typen in Joliet. Dauernd kaute er Zahnstocher, immer hing ihm so'n Ding aus dem Mund. Machte er, damit er nicht rauchte. Trug sie schachtelweise bei sich so wie wir die Zigaretten. Okay, eines Tages hängen wir draußen auf dem Hof herum, tun so gut wie nichts, machen nur ein bißchen Scheiße, und zwei Nigger wollen's einem Kerl besorgen. Wir rein in den Kreis, um uns die Sache anzusehen, und dieser Typ, von dem ich dir erzähle, er kaut auf seinem Hölzchen, klar, und regt sich derart über die Aktion auf, daß er das Ding verschluckt und erstickt, auf der Stelle. Die Lungen sauber wie bei einem Baby, aber trotzdem tot. Verstehste, was ich meine?«

»Dachte schon, du wolltest mir erzählen, er wär von der holländischen Krankheit erwischt worden«, sagte Gleep und grinste über seinen eigenen schrägen Humor.

Shadow fand das gar nicht lustig. »Mußt du eigentlich den Clown spielen, wenn ich mal über 'ne ernste Sache spreche?«

Gleep dachte bei sich, daß sein Partner sich immer noch über die verlorenen Vierhundert ärgerte, und meinte, wenn er nicht so heiß auf die Würfel und die Möse wäre, dann hätte er sich längst was auf die Seite schaffen können, einen schönen Wagen zum Beispiel, einen Caddie, wie Ledbetter einen fuhr, und vielleicht auch ein kleines Häuschen und noch ein paar Dollar auf der Bank. Gleep sparte alles, und wenn er erst mal genug hatte, dann würde er seinen Abschied einreichen und sofort zurück nach UP gehen, sich eine Hütte im Wald kaufen und auf die Jagd gehen und angeln. Weg von allem. Eisfischen im Winter; es gab nichts Besseres.

Shadow verfolgte unterdessen sein Thema weiter. »Ich erzähl dir mal 'ne andere Geschichte. Ich war mal in 'ner Bar, hab vergessen, wo genau, ich glaub in Gary war's, da kam so'n Typ rein, junger Kerl, gut gebaut, sagt, er kann jeden beim Pool schlagen und er kann mehr trinken als jeder andere im Haus und auch viel schneller. Niemand achtet auf ihn, jeder meint, er hätt nur 'ne große Klappe, also kauft er sich 'ne Pulle und geht damit rüber zum Pooltisch, wo jeder ihn sehen kann, und haut das Ding weg. Den ganzen Eimer. Ein einziger Schluck. Und weißt du, was passiert?«

»Besoffen, nehme ich an.«

»Noch viel besser. Er schnappt sich einen Stock, macht damit 'nen Doppeltaschenschuß, sagt dann die Löcher an und versenkt alle. Und dann fällt er mit dem Gesicht auf den Tisch. Und der Kacker ist tot. Wie findest du das?«

Gleep zuckte die Achseln. »Er hat 'ne Superrunde gespielt, dann ist er sicherlich glücklich gestorben.«

Shadow schlug sich mit der flachen Hand vor die Stirn. »Du begreifst nicht, worauf ich hinaus will.«

»O ja, ich glaube schon«, sagte Gleep friedlich. »Hör dir das mal an. Als ich noch ein Kind war, da hatten wir nur diese Scheißhäuser draußen. So was hatten alle. Wir waren dran gewöhnt, aber sie konnten auch ganz schön hart sein, vor allem im Winter. Wenn man sich zu tief hinhockte, dann konnte es passieren, daß man bis zum Frühjahr drinblieb, weil einem der Arsch am Loch festfror. Jedenfalls, als ich etwa fünfzehn war, bekamen wir so'n Ding im Haus, und wir alle dachten, jetzt haben wir mit der Scheiße nichts mehr zu tun, aber denkste, wenn du die Geschichte zu Ende hörst. Auf der anderen Straßenseite wohnten Leute, die hatten ihre Großmutter im Haus, und die war neunzig oder mehr, und die wollte sich nicht mehr umgewöhnen. Die alte Hütte draußen würde für sie reichen. Also lassen sie das Scheißhaus für Großmutter stehen. Es wurde auch allmählich baufällig, niemand benutzte es außer ihr, und niemand hat es jemals verschoben, also wurde das Loch immer voller. Eines Tages geht sie wieder raus, um 'ne Ladung abzusetzen, und das ganze Ding bricht über ihr und unter ihr zusammen. Großmutter stirbt. In der Scheiße ertrunken.«

»Mein Gott, Gleep«, sagte Shadow mit einem Anflug von Ärger, denn er erinnerte sich an seine eigene Großmutter, die ihn großgezogen hatte, nachdem seine Eltern beide abgehauen waren. Sie starb, als er zehn war, und er begann seinen Zug durch die Waisenhäuser, bis er sich alleine auf die Socken machte. »Das ist aber eine verdammt widerliche Geschichte. Die stimmt doch niemals.«

»Also hör mal, ich war dabei. Sie mußten sie mit langen Haken rausfischen. So tief steckte sie drin. Und es stank, kann ich dir sagen. Ich meine, nach richtigem Gestank, war in der ganzen Stadt zu riechen.«

Shadow wollte nicht mehr darüber reden. Glücklicherweise kam in diesem Augenblick ein schnittiger Porsche den Highway herauf, bremste und bog auf den Parkplatz ein und rollte auf sie zu. »Was sollen wir wetten, daß dort die Lady kommt, auf die wir warten?«

»Ich wette, du hast recht.«

Was Waverly zuerst hörte, war ein Wimmern, dann ein raschelndes Geräusch und einen unmißverständlichen Schmerzensschrei. Eine weibliche Stimme. Er ging zum Ende der Wagenreihe und sah zwei Männer, mit dem Rücken zu ihm, die vor einer auf die Knie gesunkenen Frau standen. Jeder seiner Instinkte riet ihm, sich herauszuhalten, kehrtzumachen, in den Mazda zu steigen und schnellstens loszufahren und sich um seine eigenen Angelegenheiten zu kümmern, und er hätte es auch getan, wäre da nicht der fahlgelbe Balken Mondlicht gewesen, der das Gesicht der Frau streifte und sie als die Frau aus dem Hotel zu erkennen gab. Und er sah, daß sie ihn ansah: »Helfen Sie mir«, sagte sie einfach, eine simple Aufforderung, ihr beizustehen.

Einer der Männer, der kleinere der beiden, wirbelte herum und sah ihn an, taxierte ihn. Der andere, so groß wie ein Felsblock, drehte sich nur halb um und behielt die Frau im Auge. Die Gestalten der beiden waren in der Dunkelheit nur undeutlich zu erkennen.

»Das ist nur ein kleiner Streit unter Verliebten«, erklärte derjenige, der sich zuerst zu ihm umgedreht hatte, mit der gleichen höhnischen Klapperschlangenstimme, die er unzählige Male in Jackson gehört hatte. »Kein Grund für Sie, sich einzumischen. Gehen Sie einfach weiter, und alles ist in Ordnung.«

Waverly blickte von einem zum anderen. Im Augenblick standen sie noch dicht beieinander, aber er befürchtete, daß sie raffiniert genug wären, einigen Abstand zwischen sich zu bringen, sobald klar war, daß er sich nicht entfernte. Er hielt die Wagenschlüssel in der Hand, und er schob einen Finger durch den Ring und nahm die Schlüssel so zwischen die Finger, daß die scharfkantigen Spitzen gerade hervorragten. »Warum lassen Sie die Lady nicht aufstehen?« fragte er freundlich und brachte es eher als einleuchtenden Vorschlag heraus denn als Befehl.

Der kleinere der beiden machte einen Schritt nach links und dann einen zweiten auf ihn zu. »Also, würde es um mich gehen, dann würde ich genau das tun. Aber so wie ich es sehe, hat niemand ein Recht, seine Nase hineinzustecken, wenn ein Paar sich streitet. Könnte sogar sein –« Er brach ab, beugte sich vor und kniff die Augen zusammen. »Heh, Gleep«, rief er über die Schulter, »es ist unser Zähler vom Spieltisch!«

»Was du nicht sagst.« Er kam nicht näher, sondern drehte sich nur etwas weiter, um besser sehen zu können.

»Ja, derselbe Bursche.« Zu Waverly meinte er: »Das ist 'ne echte Begabung, die Sie da haben. Heute abend viel gewonnen?«

»Nicht viel. Für Zigaretten reicht's.«

»Schande. Wissen Sie, ich will Ihnen mal 'nen Rat geben. Karten mitzählen, das halten die hier für 'ne ziemlich dämliche Idee, bringt die Indianer richtig in Rage, und dieser Bursche hier, der ist Indianer. Noch blöder ist, was Sie im Augenblick machen. Sie tun ja gerade so, als wollten Sie richtiggehend jemand verhaften. Sie haben doch wohl nicht an so etwas gedacht, oder?«

»Nein, nein, nichts in der Richtung«, erwiderte Waverly. »Aber ich denke doch, Sie sollten die Lady aufstehen lassen.«

Shadow schüttelte traurig den Kopf. »Also nee, für einen Typen, der all die Karten im Kopf behalten kann, sind Sie wirklich nicht allzu helle. Ich will Ihnen mal sagen, was ich davon halte. Wenn Sie so weitermachen, dann werden Sie noch ein Fall für den Totengräber. Sie verstehen, was ich damit sagen will?«

»Ich glaube, ich weiß Bescheid«, sagte Waverly, und in genau diesem Moment versuchte die Frau auf die Füße zu kommen, und der Felsblock, als er es bemerkte, bückte sich leicht und schlug ihr mit dem Handrücken quer übers Gesicht, beiläufig, nachlässig, als gäbe er einem ungehorsamen Hund einen Klaps. Diesmal kam ihr Schrei aus einem mit Blut gefüllten Mund. Der Kleinere bückte sich und zog sein Hosenbein hoch. Waverly hatte diese Geste schon früher gesehen, sehr oft sogar. Er nahm sein rechtes Bein nach hinten, wie ein Footballspieler beim Kickdown, und trat ihm mitten ins Gesicht, so hart er konnte, mit voller Wucht und seinem ganzen Gewicht dahinter. Und dann, in einer einzigen fließenden Bewegung, griff er nach unten und raffte eine Handvoll Parkplatzsand zusammen und schleuderte ihn in die Augen des angreifenden Felsblocks, aber nicht rechtzeitig genug, denn ein nicht genau gezielter Schlag, wuchtig wie mit einem Baseballschläger, erwischte ihn am Schlüsselbein mit der vernichtenden Kraft einer Explosion und ließ ihn taumeln. Waverly sah wie durch einen hell schimmernden Dunst, wie der andere mit gekrümmten Fingern auf seine Augen zielte, und er wußte, daß er vielleicht noch die knappe Chance für einen zweiten Versuch hatte, nicht mehr. Er warf sich regelrecht in ihn hinein, setzte einen Aufwärtshaken an, rammte die Schlüssel in die Wölbung seines Adamsapfels und drehte die Faust dabei. Die Arme, die seine Brust umklammerten und alles an Luft herauspreßten, was noch in den Lungen war, sanken herab, und Waverly kippte nach hinten und beobachtete, wie der andere auf den Boden sackte und würgte. Er drehte sich schnell und jagte dem anderen einen Fuß in die Nieren, der immer noch auf dem Boden lag und der nun einen schrillen Schrei ausstieß und sich in eine fetale Haltung zusammenkrümmte.

»Tut ein bißchen weh, nicht wahr«, sagte Waverly und trat erneut zu.

Er packte die Frau am Arm und riß sie hoch. »Kommen Sie«, sagte er und schnappte keuchend nach Luft. »Schnell!«

Sie hatte eine Hand am Mund und tupfte das Blut ab. Sie schien erstaunt zu sein, es dort zu finden. Sie hockte sich hin, nahm ihre Handtasche wieder an sich und klopfte sich mit einer benommenen peinlichen Genauigkeit den Schmutz von den Kleidern. »Ist es vorbei?« fragte sie, und er antwortete: »Einstweilen ja. Kommen Sie jetzt endlich.«

Er rannte mit ihr an der Wagenreihe entlang zu dem Mazda, aber an der Tür sträubte sie sich. »Mein Wagen. Ich habe einen Wagen hier.«

»Vergessen Sie Ihre gottverdammte Karre! *Kommen Sie schon!*«

»Wie haben Sie das überhaupt gemacht?« fragte sie ihn und lehnte sich in einem Sessel in seinem Zimmer zurück. Sie hatte die Füße auf eines der Betten gelegt und betupfte sich mit einem feuchten Handtuch ihre geschwollene Lippe. »Wie sind Sie mit diesen beiden Schwachsinnigen fertig geworden? Ganz alleine dazu?« Ihre Hose war voller Schmutzstreifen, und der Ärmel ihrer Bluse hatte einen Riß, aber sie war jetzt völlig ruhig, obgleich sie während der Fahrt hierher, als sie mit kreischenden Reifen in die Kurven gingen und auf den Geraden aufdrehten, soweit der Mazda es zuließ, in eine hektische Hysterie verfallen war, zugleich gelacht und geweint und manchmal unzusammenhängendes Zeug geplappert hatte.

»Es ist nicht wie im Kino«, sagte Waverly. »Das ist es niemals.«

Er saß am Tisch, hatte das Hemd ausgezogen und untersuchte einen Bluterguß, der sich von seinem oberen Brustbereich bis zu seiner Schulter erstreckte und sich sichtbar schnell ausdehnte wie ein beschleunigt wuchernder Krebs, eine Mischung aus Rottönen und Gelbtönen, was durchaus hübsch aussah. Und er erinnerte sich, während er auf ihre Frage antwortete, an Chops Überlebensregel in Jackson: Spiele immer schmutzig, bei allem. Und damit hatte Chop recht.

»Sind Sie so was wie ein Boxer. Oder einer von diesen Karatetypen?«

»Boxer? Nein, Ma'am, nur ein besorgter Bürger, der seine Pflichten ernst nimmt und tut, was getan werden muß.«

»Ich hab Sie schon mal irgendwo gesehen.«

Waverly blickte von dem faszinierenden Bluterguß hoch. Ihre Augen waren zusammengekniffen und musterten ihn, schwarz wie der Himmel auf der anderen Seite des Fenstervorhangs, unverwandt, wachsam, skeptisch. »Sicher haben Sie das«, sagte er. »Ich gehöre zur Einrichtung wie der Getränkeautomat am Ende des Korridors.«

»Wer sind Sie? Welche Rolle spielen Sie in all dem? Wie kommt es, daß Sie zufällig auftauchen und die arme Lady aus der Not retten? Und wo ist Clay?«

Ihm gefiel dieser deutlich mißtrauische Ton nicht und auch nicht der Stakkatorhythmus ihrer Fragen. Er sagte kühl: »Lady, ich weiß nicht, wer Sie sind, und jemanden, der sich Clay nennt, kenne ich schon gar nicht.«

Also erzählte sie es ihm. Erzählte ihm alles oder jedenfalls fast alles: Wer sie war, woher sie kam, warum sie da war, was sie wußte. Denn, so sagte sie nicht so sehr hilflos oder dankbar wie drängend, es gab niemanden sonst, dem sie alles hätte erzählen können, und, ein wenig sanfter jetzt, weil er nett zu ihr gewesen sei.

Es war mehr, als er hatte hören wollen. Er spürte, daß solche Frauen immer mit einem ganzen Haufen Problemen zu einem kamen, und unter allen Dingen, die er in seinem geordneten und verplanten Leben gebrauchen konnte, waren Probleme nicht vertreten. »Sie sollten sich lieber an die Polizei wenden«, war sein bester Rat.

»Das kann ich nicht«, entgegnete sie und war eindeutig verärgert von seiner Einfallslosigkeit. »Begreifen Sie denn nicht? Ich weiß nicht, in welchen Schwierigkeiten er steckt. Und Daddy hat mir immer vorgehalten, niemals zur Polizei zu gehen, bevor man nicht jede andere Möglichkeit ausgeschöpft hat.«

Daddy, so hatte sie ihn wissen lassen, war ein Wirtschaftsanwalt, ein Mann des großen Geldes, ein gewiefter Geschäftsmann. Daddy wußte immer den besten Rat, und Daddy konnte keine Hilfe mehr sein, weil er Clay abgeschrieben hatte, weil er seine Hände in Unschuld wusch. Er hatte ihn rausgeworfen. Und außerdem war Daddy gar nicht in der Stadt.

»Unter normalen Umständen würde ich sagen, daß Ihr Daddy recht hat. Aber dieses kleine Geplänkel heute nacht, das war nichts Normales. Wenn ich Sie wäre, würde ich einen Spezialisten engagieren.«

»Zuerst muß ich Clay finden«, beharrte sie stur auf ihrer ursprünglichen Absicht. »Ich habe keine andere Wahl. Es gibt niemanden sonst, der ihm helfen könnte. Nur mich.«

»Ja, na schön, dann alles Gute. Ich nehme an, daß – reine Vermutung meinerseits – Ihr Bruder diesmal etwas mehr getan hat, als ein Kirmesgirl in die Familie einheiraten zu lassen.«

»Halbbruder«, korrigierte sie ihn. »Wir stammen von verschiedenen Müttern.«

Die besondere Bedeutung dieser Tatsache erschien etwas schleierhaft. »Okay«, sagte er, »dann eben Halbbruder. Aber ganze Schwierigkeiten. Hundert Prozent.«

Sie holte eine Brieftasche aus ihrer Handtasche, klappte sie auf und reichte sie ihm. »Da ist ein Bild von ihm.«

Das Farbfoto zeigte einen jungen Mann in Badehose, der auf einem Schiffsdock stand, die Arme vor einem keilförmigen Oberkörper verschränkt, die eine Hüfte leicht vorgeschoben, mit schwellenden Muskeln, einem Wust gelbblonder Haare, die ihm in die Augen fielen, ausgeprägten Gesichtszügen, die ein Lächeln zeigten, das bis zu seinen Ohren reichte, reine narzistische Freude, ein Lächeln, das eine unschuldige Verwunderung darüber verriet, warum man nicht an der Freude teilhatte, selbst wenn man direkt nicht daran beteiligt war. Für Waverly sah er aus wie einer von den tausend fließbandgefertigten Floridasurfern oder wie eines dieser prachtvollen männlichen Katalogmodels, das sich am wohlsten in einem Badeslip fühlt, mit symbolischen Pfeil und Bogen herumspielt und ins Leere grinst. »Ein hübscher Bursche«, sagte er und gab die Brieftasche zurück. Es war das Unverfänglichste, was sich in dieser Situation sagen ließ.

»Er betreibt Bodybuilding«, sagte sie. »Im vergangenen Jahr wurde er bei der Wahl des Mr. Illinois Zweiter. Aber er wurde Sieger bei der Armmuskulatur.«

»Das ist ja schon eine Leistung.«

Ihr Gesicht verfinsterte sich etwas. »Wenn Sie ihn kennen würden«, sagte sie kühl, »so wie ich ihn kenne, dann würden Sie verstehen, daß hinter all diesen Muskeln und dem sorglosen Gehabe im Grunde ein anständiger Junge steckt. Und ein ziemlich schwacher und ängstlicher dazu.«

»Miss Clemmons, was wollen Sie von mir?«

»Ich will, daß Sie mir helfen«, sagte sie. Der gleiche einfache Befehl wie in dem Augenblick, als sie hilflos auf dem Kasinoparkplatz kniete, die gleiche Gewißheit, eine selbstverständliche Forderung, allgemein akzeptiert und nun an ihn gestellt. Diese Überzeugung verblüffte ihn, aber noch weniger paßte ihm das unangenehme Gefühl angesichts dessen, was hier vor sich ging. Doch als er sie anschaute, wie er es gerade tat, mußte er zugeben, daß sie die am ungewöhnlichsten aussehende Frau war (genaugenommen nicht schön im herkömmlichen Sinn, sondern wirklich ungewöhnlich), die er je gesehen hatte; dieses geradezu hypnotische Aussehen schien völlig losgelöst zu sein von ihrem Verhalten und ihrer Stimme und von dem, was sie sagte, unabhängig von all dem, ein einziges vielsagendes Versprechen sinnverwirrender Visionen.

Waverly richtete seinen Blick auf seine nach oben gedrehten Handflächen, »Sie wissen nicht, was Sie verlangen«, sagte er. »Oder wer ich bin.«

»Das stimmt. Aber ich hab gesehen, was Sie heute nacht getan haben. Und ich sehe Sie jetzt. Ich bezahle Sie, wenn Sie wollen.«

»Es geht hier um mehr als um Geld«, sagte er mehr zum Teppich als zu sich selbst.

»Demnach helfen Sie mir?«

Er nickte. »Aber nur anfangs. Um Ihnen erste Anhaltspunkte zu liefern. Danach sollten Sie lieber Ihren Daddy anrufen, ob es Ihnen nun gefällt oder nicht. Holen Sie sich Ihre Instruktionen lieber von ihm.«

»Wo fangen wir an?«

Die Art und Weise, wie sie gleich in der Mehrzahl sprach, behagte ihm nicht so recht, aber er überging es. »Indem wir Sie aus diesem Hotel wegbringen und etwas anderes für Sie finden. Unter einem falschen Namen. Ehe diese beiden Chorknaben plötzlich vor Ihrer Tür stehen. Beim nächsten Mal kommen wir nicht nur mit einer dicken Lippe und einer blau geschlagenen Schulter davon.« Wir, mein Gott, jetzt fing er auch schon damit an!

»Heute noch?«

»Jetzt gleich.«

»Aber wo soll ich hin? Um diese Uhrzeit?«

»Wir werden etwas finden.«

Im Gegensatz zu ihm war sie nicht aufgestanden. Sie betrachtete den Raum mit einem trägen, zufriedenen Rundblick. »Was ist so schlecht an dieser Bleibe?«

»Hier?«

»Hier«, sagte sie und schaute ihm jetzt direkt in die Augen, ruhig und gefaßt, die Situation völlig unter Kontrolle habend, so wie einige Frauen solche Dinge immer genau und sicher wissen und das Szenario durchgehen, das sie sich längst im Kopf zurechtgelegt haben. »Niemand weiß, wer Sie sind. Und«, fügte sie, ohne mit der Wimper zu zucken, hinzu, »hier stehen zwei Betten.«

Waverly hatte eine plötzliche spontane Vision von seiner geordneten Welt, peinlich genau ausgewogen und zusammengefügt und im Gleichgewicht zwischen alltäglicher Routine und kalkuliertem Risiko, beides in seinem neuen Leben unverzichtbare Elemente – und wie all das zusammenbrach wie die ausgebrannte Asche eines verloschenen Feuers. »Dann eben hier«, sagte er.

Gaylon Ledbetter empfand zur gleichen Stunde ähnliche Bestürzung wie Waverly, wahrscheinlich sogar größere, jedenfalls aber von einer völlig anderen Qualität. Er marschierte im Wohnzimmer seines Hauses auf und ab und zog laut seine »Warum-muß-das-ausgerechnet-mir-passieren!«-Nummer ab, die er seit jüngster Zeit ganz allein für sich schon mehr als einmal durchgehechelt hatte. Sein Publikum, Shadow und Gleep, schaute ihm aus einander gegenüberstehenden Sesseln zu und pflegte seine beträchtlichen Blessuren. »Wurmfutter«, sagte Shadow immer wieder. »Wurmfutter, er weiß es noch nicht, aber das ist es, was dieser Arschwichser sein wird. Wurmfutter.« Gleep massierte seinen zerkratzten und blutenden Hals und knurrte gelegentlich etwas Unverständliches.

Gaylon war jedoch weder an irgendwelchen Drohungen noch an Racheschwüren interessiert. Er konnte nicht glauben, daß all das wirklich geschah, und dazu noch mit ihm. Zuerst packt seine Frau, zehn Jahre jünger als er, ihre Klamotten und haut ab, mit dem gottverdammten Briefträger, um Gottes willen, der wiederum mindestens zehn Jahre jünger ist als sie. Das war vor sechs Wochen und genau an dem Zeitpunkt, als er merkte, daß er langsam akzeptiert wurde, daß man ihm die eine oder andere Einladung zukommen ließ zu irgendwelchen gesellschaftlichen Treffen in den eleganten Etablissements der Grand Traverse Ferienmaschinerie, wo das Essen mit Brandy aus Gläsern, groß wie Blumenvasen, heruntergespült wurde, während er auf seiner Zigarre kaute und sich nebenbei über Märkte und Investitionen und all diesen wichtigen Scheiß unterhielt, sich dabei aber einer angemessenen Sprache befleißigte, »Scheiße« und »gottverdammt« draußen ließ, sich um eine deutliche Aussprache bemühte, durchblicken ließ, daß er sich als Geschäftsmann zur Ruhe gesetzt habe, im Importgeschäft tätig gewesen war, daß es ihm doch recht gutging, er aber immer noch zu dem einen oder anderen Geschäft Lust habe und sich mit beträchtlichen Summen zu beteiligen bereit sei, wenn eine Sache ihm profitabel genug erschien. Einer dieser Leute, ein kleiner Bursche, der immer eine Kluft wie ein Schiffskapitän trug, beim Sprechen lispelte und dabei ein Boot steuerte, das so groß war wie eine Fregatte, deutete sogar an, daß er ihn vielleicht für die Mitgliedschaft im Country Club vorschlagen würde. Wäre das nicht ein Hammer: Gaylon Ledbetter aus Cicero, Illinois, schwingt den Golfschläger und brüllt »Achtung!« oder was sie immer zum Teufel schrien. Drei Jahre hatte er hier oben gebraucht, um so weit zu kommen. Dorthin, wo er eigentlich sein ganzes Leben lang hatte sein wollen, insgeheim. Und dann verläßt diese Fotze Mardella den Bau, räumt vorher sämtliche Konten ab, läßt ihn mit leerer Brieftasche und einem Riesenhaus im Wald zurück, das sich nicht verkaufen läßt und für das die Hypothek noch zu bezahlen ist. Und er wußte nicht, wie er damit klarkommen sollte, insbesondere, falls er Dietz würde entschädigen müssen.

Und da war auch noch etwas anderes, nämlich mit Dietz und ihrem hübschen Arrangement, das sie sich ausgedacht hatten. So viel Pech konnte wirklich nur er haben. Nach all den Jahren im Penny-Geschäft kommt Dietz, den er kaum kannte, auf *ihn* zu und erklärt ihm seinen Plan – Projekt nannte Dietz das Ganze: Die Ware sollte mit dem Segelboot hergeschickt werden, von Leuten, die sich wie Urlauber verhielten, die sich die Gegend anschauen wollen, und die Ware sollte dann bei Nacht in der Bucht über Bord geworfen werden, die Stelle sollte mit einer Boje markiert werden, um dann am nächsten Morgen von mehr oder weniger schlecht bezahlten Tauchern geborgen zu werden. Es war genial. Gaylon sollte die Verteilung übernehmen, sozusagen als Distriktmanager; und Dietz' Plan sah vor, langsam die Fühler auszustrecken, die Geschäfte auszuweiten, sich langsam durch den Staat zu arbeiten bis zum Negergebiet, Detroit, und sich von der ungedeckten Seite anzuschleichen. Und dort ein wenig Geld zu scheffeln, das herrenlos herumlag. Jesus, es war ein so schöner Plan, alles, was er sich immer erträumt hatte. Er konnte Mitglied der feinen Gesellschaft werden, andere honorige Bürger kennenlernen, den Rotariern beitreten, ein Baseballteam in der Kinderliga sponsern, etwas für die Armen tun, den Wohltäter mimen. Es war so schön vorbereitet.

Bis zu diesem Desaster.

»Ich will wissen, was zum Teufel schiefgelaufen ist«, brüllte er.

»Es war genauso, wie wir es geschildert haben«, sagte Shadow. Ein Eisbeutel bedeckte sein gespaltenes Gesicht, bis auf das Loch in der Mitte, aus dem wütende Rauchwolken aufstiegen.

»Dann erzählt es mir noch mal. Ich will hören, wie eine Braut und irgendein Schwächling von der Straße den beiden härtesten Typen des Nordens den Arsch versohlen. Und dann will ich hören, welchen Schritt ihr als nächstes geplant habt.«

»Wie ich schon sagte, er hat uns total überrascht. Was soll ich sonst dazu sagen? Wie konnte ich denn verdammt noch mal wissen, daß er eine Jiu-Jitsu-Lizenz hat?«

»Weil es zu euerm Job gehört, das zu wissen. Dafür seid ihr da!«

»Nee«, sagte Gleep nachdenklich, »das war kein Jiu-Jitsu. So wie der Bursche gekämpft hat, muß er das woanders gelernt haben, nämlich genauso wie wir.« In seiner Stimme lag ein fernes Krächzen, als käme sie aus einem leeren Brunnen, der mit Moos und Brombeersträuchern zugewachsen ist.

»Ich will mal von vorne anfangen«, sagte Gaylon. »Ich habe wenig Interesse, mir das Gejammere nach einem verlorenen Match anzuhören. Was ich jetzt wissen will, ist, wo die Alte sich aufhält und wie ihr sie finden wollt, damit wir an ihren Bruder herankommen und uns unsere Ware zurückholen.«

Keiner von ihnen hatte eine Idee.

»Nun?«

Am Ende war es Shadow, der den Mund aufmachte, müde allerdings, denn er war schon halb benommen vor Erschöpfung, und sein ganzer Körper war ein einziger pulsierender Schmerz. »Gaylon, alles, was wir sofort tun können, ist, die Hotels zu überprüfen. Damit fangen wir morgen an. Und ihren Wagen beobachten, oben vor dem Kasino. Es ist ein Porsche; jemand wird ihn sicherlich holen.«

»Wer behält ihn im Augenblick im Auge?«

»Wir haben jemanden. Einen Typen, den Gleep hier kennt. Indianer.«

Die ganze Zeit, während er redete, hatte Gaylon seine Wanderung nicht unterbrochen. Nun blieb er stehen. »Ist das euer Plan?« fragte er.

»Das ist es, was wir machen können«, sagte Shadow.

»Dann laßt mich mal zusammenfassen, um zu sehen, ob ich alles richtig verstanden habe. Ihr habt also einen Indianer, der den Wagen beobachtet. Und morgen, nach der Kirche, wollt ihr jedes Hotel und jedes Motel in der Stadt abklappern, um die ganze Bucht herum, und fragen –« An dieser Stelle mimte er einen ängstlichen verwirrten Touristen, der sich verirrt hat – »›Oh, können Sie uns bitte behilflich sein, wir suchen eine Lady namens Clemmons, jedenfalls glauben wir, daß so ihr Name lautet, vielleicht heißt sie auch anders, und sie fährt so einen tollen Porsche, aber er ist im Augenblick nicht da, sie verstehen, und sie hat da einen Bruder, der ist ein Dieb, und er ist vielleicht bei ihr, eher aber wohl doch nicht. Wenn eine solche Lady bei Ihnen wohnt, können Sie dann nicht mal schnell runterlaufen in die Lobby, denn hier sind zwei Typen, die mit ihr reden wollen? Es ist keine Eile, sagen Sie ihr das; sie kann ruhig auf die Toilette gehen und vorher duschen.‹ Unterdessen sucht niemand nach dem Jungen, der schon längst in Sansibar sein kann, ohne daß wir einen Schimmer haben. Und niemand hat auch nur die geringste Idee, wo die Ware sein kann. Ist das euer Plan? Soll ich Dietz das erzählen?«

Shadow war es allmählich satt, Gaylon zuzuhören. Und wie satt er es war. Verdammt satt. Spielte ihnen den gottverdammten Finanzartisten vor und behandelte sie, als hätten *sie* den ganzen Laden ausgeräumt, eben wie zwei Nigger. Dabei schaffte er es noch nicht mal, seine Frau an die Leine zu legen, und wahrscheinlich bekam er ihn schon gar nicht mehr in die Höhe. »Haben Sie 'nen besseren Vorschlag?« sagte er. »Den würden wir gerne hören. Vielleicht wollen Sie sogar mitkommen und ein wenig helfen. Sich an der Suche beteiligen. Das bringt die alten Knochen mal wieder richtig in Schwung, oder?«

Gaylon wußte wohl, wann es am besten war, einen Rückzieher zu machen. Er kannte Shadow, kannte auch den Blick, den er dann plötzlich bekam, im Augenblick allerdings unter dem Eisbeutel verborgen. Er kannte ihn. Sie waren schon lange zusammen. Gaylon hatte ihn mitgebracht und ihm erklärt, er sei Vizepräsident und für die Mengenkontrolle zuständig, ha, ha, er konnte sich vor Lachen kaum halten. Er hatte ihm einen Gefallen getan, wenn man es genau bedachte, hatte ihn aus der Stadt geholt und dorthin gebracht, wo die Luft sauber ist, damit er mal was für sein Gesicht tat. Aber Shadow konnte auch gemein werden, richtig bösartig, daher war es nur klug zu wissen, wann er besser den Mund hielt. Und genau das tat Gaylon jetzt.

»Na schön. Ich versuch mal Dietz ein wenig zu beruhigen. Aber sorgt dafür, daß wir bald mit etwas Handfestem kommen. Wir alle haben schließlich einen schönen Betrieb ans Laufen gebracht«, sagte er einlenkend, machte einen auf Kameradschaft und wir sitzen alle in einem Boot, was sogar der Indianer verstand. »Die Arbeit ist leicht, es gibt 'ne Menge zu verdienen, und die Quelle ist noch nicht versiegt. Was meint ihr, ziehen wir diese Sache gemeinsam durch?«

»Wir reißen dieses kartenzählende Arschgesicht auseinander, das tun wir. Stück für Stück. Und füttern damit die Würmer.«

»Absolut«, krächzte der Indianer.

Gaylon konnte Shadows Augen nicht sehen, aber er hätte wetten können, daß sie brannten. Er hatte so etwas schon früher bei ihm gesehen, als befände sich dahinter ein Ofen, in dem die Glut loderte. »Okay«, sagte er, »okay. Aber vergessen wir auch nicht die Ware. Okay?«

»*Was* haben Sie getan?« murmelte sie ungläubig, als sie langsam aus der Benommenheit eines tiefen Schlafs auftauchte.

»Ich war schwimmen«, sagte Waverly. »Das macht einen richtig frisch. Da, nehmen Sie das.«

Er stellte eine Plastiktasse mit schwarzem Kaffee auf den Nachttisch und zog einen Stuhl neben das Bett. Der Vorhang war noch zugezogen, aber an den Rändern drang schon etwas Licht herein. Es war halb elf. Er war fünfzig Bahnen geschwommen, alle gemütlich auf der Seite liegend, um seine ramponierte Schulter zu schonen. Und dann war er hinauf gegangen und hatte aufgeräumt und sich angezogen (im Badezimmer, natürlich, und heimlich) und war durch den halbdunklen Raum getappt auf der Suche nach seinen Sachen. So lange er sich bereit erklärt hatte, sie wenigstens zu Beginn ihrer närrischen Mission zu unterstützen, war er darum bemüht, endlich zur Sache zu kommen und das abzuschließen. Er wollte sie auf die richtige Fährte setzen und sich dann wieder in sein eigenes Leben zurückziehen. Schließlich sollte dies sein Urlaub sein. Jedenfalls so etwas Ähnliches. Außerdem machte es ihn nervös, einfach nur herumzusitzen. Aber sie rührte sich kein einziges Mal, lag mit dem Gesicht nach unten, auf dem Bauch, den Kopf unter einem Kissen, die Arme auf dem Bett ausgestreckt, die seidigen Haare über das Laken gefächert, regungslos wie eine Wasserleiche. Er ging einige Zahlenrätsel in seinem Kopf durch, drei- und vierstellige Multiplikationen. Dann spielte er in Gedanken einige Runden Blackjack. Bei ihm gab es so etwas wie Tagträume nicht mehr; entweder arbeitete sein Kopf mit Hochdruck, oder er war bewußtlos, nur das eine oder das andere und nichts dazwischen. Schließlich wurde er des Wartens müde, ging hinunter und holte den Kaffee.

»Ich denke, wir sollten uns an die Arbeit machen«, sagte er.

Sie stöhnte nur.

»Es ist schon spät.

»Wie spät?«

»Spät. Trinken Sie den Kaffee.«

Sie bot sogar bei dem schwachen Licht einen beeindruckenden Anblick, als sie sich jetzt im Bett umdrehte und das Laken hochzog bis zum Kinn, mit der einen Hand ihre Haare zurückstrich, mit der anderen ihre aufgesprungene Lippe betastete und dabei einen Schmollmund zog. Die, dachte er bei sich, ist wirklich makellos bis ins letzte.

»Wie geht's dem Mund?«

»Fühlt sich an, als hätte jemand drauf rumgekaut. Und wie ist die Schulter?«

»Wie Sie sehen, trage ich keine Schlinge.«

»Einer der im stillen leidet also, das sehe ich wohl. Ein Mann mit geheimen Sorgen.«

Waverly schaute auf den Kaffeerest, den er in der Hand hielt, als suchte er dort nach einer Erwiderung. »Unterhalten wir uns lieber darüber, wie wir Ihren Bruder finden.«

»Prima. Na los. Reden Sie. Erzählen Sie es mir.«

Wie jede andere von der Handvoll Frauen, die er in seinem Leben bisher näher gekannt hatte, vor allem seine Exfrau Annetta, war sie ein Morgenmuffel.

»Helfen Sie mir, ja? Erzählen Sie mir von ihm.«

Leicht unwirsch wiederholte sie, was während der vergangenen achtundvierzig Stunden passiert war. Als sie ihren Bericht beendet hatte, zündete er sich eine Zigarette an und bot ihr ebenfalls eine an; sie verzog das Gesicht. Er paffte nachdenklich.

»Sie werden wohl Ihren Wagen beobachten«, sagte er, »wenn Sie also darauf bestehen, ihn hier haben zu wollen, dann ist es das einfachste, ihn in die Stadt bringen zu lassen und sich davon fernzuhalten.«

»Und wie soll das geschehen?«

»Ganz einfach. Man heuert einen Tankwart an, der das für einen tut. Dann soll er den Wagen in seine Werkstatt oder Garage stellen. Geben Sie mir die Schlüssel, und ich kümmere mich darum, während Sie sich fertigmachen. Dann können wir die komplizierteren Angelegenheiten in Angriff nehmen.«

Sie reckte die Arme über den Kopf, streckte sich genußvoll. Die Muskeln in ihrem Gesicht versuchten ein Gähnen zurückzuhalten. »Wollen Sie nicht so lange warten, bis ich mitkomme?«

»Mein Gott, hören Sie mir doch zu! Zum ersten ist es fast Mittag. Zweitens, das absolut letzte, was Sie sich wünschen dürften, wäre, hier gesehen zu werden. Vielleicht erinnern Sie sich, daß zwei Kerle in der Stadt herumlaufen, die Sie dringend sprechen wollen. Und zwar Kerle mit überaus schlechten Manieren.«

Es war als Tadel wirklich sehr zurückhaltend ausgedrückt, trotzdem geriet sie in Rage. »Sie reden hier nicht mit einem Kind, klar?«

»Ich weiß«, sagte er. Und wie er das wußte. Etwas sanfter fügte er hinzu: »Aber dies ist auch kein Versteckspiel, was wir hier machen. Ich wünschte, das würden Sie sich klarmachen.«

»Woher kommt es wohl, daß ich glaube, daß ich es so bald nicht vergessen werde?«

»Ich bin bald wieder zurück. Bleiben Sie nur hier.«

Der Assistant Manager (so jedenfalls wies das Namensschild ihn aus, das auf seinen ansonsten fleckenlosen grünen Overall genäht war: DALE, ASS MAN; zweifellos sein eigener kleiner Scherz) war nicht gerade begeistert. Er war in ein Sexmagazin vertieft, trank eine Dr. Pepper und ließ sich Zeit mit dem Hochschauen, als Waverly durch die Tür hereinkam. Schließlich, und mit jener Sicherheit und dem festen Glauben, daß diese Worte zum allererstenmal ausgesprochen wurden, sagte er: »Was kann ich für Sie tun, mein Freund?«

Nachdem ihm der Auftrag erklärt worden war, jammerte er, daß er keine Hilfe habe, und dann sei schließlich Sonntag und überhaupt, wer kümmerte sich solange um die Zapfsäulen und die Registrierkasse? Und selbst wenn er es machen würde, gab es keinen Platz, wo der Wagen stehen konnte, außer drüben am Luftschlauch, und dort könnte er jemandem im Wege sein. Und ein Porsche, nun, er könne nicht dafür garantieren, daß er unbehelligt blieb angesichts der Scharen von verrückten Teenagern, die die Stadt unsicher machten. Und außerdem, wer läßt schon einen Porsche eine ganze Nacht auf einem unbewachten Parkplatz stehen?

Es war nicht unbedingt einer jener schönen »Haben-Sie-Probleme-dann-wenden-Sie-sich-an-uns«-Augenblicke, dachte Waverly. »Sie heißen Dale?« erkundigte er sich.

»So ist es. Dale Moon. Und Sie? Ich hab's nicht richtig verstanden.«

»Sie sind also Assistant Manager, der zweite Mann hier. Sicherlich gehört Ihnen ein kleines Stück vom Unternehmen?«

»Schon möglich«, sagte Dale Moon spitz. »Warum fragen Sie?«

»Oh, ich hatte Sie als Geschäftsmann eingeschätzt.« Er holte zwei Fünfzigdollarscheine hervor und legte sie neben die Registrierkasse auf die Theke. Das gleiche noch mal, erklärte er ihm, wenn Sie mir behilflich sind.

»Wie steht es denn mit Spesen für den Fahrer? Und dann muß jemand ja ein Auge auf den Wagen haben, sobald es dunkel ist.«

»Das kommt dazu.«

»Okay, Sie sind im Geschäft. Aber es wird heute etwas später, das ist alles, was ich versprechen kann.«

»Das ist schon in Ordnung. Ich begrüße Ihren Unternehmergeist.«

»Häh?«

»Sehr schön. Oh, übrigens, es ist möglich, daß jemand im Kasino eine Menge Fragen stellt, vielleicht kommt auch jemand her und erkundigt sich. Ist gar kein Problem. Die Fragen sind harmlos. Sie brauchen nur zu sagen, was Sie wissen, und das ist nicht mehr, als ich eben erzählt habe.«

Dale Moons schlauer Gesichtsausdruck versank in Zweifelsfalten. »Wenn dieser Porsche heiß ist, dann bin ich nicht interessiert. Ich brauche keine zusätzlichen Probleme.«

»Der Wagen ist blitzsauber. Ich zeige Ihnen meinen Ausweis, wenn ich ihn in ein oder zwei Tagen abholen komme. Mit dem Rest Ihres Geldes.«

»Woher soll ich wissen, daß Sie wirklich kommen?« erkundigte er sich. Er hatte die beiden Fünfziger bereits eingesteckt.

»Nun, dann haben Sie die Schlüssel zu einem recht ansehnlichen Gefährt, nicht wahr?« sagte er und reichte sie ihm.

Als Waverly wieder sein Zimmer betrat, traf er sie in besserer Laune an. Sie stand vor dem Wandspiegel und legte vorsichtig eine Art Lack auf ihre Augenlider. Die Kleidung, die sie trug, Seidenbluse, ein Rock, der sich um ihr schmales Gesäß schmiegte, erschienen ihm, der kein Fachmann war, als kämen sie nicht von der Stange. Sie begrüßte ihn mit einem fast schwungvollen »Hi, haben Sie das mit dem Wagen erledigt?«, ohne ihren Blick vom Spiegel abzuwenden und sich die Mühe zu machen, genauer zu schauen, wer überhaupt eingetreten war.

Er sah sich in dem Zimmer um. Es war nicht aufgeräumt. Die Koffer, die er gestern abend hereingetragen hatte, nachdem er sie aus ihrem Zimmer herausgeholt hatte, standen immer noch zum Teil auf der Kommode und auf dem Fußboden. Geöffnet erinnerten sie an aufklaffende Münder. Die Laken und Decken der beiden Betten waren zerwühlt, und auf ihrem waren diverse Dessous und ein Nachthemd verstreut. Ein Tablett mit einem zur Hälfte verzehrten Frühstück stand auf dem Tisch; Speckstreifen, die in gestocktem Fett kalt wurden. Eine vergessene Zigarette qualmte in einem Aschenbecher vor sich hin und verwandelte sich in einen Stummel. Schminke und Puder bedeckten die Badezimmerablage. Insgesamt war es eine Szene von derart lässiger, häuslicher Intimität, daß er kurz das seltsame Gefühl hatte, durch die Jahre in eine Zeit zurückgeschleudert zu werden, als er noch Ehemann war und damit eine Person, für die solche Szenen Teil der Alltagsumstände des Lebens waren.

»Hat Ihre Mutter Ihnen nicht beigebracht, ab und zu mal aufzuräumen?« sagte er leicht verärgert. Es war einfach so herausgerutscht. Er bedauerte es schon in dem Moment, als er es sagte, aber er hatte nun mal eine ausgesprochene Abneigung gegen Unordnung und Schlampigkeit.

»Meine Mutter hat nie Fenster geputzt«, sagte sie und studierte noch immer ihr Spiegelbild. »Und ich auch nicht. Haben Sie nie etwas von Hausmädchen gehört?«

»Jedes Durcheinander verwirrt meinen Kopf, mehr nicht, und im Augenblick ist scharfes Nachdenken angesagt.«

Er zog einen Stuhl an den Tisch heran und schob den Aschenbecher beiseite. Kurz darauf kam sie zu ihm.

»Sie sind nicht verheiratet.« Simple Feststellung, keine Frage.

»Nein«, antwortete er.

»Waren Sie es?«

»Einmal.«

»Lassen Sie mich die Scheidungsgründe raten. Sie haben auf einem Glas einen Lippenstiftabdruck entdeckt.«

Waverly strich sich über das Kinn, starrte sie an. »Vielleicht sollten Sie sich wirklich einen anderen Nigger suchen. Schauen Sie mal in der Lobby nach. Dort unten gibt es Kandidaten im Überfluß.«

Sie zündete sich eine Zigarette an und wedelte damit herum. »Wir wollen doch Freunde sein«, sagte sie, und sie zeigte ein echtes, strahlendes Lächeln ohne irgendwelche Spuren von Groll darin.

»Okay. Sind wir also Freunde.«

So wie er es sah, mußte sie diesen Rusty Barker suchen und in Erfahrung bringen, was er wußte. Sobald er sie zusammengeführt hatte, könnte er sich diskret zurückziehen. Das würde seinen Anteil an freiwilliger Mithilfe erfüllen, er hatte sich dieser Affäre schließlich nicht auf Dauer verschrieben. Unglücklicherweise gab es keinen Rusty Barker im Telefonbuch, daher rief er die Auskunft an und bekam eine Nummer genannt, die sich von der unterschied, die Clay ihr gegeben hatte, obgleich das auch keine Hilfe war. Ist das der Barker in der ... Garfield Street, fragte er die Auskunft und suchte sich irgendeine Straße aus dem Verzeichnis und verlieh seiner Stimme einen hilflosen, verzweifelten Ausdruck. Nein, sagte sie und nannte eine andere Straße. Vier-null-acht? fragte er zittrig, improvisierend, es ist äußerst dringend, daß ich ihn erreiche, es geht um einen Notfall; und mit jenem unschuldigen herzlichen Vertrauen in die Harmlosigkeit der menschlichen Natur nannte sie ihm die Adresse.

»Ich fahr mal raus und sehe zu, was ich herausbekommen kann«, sagte er.

»Diesmal komme ich aber mit.«

»Das ist aber nicht gerade vernünftig.«

»Ich werde eine Sonnenbrille aufsetzen.«

»Eine Verkleidung? Miss Clemmons, ich denke doch, daß Sie sich mittlerweile darüber im klaren sind, daß Sie nichts tun können, um nicht aufzufallen.«

»Nichtsdestoweniger, Mr. Waverly, komme ich mit.«

Auf dem Weg zur Tür sagte er: »Hängen Sie das Schild für den Zimmerdienst nach draußen, ja?«

Als Lloyd-Granger diesen durchschnittlich wirkenden Mann vor seiner Tür sah – gewiß kein Schläger oder Gauner, aber man konnte nie wissen –, war er natürlich mißtrauisch und wenig geneigt, sich wieder einschüchtern zu lassen. Das Mädchen, ein atemberaubender Anblick bis auf die geschwollene Lippe, trug eine Sonnenbrille mit verspiegelten Gläsern, und Lloyd-Granger erhaschte ein Spiegelbild von sich darin, das verzerrte Kirmeskonterfei von einem schwabbeligen, rundlichen Zwerg. Nicht im mindesten bedrohlich. »Ich warne Sie«, sagte er trotzdem, »irgendwelcher Ärger oder Drohungen, und meine Frau ruft die Polizei.«

»Alles, was wir brauchen, Sir, sind Informationen. Alles, was Sie uns über den Aufenthaltsort von Mr. Baker oder Mr. Clemmons mitteilen können, würde uns enorm weiterhelfen. Sehen Sie, es ist unbedingt notwendig, daß wir sie finden. Wir würden tief in Ihrer Schuld stehen.«

Lloyd-Granger gab ein mißbilligendes Schnauben von sich. »Schuld ist gut. So etwas wie die Ehrenschulden Ihrer Freunde? Nun, ich sage Ihnen das gleiche, was ich schon meiner Frau gesagt habe: nichts mehr. Schließlich sind wir hier immer noch in Traverse City.«

»Freunde?« fragte Waverly nach. »Zwei Herren, einer von ihnen ziemlich groß? Nicht besonders höflich?« Natürlich war zu erwarten gewesen, daß sie ebenfalls hier aufgetaucht waren, was bedeutete, daß sie sicherlich längst alles wußten, was er noch in Erfahrung bringen mußte, wenn er wirklich das Glück haben sollte, überhaupt etwas aus dieser britischen Bulldogge mit den silberbekronten Zähnen und dem Drachentöteratem herauszubekommen. Und das bedeutete auch, daß, selbst wenn er es schaffen sollte, nicht viel dabei rumkommen würde.

»Ich bin überzeugt, Sie kennen sie besser als ich«, sagte Lloyd-Granger bitter.

»Sehen Sie, alles, was wir von Ihnen erfahren wollen –«, begann Holly, doch Waverly schnitt ihr mit einer Stoppgeste seiner Hand das Wort ab.

»Sie kommen doch aus England, nicht wahr, Sir?«

»Das tue ich.«

»Ein schönes Land. Die Heimat unserer Kultur, genau betrachtet. Ich hab mal vor Jahren einen Sommer dort verbracht. Als Student.«

»Wie schön für Sie. Aber das heißt für mich gar nichts. Und jetzt, wenn Sie so freundlich wären –«

Aber Waverly unterbrach ihn erneut. »Woran ich mich im

Zusammenhang mit den Briten am deutlichsten erinnere, ist ihr ausgeprägter Sinn für Gastfreundschaft und ihr Entgegenkommen bei Fremden. In Frankreich oder in der Schweiz, vor allem in der Schweiz, ist es anders. Wenn man dort nur nach einem Weg fragt, dann bekommt man so gut wie sicher eine arrogante Abfuhr.« Er holte seine Brieftasche hervor und zog einen Zwanziger heraus. Er würde mit zwanzig beginnen und dann weitersehen, wie der Wechselkurs sich entwickelte. »Aber nicht in Großbritannien.«

Lloyd-Granger fischte den Schein aus seiner Hand und lieferte einen Monolog, der die Spontaneität und Lebhaftigkeit eines Wechselgebets beim Sonntagsgottesdienst hatte. »Rusty und Clay waren anständige Mieter. Angenehme, zuverlässige Jungs, machten niemals irgendwelche Schwierigkeiten. Ihre Miete zahlten sie stets pünktlich. Jetzt ist die Miete jedoch einen Monat überfällig, und ich habe sie seit einigen Tagen nicht mehr gesehen. Vielleicht seit einer Woche. Sie hatten eine Freundin, eine junge Dame, die sehr viel Zeit mit ihnen verbrachte. Ihr Vorname lautet Ladonna; vom Nachnamen habe ich nicht die leiseste Ahnung. Sie arbeitet bei Shimmers im Holiday Inn. Und damit haben Sie alles. Punktum.«

Es war schon erstaunlich, wie wenig man für einen Zwanziger heutzutage bekommen konnte. »Sir«, sagte Waverly, »Sie tragen ein wenig von Englands grüner und schöner Landschaft bei sich, wo immer Sie sich aufhalten. Sogar in Traverse City. Meinen tiefsten Dank.«

Lloyd-Granger verzog säuerlich das Gesicht wie jemand, der überaus erleichtert war, doch auch fast hundertprozentig überzeugt, daß er verspottet wurde. »Sie können Ihren Freunden bestellen, daß sie das nächste Mal nicht so unbehelligt davonkommen«, sagte er tapfer.

»Ich sorge dafür, daß sie es erfahren.«

»Sie sollten Lexika an der Haustüre verkaufen, wissen Sie das?« teilte Holly ihm mit. »Oder für Avon auf die Reise gehen.«

Sie saßen auf einer Couch an der hinteren Wand der höhlenähnlichen Bar. Waverly mit dem Rücken zum Fenster, das zur

Bucht hinausging, beobachtete die Tür. Der Laden hatte gerade erst geöffnet, alle Tische waren frei, und die Cocktailkellnerinnen in ihren verführerischen Kostümen hatten sich auf den Barhockern verteilt und unterhielten sich angeregt. Sie hatte es als Kompliment gemeint, denn er hatte soeben aus einer von ihnen, einer Freundin Ladonnas, die kostenlose Geheiminformation herausgeholt, daß sie sich am Abend vorher krank gemeldet hatte. Dabei hatte sie richtig aufgeregt geklungen und erwähnt, daß sie möglicherweise für einige Zeit die Stadt verlassen wolle. Was tatsächlich der Fall zu sein schien, denn sie war auch heute abend nicht zum Dienst gekommen, und Hughie – der Personalchef – war ausgesprochen wütend und versprach, sie rauszuschmeißen. Was der Freundin einige Sorgen bereitete, aber nicht allzu lange, denn Ladonna machte immer irgendwas Verrücktes. Trotzdem landete sie immer auf den Füßen. Ja, sie hatte Clay und Rusty schon mal hier gesehen, in jüngster Zeit aber nicht, sie konnte sich nicht mehr genau erinnern, sie wußte nicht mehr, wann, denn Ladonna hatte an allen Ecken und Enden Freunde. Nein, sie habe keine Idee, wo man nach den beiden suchen solle, aber sie meinte, daß sie recht gut aussahen, vor allem dieser Clay, so ein Prachtkerl wie Richard Gere, nur mit hellblonden Haaren.

»Nun, das ist nett, daß Sie das sagen«, nahm Waverly den Faden von Holly auf, »aber Sie sehen ja auch, daß ich nicht weitergekommen bin. Es sieht so aus, als wäre das der äußerste Punkt, den wir erreichen können.«

Er hatte ein alkoholfreies Bier vor sich stehen; sie trank etwas Schäumendes mit Gin darin, er hatte nicht darauf geachtet, was genau, obgleich er gehört hatte, daß sie ausdrücklich nach Boodles verlangt hatte. Der Drink war ihre Idee gewesen, und er meinte, es wäre keine gute. Seine Schulter schmerzte noch immer heftig, und ihre Lippe war noch immer geschwollen, Andenken an die Nacht vorher. Er ließ sich zu einer trägen Sorglosigkeit animieren, aber er entspannte sich überhaupt nicht.

»Was schlagen Sie nun als nächstes vor?«

Dieser Frage von ihr schien unangenehme, geradezu metronomische Regelmäßigkeit innezuwohnen, und er begann sich Gedanken darüber zu machen, warum die Last der Auskunft immer auf seinen Schultern ruhte und wie er überhaupt zu diesem Privileg gekommen war. »Sie kennen Ihren Bruder besser als ich. Was schlagen Sie vor?«

»Niemand kennt Clay«, sagte sie mit nadelspitzer Stimme. »Und außerdem ist er nur mein Halbbruder, wissen Sie noch?«

Diese genaue Unterscheidung, ihre Bedeutung, diese Distanzierung blieb ihm unverständlich. Daher ignorierte er sie. »Er hat Ihnen keinen Hinweis gegeben, wo er sein könnte?«

»Ich weiß nur, was ich Ihnen bereits mitgeteilt habe.«

»Und er redete nicht davon, mit Ihnen Verbindung aufzunehmen?«

»Ich habe Ihnen alles erzählt, was er gesagt hat. Zweimal schon.«

»Dann ist es vielleicht an der Zeit, daß Sie sich an Ihren Vater wenden. Das heißt, wenn Sie noch immer nicht bereit sind, die Polizei zu benachrichtigen.«

»Sie hören nicht besonders gut zu, nicht wahr? Ich kann nichts davon tun.«

Waverly stellte den Bierkrug auf den Tisch. Er zündete sich eine weitere Zigarette an. Seit er in ihr Leben gestolpert war, hatte er es aufgegeben, sie zu zählen. Er nahm einen langen, tiefen Zug. Seine Lungen fühlten sich an, als wären sie mit Glassplittern gefüllt.

»Sie kennen sicher diesen alten Witz von dem Burschen mit der Banane im Ohr? Kommt ein Typ zu ihm und sagt: ›Sir, wissen Sie, daß Sie eine Banane im Ohr haben?‹ Darauf sagt er: ›Entschuldigen Sie, ich kann Sie nicht verstehen, ich hab nämlich eine Banane im Ohr.‹« Sie reagierte mit einer unwirschen Geste, aber er machte weiter. »Moment, es kommt noch eine Moral. Ich nehme also die Banane aus dem Ohr und höre nichts anderes wie zu der Zeit, als sie noch drinsteckte. Das alte Lied. Lied stimmt genau, gut gewählt. Moment. Ich nehme die Banane heraus, aber Sie müssen auch den Schleier von Ihren Augen reißen und sich ein wenig umschauen. Sie bemerken, wie die beiden Leute, die mit Ihrem Bruder – na schön, Halbbruder – in Verbindung stehen, sich offensichtlich schnellstens aus dem Staub gemacht haben. Sie haben bemerkt, daß sein Hauswirt nicht gerade scharf darauf war, etwas für gute anglo-amerikanische Beziehungen zu tun. Haben Sie das bemerkt? Moment, es kommt noch mehr. Sie erinnern sich noch an diese beiden Parkwächter von gestern abend. Haben Sie heute schon Ihre Lippe angefaßt?« Instinktiv legte sie die Hand auf den Mund. »Was ich damit sagen will, Miss Clemmons, ist, daß alle diese Dinge zusammengenommen mir, einem Laien in diesem Spiel, so vorkommen wie ganz ernste Signale für Ärger. Und zwar Ärger nicht für Amateure.«

Für einen Moment sagte sie gar nichts, betrachtete den langsam in sich zusammenfallenden Schaum auf ihrem Drink. Schließlich brachte sie ein schwaches Lächeln zustande und sagte: »Sie dürfen mich Holly nennen, wissen Sie.«

»Die Botschaft bleibt die gleiche.«

»Sie kommen mir aber nicht besonders amateurhaft vor.«

»In so etwas bin ich Amateur.« Er war entschlossen, sich aus diesem immer trügerischer werdenden Sumpf zurückzuziehen. In der Kunst des Überlebens war er wenigstens weit davon entfernt, Anfänger zu sein. In dieser Disziplin hatte sein Training ihn zum Experten gemacht.

»Ich möchte, daß Sie einiges über Clay erfahren«, sagte sie. »Bestellen Sie uns noch einen Drink, ja?«

»Ich glaube nicht, daß das so klug ist.«

»Bestellen Sie trotzdem. Ich lade Sie ein.«

Was er zu hören bekam, war, wie vorauszusehen, die Geschichte von dem armen, kleinen, reichen Jungen: als Kind mehr mit als ohne irgendwelche Schwierigkeiten, von einer Privatschule zur nächsten geschleppt und aus jeder wieder herauskomplimentiert; von der Northwestern geflogen und nun dank Einfluß, Beziehungen und einem freundlichen Lächeln am DuPage Community College geduldet; eine ständige Belastung für Daddy, allgemein eine Riesenenttäuschung. Das vertraute Bild, jedoch mit einer auffälligen Variante, die das Ganze etwas gespenstischer machte. Als er fünf war, brachte Clays Mutter (eine Neurotikerin, aber immerhin noch seine Mutter) sich selbst um, und es war der Fünfjährige, der sie in ihrem Blut in der Badewanne fand. Und es war Holly, die ihn fand, neben der Badewanne kauernd, überhaupt nicht weinend oder schluchzend, sondern mit den Händen in der Luft herumschlagend, als würde er von einem Schwarm unsichtbarer Insekten attackiert. Fünfzehn Jahre Psychotherapie hatten die Narbe zugedeckt, dachte Holly, sie aber nie richtig ausgelöscht. Als Erwachsener war Clay der reinste Zauberer und setzte sein gutes Aussehen und seinen grenzenlosen Charme ein, um sich zu verschaffen, was immer er sich wünschte oder wovon er meinte, daß er es sich wünschte, was ihm aber später gleichgültig war. Sie war der Meinung, daß die periodischen Erschütterungen, die sein Leben aufrüttelten, seine Art von Versuch waren, zu seinem Vater zurückzufinden (dem er an allem die Schuld gab, der jedoch – natürlich – völlig schuldlos war, obgleich er acht Wochen nach dem Selbstmord wieder heiratete und sich acht Monate nach der Hochzeit wieder scheiden ließ) auf die einzige Art und Weise, die er kannte. Sie war siebenundzwanzig, sieben Jahre älter als Clay. Ihre eigene Mutter, eine andere Unheilbringerin, war längst in anderen Ehen untergetaucht, und ihr ganzes zerrissenes Leben lang hatte sie, Holly, zwischen Vater und Sohn gestanden: Schiedsrichterin; Friedensstifterin; Ersatzmutter in gewisser Weise für den einen, Überbringerin von Botschaften für den anderen; Schlichterin in stürmischen Zeiten. Leicht war es nicht gewesen; auch sie hatte ihren Anteil an psychiatrischer Beratung gehabt. So begriff er vielleicht, warum sie diese Angelegenheit selbst regeln mußte, und zwar so unauffällig wie möglich. Und warum sie seine HIlfe brauchte.

Es war eine traurige Geschichte, welche seltsame Echos hervorrief, die plötzlich uneingeladen am Horizont seiner eigenen Vergangenheit aufklangen. Aber er hatte schon vor langer Zeit die Kunst erlernt, diese Echos zum Schweigen zu bringen, und er sagte nicht unfreundlich: »Das ist eine sehr traurige Geschichte, die Sie da erzählen, und Sie haben mein ganzes Mitgefühl. Aber ich wüßte nicht, was das ändern sollte.«

»Ihre Einstellung, vielleicht. Geben Sie mir noch einen weiteren Tag, ja?«

Der weise Rat von Bennie Epstein rauschte ihm durch den Kopf. Dann schaute er Holly Clemmons an, eine Studie in Licht und Schatten eingefügt. In eine Wand aus Gold, die durch die

Strahlen der Spätnachmittagssonne gebildet wurde, die ihn ernst und gespannt anschaute, und mit einem Fingerschnippen war der Rat verschwunden.

»Wenn Ihr Bruder, zur Hälfte, Ihnen das Park Place empfohlen hat, dann muß er auch davon ausgehen, daß Sie dort wohnen. Wenn er dort anruft, dann werden sie ihm sagen, nein, aber er glaubt unter Umständen, daß Sie das getan haben, was zu tun er Ihnen eigentlich hätte empfehlen müssen, nämlich daß Sie sich unter einem anderen Namen eingetragen haben. Sobald er merkt, daß sein Kumpel ihn im Stich gelassen hat, ist er vielleicht verzweifelt – oder dumm genug, um nachzusehen. Sie dürfen sich nicht blicken lassen, aber ich könnte mich unten postieren und nach ihm Ausschau halten. Viel ist es nicht. Aber es ist das beste und einzige, was ich tun kann.«

»Sie sehen, warum ich Ihre Hilfe brauche?«

»O ja. Wer ist schon cleverer als ich.«

»Wann fangen wir an?«

»Sobald Sie für die Drinks bezahlt haben.«

Shadow trug ebenfalls eine Sonnenbrille, obgleich sie nicht viel ausrichtete in dem Bemühen, die Aufmerksamkeit von seinem mißhandelten Gesicht abzulenken. Gleep hatte sich einen Rollkragenpullover übergestreift, der die meisten, nicht alle, Risse und Schnitte an seinem Hals verdeckte. Es war noch immer mit Schmerzen verbunden, wenn er schluckte oder sprach, daher hatte er jetzt sogar noch weniger zu sagen als sonst. Das war Shadow nur recht, der Schwierigkeiten hatte, seinen Geist von blutigen Rachevisionen frei zu halten. In dieser Richtung war er stolz auf seine Erfindungsgabe, und im Augenblick (am vorgerückten Sonntagnachmittag, und der früheste Zeitpunkt, an dem beide das Gefühl hatten, sie könnten endlich ihre Arbeit fortsetzen) fragte er sich, was wohl passieren würde, wenn man den Kopf eines Burschen in einen Mikrowellenherd schieben und auf volle Leistung drehen würde, was das wohl bewirken würde.

Sie fuhren ziellos herum und überlegten, wie sie ihre Suche am besten organisieren, wo sie damit beginnen sollten. Es war Shadows Idee, daß sie natürlich von den teuren Hotels angelockt würde, eine reiche Schnalle wie die. Gleep konnte dem nicht zustimmen. Er dachte sich, daß sie wahrscheinlich raffiniert genug wäre, um sich in irgendeiner billigen Bude mit Schlafgelegenheit zu verstecken. Daher versuchten sie ihr Glück bei beiden Kategorien, natürlich mit gleichem Mißerfolg. So kommen wir nicht weiter, klagte Shadow bitterlich, so wie wir uns umschauen und versuchen, irgend etwas von den hochnäsigen Angestellten herauszubekommen, wenn wir dauernd bitte sagen müssen, niemandem auf den Pelz rücken können, nicht mal mit den Muskeln spielen dürfen. Dieser Scheiß Ledbetter, soll er es doch mal selbst versuchen.

Nach einer Weile gaben sie ganz einfach auf. Ich hatte recht an dem Abend, sagte Shadow, es würde ja eine Ewigkeit dauern, sie auf diese Art und Weise zu finden. Er beschloß, sie sollten rüberfahren zu Shimmers, ein Bier trinken und noch einmal mit Ladonna reden. Viel erwartete er sich nicht davon, aber er hatte gegen einen neuerlichen Blick auf diese niedlichen Tittis nichts einzuwenden, obwohl er es gar nicht so gut fand, wenn sie ihn mit eingeschlagenem Gesicht sah, denn das trug wenig zu seinem Image bei. In der Tat war er damit derart beschäftigt, daß er seine Schultern hochzog und stur auf den Fußboden starrte, als sie die Lobby betraten. Hätte er aufgeblickt, so hätte er zwei vertraute Gestalten sehen können, die, die Rücken ihm zugewandt, das Hotel ohne Eile durch den gegenüberliegenden Ausgang verließen.

Als sie entdeckten, daß Ladonna nicht mehr zu der Schar Sklavenmädchen gehörte, saßen sie, wie Shadow es ausdrückte, mit dem Arsch auf Grundeis. Insgeheim war er wegen ihr doch etwas erleichtert, hatte aber keine Ahnung, was als nächstes zu unternehmen wäre.

»Wir könnten mal bei ihr vorbeischauen«, schlug Gleep vor und versuchte, mit einer Idee auszuhelfen. Er trank eine Cola, die in seiner wunden Kehle nicht soviel Schaden anrichtete.

»Nee, ich glaube nicht«, meinte Shadow mehr zu sich selbst als zu seinem Partner. »Dort können die Bullen sein, nachdem sie den Footballstar mit seinen wehen Fingern gefunden haben. Außerdem, selbst wenn sie zu Hause ist, was sie jetzt wahrscheinlich nicht sein wird, wird sie sicherlich auch nicht mehr als das wissen, was wir bereits erfahren haben, nachdem wir ihr einen Vortrag gehalten haben. Ich glaube nicht.«

»Vielleicht sollten wir mal nachschauen, ob Elmo etwas gefunden hat.«

Shadow konnte sich wirklich nicht vorstellen, daß sie dumm genug war, den Wagen zu holen, selbst wenn es ein gottverdammter Porsche war, doch ihm waren die Ideen ausgegangen. »Können wir machen«, sagte er lustlos und trank den Rest seines Biers aus.

Sein Enthusiasmus nahm etwas zu, als sie Elmo im Kasino fanden und erfuhren, daß tatsächlich zwei Typen gekommen waren und den Wagen geholt hatten, und das vor nunmehr etwa einer Stunde. Elmo hatte versucht, Gleep anzurufen, aber niemand nahm ab, und er mußte gleich danach wieder arbeiten. Shadow ärgerte sich, daß der dämliche Indianer sie nicht aufgehalten und zum Warten genötigt hatte. Auf einen Indianer konnte man sich nicht verlassen, denn der hatte sein Hirn wohl im Tipi gelassen; außer Gleep, natürlich, aber der war in der obersten Etage auch nicht gerade blitzschnell. Aber er fühlte sich gleich besser, als Elmo ihnen den Namen der Tankstelle nannte, in der sie arbeiteten. Außerdem fand er heraus, daß es ein Typ gewesen war, der dafür bezahlt hatte, den Wagen zu holen, und keine Braut. So konnte Shadow sich ausrechnen, daß ihre Chancen immer noch ganz gut waren, denn er war immer noch dabei, dieser Mr. Wurmfutter persönlich, und wollte wohl für eine Weile bei der hilflosen Lady den Helden spielen, und das machte Shadow glücklich. Das baute ihn richtig auf. Das war ja bestens. Dann schmeiß mal die alte Mikrowelle an und schärf deinen Bolzen – denn hier kommt Shadow. Er gab Elmo eine Kleinigkeit für seine Mühe, und auf der Rückfahrt in die Stadt sagte er: »Gleep, mein Freund, ich glaube, wir sind wieder im Rennen.«

»Absolut.«

So war es natürlich eine Enttäuschung für sie, als alles, was sie von Dale Moon bekommen konnten, eine Beschreibung des Burschen war, der ihn angeheuert hatte, um den Porsche zu holen, und keine Unze mehr, weder seinen Namen, noch wo er sich aufhielt, nichts, noch nicht einmal, nachdem sie mit ihm in die Toilette im hinteren Teil der Tankstelle umgezogen waren (ein verdammt schmuddeliger Ort, wie Shadow bemerkte, wo die Farbe von den Wänden blätterte und zerknüllte Papierhandtücher auf dem Boden herumlagen und die Spülung auf Dauerbetrieb festhing und Fäkalien und Zigarettenstummel hochspülte, wenngleich genau das für ihre Zwecke geeignet war) und ihm zuerst zu einem dreifachen Schokoladencocktail verhalfen und ihn dann zum Luftholen auftauchen ließen, so daß Gleep ihm seine Aufmunterungsnummer vorführen konnte, die immerhin fast einen gebrochenen Arm einschloß.

»Ich werde Ihnen einige Instruktionen hierlassen, Mr. Moon«, sagte Shadow. »Sie hören genau zu?«

Dale Moon, der auf dem Fußboden lag, den Kopf gegen das Klosettbecken gelehnt, so schlaff und zerknüllt wie eines der zahlreichen nassen Handtücher und das Gesicht von einer farbenfrohen Mischung aus Scheiße und Blut gezeichnet, spuckte zwischen Stöhnlauten etwas hervor, das wie eine Bestätigung klang, daß er aufpaßte.

»Okay. Das nächste Mal, wenn dieser Bursche wegen des Wagens kommt – oder jemand anderer, egal wer – dann sagen Sie: ›Oh, hallo, toll, tut mir leid, ihr Wagen muß mal überholt werden, ein paar Drähte im Motor, sie haben sich gelöst.‹ Oder Sie sagen: ›Sehen Sie doch mal hier, Sie haben einen Platten.‹ Oder sie können ja auch die Schlüssel verloren haben. Irgendwas in der Richtung. Denken Sie sich was aus. Ein Mann, der mit Nachnamen Moon heißt, der reinste Niggername, sollte eigentlich eine rege Phantasie haben.

Also wenn Sie nun an dem Wagen herumfummeln, sind Sie total freundlich, so wie ihr Schmiermaxen ja immer seid, und dann fragen Sie nach seinem Namen. Wo er wohnt, wie es ihm in Traverse City gefällt. Solche Sachen. Ach ja, ich hab was vergessen. Ehe sie anfangen, Ihre Hände schmutzig zu machen, fällt Ihnen ein, daß Sie ja noch schnell auf die Toilette gehen wollten, und dann gehen Sie rein und rufen diese Nummer an, die ich Ihnen hierlasse. Fragen Sie nach Mr. Little Feather, er ist der Gentleman, den Sie bereits kennengelernt haben. Wenn wir nicht da sind, dann hinterlassen Sie eine Nachricht. Sagen Sie, es sei sehr dringend. Nennen Sie Ihren Namen. Dann gehen Sie wieder an ihre Arbeit zurück, schön ordentlich und gemütlich, und versuchen all das herauszukriegen, was ich Ihnen gerade beschrieben habe. Meinen Sie, das können Sie behalten?«

Dale Moon blubberte, daß er das könne.

»Das ist sehr gut, Mr. Moon. Wir wissen das zu würdigen, ich weiß, daß wir auf Sie zählen können, denn wenn wir das nächste Mal vorbeikommen, dann könnte was Schlimmeres passieren, als daß Sie nach schwimmenden Scheißehäppchen schnappen müssen. Nun, wir könnten Sie zwingen, diesen Schweinehimmel, den Sie hier haben, mal richtig sauberzumachen, und ich glaube, es kann kaum etwas Schlimmeres geben.«

Während sie von der Tankstelle wegfuhren, sagte Gleep zu seinem Partner: »Du kannst aber toll mit Worten umgehen.« Aufrichtige Bewunderung.

Aber Shadow konnte nicht aufgemuntert werden. Dieser *coitus interruptus* des Geistes raubte ihm seine sämtliche natürliche Begeisterung, mit der er sich seiner Arbeit widmete. Es gab nichts zu tun, als sein Glück bei weiteren Motels zu versuchen, sich Ledbetter wenigstens für eine Weile vom Hals zu halten, obwohl er sich dachte, daß es mehr als nutzlos war. Er fühlte sich wie ein Haufen saure Eulenscheiße, ja, genauso fühlte er sich. »Weißt du, Gleep«, sagte er bedrückt, »es gibt Tage, da muß man sich fragen, ob das ganze Leben nicht doch nur ein langer Furz im Wind ist.«

»Mal sehen, ob ich richtig verstanden habe, was du mir erzählst, Gaylon.«

Dietz saß in einem großen, wuchtigen Sessel mit hoher Lehne und ausladenden Armstützen, der aussah wie ein gottverdammter Thron. Davor stand eine Ottomane, aber er hatte seine Füße nicht darauf gestellt. Er saß irgendwie steif da, die Schultern nach hinten und die Knie zusammengepreßt, wie eine alte Jungfer. Eine Hand strich über das Kuhfängerkinn, die andere spielte mit einem silbernen Druckkugelschreiber, den er manchmal als Zeigestock benutzte (wie jetzt), wenn er redete. Auf dem Fußboden in einer Ecke hockend, pflegte Oona ihre Finger- und Fußnägel und bemalte sie in einem leuchtenden Pink. Gaylon saß in einem Polstersessel, der durchaus gemütlich war, aber ein bißchen klein, man konnte kaum seinen Hintern richtig darin unterbringen, und der mindestens zehn Zentimeter niedriger war als der Thron. Eher auf Augenhöhe mit der schlitzäugigen Schnalle als mit Dietz.

Sie saßen in dem Zimmer, das Dietz Bibliothek nannte. Zwei ganze Wände Bücher in deckenhohen Einbauregalen und mit einem Rollschreibschrank und einem Globus mit Beulen darauf, um anzuzeigen, wo die Gebirge sind. Eine ganze Fensterreihe ließ die Morgensonne herein. Von irgendwo anders im Haus drang leise Musik zu ihnen herüber. Eines mußte Gaylon diesem Hurensohn lassen, er hatte wahre Klasse.

»Du hattest die Lady am Wickel«, versuchte Dietz ruhig herauszubringen, »aber ihr habt sie verloren. Auf welche Art auch immer.« Gaylon wollte schnell eine Erklärung anfügen, aber Dietz stoppte ihn mit der Kugelschreiberspitze. »Laß mich zu Ende kommen, Gaylon. Ich lasse mir die Dinge gerne durch den Kopf gehen, damit ich sie klarer sehe. Ein Typ taucht auf. Den man einen unbeteiligten Zuschauer nennen könnte. Legt sich mit deinen Leuten an. Rettet die Lady. Hinterläßt uns, wenn ich es recht verstanden habe, eine Handvoll ... voll ...«

Versuch's mal mit Scheiße, wollte Gaylon ihm sagen. Das Wort heißt Scheiße.

»... warme Luft. Keine Lady. Und infolgedessen kein Dieb. Und daher auch keine Ware. Ist das eine zutreffende Darstellung, Gaylon? Der Situation?«

Gaylon versuchte die zusammengerutschte Hose aus seinem Schoß herauszuziehen, ohne daß es auffiel. »Mr. Dietz, wie ich schon sagte, gestern abend haben wir ihren Wagen gefunden. Und wir wissen, wo sie zuletzt war. Hawkins und Scaggs überprüfen heute alle Hotels. Es ist nur eine Frage der Zeit, bis wir sie wieder einfangen. Dann den Jungen und dann die Ware. Wie lange kann man in einer Stadt von dieser Größe schon untertauchen.«

Darüber mußte er einige Zeit nachdenken, als wäre es eine

echte Frage, auf die Gaylon eine Antwort erwartete. »Nun«, sagte er schließlich, »es sind jetzt sechsunddreißig Stunden, so um den Dreh, bei der Lady. Und die Ware? Wie lange ist das jetzt her? Eine Woche?«

Gaylon dachte, wenn ich jemals aus diesem Schlamassel herauskomme und meine Eier noch intakt sind, dann such ich mir einen Platz in einem der Rentnerdörfer unten im Süden, Sun City, und spiele den ganzen Tag Shuffleboard und Domino und lege nachts die Witwen flach, denn das ist es, was noch in mir steckt. Wenn überhaupt. Jesus, seine Hämorrhoiden brachten ihn noch um. Am liebsten hätte er sich dort mit einer Gabel gekratzt. »Nicht ganz eine Woche«, sagte er schwach.

»Gaylon, wir haben Montagmorgen. Ich hatte für heute mit besseren Neuigkeiten gerechnet.«

Gaylon wußte nicht, was er dazu sagen sollte, daher versuchte er es mit nichts. Er studierte das Teppichmuster zu seinen Füßen. Dann glitten seine Blicke hinüber zu der Japanerin auf dem Fußboden, die sich in ihr Werk vertiefte, als polierte sie Diamanten. Er glaubte, auf ihren Lippen die Spur eines Lächelns wahrnehmen zu können, aber er konnte sich dessen nicht sicher sein.

»Gaylon?«

»Ja, Sir?«

»Erinnerst du dich noch an das Buch, von dem ich dir erzählt habe? Das über die Ausnahmesituationen?«

»Ich kann mich erinnern, daß Sie etwas darüber erzählt haben«, sagte er so neutral wie möglich. Wahrscheinlich folgte jetzt ein verdammtes Quiz.

»Nun, wir haben es hier anscheinend mit einer ganz ernsten Ausnahmesituation zu tun, einem Hindernis. Und immer wenn so etwas auftaucht, dann empfiehlt es – das Buch, meine ich – eine genaue Analyse. Und einen Plan. Wie man sich wieder ins Spiel bringt und den alten Kurs einschlägt. Was hältst du von dieser Idee, Gaylon?«

Die Idee ist beschissen, das hielt er davon. Die Analysen standen ihm schon bis oben hin, aber er sagte: »Das wird wohl das beste sein. Sich auf das Wesentliche zu konzentrieren.« Selbst ihm erschienen diese Worte ziemlich albern.

Dietz starrte ihn nur an. Knabberte am Knopf seines Kugelschreibers und ließ beredtes Schweigen zwischen ihnen hängen. Schließlich sagte er: »Gut. Angenommen, wir gehen noch mal alles durch. Vielleicht betrachten wir noch mal den ganzen Hergang und sehen zu, ob wir die Wurzel unserer Schwierigkeiten finden können. Weißt du, was ich glaube, wo die liegen?«

Jetzt kommt es endlich, dachte Gaylon. Er dachte weiter, man konnte wohl jede Wette eingehen, wer die Wurzel allen Übels sein würde. Er wappnete sich. Es stellte sich heraus, daß er sich geirrt hatte, und über diesen Irrtum war er diesmal überhaupt nicht unglücklich.

»Ich denke, es ist der Mann, der sich eingemischt und die Lady gerettet hat«, sagte Dietz.

So wie er es sagte, wie er noch länger als normal brauchte, um es auszusprechen, wenn das überhaupt noch möglich war, klang es wie in einem dieser Kriminalfilme, wenn die Hauptperson den Fall endlich gelöst hat und sich anschickt, den Mörder zu nennen. Und er war es nicht. Gaylons Herz hämmerte wild in seiner Brust, so erleichtert war er. »Das ist er, genau«, sagte er aufgeregt. »Wenn er nicht seine Nase in eine Sache gesteckt hätte, die ihn nichts angeht, dann hätten wir unsere Ware längst zurück. Alles liefe wieder glatt und sauber wie...« Die Haut auf Ihrem Pinsel, wollte er sagen, aber bei näherem Hinsehen hielt er das nicht mehr für eine so gute Idee und ersetzte es durch Glas.

Dietz nickte ernst und gewichtig. »Das ist es genau, Gaylon. Du hast gerade gemeint, er hätte immer noch seine Finger im Spiel. Stimmt das?«

»So sieht es aus.«

»Wenn man ihn findet, müßte man also auch auf sie stoßen. Und auf unsere Ware, die du verloren hast. Meintest du nicht gerade, daß deine Leute ihn irgendwie wiedererkannt haben?«

»Sie sagten nur, daß dieser Typ als Zähler aufgefallen ist. Oben im Laden der Indianer.«

»Ein Kartenzähler also.« Dietz sprach es aus, als versuchte er sich darüber klarzuwerden, was die Worte bedeuteten. »Es gibt nicht viele Leute, die so etwas schaffen. Könnte es sein, daß es über ihn irgendwo so etwas wie eine Akte gibt? Drüben im Westen vielleicht? In Atlantic City?«

»Ein Steckbrief? Um ihn auf diese Art und Weise aufzustöbern?« Gaylon spürte, wie das Blut in seinen Schläfen pochte. Neues Leben erfüllte ihn. Neue Hoffnung. Natürlich, er trat sich selbst in den Hintern, daß ihm das nicht zuerst eingefallen war; aber vielleicht konnte er trotzdem noch Kapital daraus schlagen. »Das ist ein sensationeller Gedanke, Mr. Dietz. Die Indianer haben sicher eine Beschreibung von ihm. Vielleicht sogar ein Bild.«

»Wir haben Partner an beiden Orten. Freunde. Sie sollten eigentlich bereit sein, uns behilflich zu sein. An deiner Stelle würde ich ganz schnell zum Telefon greifen und einige Gespräche führen.«

»Ich bin schon dabei«, sagte Gaylon und versuchte, sich aus dem Sessel hochzuhieven, doch Dietz zielte wieder mit dem Kugelschreiber auf ihn, und er hielt mitten in der Bewegung inne, zur Hälfte in einer unbeholfenen Kauerhaltung.

»Eine Sache noch, Gaylon. Ich darf nicht zu lange von Chicago wegbleiben. Es gibt dort viel zu tun. Und meine Frau macht sich auch Sorgen. Du weißt ja, wie das ist. Deshalb verlasse ich mich darauf, daß du die Angelegenheit schnellstens in Ordnung bringst. Die Uhr läuft, Gaylon.«

Im Verlauf des Wochenendes gab es auch noch eine andere Person, die mit ernsten Schwierigkeiten bei der Verwirklichung ihres Plans zu kämpfen hatte. Am Samstag versuchte Clay mehrere Male, Ladonna in ihrer Wohnung anzurufen, aber das Ergebnis war immer das gleiche. Natürlich mußte er bis zum Abend warten, um zu telefonieren, bis all die geizigen Schnäppchenjäger verschwanden und der letzte schäbige Angestellte sein Polyesterjackett überzog und nach Hause ging, denn er verbrachte den ganzen Tag in seinem Versteck im Lagerraum. Mittlerweile war er schon fast bereit, die Sache aufzugeben, Ledbetters Ware irgendwie zu ihm zurückzuschmuggeln, irgendeine Art von Waffenstillstand auszuhandeln und sich aus dem Staub zu machen. Fast vierzehn Stunden in diesem Rattenloch, kein Fenster, nur Betonwände, muffige Gebrauchtsofas und Sessel, die aussahen, als liefe aus ihnen Haarpomade heraus, wenn man sie nur anfaßte, dazu Spinnen so groß wie ein Daumen, die über den Fußboden sprinteten, und über allem der saure Gestank der eigenen Pisse, die aus dem Abflußloch im Boden heraufstieg – dann könnte er auch genausogut im Knast hocken, und eine halbe Million in dem Sack neben ihm oder nicht machte wirklich nichts mehr aus.

Aber dann, nach Geschäftsschluß, erschien das Mädchen wieder und brachte einen kalten Sechserpack mit und einen Karton Kentucky Fried, womit er normalerweise den Hund fütterte, das ihm jedoch jetzt sehr gut schmeckte. Er nahm seine Mahlzeit mit in den Ausstellungsraum, wo es wenigstens halbwegs erträglich war, und nachdem er gegessen hatte, ließ er sich von ihr einen blasen, was ihn zusammen mit dem Bier hinreichend entspannte, so daß er ungestört die Nacht durchschlafen konnte.

Am Sonntag erwachte er und fühlte sich etwas besser. Der Laden war wegen des Wochenendes geschlossen, daher hatte er keinen weiteren Tag in der Schlangengrube vor sich, eine Aussicht, die ihm sicherlich alles andere als unangenehm war. Aber jetzt war es noch früh, und er hatte Zeit, sich einiges zu überlegen und genau zu planen, wie er weiter vorgehen sollte. Reichlich Zeit. Er rief noch mal im Apartment an, doch niemand nahm den Hörer ab. Nun wurde er ernstlich unruhig, niemand zu Hause, und das um diese Tageszeit, nicht mal Ladonna; damit hatte er überhaupt nicht gerechnet, und das machte ihn noch mehr als nur unruhig, fast geriet er in Panikstimmung. So lief er dann herum und versuchte, sich über einiges klarzuwerden, doch schon bald wanderten seine Blicke über die furchtbaren Möbel, die ins Haus eines Mittelschichtspießers gehörten, und seine Gedanken verließen die augenblicklich anliegenden Probleme – die ausreichend vorhanden waren – und glitten hinüber in eine beängstigende Phantasiewelt. Er stellte sich vor, einer dieser grimmigen Wechselgeldjongleure zu sein, der eine Zwei-Schlafzimmer-Ranch oder ein zwei Handtücher breites, gemietetes Reihenhaus für $ 849,99 einrichten mußte, drei Zimmer komplett, eine schwangere Ehefrau im Schlepptau und ein plärrendes Kind (denn eine solche Szene hatte er am Tag vorher durch einen Spalt in der Wand des Lagerraums beobachtet), und er fragte sich, wie es wohl wäre, in einer solchen Welt leben zu müssen. Er war froh, daß er das niemals erfahren würde.

Das Mädchen kam nach der Kirche vorbei und ließ ihm genügend Lebensmittel für zwei Tage da, meinte, sie müsse mitfahren zu einem Familienpicknick und sie käme erst morgen abend zurück. Sie hing noch eine Stunde lang herum, und er war froh, Gesellschaft zu haben, auch wenn nur sie es war. Um ihr seine Dankbarkeit zu beweisen, besorgte er es ihr mit der Hand, er hatte keine Lust zu intensiveren Partnerübungen. Sie hatte auch einen tragbaren Kassettenspieler mit Kopfhörern und einem Stapel Springsteen-Kassetten mitgebracht, so daß er, nachdem sie gegangen war, auf einer Kunstledercouch mit Schaumstoffpolster hockte, sich die Hörer aufsetzte und den Boss auflegte, den er innig liebte: »Badlands«, »Cover Me«, »Nebraska«, »Born to Run«, »Jungleland«, was immer er aufgenommen hatte, er liebte sie alle. Und als er sich »Bobbie Jean« anhörte, bekam er sogar feuchte Augen. Der pulsierende Beat und die laute, aufgewühlte Stimme bauten ihn wieder auf, gaben ihm Kraft und Selbstvertrauen. Weckten seine extravaganten Träume. Er sah sich irgendwo im Osten, diese miese Stadt nur noch ein Fleck in seiner Erinnerung, und er selbst mitten im Rock-Geschehen. In seiner Vision war auch Midnight zu sehen, die ihn anbetete und beschützte, die bewundernd zusah, wie er mit dem Geld um sich warf, das ganz alleine ihm gehörte, nicht ein Almosen, das er mit Mühe und Not seinem geizigen alten Herrn aus dem Kreuz geleiert hatte, der es ihm mit einer Miene gab, als verteilte er Almosen an einen Bettler. Und er freundete sich mit den wahren Größen dieser aufregenden Welt an, vielleicht sogar mit dem Boss persönlich. Warum nicht? Bei einem Typ wie dem, der so aussah und so redete und sich benahm wie er, war alles möglich. So lange er nur das notwendige Geld hatte, was ganz sicher der Fall war, oder einen genauso wertvollen und verfügbaren Gegenwert, der nun in seinem Schoß lag. Und das brachte ihn dazu, sich die verwunderte Frage zu stellen, wie er jemals auch nur entfernt daran hatte denken können, das Zeug diesem bulldoggengesichtigen Sack Scheiße namens Ledbetter zurückzugeben.

Später im Laufe des Nachmittags zog er eine Couch rüber zu den aufragenden Fernsehgerätestapeln, schaltete eins der Geräte an und verfolgte ein Baseballspiel. Gegen Ende schlief er ein, aber das war auch ganz okay, denn so vergingen die langen Stunden schneller. Doch als er erwachte, war es bereits dunkel, und ihm wurde schlagartig bewußt, daß keins seiner Probleme sich verflüchtigt hatte. Er fing an, sich unruhig zu fragen, was er denn nur tun solle. Irgend etwas auf jeden Fall, und das schon bald. Einen Tag wie diesen, den schaffte er noch, aber er konnte doch nicht für die Ewigkeit dort bleiben, vor allem angesichts dieser Gruft von einem Lagerraum, der am Ende des Korridors und um die Ecke auf ihn wartete.

Mittlerweile war es durchaus vernünftig anzunehmen, daß etwas nicht besonders Angenehmes Rusty zugestoßen war. Was ihm wahrscheinlich nur recht geschah, aber das war nicht der Punkt. Er bemühte sich, nicht zu oft und intensiv an Midnight zu denken – sie war immer geradezu allmächtig, wenn es darum ging, ihm aus der Klemme zu helfen –, aber er konnte sich der bohrenden Sorge doch nicht ganz entziehen, daß auch ihr etwas zugestoßen sein konnte. Und wenn das der Fall war, dann machte das seine Lage auch nicht einfacher. Es schob ihn sozusagen bis an den Abgrund. Er überlegte, daß er doch besser an sie denken sollte, und nachdem er sich einiges dazu hatte durch den Kopf gehen lassen, raffte er sich auf und wählte die Nummer des Park Place. Sie hatten niemanden dieses Namens registriert, daher beschrieb er sie, und tatsächlich, die Frau am anderen Ende erinnerte sich an einen weiblichen Gast, der so ausgesehen hatte, wie er es beschrieb, aber sie sei vor einem Tag ausgezogen und habe keine Nachricht hinterlassen. Sie erinnere sich deshalb so gut an sie, weil heute schon zwei andere Leute nach ihr gefragt hätten, außerordentlich brutal wirkende Männer, die doch, wie sie sich nicht zu sagen scheue, einige Lektionen in gutem Benehmen gebraucht hätten, und wenn er einer von ihnen wäre oder wüßte, wie sie hießen, dann könne er ihnen genau das sagen, und sie sollten endlich aufhören, sie zu belästigen; dies sei immer noch das Park Place und kein Vermißtenbüro, und außerdem müsse sie jetzt die Leitung frei machen.

Clay machte ihr den Vorschlag, sie solle doch mal versuchen, bergauf zu pinkeln, und knallte den Hörer auf die Gabel. Wo zum Teufel konnte sie sein, wenn nicht im Hotel! Sicherlich war sie nicht nach Hause zurückgekehrt und hatte ihn im Stich gelassen; er kannte sie besser. Was er nicht wußte, war, wohin er sich als nächstes wenden sollte, was zu tun war. Wie sollte er, ohne ihre Hilfe, aus der Stadt hinausgelangen? Während er vorher leicht besorgt und vielleicht sogar ein wenig skeptisch gewesen war, aber nur ganz vage – eher zornig und ungeduldig als besorgt, denn sein Leben war eine lange Reihe von verrückten Aktionen und sehr zweifelhaften Krisen, welche alle mehr oder weniger glimpflich ausgegangen waren –, empfand er nun eine schnell wachsende Furcht, nicht weit von Panik entfernt, einen Zustand des Bedrohtseins, den er in dieser Form noch nie in seinem Leben empfunden hatte.

3

Am Montag abend war Waverly nicht unbedingt bester Laune, aber sie auch nicht. Am Sonntagabend hatte er einen Hocker in der Park Place Lounge bis Toresschluß besetzt (was ziemlich früh der Fall war), hatte ziemlich viel Bier getrunken (was ihm, wenn er es im nachhinein bedachte, eigentlich völlig egal war), ständig ein halbes Auge auf die Lobby gerichtet und nach einem Zeichen vom flüchtigen Bruder Ausschau gehalten. Nachdem der Barkeeper (das gleiche Federgewicht, dessen Füße kaum den Boden berührten und der ihn gefragt hatte, wie sein Abend im Kasino gewesen war, woraufhin er eine vage Geste mit der Hand angedeutet hatte) die letzte Runde angesagt hatte, suchte er sich einen Sessel in einer dunklen und etwas abgelegenen Nische der Lobby und beobachtete noch einige Zeit beide Eingänge, vorne und an der Seite. Er gab sich alle Mühe, nicht in Erscheinung zu treten. Diese beiden Glücksboten würde er nicht mehr überraschen können. Ein paar Leute schlenderten vorbei, keiner von ihnen hatte auch nur entfernt Ähnlichkeit mit Clay Clemmons.

Gegen 1.00 Uhr schwankten drei ziemlich angeheiterte Ehepaare durch die Tür, unterhielten sich lautstark über Karten und Würfel und gottverdammte Indianer und ließen das Wort Vegas öfter als notwendig fallen. Sobald sie gegangen waren, senkte sich Stille herab. Um zwei rauchte er die letzte Zigarette des Päckchens (das zweite des Tages? oder gar das dritte?) und gab seinen Beobachtungsplatz für die Nacht auf.

Er fand sein Zimmer dunkel vor, Holly schlafend und das TV-Gerät eingeschaltet. So leise er konnte, entfernte er ihre Abfälle, schlüpfte in sein Bett und verfolgte eine Zeitlang das Fernsehprogramm. Ein aufgedrehter Prediger mit einer dieser bühnenmäßigen tiefen Südstaatlerstimmen forderte eine von der Liebe zu Gott erfüllte Gemeinde auf, Jesus in ihre Herzen und ihr Leben eingehen zu lassen. Sie schienen nur zu bereit, der Aufforderung zu folgen. Es geschah während der durch Aufzählung von Beispielen sinnfällig gemachten Definition von Sünde (welche nahezu jeden der Menschheit bekannten Gedanken und jede Handlung einschloß), daß Waverly in einen bierseligen und ruhelosen Schlaf sank.

Als er erwachte, zeigte der Bildschirm eine fröhliche Morgenshowmasterin, die ernsthaft einen Studiogast zu einem Glücksproblem befragte. Er schwang sich aus dem Bett und schaltete das Gerät aus. Er fühlte sich schlapp, saftlos und zog in Erwägung, noch etwas zu schlafen, aber er wußte, daß dies nicht mehr möglich war. Holly bewegte sich, aber nur ganz schwach, als er aus dem Badezimmer kam, geduscht und angezogen, und sich etwas, aber nicht viel besser fühlte.

»Waverly?« murmelte sie, den Kopf halb unter dem Kopfkissen vergraben. »Sind Sie das? Ist etwas passiert?«

Er brauchte einen Moment, um sich über die Natur der Frau klarzuwerden, über ihre totale Sorglosigkeit, ehe er antwortete: »Nichts. Sie können ruhig weiterschlafen.«

»Clay? Haben Sie ihn schon gesehen?«

»Noch nicht.«

»Wie spät ist es?«

»Es ist noch früh.«

Sie rollte sich herum und rieb sich die Augen. Die schwarzen

Haare verfingen sich im Laken; Strähnen lagen wie eine Schlinge um ihren Hals. »Hmm. Wo wollen Sie hin?«

»Wo ich hinwill? Nach unten. Um nach Ihrem Bruder Ausschau zu halten. Das war unser Plan, wie Sie sich vielleicht erinnern. Jedenfalls, was davon noch übrig ist.«

»Mein Gott, sind Sie ein Morgenmuffel.«

Es war einfacher, wenn er nichts darauf erwiderte, und so schwieg er.

»Sie vergeuden Ihre Zeit, wissen Sie. Jetzt, so früh. Clay ist ein Nachtschwärmer.«

»Das kann schon sein. Aber Schwierigkeiten – wie die, in denen er steckt – können die ältesten Gewohnheiten durcheinanderbringen.« Und wer weiß das besser als ich, dachte er, obgleich ihr das allem Anschein nach überhaupt nicht einzuleuchten schien. »Wenn Sie irgendwelche anderen Ideen haben, so bin ich ganz Ohr.«

»Wollen Sie, daß ich mal eine Wache übernehme? Das kann ich. Wenn man mich läßt.«

Waverly schüttelte langsam den Kopf. »Verstehen Sie noch immer nicht? Fühlen Sie doch mal Ihre Lippe. Wenn die für sich selbst sprechen könnte, dann würde sie Ihnen raten, sich bedeckt zu halten.«

»Ich vermute, das heißt nein. Richtig?«

»Genau das heißt es.«

»Was soll ich denn den ganzen Vormittag in diesem schäbigen Zimmer tun? Ich bin jetzt wach.«

»Jetzt haben Sie mich erwischt. Versuchen Sie es mit Fernsehen. Es gibt da im Augenblick eine Lady, die über die Rechte der Tiere spricht. Sehr aufschlußreich.« Er ging zur Tür, aber auf dem Weg dorthin wandte er sich um und fügte hinzu: »Tun Sie das den ganzen Tag, wenn es geht.«

Der Vormittag ging vorbei. Er verbrachte einige Zeit im Café an einem etwas abgelegenen Tisch mit nicht allzu gutem Blick auf die Lobby und einem günstigen Fluchtweg durch die Küche. Nichts passierte, niemand erschien. Gegen Mittag machte er eine Pause und entdeckte Holly in einem knappen Bikini, wie sie sich auf der Terrasse sonnte. Sie riet ihm, sich zu verpissen, als er sie noch einmal davor warnte, sich blicken zu lassen. Im Zimmer herrschte eine derartige Unordnung, daß er nicht lange blieb. Außerdem verursachte es ihm Unbehagen, machte ihn unruhig, sie auf der anderen Seite der Glasschiebetür zu sehen, fast nackt und für den Verkehr auf der State Street posierend. Er erwischte ein Hausmädchen am Ende des Korridors und bot ihr fünf Dollar auf die Hand, wenn sie jetzt sofort das Zimmer aufräumte. Das Mädchen nahm mit einem Augenzwinkern an. Wahrscheinlich hoffte sie, im Bett frische verräterische Spuren zu finden.

Der Nachmittag verstrich. Die gleiche Geschichte. Die Bar war offen, daher aß er dort und hielt sich an einem Ginger-ale fest und fragte sich, was passiert war – wie hatte er zulassen können, was geschah? – wo waren seine mühsam herausgeschundenen Ferien, was trieb er hier überhaupt, wo waren sein Grund und die Ursache dafür, daß er verreist war? Aber man konnte sich nur an einem Glas festhalten, wenn es immer wieder frisch gefüllt wurde, und später an diesem Tag kam er sich vor wie in zu prall aufgeblasener Ballon; wenn er auf die Toilette ging, hatte er Angst, aufzusteigen und an der Decke entlangzufliegen. Ein herzlicher alter Knabe kam in die Bar und setzte sich auf einen Hocker in seiner Nähe. Versuchte, eine Unterhaltung anzufangen, fragte, wo er herkäme. Süddakota, sagte Waverly, und das bremste das Gespräch etwas, beendete es jedoch nicht ganz. Er versuchte es dann mit Witzen: Kennen Sie den schon... Waverly sagte ja. Das war dann wirklich das Ende.

Außer Chop und vielleicht ein paar harten Fällen, an die er sich in Jackson erinnerte, und ein paar nicht mehr zu rettenden Psychos in Ypsi (und die zählten nicht) hatte niemand mehr Erfahrung im Ausfüllen von Zeit als er. Chop hatte ihm beigebracht, wie man die Zeit hinter sich brachte, in ein Loch fallen ließ. Ganz einfach. Dreh einfach Däumchen. Iß nicht. Das bringt sie immer in Rage, wenn sie kommen und feststellen, daß die Weißbrotkrusten unberührt geblieben sind und auch der Eintopf, den sie einem jeden zweiten Tag austeilen. Gerate niemals in Panik. Es ist dunkel, na und? Hast du Angst vor der Dunkelheit? Dann findet deine Welt eben zwischen neun und sechs statt. Dein Kopf kann dich überall hinbringen, wo du sein willst. Fang mit einer Szene aus deiner Vergangenheit an, irgendeiner, einer kurzen, und rekonstruier sie bis ins kleinste Detail – es steckt alles dort oben – jeder Sinn ist davon gefesselt; mach es in Farbe, fange jede Schattierung ein, jeden Schatten; wenn es Essen ist, dann schmeck es wieder, rieche es; wenn Fleisch dabei ist, dann fühl es; hör die Stimmen, lausche auf jede Intonation, koste die Pausen aus und die Stille zwischen den Worten. Konzentriere dich darauf, halte das Bild fest. Mach das zuerst. Wenn das verblaßt – und das wird es –, mach tausend Liegestütze, ob du nun hungerst oder nicht. Was willst du denn mit Essen? Nach drei Tagen wird dir schon beim Anblick schlecht. Es heißt, man kann in seinem Kopf Schachspielen? Mach ein paar Spiele. Dann versuch's mit Zahlen. Reine Abstraktion. Fang mit einfachen Rechnungen an, einzelnen Ziffern. Arbeite dich langsam hoch. Lasse keine Aufgabe ungelöst; wenn nötig, fang von vorne an. Dann mach tausend Sit-ups. Und dann, erst dann, leg dich auf den Rücken, nicht um zu schlafen, sondern um dich auf dich selbst zu besinnen, zu konzentrieren, und dann such den Mittelpunkt des Lichts in dir, du wirst ihn sehen, er ist da, ein ferner Fleck, gelb, blank. Lege dich da herum. Tu all das, und du bist undurchdringlich, unsichtbar. Niemand wird dich je wieder behelligen können.

Neunzehn Jahre in Jackson hatten aus Chop einen Mystiker gemacht, und seine Formel war richtig, natürlich. Sie funktionierte jedesmal. Aber Waverly war aus der Übung, und aus Gründen, die er nicht bestimmen konnte, fiel heute sogar das Rechnen schwer. Um neun Uhr hatte er genug. Er suchte sich einen Jungen in Park-Place-Uniform und gab ihm Clays Beschreibung, seine eigene Zimmernummer, einen Zwanzigdollarschein und bat ihn, ein Auge offen zu halten. Der Junge achtete kaum auf ihn, sondern stopfte sich das Geld in die Tasche und versprach, es zu tun. Holly hatte mehr recht, als sie ahnte: Es war in der Tat vergeudete Zeit, ob bei Tag oder bei Nacht.

Sie saß auf dem Bett, beide Kissen hinter den Rücken gestopft, und nippte an einem Drink. Auf dem Nachttisch standen zwei leere Gläser. Der Fernsehapparat lief, aber der Ton war heruntergedreht, es war nichts zu hören, und die Schauspieler mimten höchste Dramatik in irgendeinem dummen Schauspiel. Die Schiebetür stand einen Spalt offen, aber die Luft war voller Zigarettenrauch.

»Mike Hammer kehrt zurück«, stellte sie fest.

»Mit leeren Händen. Und steifem Rücken.«

»Mir scheint, ich hätte so etwas gesagt. *Jetzt* ist die Zeit, in der Sie besser unten sein sollten.«

»Nun ja, ich habe noch nie gut zuhören können.«

»Das habe ich schon bemerkt.«

Sie trug eine Jeans und einen Büstenhalter, nicht breiter als ein Stirnband. Nicht, daß es viel zu bedecken gegeben hätte. Ihr Bauch war flach, fast konkav, und die Haut hatte von der schwachen nördlichen Sonne einen rosigen Schimmer. Die Füße waren nackt, die Zehennägel schimmerten in einem metallischen Aquamarin.

Waverly setzte sich auf einen Stuhl am Tisch. Beide Betten waren gemacht, aber wenn das Zimmer gereinigt worden war, so mußte es wieder ins Chaos zurückgesunken sein, denn ihre Sachen lagen überall verteilt. Es störte ihn nicht mehr. Er rauchte. Es war sowieso zu spät, etwas für die Luftverbesserung in dem Zimmer zu tun. »Haben Sie sich gut unterhalten?«

»Fernsehen war das einzige, was mir blieb.«

»Sicher, ich weiß«, sagte er. Wenigstens darin konnten sie sich einig werden.

»Und wie ich recht habe. Wenn ich nur diese Schmierenschauspielerei sehe, dieses Umherstolzieren und Augenverdrehen. Diese südländische Gestik. Ich könnte kotzen.« Sie nahm einen tiefen Schluck von ihrem Drink, als wollte sie einen Brechreiz unterdrücken.

»Ich wußte nicht, daß die Filmkritik zu Ihren speziellen Fähigkeiten zählt.«

»Sie wissen eine Menge nicht. Geben Sie mir mal eine von Ihren Zigaretten, meine sind alle. Und in diesem Gefängnis kommt man so schnell an keine neuen heran.«

Er warf ihr das Päckchen rüber. »Behalten Sie's. Ich hab genug.«

Ihr Ritual des Herausziehens, des Anzündens und des Ausatmens der ersten beiden Züge durch die Nase – all das erinnerte ihn an einen Bühnenauftritt, der tiefe Verärgerung ausdrücken sollte. Sehr aufgesetzt, aber amateurhaft, den Bildern gleichend, die über den Fernsehschirm flimmerten. Dennoch schien es sie etwas zu lockern, denn sie sagte, nun etwas weniger verärgert: »Sie rauchen zuviel. Wissen Sie das?«

»Nun, ich denke mir immer, heutzutage zu rauchen beweist einigen Mut, wenn man an die wissenschaftlichen Erkenntnisse denkt. Aber Sie haben recht. Ich werde aufhören. Morgen, bestimmt am Samstag, wenn Sie weg sind.«

»Sie sind ein Scheißkerl, Waverly.«

»Aber ein liebenswerter.«

»Sie meinen wohl, ich hätte von der Schauspielerei keine Ahnung. Wußten Sie, daß ich die Northwestern Drama School besucht habe? Zu Ihrer Information, das ist wahrscheinlich die beste im ganzen Land.«

»Sie haben mich falsch verstanden. Ich finde, Sie sind eine sensationelle Schauspielerin. In der exotischen Tradition. Haben Sie schon mal Maria Montez gesehen, im Spätprogramm? Das ist es, was ich mit exotisch meine.«

»Vielleicht wollen Sie sich ein wenig die Füße vertreten und sich selbst ins Knie ficken.«

»Das wäre keine schlechte Idee. Schauspielschule also, aha. Dann sagen Sie doch mal, wie läuft die Karriere?«

»Karriere«, wiederholte sie und vermittelte Bitterkeit im Dehnen der Silben. »Ich habe einen Halbbruder, der meine Ganztagskarriere ist.«

»Irgendwelche Rollen?«

»Ein paar. Ein bißchen Theater. Einige Werbespots im lokalen Fernsehen.«

»Sind Sie verheiratet?«

Sie bedachte ihn mit einem Blick voller erfahrener, resignierter Weisheit. Sie griff nach ihrem Glas, leerte es. Zog an der Zigarette. Ein nettes Intermezzo zum Zeitgewinnen. Frühe Lauren Bacall. »Warum fragen Sie? Wollen Sie sich an mich ranschmeißen? Eine Bettübung?«

»Sie haben mich auch danach gefragt.«

»Das habe ich getan. Nun, Sie sehen an meiner Hand keinen Ring.«

»Was soll das schon beweisen? Ist auch egal.«

Sie griff nach dem Telefonhörer und wählte einige Zahlen. »Ich bestelle mir noch einen Drink. Was wollen Sie?« Er beschrieb eine vage Geste der Ablehnung, und sie zuckte die Achseln. Während sie ihre Bestellung aufgab, sagte sie in den Pausen: »Die Antwort lautet nein. Einmal, wie Sie, aber jetzt nicht mehr. Nein, das stimmt nicht, nicht wie Sie. Meiner hat sich nicht über Staub unterm Sessel aufgeregt.«

»Über was denn? Sicherlich nicht über Ihr ausnehmend nettes Wesen.«

Sie legte den Hörer zurück und lächelte ihn mit zusammengekniffenen Lippen an. »Nein, es war nicht mein *Wesen,* wie Sie es nennen. Das Ganze war eher ein Experiment. Eine Flucht, nehme ich an, ein Flug in die Freiheit, der nie richtig gestartet wurde. Er war Anwalt in der Firma meines Vaters. Sehr ehrgeizig. Sehr nüchtern. Sehr, sehr langweilig. Verstehen Sie, was ich mit langweilig meine? Ich bezweifle das. Es ist genauso, als wollte man den sauren Gestank einer Kläranlage darstellen. Unmöglich, sich ein Bild davon zu machen, obgleich man weiß, daß er da ist.« In ihren Mundwinkeln erschien der Anflug eines Lächelns. Ihre Augen musterten ihn abschätzend. »Doch, Sie wissen es vielleicht, langweilig, jemand wie Sie.«

Es war an der Zeit, einen Rückzieher zu machen. Er war kein gewandter Debattierer, er kannte die kleinen Taktiken nicht, schon gar nicht die übergreifenden Strategien. Er betrieb wenig Konversation, außer mit sich selbst. Schweigen senkte sich zwischen sie. Auf dem Fernsehschirm war eine Autojagd im Gange (unterbrochen von einer matronenhaft wirkenden Frau, die ein Lied über Mayonnaise zu singen schien). Die Kamera fuhr auf einen der Fahrer zu, einen teiggesichtigen Kerl, der, kurz bevor der Wagen gegen eine Mauer krachte, so etwas wie Schrecken mimte. Sie verfolgten beide das Geschehen, als ob sich ein großartiges Schauspiel entfaltete. Als es an der Tür klopfte, nahm den Drink entgegen und brachte ihn ihr. Sie murmelte ein Dankeschön.

Nach einer Weile sagte sie: »Ich bin schon viel zu lange in diesem Zimmer. Das macht mich richtig nervös.«

Soweit er es beurteilen konnte, klang es wie eine Entschuldigung. Ihr »zu lange« belief sich auf weniger als dreißig Stunden, aber er machte dazu keine Bemerkung.

»Wir können uns auch unterhalten«, meinte sie.

»Ich wüßte nicht, warum nicht.«

»Warum erzählen Sie mir nicht, was Sie so treiben? Aber jetzt sagen Sie ja nicht Versicherungen oder so was. Ich beobachte Sie nämlich.«

Waverly holte seine Visitenkarte heraus und reichte sie ihr. Sie erzeugte lediglich den vertrauten leeren Blick.

»Sehr eindrucksvoll«, meinte sie schließlich. »Aber was bedeutet das? Machen Sie in Computern oder so?«

»Nur in meinem Kopf.«

Sie ließ die Karte fallen. »Dann sagen Sie es eben nicht. Ich war im heiteren Beruferaten nie besonders gut.«

Das war vielleicht eine ungeduldige Frau. Richtig bissig. Doch ohne einen vernünftigen benennbaren Grund hatte er plötzlich den Wunsch, es ihr trotzdem zu verraten. Jedenfalls andeutungsweise. »Ich betätige mich in bestimmten Spielen, um meinen Lebensunterhalt zu verdienen. Mit Karten.«

Sie klatschte in die Hände in einer Pantomime größter Verwunderung und Überraschung. »Ein Glücksspieler! Genau wie in dem Song. Wie aufregend. Romantisch. Aber wo ist Ihr schwarzes Jackett und die Samtfliege? Und der grüne Augenschirm – tragen diese Leute das nicht mehr?«

Waverly hob die Schultern. »Sie haben gefragt.«

»Wie kommt es denn, daß ich das Gefühl habe, daß ich – wenn Sie den Ausdruck entschuldigen – auf die Schippe genonmmen werde?«

»Vielleicht fehlt Ihnen nur etwas Vertrauen.«

»Oder ich habe zu viel Erfahrung. Na, na, Mr. Timothy Waverly – klingt übrigens sehr hübsch, Ihr Name, meine ich; Sie reden gar nicht wie ein professioneller Spieler, wie immer die zu reden pflegen, falls es die überhaupt gibt. Außerhalb des Kinos. Und außerdem gucken Ihre Augen nicht stählern genug.«

»Würde es helfen, wenn ich meine Sprache mit entsprechenden Ausdrücken würzte wie ›Pott kürzen‹ oder ›blindes Gebot‹ oder ›Zehn geteilt‹ oder ›tote Hand‹? Klingt das authentischer? Voller geheimnisvoller Bedeutung? Ich kann, wenn Sie das wollen.«

»Okay. Dann sind Sie eben der Spieler, der Sie sein wollen, wenn Sie das glücklich macht. Und ich bin Schauspielerin. Was ist mit dem M. A. auf Ihrer Tarotkarte? Ist der echt?«

»Genauso echt, wie all dieser gerahmte Wandschmuck es sein kann. Das bedeutet, so echt und wertvoll wie Katzengold. Fügen Sie eine nicht abgeschlossene Dissertation hinzu, und schon könnten Sie mich mit Doktor anreden. Angelsächsische Literatur. Wollen Sie mir nicht ein paar Fragen über Grendel stellen?«

»Würde ich gerne tun, wenn ich wüßte, wer das ist.«

»Sie haben ihn bereits kennengelernt. Es war derjenige, der Sie an der Lippe erwischt hat.«

Waverly stand auf. Er wunderte sich über sich selbst, daß er sich derart öffnete. Bei allen zwischenmenschlichen Beziehungen ist Offenheit die Mutter jeden Irrtums. Auch das mußte Chop gesagt haben. Eine weitere vergessene Lektion. »Vielleicht entschuldigen Sie mich jetzt.«

»Wo wollen Sie hin? Doch nicht einfach verschwinden, oder? Mr. Glücksspieler.«

»Nein.«

»Dann verraten Sie mir doch das Geheimnis. Wohin? Wieder nach unten?«

»Die Lobby wird überwacht. Was immer es bringen mag. Ich gehe schwimmen.«

»Schwimmen? Das geht nicht, der Pool ist geschlossen.«

»Wollen wir wetten, daß ich reinkomme? Für einen Fünfer kriegen Sie acht.«

Er schwamm in der Dunkelheit, kraulte ruhig und gleichmäßig durch den Pool, vollführte geschmeidige Rollwenden, ließ sich lang durchs Wasser gleiten: Ikarus in einem anderen Element. Manchmal drehte er sich auf den Rücken, und während er immer noch Schwimmzüge machte, betrachtete er das Spinnennetzmuster der Kuppel, ihre perfekte Geometrie, welche vom Mondlicht gestreichelt wurde. Seine Schulter schmerzte noch immer, aber nicht genug, um ihn abzulenken. Er unterließ es sogar, die Bahnen zu zählen.

Hätte er aufgepaßt, so hätte er eine schlanke Gestalt durch den Eingang schlüpfen sehen können, die dann auf Zehenspitzen über den Betonboden huschte, sich auszog und am seichten Ende des Beckens lautlos ins Wasser glitt. Und hätte er mitgedacht, so hätte er sofort gewußt, wer es war, der plötzlich neben ihm erschien, als er das Beckenende erreichte, sich um ihn schmiegte und, in einer verwirrenden Umkehrung des Mythos, ihn aus dem Meer mit hinauf in den Himmel zog.

Später, im Zimmer, sie beide erschöpft, aber gegen den Schlaf kämpfend, die Glieder ineinander verhakt, aber schlaff wie im Nachschock einer heftigen Kollision, sagte er: »Eigentlich hatte ich nicht die Absicht – nein, ich glaube, so stimmt das nicht.«

»Ich hab schon angefangen, mich über Sie zu wundern, Mr. Waverly. Ich hatte Angst, Sie könnten schwul sein.«

Und während er diesen Körper festhielt, so lang wie seiner, aber viel schlanker und unter der samtenen Haut fast sehnig bei jeder Berührung, erlebte er eine Folge von schnellen Bildern aus seiner nicht so fernen Vergangenheit, und das ziemlich unerwünscht. Er sagte nichts.

»Das zeigt einem wieder mal, wie sehr man sich irren kann.« Und dann, als sie schließlich in einen wohligen Schlaf versank, murmelte sie: »Es gibt einige wenige Leute, Leute, die ich sehr gut kenne, die nennen mich Midnight. Du darfst es auch, wenn du willst.«

»Weißt du, Gleep, es ist schon spaßig, wie der Name eines Typen fast wie ein Schicksal sein kann. Wie er ihn genau in die Richtung drängt, die er dann geht.«

»Darüber habe ich noch nie nachgedacht«, sagte Gleep. Er war nicht sicher, ob er überhaupt begriff, worüber sein Partner sprach, aber er dachte, daß er das schon früh genug erfahren würde.

»Nimm dieses Arschloch Moon, zum Beispiel. Der Name

lautet Moon, nicht wahr? Hast du bemerkt, daß er ein Gesicht hat, das so rund ist wie der richtige Mond? Und die Haut ist auch noch gelb wie bei einem Chinesen. Hast du das gesehen?«

Das Beispiel des unglücklichen Dale Moon tauchte sofort vor Shadow auf, denn sie hatten der Tankstelle soeben einen weiteren Besuch abgestattet, eine letzte Station an diesem Tag ihrer ermüdenden und erfolglosen Suche. Seit sie festgestellt hatten, daß die Clemmons das Park Place verlassen hatte, war die Spur eiskalt geworden. Keines der wenigen Motels, wo sie ihr Glück versucht hatten, konnte ihnen weiterhelfen, daher war Shadows Idee gewesen, noch einmal nach dem Wagen zu schauen. Das konnte nicht schaden, und es vermittelte ihm wenigstens das Gefühl, daß er arbeitete, daß er vielleicht sogar an den Wichser herankam, der sein Gesicht in Unordnung gebracht hatte, was im Grunde das einzige war, das ihn momentan interessierte. Der gute alte Moon machte sich fast in die Hose, als er sie durch die Tür kommen sah. Fing sofort an rumzuwinseln, daß noch niemand dagewesen sei – ich melde mich bei Ihnen, sobald einer kommt – Sie können sich auf mich verlassen – ich mach bestimmt keinen Ärger ... Es war ein Heuler, ihm zuzusehen, aber es konnte einem auch zugleich schlecht dabei werden, mitzubekommen, wie ein Mann zum reinsten Wackelpudding wird. Außer vielleicht als Ansporn, wie Ledbetter sagen würde, war der Besuch vergeudete Zeit. Wie auch schon der ganze Tag. Ständige Rückschläge (und die dauerten nun schon gute vierundzwanzig Stunden an) brachten Shadow immer dazu, sich auf sich selbst zu besinnen und sich in düsteren Betrachtungen über das Wesen des Schicksals zu ergehen.

»Er stand nur direkt unter der Glühbirne, mehr nicht«, sagte Gleep.

»Nein, die Haut ist gelb, wenn du nah genug herangehst. Paßt ja auch zu einem Hühnerficker wie dem.«

»Was meinst du denn nun? Zu seinem Namen?«

»Was ich meine, ist –« Shadow brach ab und suchte nach Worten. »Weißt du, er ist kein gutes Beispiel. Ich erzähl dir mal ein anderes. Ich kannte einen Typen oben in Cicero, ein Itaker. Hieß Sal Martini. Martini, klar? Und was meinste, wo der arbeitete? In einer Bar, wo sonst. Als er dreißig war, war er auch gleich Säufer.«

Gleep schaute ihn nicht überzeugt an. »Willst du damit sagen, daß der Name eines Burschen ihn dazu bringt, irgendwelche Dinge zu tun? Das ergibt für mich keinen Sinn.«

Auch wenn seine Theorie noch nicht richtig durchdacht war und ihm eher zufällig in den Sinn gekommen war, gehörte sie ihm, und er hatte das berechtigte Interesse des Schöpfers daran. Bissig sagte er: »So habe ich das nicht ausdrücken wollen. Ich sage nur, daß es da eine Verbindung gibt. Genauso wie ein Kind einen Namen verpaßt bekommt, nachdem es geboren wurde, und dieser Name schiebt es in eine bestimmte Richtung. Das ist es, was ich meine.«

Aber nachdem er es ausgesprochen hatte, dachte er einen Moment über seinen eigenen Namen nach, Scaggs, und während er das tat, wanderte seine Hand unwillkürlich zu seinem Gesicht hoch, und unter den frischen Schwellungen spürte er die ewigen Kraternarben seiner Akne; und er erinnerte sich, wie er als Jugendlicher in verwirrtem Staunen und Unwillen und mit verzweifelter Wut diese häßliche, entzündete Erscheinung im Spiegel angestarrt hatte, die seinen Blick erwiderte.

»Sicher«, sagte Gleep, »so bekommt man ja seinen Spitznamen. Das weiß doch jeder.«

Shadow stellte sein Glas auf die Bar. Er fragte sich, warum er überhaupt manchmal über so etwas nachdachte und es weitergab. Mit Gleep zu reden konnte manchmal genauso sein, als unterhielte man sich mit seinem Hund, falls man einen hatte.

»Spitznamen kommen doch später, mein Gott. Man *verdient* sie sich. Ich spreche von dem Namen, den jemand von Anfang an hat. Begreifst du nicht den Unterschied?«

Gleep scherte sich in Wirklichkeit einen Rattenarsch darum, er dachte nach, aber er kam auch zu dem Schluß, daß es ihm nicht weh täte, ihm beizupflichten. Sein Partner war noch immer etwas fertig, wenn auch nicht halb so schlimm wie gestern. Gestern war er total am Boden gewesen. Um ihm dabei zu helfen, wieder auf den Teppich zu kommen, war es heute Gleeps Idee gewesen, in die U and I Lounge zu gehen, ein oder zwei Bier zu trinken und sich das Frischfleisch anzusehen. Das machte ihn gewöhnlich wieder halbwegs fit. Den ganzen Tag lang waren sie herumgefahren; sie hatten nichts, was sie Ledbetter hätten anbieten können. Und sie hatten auch keine Lust, sich noch mehr von seinem Gesabber anzuhören. Wenn Shadow also Lust hatte, sich über Namen zu unterhalten, dann redeten sie eben über Namen. Was immer ihm Spaß machte. Tatsache war, daß sie in ihrem Gewerbe viel Zeit für Gespräche hatten, und ab und an hatte Shadow einige richtig interessante Ideen. Deshalb machte es ihm nichts aus zuzuhören, selbst wenn das meiste so klang, als käme es direkt aus dem Rätselsack.

»Ich erinnere mich da an diesen Typen im Knast«, sagte Gleep, um das Gespräch in Gang zu halten. »Beau Fly Washington Jones. Das war sein richtiger Name. Ein Schwuler, was sonst. Die größte Knastlady, die man je gesehen hat. Die halbe Zeit seiner Strafe hat er auf den Knien verbracht, die andere flach auf dem Bauch mit gespreizten Arschbacken. Meinst du das?«

»In etwa. Aber Schwule zählen eigentlich nicht. Denen ist jeder Name recht, sie nehmen ihn an, je verrückter, um so besser. Ich dachte eher an so was wie einen anderen Burschen, den ich kannte, er war auch im Bau, und er hieß Puffer. Royal Puffer. Kannst du dir einen solchen Namen vorstellen? Kein Wunder, daß ihm die Scheiße aus den Ohren kam. Der prahlte so laut rum, daß ich ihm fast die Zunge abgeschnitten und ins Arschloch gestopft hätte, wo sie hingehörte. Außer daß sie dort wohl weitergemacht hätte, und ich hätte genau das gleiche wieder zu hören bekommen, nur diesmal vom anderen Ende.«

Dieses spontan entworfene Bild gefiel ihm, und er mußte fast gegen seinen Willen selbst lachen. Für Gleep war das ein ermutigendes Zeichen. »Ich dachte, du würdest jetzt erzählen, daß der Typ ein starker Raucher war.«

»Nee«, sagte Shadow und war sofort wieder mißmutig. »Du verstehst noch immer nicht, was ich meine«

»Ich glaube doch. Ein Junge, mit dem ich aufgewachsen bin, trug den Namen Lippert. Er war genauso wie dieser Puffer, von dem du erzählt hast, dauernd quatschte er herum. Nur hatte er Lippen, die waren wie lebendige Aale. Es kann also auch andersherum kommen, stimmt's?« Aus den Augenwinkeln erhaschte Gleep einen Blick aus Shadows Fischlippen und bedauerte augenblicklich, daß er es gesagt hatte.

Aber Shadow schien es nicht zu bemerken und auch keine Verbindung zu ziehen. »Nun ja, ja und nein«, sagte er. »Sieh mal, ich denke eher, daß der Name einen antreibt. Eine der Familien, zu denen sie mich als Kind steckten, kam von unten aus dem Süden. Farmer, die in die große Stadt kamen. Echte Hillbillies, aber nicht die schlechtesten Leute. Die verprügelten einen niemals, das muß man ihnen lassen. Wie dem auch sei, der alte Knabe erzählte von einem Freund auf einer Farm mit dem Namen Orville Spiker. Es schien, als wäre der alte Orville ein Klugscheißer gewesen, der immer dick in der Scheiße hing. Ein wilder Ficker, was die da unten unter wild verstehen. Nun, er besorgt sich ein Motorrad, dieser Spiker, eine große, alte Harley, und eines Tages donnert er eine Straße rauf und hängt schließlich hinter einem Truck, der jede Menge Stahlstangen geladen hat. Diese Stäbe ragten hinten über die Ladefläche, hörst du. Du weißt schon, was als nächstes kommt. Auf einmal stoppt der Truck, und der alte Orville kann mit seiner Harvey nicht rechtzeitig bremsen. Und schon hängt Old Orville am Spieß wie ein Grillhähnchen, und es gibt keine Möglichkeit, ihn noch einmal aufzuwärmen.«

Gleep schaute ihn mit leerem Blick an.

»Hast du's nicht mitgekriegt? Sein Name war Spiker. Stachel, Spieß, was du willst. Und wie es sich herausstellte, wurde er aufgespießt, auf einer Stahlstange, auf einem Stab.«

Gleep leerte sein Bierglas, bestellte mit einem Handzeichen ein frisches. »Jetzt ziehst du die Beispiele aber an den Haaren herbei.«

»Nee, das tue ich nicht«, widersprach Shadow. In seiner Stimme schwang ein Ausdruck mürrischen Unmuts mit. »Nicht anders war es auch mit einem Hauptmann der Wache, den ich in Stateville kannte. Arlo Butcher. Warum, meinst du wohl, hat ein Bursche, der Butcher heißt, einen solchen Job? Ich sag dir, warum. Dieses Arschloch war so schlimm, daß er dich in einer Minute zu Hackfleisch verarbeiten konnte. Mit Spiker war es genauso, nur vielleicht nicht so deutlich zu erkennen. Begreifst du überhaupt etwas von dem, was ich dir hier erkläre?«

Gleep nickte seinem Glas zu. »Okay. Klar. Wie du meinst«, sagte er, und dann sagte er nichts mehr.

Was Shadow nur noch mehr störte. Was bemühte er sich eigentlich, etwas so Geheimnisvolles und Rätselhaftes einem biersaufenden Indianer zu erklären? Es gab keine Zigarrenläden mehr, vor denen er hätte Reklame stehen können, daher wurde er so auf die Menschheit losgelassen. Und was sollte man jemandem mit dem Namen Gleep schon klarmachen können? Es war ein interessanter Gedanke, dieser letzte, und nach einigen Sekunden Schweigen sagte er: »Wo wir gerade von Namen reden, was für einen Namen hast du eigentlich? Gleep, meine ich. Ist das ein Stammesname? Hat der bei deinem Volk eine bestimmte Bedeutung?«

Ganz betont drehte Gleep sich auf seinem Hocker und starrte ihn mit verhaltener Wut an. Diese Frage erwischte ihn unvorbereitet, schleuderte ihn Jahre zurück, und er sah wieder seinen kleinen Bruder, den kleinen Norbert, ein armer Teufel, um nicht zu sagen, ein armes Schwein. Kam ohne jeden Verstand auf diese Welt, konnte kaum sprechen, sondern nur grinsen, selig, als wär er woanders. Glücklich wie 'ne Sau in der Scheiße, das war er, Norbert. Bekam das Wort Gilbert nicht raus, und wenn er es versuchte, dann war es wie das Gequake eines Truthahns: Gleep, Gleep, Gleep. Schon bald hatten sich alle daran gewöhnt, und jeder nannte ihn so, und wenn er jemals den Namen Gilbert hörte, dann wußte er meistens gar nicht, daß er gemeint war.

Irgendwann kam die Zeit, da sollte Norbert zur Schule gehen, und Gleep erklärte seiner Mom (der Alte, die rote Hälfte in Gleep, war längst weg, ging eines Morgens in den Wald und kam nie mehr zurück), vergiß es, laß den Jungen in Ruhe, erspar ihm den Ärger. Gleep wußte, wovon er sprach; er war zehn Jahre vorher selbst dort gewesen. Sie wollte nicht hören. Dort, wo sie wohnten, gab es keine Indianerschule, und da er nur ein Halbblut war, hätten sie ihn wahrscheinlich sowieso nicht genommen. Die Kinder in der Public sprangen ziemlich wild mit dem kleinen Kerl um, aber es war ihm egal, er wußte ja nicht, daß sie ihn hänselten, außer wenn sie ihn verprügelten, was oft genug geschah. Gleep selbst, er war aus der achten Klasse rausgeflogen, konnte ja nicht die ganze Zeit bei ihm sein. Wie er es eigentlich gemußt hätte. Der Junge liebte seine Lehrerin, eine sture alte Jungfer, Spinnweben in der Muschi, sie haßte Indianer, wie war noch ihr Name? – Bogenrude. Ja, so hieß sie, Bogenrude. Vielleicht hatte Shadow tatsächlich recht mit dem, was er über Namen erzählte.

Es kam der Johnny Appleseed Day, und Norbert brachte ihr eine Tüte Äpfel, die er von den Bäumen am Rand des Spielplatzes gepflückt hatte. Was er nicht wußte, war, daß sie an diesem Tag die Bäume fällen wollten wegen der Bienen, die sie anlockten. Die hatten wirklich einen Sinn fürs Timing, diese Schulleute. Der Junge beobachtete es aus dem Fenster der ersten Klasse, und er drehte total durch, er heulte und schlug um sich, so daß sie ihn im Heizungsraum einschlossen, und dann drehte er vollends durch, bekam Angst, schrie und hämmerte gegen die Wände und den Ofen. Schnitt sich den Arm an einem verrosteten Wasserrohr auf, und der Schnitt ging glatt durch bis auf den Knochen. Gleep fragte sich manchmal, was dem Jungen alles durch den Kopf ging, als er so viel Blut sah. Nach der sechsten Stunde kommen sie, um ihn rauszulassen, dachten wahrscheinlich, daß sie dem kleinen Rabenaas eine Lektion verpaßt haben. Das hatten sie auch. Er war verblutet. Eine ziemlich harte Lektion. Ein trauriger Unfall, sagten sie. Niemand hätte Schuld. Es täte ihnen wirklich leid.

Also wartete Gleep bis zu dem Tag, nachdem sie Norbert begraben hatten, und dann ging er runter in die Schule, um Miss Bogenrude zu suchen. Es war schon spät, und sie war nicht da, was ihr Glück war, aber er fand den Direktor, einen dicken Scheißsack, der meinte: »Wir sollten doch unsere Differenzen in angemessener Weise aus der Welt schaffen«, noch während Gleep ihm mit einem dicken Ast aus den Apfelbäumen eine Abreibung verpaßte. Das war an sich ja ein netter Zug von dem Kerl. Dann schleppte er ihn auf die Wiese, noch nicht ganz tot, aber auch nicht mehr in der Laune, um zu diskutieren, und zündete die Schule an. Das erschien ihm durchaus angemessen.

Im Grunde eine faire Sache. Niemand kam bei dem Feuer ums Leben, aber es brachte ihm vierzehn Jahre ein, vorsätzliche schwere Körperverletzung (wobei er offensichtlich recht erfolgreich war, denn wie er hörte, mußte der Schuldirektor für den Rest seines Lebens humpeln) und Brandstiftung. Er saß die ganzen vierzehn Jahre ab, eine harte Zeit, einige Jahre in Marquette, einige in Jackson. Aber er bereute kein bißchen. Außer wenn er an Norbert dachte (was er nach Möglichkeit nicht allzu häufig tat, aber was er jetzt tun mußte, um eine Antwort auf Shadows dämliche Frage zu finden), da war so ein seltsames Jucken in seinen Augenwinkeln, so als kämen ihm tatsächlich die Tränen, es kam aber nie wirklich dazu. Der arme kleine Kerl. Schade drum.

»Den haben sie mir angehängt, als ich noch ein Junge war«, sagte er zu Shadow, und obgleich all die unbeherrschte Wut in ihm aufflammte, die immer dann erwachte, wenn er sich an seinen Bruder erinnerte, sagte er es ganz ruhig; Shadow konnte das nicht ahnen. »Es ist nichts Indianisches. Mein richtiger Name ist Gilbert.«

»Mach keinen Scheiß, Gilbert. Das hast du mir nie erzählt. Wie ist es dann zu Gleep gekommen?«

»Hab ich vergessen«, sagte er. Er spürte plötzlich die Nähe eines anderen, und als er sich umwandte, sah er auf dem Hocker neben sich einen Burschen, der sie beide anstarrte und ein falsches Grinsen auf den Lippen hatte.

»Suchen Sie was Bestimmtes?« fragte Gleep.

»Ich bin mir nicht sicher. Ich frage mich nur, ob ihr beide vor die gleiche Tür gerannt seid.«

Er trug ein Hemd mit Blumenmuster und war etwa genauso alt wie Rusty und der Clemmons-Junge. Auch so ein neunmalkluger Collegescheißer.

»Die gleiche Tür. Das ist lustig, wissen Sie das? Haste das gehört, Shadow? Findest du das nicht lustig?« Unterhalb der Hockerfläche schlossen und öffneten sich seine Fäuste in ständigem Wechsel.

»Heh, dieser junge Freund ist ein echter Komiker. Er sollte damit im Fernsehen auftreten.«

»Ich glaube, er kann auch ein paar neue Gags vertragen«, sagte Gleep, packte ihn am Kragen seines geblümten Hemdes und hämmerte seinen Kopf heftig auf die Bar. Mit dem, was von seinem Bier noch übrig war, spülte er ihm die Haare. Die Gäste, die sich hinter ihnen gedrängt hatten, wichen schlagartig zurück. Ein Barkeeper eilte auf sie zu. Shadow stupste gegen seinen Arm.

»Das reicht jetzt, Gleep. Heh, Gleep. Komm schon, Mann, wir können keinen Ärger mit der Polizei gebrauchen.«

»Scheißkomiker«, knurrte Gleep beim Hinausgehen.

»Ja, ja, klar, du hast es ihm gezeigt. Beim nächsten Mal wird er ein paar neue Witze reißen können.«

»Collegewichser.«

Gleep wünschte, er könnte mit Worten besser umgehen, so wie sein Partner.

»Ach, denk nicht mehr drüber nach. Komm, schauen wir mal nach, an welcher Wand Ledbetter mittlerweile hochgegangen ist. Was meinst du?«

Wenn Gaylon auch nicht im Wortsinne an einer Wand hochgegangen war, so hatte er sich doch genug aufgeregt, um an einer hochzusteigen, wenn er nur überzeugt gewesen wäre, daß das half. Eine blaue Wolke Qualm von seiner Zigarre hinter sich herziehend, marschierte er umher wie ein von Dämonen Gehetzter, was seiner Auffassung nach bei ihm genau der Fall war. Ganz gewiß war er viel zu nervös, um zu sitzen, selbst wenn seine juckenden Hämorrhoiden das erlaubt hätten. Er konnte sich nicht mehr erinnern, wann er zum letzten Mal einen richtig gesunden Stuhlgang gehabt hatte, also mehr als eine magere Kollektion von Mäuseköttteln, die er nach einer Viertelstunde wildester, zähneknirschender, schläfenadernplatzender Bemühungen hervorbrachte. Das nächste Mal müßte er seine Därme wohl sprengen, um sie zum Arbeiten anzuregen. Er hatte bereits eine ordentliche Ladung Jim Beam eingepfiffen, und sein Kopf fühlte sich an, als würde er in einem Schraubstock stecken. Unter dem schlaffen Brustfett wummerte sein Herz gefährlich.

Wo waren diese beiden Hundeficker überhaupt, den ganzen Tag unterwegs und kein Wort von ihnen? Während er den größten Teil des Tages am Draht nach Atlantic City, nach Vegas, Reno, sogar nach Tahoe verbrachte, um *irgendwas* in Bewegung zu setzen. Dietz' Name brachte ihn mit den richtigen Leuten in Kontakt, aber er hatte nicht das Gewicht, das er eigentlich hätte haben sollen. Niemand stand in Habachtstellung, wenn sie hörten, was los war. Sie sagten klar, wir kümmern uns darum, helfen Ihnen, aber es wird einige Zeit dauern, zwei Tage mindestens, nur um eine Beschreibung zu bekommen, aber kein Foto. Ich habe aber kaum mehr Zeit, flehte Gaylon, für all diesen Scheiß. Wir melden uns bei Ihnen, das sagten sie ihm, immer mit der Ruhe. Die hatten gut reden, und er hatte nichts für Dietz. Was da auf ihn zukam, war wohl klar. Man brauchte kein Prophet sein, um das zu erkennen. Die Scheißindianer waren schuld, einfach zu dämlich, um an der Kasse von dem Kerl ein Bild zu schießen. Eine Beschreibung war das Äußerste, was sie zustande brachten. Sie hätten mit echten Profis keinerlei Erfahrung, sagten sie. Wir achten aber auf ihn; wenn sich irgend etwas tut, dann melden wir uns. Das werden sie auch sicher tun. Wahrscheinlich schicken sie 'ne Ansichtskarte. Oder ein Rauchzeichen. Das war wahrscheinlich auch der Grund, warum der liebe Gott Indianer erschaffen hatte: um die anständigen, pünktlichen und zuverlässigen Menschen auf dieser Welt um den Verstand zu bringen.

Etwa gegen elf kamen Shadow und – da gerade von Indianern die Rede war – Häuptling Crazy Horse hereingeflogen, als hätten sie draußen nur etwas frische Luft geschnappt und eine Runde auf dem Oberdeck eines Kreuzfahrtschiffs gedreht. Sie hatten nichts, natürlich, außer einer Bierfahne und einer traurigen Geschichte, wie sie den ganzen Tag Motels überwacht und kontrolliert und nichts erreicht hatten. Es war alles ein Reinfall. Man konnte sich auf niemanden mehr verlassen, nicht einmal auf die, denen man Gutes getan hat. Die ganze Welt wurde zu Scheiße.

Gaylon nötigte sie, zu einem Trainergespräch Platz zu nehmen. Er fing ganz ruhig an und geriet dann zunehmend in Rage. Zuerst erklärte er den berühmten patentierten Dietz-Plan, den einzigen, der Geltung hatte. Er instruierte sie, sich um die Motels zu kümmern, den Wagen weiterhin zu bewachen und sich zu melden, um Gottes willen vier- bis fünfmal am Tag anzurufen. Sobald sie erst einmal den Namen des Zählers wußten, was in einem Tag oder so der Fall sein würde, konnten sie ihn leicht aufstöbern. Sie sollten ihn lieber bald finden und die Ware ebenso, sonst steckten sie alle bis zu den Ohren im Dreck. Hawkins könnte seine Gummistiefel wieder ausgraben und in der Autowaschanlage anfangen, wo Shadow ihm zuerst begegnet war (Gaylon wollte sagen, er solle lieber wieder ins Reservat zurückkehren und dort mit Glasperlenketten und Ledergürteln handeln, aber als er ihn so ansah, steinern wie ein Denkmal im Park, entschied er sich dagegen). Und Shadow würde wieder Besoffene filzen. Das sagte er ihnen, nachdem er sich hingesetzt hatte, und er versuchte, es in ihre Quadratschädel hineinzubekommen, daß die Situation ernst war. Der Indianer starrte ihn nur an, mit leerem Blick, und Shadow grinste nur, sagte zu Gaylon, wenn Sie nicht lernen, es etwas langsamer angehen zu lassen, dann kriegen Sie bald einen Herzinfarkt, und dann liegen Sie wirklich auf der Nase, wissen Sie, ha-ha. Das hatte er gerade noch gebraucht, einen Pausenkomiker.

Er brachte sie hinaus, aber nachdem sie gegangen waren, fühlte er sich noch immer unbehaglich, viel zu aufgedreht, um zu schlafen, deshalb rief er das koreanische Badehaus in der Stadt an und ließ sich ein Girl vorbeischicken. Sie hatten ein paar hübsche Girls dort, und wenn sie kamen, trugen sie gewöhnlich ihre weite, flatternde Haremstracht, die er so gerne an ihnen sah. Die, die nun zu ihm kam, sah aus, als wäre sie eben erst vom Schiff gekommen, was offenbar auch der Fall zu sein schien, denn sie sei erst drei Tage in diesem Land, erzählte sie ihm in ihrem bruchstückhaften Englisch, und sie liebe Amerika richtig sehr gut. Sie war auch klein und stämmig, bei weitem keine Oona. Und obwohl sie sich alle Mühe gab, bekam Gaylon ihn nicht hoch, und während sie sich auf ihm herumschlängelte und herumwand und sich ihren Lohn verdiente, fiel er in einen halbbenommenen Schlaf und beendete so einen schlimmen Tag.

Für jemanden, der mitten auf dem Höhepunkt der sexuellen Revolution zum Mann geworden war, zeigte Timothy Waverly eine erstaunliche Unschuld im Umgang mit Frauen. Der Grund für diesen Mangel an Erfahrung war sehr einfach zu benennen (was er auf ihre geschnurrte Bitte hin tat, als er nach einem vierundzwanzigstündigen Marathon auftauchte, um Luft zu holen: »Wie kommt es, daß Frauen für dich ein solches Mysterium sind, Waverly? Erzähl.«). In eine religiöse Familie hineingeboren, und zwar von der Art des praktizierenden Christentums, eingeschworen auf Fleiß und Erfolg und Wohltätigkeit und allgemeine Nächstenliebe, eben all die alten Tugenden, machte er alles richtig, nicht aus einer bewußten Entscheidung heraus – das ist gut und das nicht –, sondern einfach, weil es einfach das war, was man anständigerweise tat. Sein Vater, ein Professor der Religionsgeschichte und kleiner Gelehrter, hatte im Koreakrieg einen Düsenjäger geflogen. Als Hobby restaurierte er alte Autos, und jeden Morgen bei Sonnenaufgang lief er fünf Meilen, lange bevor das in Mode war. Wenn er redete, dann in wohlgesetzten Worten, sich alles sorgfältig zurechtlegend, während er seine Gedanken entwickelte, als ob er eine Jahrhundertrede hielt, selbst wenn man ihn nur nach der Uhrzeit gefragt hatte. Waverlys Mutter war stellvertretende Leiterin der Calvin College Library. Sie starb, als er neun war, als Opfer einer besonders virulenten Form der Leukämie, die, wenn sie festgestellt wurde, schon eine Woche später zum Tode führen konnte. Eine seiner deutlichsten Erinnerungen an sie war die, daß die Familie sich an den Sonntagabenden versammelte, er und seine Schwester auf dem Wohnzimmerfußboden, sein Vater in einem Sessel und seine obligatorische Professorenpfeife rauchend, und die drei dann gehorsam dieser hageren, nachdenklichen Frau mit den wehenden Haaren und dem schmalen Gesicht und den sorgenvollen Augen lauschten, wenn sie laut die Werke metaphysischer Dichter vorlas (sich ab und an bei einer besonders ausdrucksvollen Zeile eine Träne aus dem Auge wischend) oder aus der *Religio Medici* oder aus irgendeinem anderen erbaulichen Text. Später in seinem Leben wünschte er sich manchmal, daß er sie etwas besser gekannt hätte, doch bei anderen Gelegenheiten war er durchaus zufrieden mit der Handvoll Bilder, die ihm ab und zu vor Augen standen.

Da man in diesem Haushalt eines Witwers stillschweigend davon ausging, daß jeder sich in besonderer Weise hervortat, machte er das natürlich auch. In der Highschool war er ein mustergültiger Schüler mit einer nicht überraschenden Neigung zu den klassischen Disziplinen. Er war außerdem Führer des Schwimmteams und ein Schachspieler mit Turnierniveau, der, um sich von ermüdenden Vorlesungen oder nichtssagenden Unterhaltungen abzulenken, im Kopf Meisterpartien durchspielte und die einzelnen Züge analysierte. Er war niemals Klassensprecher, aber es waren fast immer sein Rat und seine Hilfe, auf welche der Direktor sich stützte, wenn irgendeine schulische Katastrophe am Horizont drohte. Er hatte Verabredungen und Rendezvous, wann immer er es wünschte, jedoch keine feste Freundin.

Mit siebzehn war er verknallt in die Tochter eines anderen Calvin-Professors, ein schlichtes, stets gut aufgelegtes, leicht schüchternes Mädchen ohne ausgeprägte Hüften oder Brüste und mit einer Libido, die genauso still war wie seine eigene. Das war in Ordnung. Das war die Art von stillem Arrangement, das er sich wünschte oder von dem er annahm, daß er es sich wünschte (obgleich er manchmal, wenn sie sich bei Tanzfesten der Schule aneinanderklammerten, während die langsame, getragene Musik einen Bann stiller, harmonischer Zuneigung auf sie herabsenkte, über ihre Schulter andere Paare sehen konnte, wie sie sich in den Nischen der Turnhalle aufhielten und ihre Körper, vor allem unterhalb der Gürtellinie, leidenschaftlich gegeneinanderpreßten). Aber später, als ihre Romanze ernstere Formen annahm, gingen ihre züchtigen Küsse auf dem Vordersitz eines Automobils manchmal in ein heißes, wildes Abtasten und Streicheln über, und sie, wobei ihre Finger die Innenseite seiner Oberschenkel berührten, machte mit ihm das, was er als »Handnummer« ansah oder was dem zumindest nahe kam.

Es dauerte jedoch bis zu dem fortgeschrittenen Alter von zwanzig Jahren, bis er offiziell mit dem aktiven Sex bekannt gemacht wurde. Mittlerweile war er Student im ersten Studienjahr an der Calvin, ein vielversprechender Eleve der Literatur und Sprachen und als Schwimmer erfolgreich genug, um gelegentlich seinen Namen im Sportteil (auf den letzten Seiten) der

Grand Rapids Press zu finden. Aber zu seiner Verwunderung gab die Professorentochter ihm den Laufpaß wegen eines Drogensüchtigen mit schläfrigen, sinnlichen Augen und Fetthaaren; und eines Abends, kurz nach dem ihm völlig unverständlichen Debakel, in einem Anflug von Bitterkeit und dem Gefühl von mißbrauchtem Vertrauen, begleitete er seine Teamkollegen zu einem Ausflug in die South Division Street. Am nächsten Morgen erwachte er in einem schäbigen Hotel mit einem kurz vor dem Platzen stehenden Kopf und einer schwarzen Prostituierten neben sich in einem Bett mit klammen Laken, die mit halboffenem Mund laut schnarchte. Leise und heimlich zog er sich an und flüchtete. Noch Wochen später untersuchte er seine Genitalien auf untrügliche Zeichen für irgendeine furchtbare Krankheit, und für mehrere Jahre blieb es seine einzige Erfahrung dieser Art.

Nach seiner Graduierung errang er ein Stipendium an der Universität von Michigan. Seine Schwester, drei Jahre älter als er, war bereits dort und mit einem Studenten der Betriebswirtschaft verheiratet. Sie war eine Verfechterin der »Alle-Kreaturen-groß-und-klein«-Philosophie, die sich zur Tierärztin ausbilden ließ. Schon nach einem Jahr hatte er einen Magistergrad in englischer Literatur und eine stürmische Affäre mit einer üppigen Dichterin aus Staten Island, einer nimmermüden Erfinderin rätselhafter freier Lyrik und erotischer Spiele. Es war diese Affäre, wie er rückblickend erkannte, die indirekt zu dem Unglück führte, das praktisch schon hinter der nächsten Ecke ein Stück die Straße hinunter auf ihn wartete, denn sie redete ihm seine Weltläufigkeit und sein unerschütterliches Glück ein (die Dichterin war übrigens die Ehefrau eines leitenden Professors in seiner Abteilung, eines unscheinbaren Gelehrten, der für sein enzyklopädisches Wissen und seine gnadenlose, eingehende Befragung von Prüfungskandidaten bekannt war; wunderbarerweise schien er vermutlich der einzige Mensch in Ann Arbor zu sein, der von den ungewöhnlichen Wegen der Kreativität seiner Partnerin keine Ahnung zu haben schien).

Im darauffolgenden Jahr hielt er zwei Einführungskurse, Aufsatz für Anfänger, ab, um seine ärmlichen Finanzen etwas aufzubessern, und in einem davon lernte er das Mädchen kennen, das seine Frau werden sollte. Sie hieß Annetta Trumbill, und sie stammte aus einer kleinen Stadt in Iowa namens What Cheer, was ihm eigentlich einige Aufschlüsse hätte geben und ihn wachsam hätte machen sollen, es aber nicht tat. Sie war durch ein Sportstipendium an diese Universität gekommen, und zwar im Basketball. In der Highschool hatte sie alle möglichen Preise für ihre sportlichen Leistungen gewonnen (die sich jedoch nicht auf das Schlafzimmer erstreckten; dort war sie allenfalls im Mittelfeld angesiedelt, indem sie den Sex absolvierte wie ein lästiges isometrisches Training, aber das entdeckte er sehr viel später, zu spät). Ihr Bild tauchte wieder vor seinem geistigen Auge auf. Sie war groß, mit breiten Schultern, rund und muskulös, mit einem runden, offenen Gesicht, sonnengebräunter Haut, großen Knopfaugen und kurzen braunen Haaren, so dicht wie Moos. Die Aufsätze, die sie schrieb, beschäftigten sich mit Themen wie dem Vergleich von Nautilus-Kraftmaschinen mit freien Gewichten oder dem Pro und Contra des Gebrauchs von Steroiden unter Athleten. Sie war keine begabte Schreiberin. Sie begann, sich von ihm helfen zu lassen, seinen Rat zu erfragen und erschien regelmäßig in der schrankgroßen Zelle, die ihm als sein Büro zur Verfügung gestellt worden war. Um das Stipendium zu behalten, mußte sie ihren Zensurendurchschnitt hoch halten, und sie saß gespannt an seinem Schreibtisch, die Stirn in nüchterner, ernster Konzentration gefurcht, während er ihr die Geheimnisse des Semikolons oder die Nuancen des Phantomvorlauts erklärte. Manchmal, während solcher Sitzungen, schob sie den Stuhl ganz nah heran, und gelegentlich, wenn sie sich vorbeugte, um eine besonders kritische Bemerkung zu einem ihrer Aufsätze näher zu betrachten, berührte eine Brust seinen Arm, fast zufällig. Aber eben genug, um ihn zum Nachdenken anzuregen.

Eines Abends betrat sie sein Arbeitszimmer in der Bibliothek in tiefer Verzweiflung. Sie war mit dem ohrenden Problem eines noch nicht fertiggestellten Berichts konfrontiert, der am nächsten Morgen abgegeben werden mußte (ihr Thema: Ursache und Behandlung des Tennisarms). In seinem geduldigen Mitleid wurde aus der sanften Berührung der Brust ein drängender

Druck, und schon bald fanden sie einen dunklen, abgelegenen Gang in den unteren Regionen der Regale, und dort, unter den langen Regalbrettern, die mit den Büchern der Weisen gefüllt waren, wurde der Abgabetermin des Berichts auf unbestimmte Zeit verschoben. Weitere solcher Studienveranstaltungen folgten, sehr viele. Am Ende eine zuviel, wie es schien, denn zehn Wochen später verkündete sie, daß sie schwanger war. Und weil es immer noch in seiner Natur lag, immer das Richtige zu tun, wurden sie hastig getraut, und sieben Monate war er Vater eines Sohnes, ein ungeschickter, verwirrter, vierundzwanzigjähriger Haushaltungsvorstand, dessen sämtliche hochfliegenden Träume und Ziele abrupt auf den Boden der Tatsachen geschleudert wurden.

Abgesehen von dem Kind, dem Jungen, war an dieser Beziehung nichts glücklich, das sagte er zu Midnight und beendete damit das Geständnis, das sie während der ersten längeren Pause, in der sie mal voneinander abließen, aus ihm herausgelockt hatte. Es begann, weil Midnight sich über seinen unbeholfenen Eifer gewundert hatte, bei einem Mann in seinem Alter; sie wollte ihn fragen, wo er denn die letzten Jahre gelebt habe, doch sie drückte es dann freundlicher aus. Es war durchaus amüsant zu beobachten, wie er ein Verlangen und ein Durchhaltevermögen entwikkelte, was er niemals bei sich vermutet hätte. Es war fast so, als wäre er ein Jugendlicher, der einen Initiationsritus vollzieht, wenngleich an seinem harten, straffen Körper nichts Jugendliches zu finden war. Für einen Mann, für den ich etwas übrig habe, sagte sie ihm, bin ich ein Dr.-Pepper-Girl: zehn, zwei und vier, und das sind beide Hälften der Uhr, Mr. Kartenhai, so geht es.

Dazwischen räumten sie hungrig Tabletts leer, die der Zimmerservice brachte, tranken ein wenig, nicht viel, jubelten dem Fernsehen zu, schliefen friedlich. Clay war nicht vollkommen vergessen. Sie rief zu Hause an und schaffte es, aus Drucillas schrillen Antworten herauszufiltern, daß er dort noch nicht aufgetaucht war. Und auf ihr beharrliches Drängen hin zog Waverly Hemd und Hose an und ging hinunter in die Lobby, um seinen Ausguck neu zu verpflichten. Aber das war der Umfang ihrer Suche. Nachdem sie die erste grobe Zusammenfassung seiner traurigen Geschichte gehört hatte, empfand sie etwas Seltsames, etwas Neues und schwer zu Identifizierendes für ihn, denn es war ihr so vollkommen fremd; und in den nächsten vierundzwanzig Stunden verhielt sie sich nicht weniger intensiv und fordernd, aber gemischt mit etwas, das durchaus – wie sollte sie es nennen – Zärtlichkeit war?

»Du kennst dich doch in der Schauspielkunst aus«, sagte Waverly. »Du weißt einige der Elemente des Kartenspiels zu würdigen, die geradezu in der Tradition des Sophokles stehen: Konflikte sind gleich mit eingebaut. Es gibt natürlich auch gewisse Einmaligkeiten. Man hat seine unbeugsamen Regeln, seine Belohnungen und Strafen, gewiß auch das Verschmelzen von Charakter und Schicksal. Und dann die Katharsis, ganz gleich, wie es gelaufen ist. Was allerdings fehlt, so nehme ich an, ist ein Thema. Wenn an all dem irgend etwas Wichtiges dran ist, dann entgeht es mir völlig.«

»Warum bist du in all das hineingeraten?« fragte Midnight.

Waverly überdachte seine Antwort gründlich, ehe er sagte: »Aus einer ganzen Reihe von Gründen, von denen keiner sonderlich interessant ist.«

»Versuch doch mal, es mir zu erklären. Noch ist meine Tanzkarte leer. Für die nächste halbe Stunde oder so.«

Auf der anderen Seite des Fensters verschwand die Sonne hinter dem Horizont und verabschiedete sich mit einer Fanfare aus prächtigem Blaßlila und Pink und Gold und Violett, die den Himmel überschütteten. Der Raum versank in Dunkelheit. Ihre Sessel wurden zusammengeschoben, und jeder hatte einen Drink in der Hand, sie ihr Eigengebräu, er ein frisches Bier. Der betäubende Geruch von Sex stieg aus dem zerwühlten Bett hinter ihnen auf. In eben diesem Bett hatte er den größten Teil der überwältigenden zwei letzten Tage verbracht, und die einzige seiner Erfahrungen, die entfernt damit zu vergleichen war, war sein Beruf. Das war zum Teil der Grund dafür, warum er jetzt darauf zu sprechen kam, zum Teil war es auch die Antwort auf ihre gezielten Fragen: »Wie wird aus einem friedlichen, sanften Literaturgelehrten ein Glücksspieler, Waverly? Erklär mir das mal, ja?«

Eine Aufforderung, sie zu testen. Er zögerte. Hier war etwas

Spezielles im Gange, etwas Einmaliges. Zumindest für ihn, und wenn er genug Urteilsfähigkeit besaß (immerhin hing in den vergangenen Jahren sein Wohlbefinden von der Fähigkeit ab, die richtigen Urteile zu fällen), dann für sie genauso. Zum ersten Mal, seit er sich erinnern konnte, hatte er Angst, etwas zu verlieren, mehr als nur den Überblick über ein Spiel. Er kalkulierte die Risiken. Schließlich sagte er: »Okay, ich habe im Knast gesessen. Sieben Jahre. Hab dort eine Menge Dinge gelernt, unter anderem auch, wie ich mich aufs Wesentliche beschränke. Und das ist es eigentlich, was die Karten von einem fordern. Das und ab und zu ein wenig Glück.«

Ein Abgrund des Schweigens.

»Ich habe einen Mann getötet. Den Anwalt meiner Frau. Wenn es so etwas wie einen Unfall gibt, dann denke ich, daß es genau das war.«

»Wie ist es passiert?« fragte sie. Ihre Stimme klang ausdruckslos. Er konnte nichts Angespanntes oder Wachsames darin entdecken, und das war insgesamt kein schlechtes Zeichen.

»Vielleicht weißt du, daß es bei einer Scheidung nicht ganz unüblich ist, daß an dem Mann auch noch die Gebühren der zutiefst verletzten Frau hängenbleiben. Dieser Anwalt war ein ganz gemeiner Knochen. Von Natur aus gemein, genau der Typ, der zum Vergnügen streunende Hunde plattfährt. Er hatte richtigen Spaß an seiner Arbeit. Und er war kein Dummkopf. Er spürte die Schwäche auf, von der ich niemals gewußt hatte, daß ich sie besitze, nämlich einen absoluten, unstillbaren Haß auf Autorität. Ich schuldete ihm also vierhundert Dollar, laut Gerichtsbeschluß, und ich entschied, daß ich ihn in Pennies auszahlen würde. Damals erschien mir das als sensationelle Idee, obgleich ich in einem Schnapsnebel und durch weitere diverse Zaubermittel dieser Art darauf kam.«

Ein verkürztes Bild dieses langen, monströsen Tages zuckte durch seinen Kopf, wie er unangemeldet in Annettas Wohnung platzte, ein rasender, fluchender, betrunkener Racheengel, dessen Wut völlig entfesselt war, der Möbel umwarf, Telefone aus der Wand riß und den sich feige duckenden Arthur schlug, ihn quälte – bis ein lauter werdendes Heulen von irgendwoher zu ihm drang und er herumwirbelte und seinen Sohn in einer Ecke hocken sah, wo er schreiend mit seinen winzigen Armen in die Luft schlug. Was habe ich getan? Indem er sich zu dem Kind herabbeugte, streichelte er ihm über das Haar, sanft und zärtlich, und meinte zu ihm: »Ich möchte, daß du dich an diesen Tag erinnerst. Dein ganzes Leben lang darfst du ihn nicht vergessen. Du mußt dir merken, wohin diese Frau mich gebracht hat.« Worte, die zu einem zitternden Zweijährigen gesprochen wurden. Oder zu sich selbst. Flucht. Ein Sammeln und Neueinrichten seiner Angst. Der fragende Blick im Gesicht des Bankkassierers, als er Pennies verlangte. Die triumphierende Miene des Anwaltes, als er damit zu ihm kam.

»Pennies?« fragte Midnight nach und brachte ihn wieder ins Heute zurück. Sie bewegte ruckartig den Kopf, wie Frauen mit sehr langen Haaren es zu tun pflegen, um es aus den Augen oder von den Schultern zu schütteln, und sich dabei schwach der erotischen Komponente in ihrer Bewegung bewußt sind. »Vierhundert Dollar in Pennies?« Es wurde kichernd hervorgestoßen, eingewickelt in echte Fröhlichkeit, wie ein Geschenk verpackt, und Waverly empfand eine ungeheure Erleichterung.

»Du solltest mal versuchen, sie herumzuschleppen. Vierzigtausend Stück, acht Säcke, jeder fünfzig Dollar wert. Nicht so einfach. Und nach all dieser Mühe erschien es mir einfach unfair, als er aus seinem Büro herausgestürmt kam, mit lautem Gebrüll und Geschimpfe, sagte, er brauche sie nicht anzunehmen, sie wären kein, mit seinen Worten, legales Zahlungsmittel. Ich zeigte ihm, wie ich die Angelegenheit sah. Es gab ein lautes Hin und Her, dann wurde es handgreiflich. Nun, mein Riesenfehler war, daß ich eine Pistole bei mir hatte, Gott weiß, warum. Sie war nicht geladen, ich hatte sie niemals in meinem Leben abgefeuert; sie kam noch nicht mal aus meiner Jackentasche raus. Aber sie war da, und sie hat in meinem Fall nichts Gutes bewirkt. Denn bei dem Gerangel, weißt du, knallte er mit dem Kopf gegen die Schreibtischkante. Und schon war er eingegangen in jenen großen unsichtbaren Chor, wo er seitdem heilige Lieder singt. Und hinter mir fiel die Zellentür ins Schloß.«

»Pennies«, sagte sie, »ein Mord wegen Pennies. Du bist ein

verrückter Hurensohn, Waverly. Ich frage mich, ob dir das klar ist.«

Er konnte ihr Gesicht in der Dunkelheit nicht sehen, aber es klang, als lächelte sie noch. Was das Verrücktsein anging, da hatte sie wahrscheinlich recht. Laut erzählt erschien sogar ihm selbst die Geschichte fast spaßig. »Das hat auch der Richter gesagt, aber nicht verrückt genug, um mir den Jagdschein zu geben.«

»Was heißt Jagdschein?«

»Die Bescheinigung, daß ich wegen erwiesenen Schwachsinns unschuldig bin. Darauf wollte mein Anwalt hinaus. Und wenn es in diesem Bereich jemals einen berechtigten Antrag gegeben hat, dann war es meiner. Du hast es selbst gesagt. Aber er konnte den ehrenvollen Richter nicht überzeugen. In diesem Staat gibt es ein Urteil, das lautet schuldig, aber geistesgestört. In der Theorie soll es sehr menschlich sein: Aufenthalt in einem Irrenhaus, bis man vernünftig genug ist, um die Strafe als solche zu begreifen. Dann folgt die Strafe. In der Praxis funktioniert das völlig anders. Da geht es direkt nach Jackson und nicht über eine Zwischenstation.«

»Jackson ist das Gefängnis?«

»Das ist das Gefängnis.«

»Und wie hast du es überstanden? Jemand wie du?«

»Du mußt dir einen weißen Jungen aus der Mittelschicht vorstellen, der aus dem behüteten Lebensraum kommt, den ich dir beschrieben habe, der niemals etwas Gefährlicheres erlebt hat als das Innere einer Universität und der niemals seine Faust geballt hat, um sich selbst zu verteidigen. Häftlinge in Michigan haben einen Spruch: In Ionia lernst du zu kämpfen, in Marquette, wie du die Zeit absitzt, und in Jackson zu sterben. Das Problem war, daß ich zwei Klassen übersprungen hab. Die anderen nicht. Zwei Monate bei den Einheimischen, und sie hatten mich am Boden. Danach war ich anstaltsreif.«

»Was bedeutet das – Einheimische?«

Entweder wollte sie es wirklich wissen, oder sie wollte nur, daß er weiterredete. Das eine oder das andere. Dieser Teil der Geschichte war nun nicht so lustig, und obgleich er versuchte, es aus seiner Stimme herauszuhalten, kamen Andeutungen, Spuren der düsteren, erschreckenden Geheimnisse herein, die die Offenbarungen in seinem Gedächtnis wachriefen. Einheimische? Er konnte ihr sagen, was es bedeutete, aber wie sollte er ihr erklären, was sich tatsächlich dahinter verbarg? Selbst der Versuch bedeutete, daß er das Risiko einer gewundenen Scheinheiligkeit einging. Chop hatte einmal das Gefängnis einen geweihten Ort genannt, und er brauchte Jahre, um zu begreifen, was das bedeutete. Wie konnte er es nun erklären? Einheimische? Man konnte es Dschungelreich, Spiegelkabinett, Königreich der Soziopathen, Land der Raserei nennen, wo der Verrat die Norm, Rache die Waffe ist und wo Barmherzigkeit nie begriffen wird oder längst vergessen ist. Oder es war ein Rohrende, mit voller Wucht ins Kreuz geschlagen, oder ein Besenstiel im Arsch, ein Bolzen zwischen die Rippen. »Es bedeutet, daß man völlig alleine ist«, sagte er, »daß absolut niemand da ist, der einen schützt.«

Sie streckte eine Hand aus und legte sie auf die seine. »Du bist nicht mehr dort«, sagte sie sanft.

»Nein.«

»Du bist hier. Du hast überlebt.«

Das war nicht gerade ein Wort, für das er große Verwendung hatte – *überlebt*, *Überlebender*. Zu glatt, zu einfach, viel zu modern: Oh, irgendwie habe ich es geschafft, seine furchtbare Gesellschaft zu überleben, den überfälligen Scheck, die entsetzliche Cocktailparty. Davonkommen hätte man viel eher sagen sollen. Nachdem er seine letzte Tracht Prügel bezogen hatte, nachdem er das letzte Mal von einer Bande Schwarzer bearbeitet worden war, lag er im Schutzbereich, eingepackt in eine Zwangsjacke, und wartete darauf, nach Ypsi gebracht zu werden. Dekompensation nannten sie es. Und wie in einer furchtbaren Vision tauchte ein Gestalt vor ihm auf, das Gesicht von Narben gezeichnet, eine wuchtige Stirn, gallertartige Augen, die ihn unverwandt musterten wie ein fremdes Tier unter Glas. Nein, bitte nicht, wimmerte er, bitte nicht. Du kannst Altenglisch? Die Stimme klang wie ein gedämpfter Donner. Er sagte ja. Altnordisch? Etwas. Latein? Ja. Wenn du hierher zurückkommst – und das wirst du –, dann komm zu mir. Hilf mir mit dem anderen, und ich zeige dir vielleicht, wie du hier zurechtkommst. Frag nach Chop.

»Mit einiger Hilfe«, erzählte Waverly. »Ich kam achtzehn Monate später aus der staatlichen Puzzlefabrik zurück. Mit dem Stempel geheilt. In Jackson gab es dann jemanden, der mir half durchzukommen. Ein Lebenslänglicher. Ein einzigartiger Mann. Sein Name lautete Wesley, aber sie nannten ihn Chop. Wegen der Art und Weise, wie er dorthin gekommen war. Er hatte seine Frau und deren Liebhaber mit einer Axt umgebracht. Hat ihre Körper zerhackt. Dann hat er die Axt fallen gelassen und mitten in einer Blutlache gesessen und darauf gewartet, daß sie ihn holten. Was sie auch taten. Er war im Bau, seit er zwanzig war, neunzehn Jahre. Ich glaube, er war der feinste Mensch, den ich jemals gekannt habe. Eine Art geläuterter Heiliger.«

Er spürte, wie ihre Finger sich spannten, den Griff verstärkten. Eine Zeitlang sagte sie nichts. Dann: »Du und er, ihr wart doch ...«

»Nein, nicht, was du denkst. Überhaupt nicht. An einem Ort, wo Sex eine Strafe ist, eine Rache, war er aus eigener Entscheidung enthaltsam und zäh genug, um es zu bleiben. Nein, wir hatten eine Abmachung. Ich lehrte ihn, was ich über zwei tote Sprachen noch wußte, er zeigte mir, wie ich mein Leben rette.«

»Deine Frau – warum hat sie dir das angetan? Dich so weit zu treiben?«

»Ein anderer Mann. Was sonst.«

»Meinst du nicht, deine Reaktion war ein wenig ... extrem? Wegen Untreue? Vor allem in der heutigen Zeit?«

»Jetzt scheint es so, damals aber nicht. Vielleicht weil er mein Schwager war. Der Buchhalter. Ich mochte ihn. Wir waren Freunde. Es war keine Frage des Vertrauens. Ich konnte so etwas überhaupt nicht verstehen. Für mich war es fast so etwas wie – Inzest.«

Midnight zog ihre Hand weg und suchte nach einer Zigarette. Als sie angezündet war, bohrte ihre glühende Spitze ein winziges Loch in die Dunkelheit. »Das entspricht aber nicht der Definition für Inzest, weißt du«, sagte sie ruhig.

»Das ist mir schon klar. Aber sieh mal, auch wenn es nicht gerade die glücklichste und erfolgreichste Ehe war, sie nahmen mir alles. Alles, was irgendeine Bedeutung hatte. Und das ganz selbstverständlich. Unverschämt. Ohne Reue. Meinen Sohn, sie nahmen ihn mir weg. Meinen alten Herrn, den erwischten sie auch indirekt. Er starb zwei Jahre später, die Schande war zu groß, schätze ich. Ich hatte völlig normale Gefühle der Zuneigung für meine Schwester. Während wir aufwuchsen, waren wir uns immer sehr nahe gewesen. Sie haben sie auch auf dem Gewissen, wenn man so will. Ein Jahr lang befand sie sich in einem Sanatorium in Therapie, jetzt lebt sie irgendwo in Süddakota, als Einsiedlerin. Baut Kräuter an und leitet ein Hundeasyl, soweit ich kürzlich hörte.«

»Du hast also ihren Anwalt getötet. Warum ihn?«

Es war Chop, der ihn auf den verschlungenen Pfad der Selbstvergebung geführt hatte. Wer kannte dieses unwirtliche Terrain besser als er? Der Krebs ist das absolute Geheimnis, sagte er immer, und die absolute Notwendigkeit. Und wir sind Krebse; ohne uns wäre die Welt in ihrem Stolz auf sich selbst verblendet, wäre sie erfüllt von der Arroganz ihrer eigenen verlogenen Ordnung. Unsere Aufgabe ist es, diesen Stolz zu attackieren, ihre trügerischen Vorstellungen von Ordnung ad absurdum zu führen. Unsere Funktion ist auf ihre Art heilig. Der Tod des Anwalts ist ein rituelles Opfer, eine warnende Lektion in Bescheidenheit, die Wiederherstellung einer wahrhaft moralischen Ordnung. »Als die Zeit des Heimzahlens gekommen war«, sagte Waverly, »kam er am gelegensten. Er war zufälligerweise gerade da.«

»All das geschah in Michigan«, sagte sie vorsichtig. »Du lebst in Florida. Laß mich mal raten. Deine Ex und ihre Familie wohnen in dieser Stadt.«

»Genau getroffen.«

»Und das hat dich hierher gelockt? Eine weitere Revanche?«

»Ich weiß es nicht genau. Ich wünschte, ich wüßte es. Ich wünschte, ich könnte es mir selbst erklären, was ich hier überhaupt suche. Irgendeine vage Absicht, meinen Sohn wiederzusehen, mit ihm zu reden, ihn vielleicht zu überreden, bei mir zu leben. Das klingt wohl ziemlich verrückt. Vielleicht lauert auch irgendwo der Gedanke an eine Revanche, wie du gerade gemeint hast, obwohl ich genau weiß, daß so etwas unmöglich ist. In der Person des Jungen haben sie die absolute Geisel in ihrer Gewalt. Also was könnte ich ihnen schon antun? Selbst wenn ich wollte und« – er zögerte und überlegte, wie er es ausdrücken sollte und ob es überhaupt ausgesprochen werden sollte – »ich bin mir eben nicht mehr so sicher, ob ich überhaupt noch will. Seit ich dir über den Weg gelaufen bin.«

In der steinernen Stille, die wieder zwischen ihnen hing, konnte er lediglich das Geräusch ihres Ausatmens hören und die zusammenhanglosen Botschaften, die die Gespenster der Vergangenheit in seine Ohren flüsterten. Und alles, was er empfinden konnte, war eine wachsende Entfernung, das vom permanenten Zurückrutschen begleitete Bergaufklettern auf einen Riesenhügel lockeren Sandes.

Schließlich sagte sie: »Erinnerst du dich noch, was ich dir an dem einen Abend sagte? Über Langweile? Ich hatte mich geirrt. Ich entschuldige mich dafür. Das ist eine sehr düstere Geschichte, die du erlebt hast, Waverly.«

Das war es und brauchte von ihm nicht bekräftigt zu werden.

»Ich habe in meinem Leben eine Menge Männer gekannt. Das kannst du dir wahrscheinlich denken. Bei allen war ich, nun, nachlässig. Sorglos, vermute ich. Vielleicht war ich zu... sicher.«

»Aber nicht jetzt.«

»Nein, das ist ja das Seltsame. Ich habe mich nie sicherer gefühlt als in diesem Moment. Noch nie hat jemand mich so behandelt wie du.«

Er konnte nicht genau wissen, was das bedeutete, und er hätte vielleicht gefragt, hätte es nicht an der Tür geklopft. Er würde sich später an diese Worte erinnern, sich fragen, wo er sich verrechnet hatte, wo er einen Fehler gemacht hatte. Aber das Klopfen, obwohl weder laut noch besonders dringend, erschreckte ihn, und er fragte: »Hattest du noch einen Drink bestellt?«

»Ich hab's sicher vergessen. Muß ich wohl. Gehst du ihn bitte holen?«

»Ledbetter? Monte. New Jersey. Sie erinnern sich, wir haben vor zwei Tagen miteinander gesprochen, ja? Sie sagten, Dietz hätte ein kleines Problem.«

»Ja, stimmt. Das ist richtig. Haben Sie was für mich?«

»Ich glaube, ich kann Ihnen helfen. Der Bursche, von dem Sie erzählt haben, ich denke, es war der gleiche, den wir hier rausgeschickt haben. Vor etwa drei Jahren.«

»Haben Sie seinen Namen?«

»Wenn es dieser Kerl ist, dann heißt er Waverly. Ti-mo-thy Wa-ver-ly«, sagte er und dehnte dabei die Silben. »Haben Sie das mitgeschrieben?«

Gaylon notierte es auf der Rückseite eines Umschlages auf der Theke neben dem Telefon. Seinen angegriffenen Hintern ignorierend, saß er auf einem Hocker, wobei die Speckfalten seines Bauchs über seinen Gürtel hingen. Die Nachricht war derart sensationell, daß er sich unbedingt hatte setzen müssen, sonst wäre er noch umgekippt. »Ja, ja«, sagte er, »aber buchstabieren Sie es doch noch mal.«

Und es wurde für ihn buchstabiert.

»Sonst noch etwas? Gibt es noch weitere Angaben?«

»Nicht viel. Ich hab ihn überprüfen lassen, aber er ist sonst nirgendwo mehr aufgetaucht. Keine Adresse, die Erfolg versprechen könnte. Nichts Außergewöhnliches, keine Partner, keine Verkleidungen. Er schmeißt nicht mit Geld um sich, ist ein ganz Ruhiger. Die Akte über ihn wurde vor meiner Zeit angelegt, aber er dürfte keiner von den herkömmlichen Zahlenspezialisten gewesen sein. Es dauerte fast sechs Wochen, bis sie ihn hatten.«

»Aber Sie sind sicher, daß er der Betreffende ist?«

»Das muß Ihr Mann sein. Alles, was Sie uns an Beschreibung gegeben haben, paßt genau.«

»Hören Sie – Monte, nicht wahr? Ich muß mich bedanken. Mr. Dietz bedankt sich auch.«

»War doch selbstverständlich. Alles kein Problem. Und bestellen Sie Dietz meine Grüße. Sagen Sie ihm, er soll sich nicht so rar machen.«

»Das werde ich ihm ausrichten.«

»Dann wünsche ich Ihnen noch einen schönen Tag.«

Gaylon legte den Telefonhörer auf die Gabel und warf einen Blick auf seine Uhr. Es war schon nach fünf. Einmal heute, gegen Mittag, hatte Shadow sich die Mühe gemacht, sich zu melden. Ein einziges Mal. Vor knapp sechs Stunden. Niemand gehorchte ihm mehr. Und wenn sie es taten, dann benahmen sie sich, als wäre das Ganze ein Sandkastenspiel. Wahrscheinlich glaubten sie, er hätte es leicht. Dann verhandelt ihr mal mit Dietz und erzählt mir nachher, was leicht ist.

Er rief an verschiedenen Orten an, wo sie sich vermutlich aufhalten konnten, aber er erreichte nichts; niemand hatte sie gesehen. Ein wütendes, saures Aufstoßen lauerte in den unteren Regionen seines Magens. Sein Hintern fühlte sich an wie eine Dartscheibe beim Kampf um die Landesmeisterschaft. Sogar seine Beine taten weh vom vielen Herumlaufen. Er fragte sich, wie es wohl wäre, wenn man gesund war, flach in der Bauchgegend, straff am Hintern und mit Oberschenkeln, die nicht wabbelten wie Hafergrütze, wenn man ging. Die Zähne ohne Brükken drauf. Und wieder Haare auf dem Kopf. Er fragte sich, wie das wohl wäre. Dann auf den nächsten Strand mit nichts als einem Suspensorium am Leib als Badehose, und die Mädels hingen einem am Hals, weil sie scharf drauf waren, nicht weil die Brieftasche dicker war als der Arsch. Scheiße, daraus würde nie mehr was werden. Ende. Gestrichen. Wie wäre es dann mit einer Mahlzeit, die nicht gleich wieder hochkam? Einem Schwanz, der höher stieg als nur auf Halbmast, Stoff, der einem nicht die Augen aus dem Kopf schoß? Wie wäre es denn damit?

Es ist alleine die Gesundheit, die zählt, hatte Gaylon den Schluß gezogen, als, eine Stunde später, das Klingeln des Telefons ihn aus seinen Grübeleien riß.

»Heh, Gaylon. Shadow hier. Haben Sie was gehört?«

»Ob ich was gehört habe?« brüllte er zurück. »Gehört? Eines ist wohl sicher, dieses verdammte Telefon habe ich nicht gehört! Wo zum Teufel habt ihr gesteckt? Ich sagte doch, meldet euch.«

»Gaylon, Süßer. Ich hab Ihnen doch gesagt, Sie sollen mal einen Tritt langsamer machen. Haben Sie das schon wieder vergessen?«

Warte nur, bis das hier vorüber ist, sagte Gaylon sich. Wartet.

Wir werden schon sehen, wer langsamer tritt. Laut und etwas überheblicher meinte er nun: »Ich glaube, ich hab, was wir brauchen.« Er gab an Shadow weiter, was er erfahren hatte, und las ihm den Namen von der Umschlagrückseite vor.

»Buchstabieren Sie das mal.«

Er buchstabierte.

»Das sind aufregende Neuigkeiten, Gaylon. Wenn wir uns das nächste Mal stehen, dann haben wir vielleicht zwei Gäste mit.«

»Ich hoffe, daß dieses nächste Mal bald stattfindet. Ich sag euch, Dietz reicht es allmählich. Er hat keine Lust mehr zu warten.«

»Ist es schon so weit?« fragte Shadow mit einem abfälligen Unterton in der Stimme.

Gaylons Atem kam mit einem kleinen Pfeifen heraus. Durch den Mund, um das zerkaute nasse Ende seiner Zigarre herum, holte er wieder Luft. Und dann sagte er: »Shadow, du und ich, wir kennen uns doch schon eine Weile, richtig? Ich hab dir nichts vorgemacht, das weißt du auch. Ich hab dir gesagt, wie es ist.« Er haßte dieses quengelige Winseln in seiner Stimme, aber was sollte er dagegen tun? Welche Möglichkeiten hatte er im Augenblick?

»Okay. Ich hab den Namen. Genehmigen Sie sich eine Portion Maalox. Legen Sie sich hin. Ruhen Sie sich aus. Ich und Gleep, wir machen uns an die Arbeit. Ich wette, wenn Sie aufwachen, haben Sie schon nette Gesellschaft.«

»Glaubst du wirklich?«

»Aber unter Garantie!«

Clay hatte schon so lange in dem Lagerraum gesessen, daß er Angst hatte, er würde halluzinieren. Sein Kopf fühlte sich an wie aufgeblasen, und ungewöhnliche Bilder zogen durch ihn hindurch: einige sexy, einige spaßig, gewalttätig, ein paar in Farbe, friedlich und verträumt, viele andere phantastisch, bevölkert mit grinsenden Dämonen. Sein Körper hingegen schien sich zusammenzuziehen, seine ganze stolze Muskulatur schrumpfte, löste sich auf. Kein Wunder. Den ganzen Montag, Dienstag und jetzt hatten sie ihren verdammten Wahnsinnsschlußverkauf: GEÖFFNET BIS MITTERNACHT! (Midnight... wo war sie... schick

Hilfe) – Purzelpreise! – Günstige Raten! – Mitnahmerabatt! – Freie Auswahl!

Er hatte sich hinter einigen Packkisten verkrochen, denn sie kamen sogar bis hierher, fuhren mit ihren Fettfingern über schmierige Sofas, schacherten um Pennies. Und er saß oben auf fünf Jumbokisten, hatte Staub im Mund und Spinnen an seinen Beinen und konnte sich nicht bewegen, nichts sehen und kaum atmen. Wahnsinn – darin hatten sie recht. Jetzt war Schluß damit, sagte er sich. Er schwor sich etwas. Morgen würde er von hier verschwinden. Scheiß auf das Risiko und die Kosten. Lieber tot als lebendig begraben.

Sie standen nebeneinander an den Telefonapparaten im Korridor neben der Lobby des Holiday Inn. Shadow nahm sich die Luxusschuppen vor, Gleep die Flohbuden. Shadow brauchte knapp zehn Minuten, bis er den Hörer auf die Gabel legte und seinem Partner auf die Schulter klopfte und sagte: »Bingo!« Und in noch kürzerer Zeit beugte er sich über den Rezeptionsschalter des Park Place und bedachte das sommersprossige, rothaarige Girl dahinter mit einem schiefen Grinsen und verhandelte mit ihr über die Zimmernummer. Sie sagte, sie sei neu in diesem Job und man hätte sie angehalten, diese Information nicht weiterzugeben, aber sie könne gern per Telefon hinaufrufen und sie erst mit Mr. Waverly verbinden, denn so sei es im Park Place üblich.

»Sehen Sie, das Ganze soll eine Überraschung sein«, sagte Shadow. »Wir wollen einen kleinen Schabernack spielen. Mr. Waverly wird seinen Riesenspaß daran haben.«

Gleep gab ein bestätigendes Geräusch von sich. Es war gut, ein Publikum zu haben. Vor allem bei dem, was jetzt kommen sollte.

»Tut mir leid. Das ist Hotelvorschrift.«

»Sie tun nur Ihre Pflicht, nicht wahr?«

»Dafür werde ich bezahlt«, sagte sie freundlich.

Shadow ließ das Grinsen einfrieren. Es war schon okay, ein bißchen herumzumachen, ein bißchen Spaß zu haben, aber er brauchte keine Aufwärmrunden, denn das war keine Sportübung. Fünf Tage lang hatte er darauf gewartet, hatte sich in seinem Kopf schon alles zurechtgelegt. Und da stand diese dämliche Fotze mit den Feuerwehrhaaren und versperrte ihm den Weg.

»Paß mal auf, Kupferköpfchen, ich hab dir gesagt, wie es ist. Oder habe ich mich nicht klar ausgedrückt? Wenn du ein Problem mit den Hotelvorschriften hast, dann habe ich dafür die Lösung. Du sagst uns gar nichts. Du schiebst nur das Gästebuch etwas rüber, und ich verspreche, daß ich nicht gucke. Und dieser Gentleman in meiner Begleitung auch nicht. Okay?«

»Absolut«, sagte Gleep. »Sie haben unser Ehrenwort.« Auch er fühlte sich gut, als er begriff, um was es ging.

»Ich habe Ihnen doch gesagt, das darf ich nicht. Wenn Sie nicht wollen, daß ich ...«

»Was wollen wir nicht?« sagte Shadow und griff über die Theke und nahm das Gästebuch an sich. Sie schenkte ihm einen dieser erstaunten »Das-kann-doch-hier-in-Traverse-City-nicht-möglich-sein«-Blicke und wollte das Buch zurückziehen, aber er schnappte ihre Hand, umfaßte ihr Handgelenk und nagelte es einfach fest. Nachdem er gefunden hatte, was er brauchte, entspannte er seinen Griff, ließ aber nicht los, und als er hochschaute, zitterte ihr Mund, und ihre Augen füllten sich mit Tränen. Shadow ließ zu, daß sein Gesicht wieder zu einem Lächeln aufbrach, diesmal war es ein Lächeln der Freundschaft, der guten Laune.

»Wissen Sie, das Haar da auf Ihrem Kopf, das erinnert mich an Orphan Annie. Sie kennen Sie doch? Comicbeilage? Erinnern Sie sich auch, daß sie sich immer in die größten Schwierigkeiten ritt? Dann mußte immer dieser große Kerl kommen und sie rausholen, der Typ mit den altmodischen Pumphosen – wie hieß er noch mal? Punjab? Großer Buckel? So ähnlich. Jedenfalls, er arbeitete für Daddy Warbucks, und er kam immer und holte sie aus der Scheiße. Sehen Sie, ich denke, Sie sind auch so ein Typ wie Orphan Annie, weil auch Sie sich in alle möglichen Schwierigkeiten bringen. Habe ich recht?«

»Nein. Ja.«

»Also was nun?«

»Ja.«

»Das habe ich mir gedacht. Okay. Jetzt stellen Sie sich folgendes vor. Angenommen, Sie liegen gefesselt mitten auf der Straße irgendwo und ein Riesentruck kommt auf Sie zugedonnert, und er wird Sie plattfahren. Nehmen wir mal an, es ist ein Achtachser, einer von diesen ganz großen Kästen, der ganz laut choochoo macht. Sie sollten sich auch darüber klar sein, daß dieser Gentleman hinter mir ganz schön böse werden kann, wenn er nicht bekommt, worauf er scharf ist, und er ist nun dieser Truck. Aber ich komme gerade rechtzeitig, um Sie loszuschneiden, Sie zu retten, wie dieser Lumpenkopf, der Annie rettet. Natürlich trage ich keine Pumphose, sondern normale amerikanische Kleidung, aber das ist trotzdem das gleiche. Verstehen Sie?«

»Ja. Bitte, ich –«

»Warten Sie, ich bin noch nicht fertig. So wie ich es sehe, schulden Sie mir etwas Dank. Aber das ist schon okay so. Ich will gar nichts. Außer daß Sie nicht gleich wieder auf diese Straße hinausgehen, sozusagen. Indem Sie irgend etwas Dummes tun. Wie zum Beispiel in dem Zimmer anrufen und uns die Überraschung verderben. Oder indem Sie den Sicherheitsdienst rufen. Sehen Sie, was soll denn geschehen, wenn ich das nächste Mal nicht in der Nähe bin und sie von der Straße holen kann? Das wäre doch überaus schade. Ich hoffe, sie war deutlich, diese kleine Geschichte, die ich Ihnen erzählt habe.«

Während sie die Treppe hinaufstürmten und durch den Korridor eilten, sagte Shadow: »Wir sollten uns beeilen, Gleep. Ich habe so ein Gefühl, als hätte Annie sich meine Story nicht zu Herzen genommen. ›Ich will wohl lieber den Sicherheitsdienst benachrichtigen‹, das konnte ich in ihren Augen lesen. In solchen Dingen habe ich einen Instinkt.«

»Die Stelle über die Karre, die choo-choo macht, das war richtig gut.«

Shadow hatte sie von Farbigen im Knast gehört, aber das lag schon Jahre zurück, und er hatte keine Lust, seine Quellen aufzudecken. Außerdem hatte er es wirklich eilig. Er war fast aufgeregt. Er wollte es jetzt nicht mit irgendwelchen Mietbullen zu tun bekommen, jetzt, da sie so dicht vor ihrem Ziel standen.

»Oh, da kommt noch mehr«, sagte er. »Eine ganze Menge mehr.«

An der Tür wandte er sich zu Gleep um und fragte: »Du hast dein Eisen?«

Gleep klopfte sich auf die Brust. Der .38er Colt Special erzeugte kaum eine Ausbuchtung in der weit geschnittenen Jacke, wie er sie gerne zur Arbeit trug.

Shadow klopfte leise.

Für Gleep formte er die Worte stumm mit den Lippen: Ja, wer ist da? Er machte es mit großen Augen und mit weibischem Grinsen. Und sagte: »Zimmerservice, Sir. Ich bringe Ihnen eine Flasche Wein mit den besten Wünschen des Park Place. Es ist wegen des Labor Day für alle unsere Gäste.« Es war eine grandiose Idee von ihm, wer würde schon einen Gratisdrink ablehnen?

»Nein, danke.«

»Ich soll es aber abgeben, Sir.«

Die Tür öffnete sich einen kleinen Spalt, so weit es die Kette erlaubte, und Shadow trat beiseite, während Gleep seinen Fuß gegen die Tür stemmte und zutrat. Die Kette flog davon, und die Tür erwischte den Mann dahinter mitten im Gesicht und schleuderte ihn nach hinten. Shadow trat ein und knipste das Licht an. Gleep schloß die Tür hinter ihnen. Der Mann hockte an der Wand und hatte beide Hände vor sein mißhandeltes Gesicht geschlagen, aber es war der Zähler, ohne Zweifel. Shadow wußte es. Er würde es wohl niemals vergessen. Der Zähler, Mr. Timothy Waverly, das Wurmfutter, der Hauptgang. Und dort drüben, sich aus einem Sessel kämpfend und darum bemüht, ein Laken über die Muschi zu ziehen, war der Nachtisch. Diesmal hatten sie das große Los gezogen, den Jackpot.

Shadow schüttelte langsam den Kopf, schürzte die Lippen und machte ein richtig vorwurfsvolles Gesicht. Diese unartigen Kinder. Er legte einen Finger gegen die Nase, so wie Johnny Carson es immer tut, ehe er etwas richtig Lustiges sagt. Er ließ sich Zeit. Dann rieb er sein Kinn und spürte die Reste der Hautabschürfungen. Und dann sagte er: »Vielleicht erinnern Sie sich noch an uns, Mr. Waverly. Sie wissen schon, der Abend vor dem Kasino? Wir erinnern uns sehr gut. Und vielleicht auch diese Lady ohne einen Fetzen am Leib. Die ist ja richtig scharf, mit nacktem Hintern, wie sie so dasitzt. Egal, wir dachten, daß wir damals nicht richtig miteinander bekannt gemacht worden sind, daher sagte ich mir, gehen wir doch einfach mal vorbei und sagen hallo, guten Tag. Lernen uns mal kennen. Die Leute nennen mich Shadow, und mein Freund, der mit dem Colt in der Hand – ein stämmiger Bursche, was? – er wird Gleep gerufen. Nun, da wir uns jetzt etwas besser kennen, wären wir richtig glücklich, wenn ihr euch ein paar Klamotten überziehen könntet, damit wir einen anderen Freund von uns besuchen können. Er ist ein richtig fröhlicher Knabe, der reinste Zirkusclown, ihr werdet ihn mögen. Es ist nichts Offizielles, ihr braucht euch nicht zu schick zu machen. Ach ja, ehe ich vergesse, Mr. Waverly, ein paar Freunde von Ihnen – also ich muß sagen, Sie haben wirklich tolle Freunde! – aus Atlantic City, die baten uns, wir sollten Sie von ihnen grüßen.«

4

Zuerst führten sie ihn durch eine Garageneinfahrt und eine Treppenflucht hinunter, dann durch ein dunkles Gangstück und an einer Tür vorbei und in einen Heizungsraum, der von einer einzigen Glühbirne an der Decke erleuchtet wurde. Dann wiesen Sie ihn an, sich mit der Stirn gegen die Betonwand zu lehnen und die Beine zu spreizen, während sie ihn abtasteten und seine Taschen leerten. Und dann sagten sie, er solle sich umdrehen.

»Willkommen in der Turnhalle«, sagte der Knilch, der sich als Shadow vorgestellt hatte. »Wir nennen das hier Turnhalle, weil wir hier immer trainieren. Uns in Form halten. Der Typ, dem der Schuppen gehört – der Freund, von dem ich erzählt hab – ist wirklich großzügig und überläßt uns den Raum. Er kommt auch irgendwann runter, um hallo zu sagen, sobald er sich mit deiner Freundin oben unterhalten hat.«

Der Raum war lang, zehn Meter oder so, und schmal, nicht

mehr als drei Meter breit. Der wuchtige Ofen teilte ihn praktisch genau in der Mitte: auf einer Seite Kistenstapel und Kartons und eine alte Kommode und ein Küchentisch und Stühle, bedeckt mit Kellerstaub; auf der anderen Seite gar nichts, nur sie drei, die dort beieinander standen. Der Fußboden war kahl, und drei Wände waren aus Beton, die vierte hatte einige ungleichmäßig befestigte helle Holzpaneele. Es gab keine Fenster, nur eine Tür, und die blockierte der Big Foot, der Gleep hieß. Shadow stand direkt unter der Glühbirne, seine narbigen Gesichtszüge von einer Aura aus gelbem Licht eingerahmt. Seine Schultern waren leicht hochgezogen und angespannt, und er atmete durch den Mund, kurze, scharfe, deutlich hörbare Atemzüge wie ein hechelnder Hund. In seinen Augen glänzte es. Waverly kannte den Ausdruck: Er konnte es kaum erwarten anzufangen.

Und es sollte nun jeden Moment losgehen, und es gab nichts, was er hätte tun oder sagen können, um es zu verhindern oder hinauszuzögern. Keine Argumente, kein Flehen, bestimmt nicht die simple Wahrheit, er war nur noch eine Ziffer in diesem Wettstreit, ein Zuschauer, der seine Unschuld wie ein Souvenir seiner fleckenlosen, verlorenen Jugend trug. Und es würde weh tun, soviel hatte er gelernt. Alles, was ihm jetzt noch übrig blieb, war, sich tief in sich selbst zurückzuziehen, um sich gegen diese Schmerzen zu wappnen. Falls er sich erinnern konnte, wie es funktionierte. Er versuchte die einzelnen Schritte zu rekonstruieren: den Augenkontakt halten, aber kein Wort sagen, keinen Laut von sich geben; auf Tiefenatmung umschalten, aber nicht zu sehr übertreiben, daß es auffällt; alle Gelenke und Muskeln lockern, bei den Zehen anfangen und sich dann nach oben arbeiten, alles ganz weich und nachgiebig machen, und dann, der schwerste Teil, wende dich nach innen, hol dich rein, bleib nicht draußen, suche den leuchtenden Mittelpunkt.

Er war aus der Übung. Es lag einige Jahre zurück.

Den ersten Grundsatz hatte er schon auf der Fahrt vom Hotel verletzt. Auf der Rückbank sitzend und mit dem Colt zwischen den Rippen hatte er gefragt, ob er rauchen dürfe, und hatte ein Grunzen als Antwort erhalten. Er hatte zwei Streichholzbriefchen zerfetzt, als Ausdruck seiner Angst, und die Fetzen unauffällig zwischen Zähne und Lippen gestopft, was vielleicht etwas half, aber nicht viel. Wohin sie fuhren, konnte er nicht genau feststellen: aus der Stadt hinaus, um die Bucht herum, vom Highway herunter und in einen dichten Wald, wo die Häuser ein Stück von der unbefestigten Straße entfernt standen und viel Platz zwischen ihnen war. Im Licht der Scheinwerfer sah er kleine Tiere zwischen den Bäumen umherhuschen. In einer scharfen Rechtskurve hockte ein Waschbär reglos im Graben, mit Augen wie Signallichter in der Dunkelheit. Sie hatten sich nicht die Mühe gemacht, ihm die Augen zu verbinden, was bedeutete, daß es eine Fahrt ohne Rückkehr war. Das war keine Überraschung. Vorne saß Midnight wie eine Stahlskulptur, während Shadow, der Nonstopsprecher, über das Wetter, die Straßenverhältnisse, Sehenswürdigkeiten der Gegend, den allgemeinen Zustand der Welt sprach, und zwar im leichten, lockeren Konversationston eines Fremdenführers. Als sie ankamen, ging er um den Wagen herum zu Midnights Tür und nötigte sie mit einer Verbeugung und einer einladenden Geste auszusteigen. Die Lichter in der Einfahrt flammten auf, und eine birnenförmige Silhouette erschien im Vordereingang und nahm sie ins Haus mit. Während er zum Wagen zurückkehrte, sagte Shadow: »Sie wird jetzt einige Zeit beschäftigt sein, die Miss Clemmons. Was meinst du, wenn wir reingehen und ebenfalls ein kleines Schwätzchen halten?«

Und nun, in der Heizungsturnhalle, sollte das Gespräch stattfinden.

»Besonders gesprächig sind Sie ja nicht, heute abend, Mr. Waverly. Haben Sie was? Tut Ihr Gesicht weh, wo die Tür Sie erwischt hat?«

Waverly starrte ihn an und sagte nichts.

Shadows Augen hielten dem stetigen Blick einen Moment stand, dann schaute er zu Boden. »Ich wette, das ist es, die Tür. Was meinst du, Gleep?«

»Die kann wirklich weh tun.«

Aber nicht so schlimm, wie du glaubst, dachte Waverly. Er schwieg weiterhin.

»Ich muß mich für meinen Freund hier entschuldigen«, sagte

Shadow. »Manchmal begreift er einfach nicht, daß er größer ist als der Durchschnitt, stärker. Er kann auch gemeiner sein. Früher in der Schule, wenn ein Lehrer es einem Schüler, der ihn geärgert hatte, mal richtig zeigen wollte, dann holte er Gleep. Die Lehrer, die stellten dann die Fragen, und der alte Gleep hier, der stand gleich hinter ihnen, um etwas nachzuhelfen. Und dann waren die Antworten immer richtig.«

Das gefiel ihm so gut, daß er eine Pause machte und sich ein nostalgisches Kichern gönnte. »Das waren Zeiten, was, Gleep?«

»Absolut.«

»Der Grund, warum mir das in den Sinn kommt, ist, wir wollen Ihnen eine Frage stellen, so wie damals in der Schule. Eine ganz einfache Frage. Ein smarter Bursche wie Sie wird damit keine Probleme haben. Bereit?«

Waverly reagierte nicht.

»Okay, der Bruder von Miss Clemmons hat 'ne Ware, die ihm nicht gehört. Sie gehört meinem Freund oben, und er möchte sie zurückhaben. Das ist nur natürlich, das kannst du auch verstehen. Es handelt sich um Topgüter, über die wir hier reden, und außerdem ist Stehlen gegen die Gesetze dieses Landes. Nun, du und sie, ihr habt in den letzten Tagen miteinander rumgemacht. Vielleicht sogar noch länger, vielleicht habt ihr dem Jungen Bescheid gesagt und ihm beim Verschwinden geholfen, das wissen wir nicht, und das geht uns eigentlich auch gar nichts an. So oder so dachten wir uns, daß du uns vielleicht helfen und verraten kannst, wo er jetzt ist. Das ist die Frage. Ich sagte ja, sie ist einfach.«

»Und hier ist die Antwort«, sagte Waverly. »Ihr tut genau das, was ihr tun wollt, soviel ist mir klar. Aber nur fürs Protokoll, ich hab eure Ware nicht abgestaubt. Ich weiß nicht, wo sie ist, und ich weiß auch nicht, wo der Bruder sich rumtreibt. Und die Lady oben weiß es auch nicht.«

Shadow drohte mit dem Finger. »Das ist nicht die richtige Antwort, Mr. Waverly. Schade, bei einem schlauen Kerl wie Ihnen. Ich glaube, Sie sollten lieber noch mal nachdenken.«

Waverly schwieg. Er hörte die Stimme, natürlich, aber er achtete nicht auf die Worte. Statt dessen konzentrierte er sich auf das Entspannen, und er schaffte es tatsächlich, allerdings doch nur bis zu seinem Oberkörper, und so kam es, als Shadow mit dem Kinn das Signal gab und Gleep sich auf ihn stürzte, daß er die Arme instinktiv hochriß und seinen Kopf vor dem ersten Schlag zu schützen versuchte. Es erwischte ihn auf den gekreuzten Handgelenken und tat nicht sofort weh, aber die Wucht schleuderte ihn nach hinten gegen die Wand. Der nächste Treffer landete auf seinem Brustkorb, trieb ihm die Luft aus den Lungen und ließ seine Arme an den Seiten herabsinken. Die Schläge, die dann folgten, ließen die Arme abwechselnd hoch und runter zucken, warfen ihn gegen die Wand oder ließen ihn nach vorne knicken. Der letzte, ehe er auf die Knie sank, kam von oben wie eine Rakete und hämmerte in seinen Nacken. Dann, wie die äußere Hülle eines Gebäudes, das von der Abrißbirne getroffen wird, warf ein Schwinger mit dem Unterarm ihn mit dem Gesicht zuerst auf den Betonboden. Ein Schuh krachte in seine Nieren und löste eine Reihe von Explosionen entlang seiner Wirbelsäule bis hinauf zu seinem Schädel aus. Ein Husten stieg in seiner Kehle hoch. Er versuchte es zu unterdrücken, aber es kamen eine Woge von Blut und Galle mit und Zahnsplitter und Papierfetzen von den Streichholzbriefchen. Aus einer unendlich großen Entfernung konnte er Shadowsagen hören: »Heh, Mr. Waverly, es ist schon okay. Wenn es Ihnen unangenehm wird, dann können Sie ruhig Autsch sagen. Sie können es sogar schreien. Es stört niemanden. Die Nachbarn sind ein ganzes Stück entfernt.«

Es ist nicht so wie im Kino, hatte er Midnight erklärt. Aufstehen und sich prügeln. Ein paar tolle Karatetricks. Wenn er welche wüßte. Er müßte irgendwas Rätselhaftes, Ironisches sagen. Er war schon einige Male verprügelt worden, aber er konnte sich nicht erinnern, daß es so schlimm gewesen war. Dies war eine gründliche Angelegenheit. Und es würde noch einiges dazukommen.

Eine Hand packte seine Haare und riß seinen Kopf vom Fußboden hoch. Es war Shadow, der sich niedergekniet und das Gesicht nah an seins herangeschoben hatte, so dicht, daß Waverly einen daumengroßen Pickel an seinem spitzen Kinn sehen konnte, ein gelbes Ungetüm, das dringend ausgedrückt werden mußte.

»Tut ein bißchen weh, nicht wahr? Erinnerst du dich? Das hast du doch selbst gesagt, an dem Abend.«

Waverly brachte den Ellbogen hoch und rammte ihn gegen Shadows Unterkiefer. Es fühlte sich an, als bewegte er sich gegen den Widerstand von Wasser, zeitlupenhaft. Infolgedessen war er überrascht und andeutungsweise zufrieden, das erstaunte, wütende Quieken zu hören, und sein letzter Gedanke, ehe er unter der furchtbaren Prügel, die auf ihn niederprasselte, wegtauchte, galt dem Pickel und der Frage, ob er es geschafft hatte, das Ding zum Aufplatzen zu bringen.

Soweit ein beleibter Mann stampfen kann, kam Gaylon in die Küche gestampft. Sein schlaffes Gesicht war grau vor Besorgnis. »Was zur Hölle treibt ihr hier oben?« fragte er.

Shadow und Gleep saßen am Tisch mit zwei Budweiser und einem Teller mit kaltem Hühnerfleisch zwischen ihnen. Shadows Zunge, hektisch und wie mit eigenem Willen, spielte über die Kante eines angebrochenen Backenzahns. Er zuckte die Achseln.

»Was soll das heißen?« wollte Gaylon wissen. »Ich habe gefragt, was ihr hier treibt?«

Shadow stoppte seine Zunge lange genug, um zu sagen: »Wir machen eine kurze Pause, Gaylon. Die Schule fängt gleich wieder an, in ein paar Minuten. Sobald er aufwacht.«

»Und? Habt ihr was?«

Er schüttelte verneinend den Kopf.

»Und was meint ihr dazu?«

»Noch zu früh, um was zu sagen.«

»Was ist zu früh? Weiß er es oder nicht? Wie lange braucht ihr beide eigentlich?«

Shadows Zunge war wieder beschäftigt, daher ergriff Gleep, nachdem er einen Rülpser unterdrückt hatte, das Wort. »Der brauchte 'ne ganz ordentliche Abreibung. Der ist kein Anfänger.«

Gaylon funkelte ihn wütend an und holte eine Zigarre hervor

und klemmte sie sich zwischen die Zähne. Dann wandte er sich an Shadow und sagte: »Um irgendwelches Gefasel zu hören, brauche ich keinen Indianer zu fragen. Ich will wissen, wie die Dinge stehen.«

Gleeps Lippen preßten sich aufeinander, aber er sagte nichts. Es war Shadow, der antwortete: »Gaylon, um Himmels willen, verlieren Sie nicht den Kopf. Wenn er etwas weiß, dann bekommen wir das für Sie raus. Setzen Sie sich und essen Sie eine Kleinigkeit.«

»Alles Scheiße«, sagte Gaylon. »Ich hab Dietz heute angerufen und ihm gesagt, daß bis morgen alles abgewickelt ist. Hört ihr? Morgen heißt in vierundzwanzig Stunden. Und ihr sitzt hier herum und denkt nur an Essen.« Nichtsdestoweniger sank er auf einen Stuhl, schaute auf den Teller, nahm die Zigarre aus dem Mund, griff nach einem Hühnerschenkel und fing an, daran herumzunagen.

Shadow wartete, bis Gaylons Mund voll war, und dann sagte er: »Sie haben uns nicht gesagt, wie Sie vorankommen.«

Gaylon wedelte mit dem Finger, weil er keinen Ton hervorbrachte.

»Haben Sie sie schon richtig heiß gemacht?« fragte Shadow und zwinkerte Gaylon zu, der da mit einem finsteren Gesicht hockte. »Vielleicht sollten Sie ihr mal 'ne Colaflasche zwischen die Beine schieben. Das bringt sie immer zum Singen. Die erzählen einem dann alles, was man hören will, und schon tut man's immer wieder.«

Gaylon entging entweder der Spott, oder er überhörte ihn. Er schluckte laut und vernehmlich und sagte: »Bisher hatte ich nicht mehr Glück als ihr. Nichts.«

»Nun, Sie besorgen es ihr doch anständig, oder?«

»Natürlich. Was denkt ihr denn? Klar.«

Aber die Wahrheit war, daß Gaylon darin überhaupt nicht mehr gut war, und er wußte es. Er hatte versucht, mit ihr zu reden, ein vernünftiges Gespräch zu führen, ernsthaft, überzeugend, indem er sogar andeutete, die könnten sich auf ein Geschäft einigen. Denn er wollte ja überhaupt keinen Ärger, sondern nur Informationen. Nachdem Shadow verschwunden war, hatte sie keine Angst mehr, sondern stand nur da, die Hände in die Hüften gestemmt, die Lippen geschürzt und ihn angrinsend. Hatte sogar die Stirn zu sagen, große Schwierigkeiten werden Sie bekommen, wenn Sie mich und meinen Freund nicht sofort freilassen. Jesus, sie drohte verdammt noch mal *ihm*! Alles war plötzlich verkehrt in dieser Welt.

So versuchte er sich vorzustellen, daß er Mardella vor sich hatte, diese Schlampe, die ihm weggelaufen war, und er verpaßte ihr ein paar Ohrfeigen. Und was tut sie? Stürzt sich mit Fingernägeln auf ihn, die aussahen wie Bärenklauen. Er ging gerade noch rechtzeitig in Deckung, sonst hätten sie ihm auf der Stelle ein Tic-Tac-Toe-Muster ins Gesicht gerissen, wie hätte er das Shadow erklären sollen? Oder Dietz – das wär ein Ding gewesen.

Er war zu alt für so etwas, müde. Es machte ihm keinen Spaß mehr, nicht so wie damals, als er noch jung war und ein heißer Kerl, zu allem aufgelegt. Ein Mann in seinem Alter sollte etwas Ruhe im Leben haben. Ein Mann in seinem Alter und in seinem Geschäft sollte oben sitzen in seinem Ruhesessel und einen Wild Turkey im Glas herumschwenken und sich irgendeine Scheißoper anhören, während die Knochenarbeit unten oder sonst irgendwo erledigt wird. Er zog immer den kürzeren, so wie die Dinge sich entwickelten. Nee, es machte wirklich keinen Spaß mehr. Deshalb hatte er gehofft, daß Shadow und Gleep da drüben, der wie ein Nebelhorn rülpste, mittlerweile etwas erreicht hatten. Und wenn sie es an diesem Tag nicht schafften, dann könnte er sich auch gleich eine lange Kiste anmessen lassen und ein Ticket für den Leichenwagen buchen.

Gaylon vertilgte den letzten Rest Fleisch. Müde sagte er: »Los, gehen wir mal runter und hören, was der Zähler zu sagen hat. Vielleicht kann er endlich bis einundzwanzig zählen.«

»Es gibt kein Schicksal, das man nicht mit Geringschätzung überwinden kann«, hatte Chop ihm einmal erklärt und Camus zitiert. Aber es gibt alle möglichen Arten von Geringschätzung. Die dumme Art ist Trotz. Dumm, weil das sie in Rage bringt, weil sie es deutlich sehen können. Sie brauchen etwas von dir, und das ganz dringend. Unglück, Schmerz, Leidenschaft, Gewalt, Leid, Mißgeschick – sie alle sind ein Zusammenwirken verschiedener Dinge und erfordern eine Verbindung. Wenn man das Schicksal foppen will, dann muß man sich verweigern. Aussteigen.

Es war eine Instruktion, an die Waverly sich zu spät erinnerte, als er wie ein dem Himmel entsprungener Engel dahinschwebte, verträumt aus irgendeiner nächtlichen Landschaft zurückkehrte und ein geschwollenes Auge öffnete und dann entdeckte, wo er war, jetzt drei von ihnen gewahrte, die sich über ihn beugten, ein neuer dabei, ein besorgt wirkender Ballon, schweinehafte Züge, trug seine Hose hochgerafft über dicken Fettrollen, wie ein Clown, der Reißverschluß mußte einen Meter lang sein, und kaute nervös auf einer Zigarre. Es tat weh, wenn er sprach, aber ehe er sich den Befehl geben konnte, sich zurückzuhalten, sagte er krächzend: »Es wird heute wohl Regen geben. Ich sehe nämlich ein Schwein mit einem Stück Scheiße in der Schnauze.«

Der Ballon-Clown machte ein verzweifeltes Gesicht. Er schüttelte traurig den Kopf. Gleep schob sich daneben und rammte Waverly eine Faust gegen das Brustbein. Erst in diesem Moment, durch den Schlag, erkannte er, daß er aufrecht in einem Sessel mit hoher gerader Lehne saß, an Armen und Beinen gefesselt. Er spuckte etwas Blut aus. Wenn er atmete, fühlte es sich an, als kratzte etwas an seinen Lungen.

»Ist das eine Art, jemandem guten Tag zu sagen?« meinte Shadow. »Da nimmt der Mann sich Zeit, unterbricht seinen dichten Terminplan, um runterzukommen und sich bekannt zu machen. Sie haben dir in der Kartenschule bestimmt keine Manieren beigebracht. Sie haben dich wohl eine große Klappe gelehrt. Ich frag mich nur, wie groß.«

Er hockte sich auf Waverlys Brust und schob seine Daumen in seine Mundwinkel, achtete darauf, daß er den Zähnen nicht zu nahe kam, und begann sie seitlich auseinanderzuziehen.

Als der Schmerz sich in seinem Kopf ausbreitete, erstickte Waverly einen aufwallenden Schrei, indem er in seinen Gedanken die Worte *Risus Sardonicus* formte, sie ansah, sich auf sie konzentrierte und sich das seltsame Lächeln vorstellte, das nun sein Gesicht entstellte, das Lächeln des Todes, das Lächeln, das sagte, seht mal, wer zuletzt lacht, lacht am besten, ich lache über einen Riesenwitz, der euch entgangen ist, und ich habe wirklich meinen Spaß. Und obgleich er es nicht ganz schaffte, das Aufbäumen seines Körpers zu unterdrücken, konzentrierte er sich auf das Bild und richtete seine Augen auf Shadow, der methodisch sein Gesicht zerriß.

»Das reicht«, sagte Gaylon schließlich. Es verursachte ihm Übelkeit, diesem Scheiß zuzusehen. Warum konnten die Dinge nicht glatt gehen?

Shadow nahm die Daumen aus dem Mund und wirbelte zu ihm herum. »Genug? Was ist genug? Wollen Sie mal übernehmen, uns zeigen, wie's gemacht wird? Haben Sie noch alle beieinander?«

Sein ganzer hagerer Körper zitterte vor Wut. Das Gesicht sah aus wie gekocht, verbrüht. Die Augen waren ein Paar Eiszapfen. Der Wichser stand kurz davor, durchzudrehen, und daher verblüffte es Gaylon, sich selbst mit Nachdruck sagen zu hören: »Genug ist es, wenn ich das sage. Und wenn es nicht genug ist, dann sage ich das auch. So oder so, ich bin hier der Chef, verschwindet jetzt, setzt euch vor den Fernseher. Guckt euch das Footballspiel an.«

Und er war noch verblüffter, als er sah, wie sie tatsächlich gehorchten, wie auch der Indianer sich verzog und die Tür hinter sich zuschlug. Vielleicht steckt doch noch etwas von dem alten Saft in mir, dachte Gaylon; hab immer noch einen letzten Rest Mumm auf der Bank.

Waverlys Mund schloß sich langsam, schlapp wie ein Gummiband, aus dem jegliche Elastizität herausgedehnt worden war. In seinen Ohren war ein fernes Klingeln. Sein Blick war verschwommen, aber er richtete ihn auf die Gestalt, die ihn ratlos betrachtete, während eine Hand die Fleischfalten seines Kinns streichelte und die andere an seinem Bauch zupfte, als entlockte er ihm irgendwelche harmonischen Akkorde. Es war ein spaßiger Anblick, soweit er das in diesem Moment empfinden konnte, aber seine Lippen waren zu taub, um sich zu bewegen, und es bestand keine Gefahr, daß er sich neue Pein einhandelte.

Gaylon trat hinter ihn und löste die Fesseln. »Da«, knurrte er, »um Ihnen zu zeigen, daß wir hier nicht nur Tiere und Skalpjäger haben.« Er ging zur anderen Seite des Ofens und kam mit einem Stuhl zurück. Er setzte sich hin, stellte die Füße flach auf den Boden und verschränkte die Hände vor der mächtigen Wölbung seines Bauchs. Er wartete eine Minute, ein hübscher dramatischer Effekt. Dann sagte er: »Ich heiße Ledbetter. Ich bin derjenige, mit dem Sie zu tun haben werden und wollen. Ich glaube, daß erkennen Sie doch, oder?«

Waverly sackte in seinem eigenen Sessel nach vorne. Für einen kurzen Moment befürchtete er, daß er sofort herausrutschen und auf dem Fußboden landen würde. So gut er konnte, riß er sich zusammen. Er gab keine Antwort.

»Sie und ich«, fuhr Gaylon fort, »wir haben keinen Streit. Ich kann erkennen, daß Sie ein intelligenter Mann sind, haben wahrscheinlich sogar einige Bildung. Sie entscheiden selbst, was Sie tun und lassen, sozusagen, Sie schmieden Ihre eigenen Pläne. Ich wette, Sie sind helle genug, um zu erkennen, wann Sie eine Ausnahme machen sollten, es ist Ihr Plan. Sie wissen schon, stoppen, zurückgehen und sich dann von einer anderen Seite her nähern. Sie verstehen, was ich Ihnen hier erkläre?«

Gaylon war sich nicht sicher, ob er selbst überhaupt was davon verstand, aber ihm gefiel der einlullende Rhythmus seiner Worte, die Melodie.

Waverly starrte ihn an.

»Ich versuch gar nicht, Ihnen was vorzumachen, denn ich glaube, Sie würden es sowieso nicht merken, so fertig, wie Sie sind. Passen Sie auf, die Sache sieht folgendermaßen aus. Dieser Junge, der Bruder von Miss Clemmons, er hat sich mit einer Ladung Ware von uns aus dem Staub gemacht. Sie können sicher raten, was ich meine, wenn ich Ware sage, aber das brauchen Sie nicht, denn ich sage es Ihnen sowieso, weil wir jetzt mit ganz offenen Karten spielen wollen, keine Tricks. Es war ganz hervorragender Stoff. Wert: eine halbe Million. Und ich muß ihn wiederbeschaffen.«

Gaylon bemühte sich um einen ernsten Gesichtsausdruck. Er versuchte es wieder mit der Pause, wollte sehen, ob es den

Scheißer irgendwie beeindruckte. Als er keine Reaktion sah, fuhr er fort.

»Sehen Sie, ich bin im Geschäft. Ein Geschäftsmann. In einem Geschäft gibt es keinen Platz für persönliche Rivalitäten, aber das wissen Sie besser als ich, aus Ihrem Geschäft. Und ich habe nichts gegen ihn persönlich – gegen ihn nicht, seine Schwester nicht und gegen Sie nicht. Wenn ich auf Ihrem Platz säße, dann fände ich das wahrscheinlich auch schwer zu schlucken, daher lassen Sie mich Ihnen meinen Vorschlag unterbreiten. Sie, ich, Miss Clemmons werden zusammen von hier wegfahren, nur wir drei. Diese beiden Affen bleiben hier. An diesem Ort. Sie bringen mich dorthin, wo der Junge sich aufhält, und Sie gehen rein und versuchen ihn zur Vernunft zu bringen. Die Lady bleibt bei mir im Wagen. Wenn ich meine Ware wieder zurückhabe, lasse ich sie frei. Wir geben uns die Hand, und jeder geht seiner Wege. Das ist doch ein faires Geschäft, oder?«

Gaylon hatte improvisiert, doch während er seinen eigenen Worten lauschte und sah, wie die Argumente sich aneinanderfügten, klang es sogar für ihn wie das Absolute an Begründung. Vor allem das Geschäftsthema gefiel ihm. Es klang sehr gut, schien genau das richtige zu sein. So wie Dietz es machen würde. Er legte ein feistes Knie auf das andere und sagte: »Also. Was meinen Sie? Haben wir eine Abmachung? Was denken Sie?«

Was dachte er? Na? Waverly dachte an seinen Wham-o-Katapult und das Rattenschlachtfest. Einmal, als er zehn Tage im Loch verbringen mußte, hatte er die Erinnerung genauso rekonstruiert, wie Chop es ihm beschrieben hatte, vollständig, bis in die letzte Kleinigkeit; und nun, ohne daß er es bewußt gesteuert hatte, kehrte sie bruchstückhaft wieder zurück.

Er war fünfzehn – nein, mindestens sechzehn, denn er durfte schon Autofahren –, als er den Katapult kaufte (»Wham-o: schlägt durch wie eine .22er«), heimlich, unerlaubt, eine Abweichung von der Norm, vom Weg des rechten Tuns (denn wer im Haushalt der Waverlys wäre sündig genug, um bei Nacht auf Rattenjagd zu gehen). In diesen Nächten versteckte er das Ding unter seiner Jacke und verließ das Haus. Er fuhr zu einer Müllkippe vor der Stadt, überwand das gesicherte Tor und lenkte den

Wagen (es war der seines Vaters, den er sich mit irgendeiner windigen Begründung ausgeliehen hatte: Jugendclub, Schwimmtraining, Studienvorbereitungen) mit abgeblendeten Scheinwerfern, die er dann ganz ausschaltete, im Mondlicht zwischen den bizarren Gebirgen aus Abfall und Gerümpel hindurch. Und dann, reglos auf der Motorhaube hockend, eine starke Taschenlampe zwischen seinen Füßen balancierend, den Katapult im Anschlag, einen Beutel Stahlkugeln neben sich, wartete er, lauschte auf das erste verwirrte Gezwitscher (so klar wie Vogelrufe, erinnerte er sich), das von den Abfallhügeln um den Wagen herum zu ihm herüber drang. Er lauschte auf das erste Rascheln, Hinweis auf eine Bewegung in seine Richtung, unter dem Wagen; und dann die frecheren Laute, das Nagen, Wühlen, Zischen, Fauchen, Kratzen; die Laute unersättlicher Gier überall in seiner Umgebung. Plötzlich knipste er die Stablampe an und erwischte ohne Ausnahme immer mindestens eine, die wie erstarrt dahockte, gebannt vom Lichtstrahl, reglos in den letzten Sekunden ihres Lebens, ehe die Stahlkugel ihr mitten zwischen die glitzernden Augen knallte. Und wenn er schnell genug war und ausreichend Glück hatte, erwischte er noch ein paar mehr aus dem Rudel, das in jede Richtung davonstob und dabei einen aufgeregten Chor greller Quieklaute ertönen ließ. Und wenn er das Licht löschte und stumm auf der Motorhaube des Wagens von seinem Vater in der Dunkelheit wartete, wenn er Geduld übte, dann konnte er die Szene so oft wiederholen, wie er wollte, denn die Ratten lernten nicht allzu schnell, und sie erschienen in unerschöpflichen Mengen.

Seltsamerweise dachte er genau daran, als er in die verquollenen, unsteten Augen dieses Fettwanstes vor ihm starrte, dieses Clowns der Gemeinheit, der Habgier, der Verfressenheit. Er sah das und alles, was er schon immer verabscheut hatte, ohne genau zu wissen, warum, beide Seiten seines so sauber geglätteten Lebens, die gottesfürchtige Seite mit ihrer Verlogenheit, welche sich in freundlichem, umgänglichen Ton darstellte, und die andere Seite, die gotthassende, bei der sich die erpresserische Gewalt so nackt und offen zeigte wie eine mit einer Pistole bewehrte Faust. Und es waren erst ein von ihm ausgeführter Mord und die seltsam verdrehten Ansichten eines Axtmörders nötig, damit er es erkannte. Und nun das, um es ihm wieder ins Bewußtsein zu rufen. Chop hatte wirklich recht. Klink dich aus. Er war bereit. Er hob seinen Blick zu der gelben Glühbirne, und was er Gaylon zu sagen hatte, war gar nichts, denn er stahl sich hinaus, verließ den Ort, ging weg und verlor sich in den Kreuz- und Quergängen, welche sich endlos hinter seinen Augen erstreckten.

Gaylon wartete noch eine Minute. Er machte ihn unsicher, dieser Scheißer, der ihn die ganze Zeit anstarrte, das Gesicht zerschlagen und mit Blut verklebt. Er stand auf und verließ seinen Gesichtskreis.

»Vielleicht haben Sie nicht richtig mitbekommen, was ich Ihnen angeboten habe. Die andere Möglichkeit sieht so aus, daß ich durch die Tür hinausgehe und der Psycho und die Rothaut zurückkehren, und keiner von den beiden ist auf Sie besonders gut zu sprechen.«

Er bemühte sich, daß es hart und gemein klang. So als wollte er sagen, der Spaß hat jetzt ein Ende, scheiß endlich, oder steh auf und mach Platz. Er bekam keine Reaktion.

»Nun hören Sie doch«, flehte er, »Sie stehen mit einem Fuß auf der Bananenschale und haben den anderen schon in der Luft. Ich versuche doch nur, Ihnen aus dieser Lage herauszuhelfen.«

Nichts.

Schwer atmend bückte er sich und zurrte die Stricke wieder fest. Oben sagte er zu Shadow: »Ich komm da unten nicht weiter. Dieser Arsch ist wohl auf dem Jesustrip. Versucht es noch mal. Nur mit den Händen, die raffinierten Sachen spart euch einstweilen auf. Und bringt ihn nicht um, klar? Ich sag euch schon, wann es soweit ist.«

Sie traktierten ihn mit Schuhen und Fäusten und Handkanten, wie instruiert, und als er wieder wegtauchte, holten sie ihn mit einem Eimer voll Wasser wieder zurück, und dann machten sie weiter. Schließlich war Gleep es, der, während er sich abwandte, sagte: »Scheiße, er weiß es nicht. Und wenn, dann sagt er es uns nicht.«

Shadow machte weiter, aber seine Arme waren schwer wie

Blei, und sein Atem kam in keuchenden Stößen, und das meiste, was er zustande brachte, waren eher müde Boxhiebe. Am Ende, als er völlig außer Atem war, gab auch er auf, und dann konnte er seine einsame Wut nur noch gegen seinen Partner richten.

»Willst du etwa aussteigen?«

Gleep schickte ihm einen Blick, der fast so etwas wie Haß ausdrückte.

»Aussteigen?« wiederholte Shadow. Seine Fischlippen, sein fliehendes Kinn zitterten. Wie ein weinerliches Kind, kurz bevor es den Wasserfall einschaltet.

»Heh«, sagte Gleep, »verwechsel mich nicht mit jemand anderem. Ich bin nicht dieser Fettarsch von oben. Ich war es nicht, der aus diesem Knaben einen so schweren Fall gemacht hat.«

»Meinst du, ich gebe einen Scheiß darauf, was er weiß oder was er nicht weiß? Was er draußen vor dem Kasino getan hat, dafür bin ich ihm etwas schuldig. Und du auch.«

»Das ist doch Hundescheiße«, sagte Gleep. »Etwas schuldig sein. Hat es nie zuvor jemanden gegeben, der mit deinem Arsch den Boden aufgewischt hat? Ich bitte dich.«

Shadow sagte einige Zeit nichts. Seine Zunge hatte den gebrochenen Zahn gefunden und benetzte ihn wieder. Er schaute zu Waverly, diesem Haufen widerspenstigen Fleisches, der an den Stuhl gefesselt war. Er sah auf die Uhr. Spät. Er war müde. Dann sagte er: »Hol den Eimer.«

»Warum? Er ist wach.«

»Hol den gottverdammten Eimer.«

Gleep brachte ihn.

»Verpaß ihm eine kalte Dusche.«

»Du siehst doch, daß er verdammt noch mal wach ist.«

Shadow riß ihm den Eimer aus der Hand und leerte ihn über Waverlys Kopf aus. Der rührte sich nicht. Seine Augen waren offen.

»Er sollte wirklich lieber wach sein«, sagte Shadow, und dann sagte er es noch einmal zu Waverly: »Du solltest lieber wach sein. Dir das lieber anhören. Wir gehen jetzt, machen uns frisch, trinken ein Bier, schlafen ein Stündchen. Klingt doch gut, nicht wahr? Ein Bier? Schade, daß wir dir keins bringen können, aber so ist es nun mal im Leben – manchmal ist man derjenige, der den Bären flachlegt, aber meistens fickt einen der alte Grizzly ins Knie.«

Es vermittelte ihm ein besseres Gefühl, wenn er darüber reden konnte, während er es sich ausdachte. Das beruhigte ihn, das war schon immer so. Dieser Scheiß-Ledbetter und dieser Gleep, was wußten sie schon von den Gefühlen eines Mannes? Was er tat, wer er war? Ein Haufen Scheiße und ein Halbblut – und die gaben ihm Befehle? Mal sehen, wer das letzte Wort hatte.

»Wie dem auch sei, ruh dich unterdessen aus. In zwei Stunden sind wir wieder zurück. Aber ich möchte, daß du dir einiges durch den Kopf gehen läßt, während wir weg sind. Paß gut auf. Wenn man einen Bolzen nimmt – schmale Klinge, Rasiermesserschneide, so ein Ding, wie ich es immer bei mir hab – und wenn man damit ganz vorsichtig umgeht, dann kann man die Haut dicht über den Augenlidern aufschlitzen und die Augäpfel rausholen, so daß sie immer noch dran bleiben und einem auf die Backen hängen. Ist dir das klar? Tatsächlich, ich hab's mal gesehen. Das wurde mit 'nem Typen gemacht, der die Gewohnheit hatte, immer alle Leute anzustarren. So wie du. Also, auf diese Weise kriegst du von der Welt ein ganz anderes Bild, wenn die guten alten Augen im Durchzug hängen und nach unten starren anstatt immer nur nach vorne. Ich kann dir sagen, so siehste eine ganze Reihe Dinge viel besser, wetten? Denk drüber nach, während du dich ausruhst. Denk gut drüber nach. Wir kommen runter, und dann unterhalten wir uns wieder. Bis dahin sieh dir alles gut an, solange du es noch kannst.«

Man kann mit der Vorstellung von einer Öffnung beginnen, einem Spalt, einem Loch, welches zwei Seiten beinhaltet, innen, außen. Sagen wir, einen Mund. Mit aufgesprungenen Lippen und einem dünnen Luftstrom, der hindurchweht. Von außen nach innen. Dann kann man weitergehen zu der Empfindung von etwas Kühlem auf diesen Lippen; ein kühler Strudel um die Zunge, die für den Mund zu dick ist, die hängende Zunge des Opfers; und das Kühle gleitet hinunter. Und dann die Formen, die Gestalt annehmen, Umrisse, Volumen, und dann nach und nach unter einem aufsteigenden Licht hebt sich auch der schleimige Nebel, der jegliche Unterscheidung zwischen Subjekt und Objekt, innen und außen, ausschaltet, und löst sich auf. Und schon ist man wieder auf dem Weg zurück.

Er konnte eine schinkengroße Hand erkennen, einen Plastikbecher, eine Gestalt von einiger Ausdehnung, eine Masse, den Kellerraum. Er konnte ein gleichmäßiges Pochen spüren, vom Kopf bis zu den Füßen, einen Rhythmus des Schmerzes. Er schmeckte Wasser. Hörte eine tief grollende Stimme, fast ein tierhaftes Knurren. »Wie geht's dir?« Er tauchte wieder auf.

Es war der mit dem Namen Gleep, der sich den gleichen Stuhl herangezogen hatte, den der Fette mit seiner öligen Art besetzt hatte. Er stellte den leeren Becher auf den Fußboden. Er wirkte entspannt und rauchte nachdenklich. »Auch eine Zigarette?« fragte er.

Angezündet klebte die Zigarette an seinen brennenden Lippen. Sie brannte auch beim Inhalieren, ein seltsam willkommenes sengendes Gefühl in seiner Kehle und in seinen Lungen. Ein dünner Rauchfaden stieg aus seiner Nase auf. Von innen nach draußen. Er war ganz bestimmt wieder zurück. Unwiderruflich.

»Noch eine?«

Waverly versuchte den Kopf zu schütteln, doch es wurde eher ein Auf und Ab seines Kopfes daraus.

Gleep zermalmte die Kippe unter seinem Absatz. Er betrachtete ihn einen Moment lang. Voller Anerkennung. Dann sagte er: »Du warst im Knast.« Es war die Bestätigung gemeinsam gemachter Erfahrungen, keine Frage.

Waverly versuchte nicht, etwas zu sagen.

»Wo warst du?«

»Jacktown«, antwortete er, und der Klang seiner Stimme, ein Sandpapierkratzen, verblüffte ihn. Die Stimme eines alten Säufers.

»Hab ich mir gedacht. Wann war das?«

»Sechsundsiebzig bis dreiundachtzig. Mit einer Unterbrechung. Ypsi.«

»Ypsi. Ich wette, du warst in Block Fünf.«

»Fünf. Richtig.«

Die seltsamen Wege des Zufalls, wovon es in seinem Leben ein paar gegeben hatte, ließen Gleep immer wieder staunen. »Ich kam von Marquette, achtundsiebzig«, sagte er. »Sechs Jahre Jacktown, die letzten beiden in Fünf. Kann dich aber nirgendwo hinstecken.«

»Der Zoo war voll, damals.«

Gleep schnaubte. »Häh, Zoo. Damit haste recht. In welchem Stockwerk hast du gesessen?«

»Ganz oben.«

»Ich war unten im zweiten. Erinnerst du dich, wie sie die grünen Blazer auf der Feuerleiter erwischt haben?«

»Die Scheißedusche.«

»Und die brennenden Klopapierrollen?«

»Die Granatenbrühe? Die einem den Schädel spaltete?«

»Diese Unterrichtsstunde, die sie abhielten, um einen zu rehabilitieren. Ein ruhiger Platz für den Hintern.«

»Die Vögel an der Decke. Erinnerst du dich?«

»Ja, diese Scheißvögel.« Gleep kratzte sich die widerspenstigen Haare und kicherte vor sich hin. Er wurde von Erinnerungen überflutet. »Wie bist du rausgekommen, aus der Acht-eins-Prügel?«

»Hab mir Mühe gegeben«, meinte Waverly, »und den Kopf schön unten gehalten.« Selbst das Aussprechen der Silben, das Lallen, machte Schwierigkeiten, und es tat weh, die Worte hervorzubringen, aber es wurde ständig leichter. Es überraschte ihn, daß er sogar noch etwas zu sagen hatte. Was er nicht begreifen konnte, war, was hier vorging.

»Du warst ganz schön clever. Ich hab danach drei Monate verschärften gehabt. Hab's aber dem ein oder anderen ganz schön heimgezahlt. War die Sache wert.« Ein finsterer Ausdruck glitt bei dieser Erinnerung über sein Gesicht. Er zündete sich eine frische Zigarette an, nahm einen Zug und hielt sie hoch, ein Angebot.

»Nichts dagegen«, sagte Waverly.

Der Rauch brannte noch immer, aber der Schmerz in seiner Brust war schon fast angenehm und dämpfte das Pochen dort.

Von Gleep, der sich weit zu ihm herüberbeugte, um die Zigarette festzuhalten, wehte schwerer Biergeruch zu ihm.

»Erinnerst du dich an einen Burschen, kannte seinen richtigen Namen nicht, hieß nur Dog? Ein Farbiger? Im dritten?«

»Dog«, sagte Waverly und versuchte ihn sich vorzustellen.

»Ein Doper. Ein Psycho durch und durch.«

»Das wird doch fast jeder. In Fünf.«

»Klar, aber Dog, der war ein total Irrer. Sagte, er kontrolliere alles durchs Fernsehen.«

Das verschwommene Bild nahm allmählich Formen an, gewann schärfere Konturen. »Behauptete, er könnte Ficksignale durchschicken? Frauen bumsen? Von dem hab ich wohl gehört.«

»Genau, das ist er. Wir waren ja verrückt, aber der hatte absolut heiße Dinger drauf. Weißt du, daß er sich einen Butterfingerriegel ohne Papier reingeschoben hat und den dann in seiner Zelle auffraß?«

»Hab ich nicht gehört.«

»Stimmt aber. Er war auch eine Wanze. Verdammter Spion. Aber wir haben ihn drangekriegt, einundachtzig. Bekam dann ein Zimmer im Krüppelheim.«

Sie schwiegen eine Weile. Waverly beobachtete, wie der finstere Ausdruck verschwand und von einem glasigen, fernen Blick ersetzt wurde. Er konnte nur staunen. Da saßen zwei knorrige Veteranen, träumten von den alten Tagen und schwelgten in ihren Erinnerungen. Was lief da ab?

Nach einiger Zeit sagte Gleep: »Du hast die Jacktown-Abreibung richtig gut überstanden, weißt du das?«

»Danke.«

»So gut hab ich's noch bei niemandem gesehen.«

Waverly nickte. Es war schon eine Freude zu sehen, daß er seinen Kopf nun in jede Richtung bewegen konnte, die er wollte.

»Der einzige Typ, der es noch besser gemacht hat, war ein Kumpel namens Chop. Du kennst ihn?«

»Ich kannte ihn«, sagte Waverly.

»Das hab ich mir fast gedacht. Der alte Chopper, so wie er war keiner.« Gleep schaute auf seine aufgesprungenen Knöchel. »Du bist fast so gut.«

»Er war was Besonderes«, war alles, was Waverly dazu einfiel.

»Ich hoffe doch, daß er was Besonderes war. Hab mal gesehen, wie er auf dem Hof durchgehechelt wurde. Wieder 'ne Bande Schwarzer, Young Boys Ink, direkt aus Detroit. Echt gemein. Sie stellten 'ne Mauer um ihn, keiner kam an ihn ran. So 'ne Prügel hast du noch nie gesehen. Haben seine beiden Beine gebrochen. Auch die Finger, einen nach dem anderen. Sie hätten ihn sicher abgeknipst, die Blazer haben sich nicht eingemischt. Wie ich hörte, haben sie ihn für sechs Monate ins Krankenhaus gesteckt.«

»Wann war das?«

»Ach, dreiundachtzig oder auch vier. Kurz bevor ich rauskam. Nach deiner Zeit wahrscheinlich!«

»Wie hat er's überstanden?«

»Ganz prima. Diese Scheißer haben nichts aus ihm rausbekommen. Keinen Ton. Nichts. Hat sie angestarrt, und dann war er plötzlich woanders, als wäre er gar nicht mehr da. So wie du heute. Deshalb dacht ich an Chop.«

»Kanntest du ihn gut?«

»Ja, ganz gut. Na ja, so gut wie sie einen lassen. Er war, nun, er saß auf seinem eigenen Planeten. So ist er, vermute ich, gut zurechtgekommen mit seinem Lebenslänglich. Was an Chopper besonders war: Für einen schweren Fall war er wirklich ein Mensch.«

Die Erinnerung an Chop erhob sich wie eine Geisterbrise aus den Landschaften ihrer Vergangenheit und wehte sie beide an.

»Weißt du«, sagte Gleep und wandte den Blick ab, »dies« – er unterstrich dieses »dies« mit einer ausholenden Geste seiner riesigen Hand – »ist nichts Persönliches. Es ist nur ...« Er suchte nach dem passenden Wort. »Ein Job.«

»Ich versteh schon.«

»An deiner Stelle würde ich es ihnen sagen. Was soll's schon.«

»Ja, was soll's«, sagte Waverly.

»Wenn ich es wüßte.«

»Wenn.«

Gleep sagte nichts mehr. Er saß da, starrte für eine Weile auf den Fußboden, und dann ging er, und nach einiger Zeit glitt

Waverly in ein Zwielicht hinüber, wie betäubt, aber immer noch der elektrischen Stürme bewußt, die in ihm pulsierten, und wach genug, um zu erkennen, daß er nachdachte: Er fragte sich, ob er das Ganze wohl geträumt hatte, den Besucher, das Gespräch (denn es hatte die lebendige Macht eines Wachtraums); und er fragte sich, ob er auch die herzerwärmende Schilderung des anderen von den durchtrennten Augenlidern geträumt hatte, und wenn nicht, wie er es wohl durchstehen würde, wenn der Zeitpunkt kam, wie Chop sich wohl verhalten würde. Und an den Stuhl gefesselt, durcheilte er die Labyrinthe eisiger Träume.

Es war so etwas wie ein Schrei oder ein Kreischen, was ihn hochfahren ließ, schrill, halberstickt, in langen Intervallen, wie ein Telefon, das in einem fernen Raum klingelt. Er wollte nicht wissen, was es war, er war nicht daran interessiert, aber es erklang beharrlich weiter, und irgendwann öffnete er schließlich die Augen. Ein paar Meter entfernt lag Midnight auf dem Fußboden, die Beine ausgestreckt und an den Fußgelenken gefesselt. Ihre Hände, ebenfalls gefesselt, lagen vor ihr überkreuz, und ihr Mund war mit Klebeband verschlossen. Bis auf einen roten Fleck auf einer Wange erschien sie unversehrt. Aber ihr Kopf zuckte hektisch vor und zurück, und ihre Augen schauten ihm abwechselnd ins Gesicht und dann wieder nach unten, als wollten sie ihn auf irgend etwas aufmerksam machen. Die drängenden Quieklaute ertönten weiter.

Er brauchte einen Moment, um zu verstehen. Um die Tatsache zu begreifen, daß seine Arme schlaff an seinen Seiten baumelten und daß seine Füße sich frei bewegen konnten. Indem er sich mit beiden Händen auf den Stuhlsitz stützte, verlagerte er sein Gewicht auf die Beine, schickte sich an aufzustehen und kippte nach vorne auf den Fußboden. Er gelangte auf die Knie und kroch auf allen vieren zu ihr hinüber.

»Waverly, mein Gott, was haben sie mit dir gemacht?« war das erste, was sie hervorbrachte, als das Klebeband entfernt war.

Er zerrte schwach an dem Strick um ihre Handgelenke. Wenn er die los bekam, dann schaffte sie sicherlich den Rest. »Das nennt man Aufmischung«, sagte er.

Sie hatte ihre Füße angezogen und fingerte gerade den letzten Knoten auf. Dann beugte sie sich vor und legte eine Hand zärtlich unter sein Kinn und strich mit der anderen das verfilzte Haar, klebrig von getrocknetem Blut, aus seiner Stirn. »Was haben sie getan?«

»Wie bist du hergekommen?«

»Der Affenmensch. King Kong. Kannst du dich bewegen?«

»Hat er mich losgeschnitten?«

»Ich weiß es nicht. Das Licht brannte nicht. Kannst du dich bewegen? Gehen?«

»Rennen wäre besesr.«

»Kannst du?«

»Ich kann's versuchen.«

Ziehend und hebend legten ihre Arme sich um seine Brust, und ihre Finger verschränkten sich, und sie brachte ihn hoch auf die Füße, mehr oder weniger in aufrechte Haltung und stützte ihn mit ihren schmalen Schultern. Ihm fiel auf, daß sie für jemanden von derart feingliedrigem Körperbau über eine erstaunliche Kraft verfügte. »Sie leisten gute Arbeit, Lady. Damit werden Sie für den Mutter-Theresa-Preis vorgeschlagen.«

»Kannst du gehen?«

»Ganz leicht. Ein Fuß vor den anderen.«

Aber sein erster Schritt war kaum mehr als ein schwerfälliges Schlurfen, und der zweite war auch nicht besser.

»Ich weiß nicht«, sagte sie.

»Ich kann«, sagte er heiser. Er dachte weniger an seine weichen Beine und mehr an seine Augenlider, erinnerte sich an die Warnung und wußte, daß es kein Traum gewesen war. Und er wußte auch, daß er das wohl doch nicht schaffen würde. Dafür steckte nicht genug Chop in ihm. »Ich kann«, sagte er wieder.

Sie legte einen warnenden Finger auf die Lippen. »Still jetzt. Ich weiß nicht, wer oben ist.«

»Die Stufen könnten Schwierigkeiten machen.« Er hatte die Treppe vergessen.

»Keine Treppenstufen. Wir sind im Parterre. Hier unten ist eine Tür. Falls sie nicht beide verschlossen sind.«

»Dann laß uns nachschauen.«

Wunderbarerweise schwang die Tür zum Heizungsraum auf. Sie tasteten sich durch ein dunkles Gangstück zur nächsten Tür, und die ging ebenfalls auf. Und dann waren sie draußen in der Nacht, ließen das Haus hinter sich, stolperten durch schütteres Buschwerk bis unter die Bäume, wobei Waverly seine Beine mit einer konzentrierten mechanischen Präzision bewegte wie eine Aufziehpuppe. Midnight stolperte manchmal, gab gelegentlich unter seinem Gewicht nach, erholte sich jedoch wieder und drängte ihn mit gezischten, unverständlichen Befehlen vorwärts.

»Du solltest in der Lotterie spielen«, sagte Waverly zu ihr. »Du bist genau der richtige Typ dazu.«

Clay hatte keine Ahnung, wohin er unterwegs war, aber das war okay, jeder Ort wäre ihm recht, solange er ihn nur von hier fortbrachte. Als er an diesem Morgen aufwachte (Donnerstag, so hatte er sich ausgerechnet, es mußte Donnerstag sein; fast hätte er den Überblick über die Tage verloren), hatte er doch seine Bedenken gehabt, sich einfach auf die Socken zu machen. Bis er sich noch einmal in seiner schäbigen Umgebung umsah. Und das reichte aus, um seinen Entschluß zu bekräftigen. Er zwängte sich durch ein Fenster im Parterre, so früh wie möglich, ehe jemand auftauchte, um den Laden zu öffnen, und nahm die Straße unter die Füße. Im Augenblick zählten nur die Bewegung an sich, die Luft draußen, die Sonne, es war heute wärmer als sonst, das gute Gefühl seiner Muskeln, als sie wieder arbeiten durften, daß er wieder er selbst war. Irgend etwas würde ihm schon einfallen, irgendein Plan. Tatsächlich, wenn er es sich recht überlegte, gab es drüben in Garfield, wo er immer trainierte, ein paar Muskelmänner, die ständig dort herumhingen und ihn um Rat fragten, was sie für ihre Brustmuskulatur oder ihre Schultern tun könnten. Einer von denen sollte es doch wohl als Ehre ansehen, ihm ein wenig zu helfen. Das war wenigstens eine Idee, etwas, womit er beginnen konnte.

Autos sausten vorbei. Die Lunchbox-Brigade, die Neun-bis-fünf-Uhr-Zeitsklaven. Das war nichts für Matthew Clay Clemmons, jedenfalls nicht solange er diesen Sack mit erstklassigem Nasenzucker bei sich hatte. Der war so gut wie Geld auf der

Bank. In harte Währung umgetauscht, in das Zahlungsmittel dieser Region, und schon konnte er Gas geben.

Ein Wagen des Sheriffs in Schwarzweiß rollte von hinten heran, verlangsamte seine Fahrt, als er ihn passierte. Der Beamte bedachte ihn mit einem neiderfüllten, ungehaltenen Blick. Clay war daran gewöhnt. Aber ihm kam der Gedanke, daß es vielleicht doch nicht allzu klug war, mit einem Beutel voll illegaler Substanz durch die Gegend zu laufen ohne eine Idee, wo er das Zeug verstecken könnte. Sicher verstecken, hieß das. Er nahm die ganzen Strapazen nicht auf sich, nur damit die Ware am Ende doch verschwand. Andererseits könnte es schwierig werden, irgendeinen schlaffbäuchigen Cop, der nichts Besseres zu tun hatte, als einen Knaben anzuhalten wegen des einzigen Verbrechens, einen attraktiven Körper zu haben, davon zu überzeugen, daß er Rosinen in dem Sack spazierentrug.

Sehr bald wurde dieses Problem für ihn gelöst. Zwei Mädchen in einem Kleinlaster hielten und boten ihm eine Fahrt in die Stadt an. Er stieg ein. Sie machten ein paar eindeutige Bemerkungen, von wegen nach Feierabend hätten sie Lust auf eine Party mit ihm. Es war eher ein trauriges Pärchen, aber sie hatten eben eine Fahrgelegenheit. Er zog schon in Erwägung, seinen Turnhallenplan fallenzulassen und sich statt dessen an die beiden zu halten, aber nur bis zur zweiten Kreuzung, wo die Ampel wieder auf Rot stand und wo er etwas sah, geparkt auf dem Gelände einer Selbstbedienungstankstelle auf der anderen Straßenseite, was für ihn der schönste Anblick seit einer Woche war.

»Ich glaube, das war's schon, Kinder«, sagte er und sprang aus dem langsam dahinrollenden Wagen. »Macht's gut, Babys. Einen schönen Tag.«

Da war er, der schlanke, satinschwarze Porsche. Midnights größter Stolz, und stand einfach da. Das bedeutete, daß sie noch da war, daß sie ihn nicht im Stich gelassen hatte. In seiner Erleichterung und Freude lag auch so etwas wie ein schlechtes Gewissen, ein großes Bedauern darüber, tatsächlich für möglich gehalten zu haben, daß sie wieder abgefahren war. Natürlich war der Wagen verschlossen, das mußte er einfach sein, verdammte Scheiße. Er lehnte sich gegen die Tür, in Gedanken versunken, und erwog seine nächsten Schritte. Als er aufblickte, schaute er in ein pickeliges Gesicht unter einer schmierigen, ausgefransten Frisur. Der Kassenheini war's, der gekommen war, um sich zu erkundigen, woher er käme und was er an dem Wagen zu suchen habe.

Es gab eine ganze Reihe von Antworten, die er hätte geben können, aber ihm kam die Idee, daß die angemessenste, erstaunlicherweise, die Wahrheit wäre. »Dieser Wagen gehört einer Lady, die ich kenne. Einer Freundin. Also, genaugenommen ist sie meine Schwester. Sie hat mich gebeten, ihn für sie zu holen. Geben Sie mir bitte die Schlüssel.«

»Heh, meinen Sie, ich wäre gerade erst aus dem Ei gekrochen? Den Scheiß können Sie sich abschminken.«

»Hören Sie, ihr Name ist Clemmons. Wenn ich nicht die Wahrheit sagen würde, wie könnte ich das dann wissen können? Ihr Name lautet Clemmons, meiner auch. Ich zeige Ihnen meinen Ausweis. Für Sie ist ein Fünfer drin.«

»Nichts zu machen, Kollege. Moon hat gesagt, laß niemand an diesen Wagen heran. Und zwar niemanden. Verstanden?«

Jesus. So dicht davor. Und mitten auf dem Weg in die Freiheit hockt da ein Arschloch von einem Kürbiskopf, der zuviel vor dem Fernsehapparat gehockt und zu viele Drive-in-Filme gesehen hat. »Wer ist Moon?« fragte Clay.

»Dale Moon«, sagte der Junge und verdrehte die Augen zum Himmel, als könnte er es nicht fassen, daß jemand vom Ruhm eines Dale Moon nicht überwältigt sein könnte. »Er ist der Manager dieses Ladens.«

»Okay. Wenn die Lady ihren Porsche hier stehenläßt, dann hat sie sicherlich auch eine Adresse angegeben. Eine Telefonnummer. Rufen wir sie doch an und holen uns ihre Erlaubnis.« Clay redete ruhig und freundlich, obgleich er innerlich vor Wut schäumte und diesem Stück wandelnder Scheiße am liebsten in die Eier getreten und sich die Schlüssel einfach selbst genommen hätte. Aber er konnte nicht noch mehr Ärger gebrauchen, als er im Augenblick schon hatte.

»Davon weiß ich nichts. Moon sagte nur, paß auf den Wagen auf. Laß niemand an ihn ran. Also verschwinden Sie lieber.«

»Wie lange steht er schon hier?«

»Warum sollte ich Ihnen das sagen?«

Clay holte seine Brieftasche heraus und reichte ihm einen Fünfer, begleitet von einem entwaffnenden Grinsen. »Etwa wie lange?«

Die pickelige Stirn schlug dicke Falten in dem angestrengten Bemühen des Nachdenkens. »Scheiße, ich weiß es nicht genau. Vier, fünf Tage. Er war schon hier, als ich am Montag zur Arbeit kam. Aber ich war nicht hier, als die –«

»Als die Lady ihn herbrachte. Ich weiß, ich weiß. Okay. Aber sie muß doch eine Telefonnummer hinterlassen haben. Geben Sie mir die, und Sie bekommen noch so einen Schein.«

»Keine Adresse«, sagte er mit Nachdruck und im Brustton der Überzeugung, »keine Telefonnummer. Außerdem könnten Sie mir wer weiß was erzählen. Moon erzählte, es wäre ein Typ gewesen, der ihn gebracht hatte. Sagte, ich solle ihn anrufen, sobald der Typ käme, um ihn zu holen. Ich sollte ihm auf keinen Fall die Schlüssel geben, ehe Moon hier ist.«

»Ein Mann hat ihn hergebracht?« Ein Mann? Was zum Teufel konnte das bedeuten? Sie hat doch sicher keinen Freund mitgebracht, nicht auf diesen Trip. Vielleicht hatte sie einen Detektiv angeheuert, nachdem sie sich nicht getroffen hatten. Oder vielleicht – und dieser Gedanke schickte einen Schauer der Angst durch seinen Körper – vielleicht hatten sie sich längst an sie herangemacht, Ledbetters Gorillas. Er hatte keine Möglichkeit, sich darüber Gewißheit zu verschaffen, und es gab auch nichts, was er im Augenblick tun konnte. Außerdem war da die Ware, der seine erste Sorge galt. Damit mußte schnellstens etwas geschehen. Das war eine sehr ernste Angelegenheit.

Und dann kam es ihm mit der plötzlichen Klarheit einer geradezu göttlichen Erkenntnis. Die ganze Idee, der Plan, so klar wie geschliffenes Glas, der große Ausweg. Er ließ die Ware einfach im Wagen und gab sich nicht weiter mit diesem Hohlkopf ab. Dann rüber zur Turnhalle und ein paar Dollars von seinen Fans eingesammelt, genug, um den Manager dazu zu bringen, die Schlüssel rauszurücken (hundert oder so mußten eigentlich reichen, und er selbst hatte noch fast vierzig in der

Tasche), dann hierher zurückkommen, in den Wagen steigen und ein paar Meilen staubiger Straße zwischen sich und Michigan legen. Wegen Midnight machte er sich noch keine Sorgen. Das wagte er nicht. Später vielleicht, wenn er sich bis zum Einbruch der Dunkelheit irgendwo würde verstecken können, vielleicht fuhr er dann mal am Park Place vorbei, um zu sehen, was er erreichen konnte. Oder er versuchte noch einmal sie anzurufen. Irgendwas. Ihm würde schon eine Idee kommen.

Es kostete ihn ganze zwanzig, Pickelgesicht dazu zu bringen, den Kofferraum zu öffnen und zu verraten, wann dieser berühmte Moon im Laden anzutreffen sei. »Der kommt immer nachmittags. Zu unterschiedlichen Zeiten, aber meistens um drei.« Noch über sieben Stunden, die er herumbringen mußte. Keine Panik. Er marschierte in Richtung Garfield davon und orientierte sich dabei an den Wohnstraßen. Er mußte in Deckung bleiben. Es hatte keinen Sinn, jetzt sein Glück herauszufordern.

Der junge Mann mit den Pickeln und den bizarren Haaren kehrte an seine Kasse zurück. Er überlegte, ob er Moon anrufen und ihm alles erzählen solle, aber er hatte den bohrenden Verdacht, daß, wenn er es tat, er wahrscheinlich einen Teil der fünfundzwanzig verlieren würde. Warum sollte er auch? Nichts war eigentlich geschehen, wenn er es recht bedachte. Ein Cityboy mit riesigen Muskelpaketen kam vorbei und hat einen Sack in den Wagen gelegt. Na und? Der Wagen ist doch noch da, oder? Nichts hat sich verändert. Niemand konnte ihm an den Karren fahren. Moon auch nicht.

Es beschäftigte ihn noch einige Zeit, aber nicht lange, und nachdem er einige Kunden abgefertigt hatte, vergaß er schon bald die ganze Angelegenheit. Was er allerdings auch vergaß, war, daß der Donnerstag Moons freier Tag war.

»Weißt du, Gaylon, mir fehlen die Worte.«

Die Stimme von Gunter Dietz, so körperlos sie auch war, kam direkt aus dem Eisfach, und ihr schwang eine deutliche Drohung mit. Die Uhr ist abgelaufen, lautete die Botschaft, in den Pausen zwischen den Worten. Gaylons Hand, diejenige, die den Telefonhörer hielt, zitterte. Die andere, die ein Wasserglas voll Old

Crow umklammerte, zitterte ebenfalls. Die Knöchel beider Hände waren so weiß wie Buttermilch. In die Sprechmuschel sagte er: »Mr. Dietz, ich bitte Sie nur um einen einzigen weiteren Tag.«

»Das ist jetzt keine Frage von Zeit mehr, Gaylon. Ich glaube, du verstehst nicht richtig. Es ist nun eine Krise des, nun, Vertrauens.«

Gaylon stellte ihn sich vor, wie er an seinem Rollschreibsekretär in seiner Bibliothek saß, eine Limonade trank, bekleidet mit seiner verdammten Schwulenshorts, heute wahrscheinlich in Rosa, sein Telefon locker und relaxed ans Ohr hielt und ganz ruhig hineinsprach, noch leiser als sonst, falls das überhaupt noch möglich war, ohne gleich die Gedanken nur stumm mit den Lippen zu formen. Aber sein Gehirn arbeitete die ganze Zeit auf Hochtouren und berechnete, beurteilte, erkannte und bemaß den zuverlässigen alten Gaylon als einen beschissenen Versager.

»Sie müssen irgendwo hier im Wald sein«, sagte er. »Der Bursche war nicht in der Verfassung, um es allzu weit zu schaffen. Und einer von den Jungs, die ich auf sie angesetzt habe«, fügte er hoffnungsvoll hinzu, »ist ein Indianer.«

»Der Fisch schon wieder?«

»Häh?« Was zum Teufel redete er da? Fisch? »Ich kann Ihnen nicht folgen, Mr. Dietz.«

»Du hast erzählt, es gäbe Indianer, die garantierten einen Fang. Einen Fisch, ich glaube, das sagtest du damals. Erinnerst du dich?«

Gaylon stieß ein knappes Bellen aus, das ein Lachen sein sollte. »Ach ja. Aber nichtsdestotrotz –«

»Der Grund, warum ich mich daran erinnere«, unterbrach Dietz ihn, »an diesen Fisch, meine ich, der Grund, so scheint es mir, ist, daß das die Summe all dessen ist, was ich aufgetischt bekam, seit ich hier bin. Garantien. Aber keinen Fisch.«

»Mr. Dietz, ich –«

»Laß mich meine Gedanken beenden, Gaylon. Unsere Organisation muß einen wesentlichen Verlust hinnehmen, wenn die Ware nicht geborgen wird. So oder so. Ich muß mich vor anderen Leuten verantworten, genauso wie du. Anteilseigner, so könnte man sie nennen.«

Es entstand eine Pause des Schweigens. Gaylon hatte keine Ahnung, ob von ihm erwartet wurde, daß er etwas einwarf. Er versuchte es nicht.

»Ich muß heute abreisen«, fuhr Dietz fort, »zurück nach Hause. Trotz Ferien und so. Meine Frau hat ein paar Gäste. Zum Dinner. Nachbarn und einige Freunde.«

Ja, ja, ja, ja – Frau, Nachbarn, Freunde, Dinner – und was kommt als nächstes? Die gottverdammte Speisekarte? Die Gästeliste? Spuck's doch verdammt noch mal schon aus, sagte Gaylon, dachte er, wünschte sich, er hätte es gesagt, er hätte den Mumm, das zu sagen, und er wünschte sich gleichzeitig, er wäre woanders, an einem anderen Ort, wo er jemand anderem zuhörte, etwas anderes zu hören bekam, wünschte sich, es wäre nicht eine so gefährlich-glatte, zersplitterte Welt, in der er lebte, wo alles krank war und alles schiefging. Das Wasserglas war halb leer. Wenn vor ihm eine Schüssel mit Suppe gestanden hätte, dann wäre er längst ertrunken, er wäre eingenickt und ertrunken, während er auf Dietz wartete, um endlich die schlechten Nachrichten zu bekommen.

Und jetzt war es soweit, und zwar mit der härtesten, eisigsten Stimme, die Gaylon je in seinem Leben gehört hatte. »Du hast Zeit bis Sonnabend. Sonnabend mittag. Ich erwarte, bis dahin eine gute Nachricht zu hören. Wenn nicht, schicke ich eine Ablösung, die das Problem aus der Welt schafft.«

Die Pause war lang genug, so daß Gaylon wußte, daß er jetzt etwas sagen mußte. Dann sag etwas. Aber was blieb ihm noch zu sagen? Weitere Versicherungen? Bitten? Ihm war alles in dieser Richtung ausgegangen. Seine Augen wanderten durch das Haus, das ihm früher mal so viel bedeutet hatte, daß so viel repräsentiert hatte. Die Morgensonne schien durch das Erkerfenster und wärmte seinen fleischigen Nacken. Dennoch fror er.

»Gaylon?«

»Ich hab gehört, was Sie gesagt haben, Mr. Dietz.«

»Sonnabend mittag«, wiederholte er, und das war das letzte, was er sagte.

Gaylon legte den Hörer auf und starrte trübsinnig in sein Glas. Samstag mittag. Achtundvierzig Stunden. Diesmal würde er es nicht schaffen. Er holte eine Zigarre aus der Kiste und zündete sie an. Warum auch nicht. Zum Tode Verurteilte dürfen immer noch eine letzte Zigarre oder Zigarette rauchen. Und so saß er da, versunken in traurige Gedanken und gelähmt angesichts seines Untergangs und seiner Verzweiflung.

Dietz war im gleichen Augenblick ebenfalls in düstere Gedanken vertieft, er beschäftigte sich mit den Themen Inkompetenz und Undankbarkeit, dem Fluch zukunftsorientierter Unternehmer in der ganzen Welt. Er verspürte den unwiderstehlichen Drang, auf irgend etwas oder jemanden draufzuschlagen, und seine Hände waren zu Fäusten geballt und zitterten. Nachdem er sich etwas beruhigt hatte, griff er wieder nach dem Telefonhörer und wählte eine Nummer in Chicago.

»Ja?« erklang eine rüde Stimme über den Draht.

»Eugene? Hier ist Gunter Dietz.«

»Oh, Mr. Dietz. Wie geht's?«

»Prima, Eugene. Einfach prima.«

»Das freut mich. Kann ich etwas für Sie tun?«

»Das ist schon möglich, Eugene.«

»Sagen Sie's, Mr. Dietz, und schon wird's erledigt.«

»Nun, es ist folgendes, ich hab da ein unangenehmes Personalproblem. Mit einigen Leuten in Michigan. Ich dachte, du könntest vielleicht jemanden finden, der mir beim Aufräumen hilft.«

»Ein Torpedo, was?«

»Etwas in der Richtung. Ja.«

»Das dürfte keine Schwierigkeit sein, Mr. Dietz. Freu mich immer, wenn ich helfen kann.«

»Das höre ich gerne, Eugene. Und jetzt laß mich erklären, was ich vorhabe.«

Shadow kam etwa zwei Meilen von Gaylons Haus entfernt aus dem Wald. Er war verschwitzt und erschöpft. Er hockte sich neben der Lehmstraße ins Gras und wartete auf Gleep. Ihm reichte dieses Herumlaufen in der freien Natur, es war gut, daß er eine Pause machen konnte. Seine Hosen waren am Knie eingerissen, waren an einem Ast hängengeblieben, und sein rechter Unterarm blutete von einem Sturz über einen moosbewachsenen Felsen mit Landung in einem Brombeerstrauch. Wahrscheinlich sogar Giftefeu, bei seinem Glück. Was trieb er da überhaupt, daß er sich mit dem gottverdammten Wald herumschlug. Gleep, okay, das war etwas anderes. Dieses Kriegspfadspiel war doch für den etwas völlig Normales. Aber er kam aus der Stadt, um Himmels willen, aus Chicago; das einzige, was er jemals an Wald gesehen hatte, war der Lincoln Park. Und das war das höchste der Gefühle, wo jemand, dessen Kopf richtig auf den Schultern saß, freiwillig sein wollte. Denn soweit er es wußte, gab es dort Bären und sogar Schlangen, und dafür hatte er wirklich nicht viel übrig.

Shadow war verschwitzt und müde und blutete ein wenig, aber im wesentlichen war er von Wut erfüllt, und das ohne Schnörkel. Und die Wut war noch durchschlagender, weil sie ganz verinnerlicht war, nichts, was erörtert werden müßte. Noch. Das Schimpfen und Fluchen, Heulen, das Herumlamentieren, das war eher was für Leute wie Ledbetter. Nicht sein Stil. Nein. Sie hatten ihn gehabt und wieder verloren. Mr. Arschloch. Unmöglich, daß so was passierte, doch es geschah. Okay. Okay. Aber sie würden bald wieder zusammenkommen, und zwar sehr bald; Shadow spürte es bis hinein in sein Knochenmark. Es hatte einige Gelegenheiten in seinem Leben gegeben, nicht viele, da hatte er dieses Gefühl gehabt, diese unbedingte Gewißheit. Es war genauso, als hielte man ein Paar Würfel in der Hand und als wüßte man – instinktiv –, daß der Arm gesegnet war und daß gleich das Geld herabregnen würde. Ein gutes Gefühl, und er hatte es jetzt, jedoch verpackt in konzentrierter Wut und auf einen Mann gerichtet, auf einen zeremoniellen Akt. Aus Gründen, die er nicht begriff, waren es die Timothy Waverlys dieser Welt, die er mehr haßte und fürchtete als alles andere in dieser Welt. Es waren ihre Blicke, ihr eisiges, verhaltenes Starren, das bis auf den Grund seines bösartigen, zerbrechlichen Herzens zu gehen schien, ihn entlarvte, ihn erniedrigte und schließlich verschwinden ließ. Hängen wir ihm die Augen auf die Backen, und lassen wir sie mal in eine andere Richtung schauen, und sehen wir, wer am Ende verschwindet.

Die Braut, der Junge, die Ware, die waren nicht mehr als die große Nebensache, nämlich Gaylons Problem. Shadow, er hatte etwas zu erledigen, er mußte etwas abliefern, etwas Spezielles, Persönliches: Mr. Waverly? Eilbrief, unterschreiben Sie dort. Oh, sie würden wieder zusammenkommen. Und wenn es dazu kam, dann gäbe es keine Prügelorgien mehr. Beim nächsten Mal käme gleich das Messer an die Reihe.

Nur daß das nächste Mal gleich jetzt, in diesem Moment, sein müßte, so wie er sich jetzt gerade fühlte. Und da saß er nun, glotzte die Bäume an, natürlich wieder mal Gaylons Idee, und am Ende kam nichts als Scheiße heraus. Natürlich. Sie würden sie nicht im Wald finden, und Shadow wußte es. Oder eher, er ahnte es, und seinen Instinkten vertraute er. Das hätte er von Anfang an tun sollen. Anstatt auf diesen Jammerlappen zu hören.

Vorher war Gaylon in das Zimmer gestürmt, wo Shadow geschlafen hatte, denn das hatte er sich wohl verdient bei der Menge an Arbeit, die er in die ganze Sache reingesteckt hatte. Er hatte ihn geschüttelt und hatte herumgejammert wie eine alte Oma, der sie das Portemonnaie geklaut haben. Weg, sie sind verdammt noch mal weg! Wir sind am Ende! Was soll ich jetzt tun? Wie soll ich Dietz das klarmachen? Was um alles in dieser beschissenen Welt soll ich jetzt tun? Und er schlug sich mit der Hand dauernd vor den Schädel. Raste die Treppen rauf und runter im ganzen Haus. Stöhnte, jammerte. Es ist aus, ich bin am Ende! Fast hätte er angefangen zu weinen, er stand dicht davor. So wie ein Anfänger, der das erste Mal ins Loch muß. Konnte einem alleine von dem Anblick schon schlecht werden.

Shadow hatte Gleep schlafend auf der Couch auf der Sonnenterrasse gefunden. Sie gingen runter und sahen sich die Bescherung an: Der Stuhl war leer, die Stricke und die Klebebänder lagen auf dem Fußboden, die untere Tür stand weit offen. Diese Scheißer waren tatsächlich weg, alle beide. Wie ist das passiert? fragte er, und Gleep zuckte nur die Achseln. Er versuchte, das

Ganze in seinem Kopf noch einmal durchzugehen, es wie ein Puzzle zusammenzusetzen. Gaylons Idee war es gewesen, noch eine Stunde zu warten, bis Wurmfutter wieder vollständig da war, um alles richtig miterleben zu können. Dann wollten sie die Alte in den Keller runterbringen und ihr vor den Augen ihres Freundes ein paar verpassen, mal sehen, ob das seine Erinnerung irgendwie wecken konnte. Dieser Teil war soweit okay und erschien durchaus logisch. Aber irgendwann in dieser Stunde, als sie draußen waren, da mußte irgendwas passiert sein, war wohl einer durchgedreht. Aber wie? Shadow glaubte, einer Sache allmählich auf die Spur zu kommen, doch dann stürmte Gaylon herein, hämmerte ihnen auf die Schulter wie ein gottverdammter Trainer, dem plötzlich ein brandneuer Spielzug eingefallen ist. Im Wald! Sie müssen dort draußen im Wald sein! Shadow schnitt ihm das Wort ab. Gaylon, sagte er, als du hier unten warst und dich mit dem Jungen allein unterhalten hast, warst du da an den Stricken? Hast du damit irgendwas gemacht? Fast eine Minute lang starrte Gaylon ihn an, als hätte sein letztes Stündlein geschlagen, dann meinte er: Und was, wenn ich es getan hab? Ich hab die Fesseln nur etwas gelockert, um ihn in Sicherheit zu wiegen. Als ich dann sah, daß es nichts half, hab ich ihn wieder festgeschnürt, diesmal noch fester als vorher. Shadow musterte ihn mißtrauisch. Bist du ganz sicher, was das Festzurren angeht? Gaylon quakte los, klar bin ich sicher. Herrgott, ihr müßtet das doch wissen, ihr wart ja als letzte unten. Außerdem, was macht es jetzt, *wie* sie haben abhauen können. Sie sind weg. Und ihr müßt sie suchen. Spürt sie auf. Wie weit können sie wohl schon sein?

So trennten sie sich und drangen in weiten Bögen in den Wald ein und kämpften sich kreuz und quer durch das Dickicht. Und da saß er nun, sauer, erschöpft, zwei Stunden für nichts und wieder nichts.

Gleep kam die Straße heraufgewandert und bewegte sich dabei, als wollte er die frische Luft genießen. Shadow sprang auf. Er wischte sich über die schmutzige Hose und das Sporthemd: nagelneue Klamotten, gerade gestern gekauft, bei Sears, reif für den Lumpensammler. »Hast du was gesehen?« fragte er.

»Hmm hmm.«

»Nichts? Keine Spur?«

»Nicht in dieser Richtung. Du denn?«

»Wenn ja, würde ich dann hier im Gras sitzen? Ich dachte, ihr schleicht so gerne in den Wäldern herum.«

Gleep schaute ihn an und erwiderte nicht gleich etwas darauf. Was er schließlich sagte, war: »Es gibt wenig Wald in Jacktown.«

»Okay, Mann, hab schon verstanden. Laß uns zurückgehen.«

Sie machten sich auf den Weg zu Gaylons Haus. Shadow als Führer, der sich an die Straße hielt. Keiner von beiden redete vorerst. Die Sonne stand direkt über ihnen, aber ein kühler, sanfter Wind wehte durch die Bäume und wirbelte die Laubblätter hoch. Ein Schwarm Vögel mit weißen Bäuchen zeichnete Kreise an einen zartblauen Himmel. Dreißig Meter vor ihnen huschte ein kleines Tier über ihren Weg.

»Jetzt brauchte ich eine Eichhörnchenflinte«, sagte Shadow.

»Das war ein Hase.«

»Dann eben eine Hasenflinte. Völlig egal.«

Sie gingen weiter.

Shadows Geist war beschäftigt. Er dachte schon voraus, entwickelte einen Plan, aber er wanderte auch zurück und versuchte, das Rätsel zu lösen.

»Erscheint es dir nicht komisch«, sagte er, »daß die beiden so einfach abhauen konnten? Gleep. Ist das nicht – höchst seltsam?«

»Denke schon. Hab noch nicht drüber nachgedacht.«

»Dann denk mal nach. Zusammen mit mir. Wir hatten ihn doch gut verschnürt, richtig? Fest und sicher.«

»Absolut.«

»Diese Clemmons, die war auch gefesselt.«

»Das hat Ledbetter gesagt.«

»Okay. Sie ist oben, er unten. Wir drei machen unsere kleine Pause. Ein Schläfchen. Also, wie kommt sie zuerst einmal los, und wie finden die beiden zusammen? Er muß Hilfe gehabt haben, bei dem Zustand, zu dem wir ihm verholfen haben. Und um von dort rauszukommen. Beantworte mir das mal.«

»Ich hab nicht die geringte Ahnung. Vielleicht kann Ledbetter doch nicht so gut mit Stricken umgehen, wie er sagt. Vielleicht muß er doch mal 'nen Kurs im Knotenknüpfen besuchen. Damit er ein bißchen mehr darüber lernt als 'ne Großmutter.«

Shadow ging weiter, aber er verlangsamte seinen Schritt, bis Gleep aufgeholt hatte. »Das könnte sein«, sagte er, »aber man sollte doch erwarten, daß er etwas besser aufpaßt, wenn man bedenkt, was alles auf dem Spiel steht. Dann denk doch mal aus einer anderen Richtung.«

»Aus welcher?«

»Das frage ich dich«, sagte Shadow. Er blieb stehen und sah seinen Partner an. »Übrig bleiben du und ich. Und ich denke, du weißt, wo ich bei der ganzen Sache mit dem Zähler stehe.«

Gleep starrte ihn mit zusammengekniffenen Augen an. »Willst du mir etwas Bestimmtes sagen?«

Sie musterten sich einen Moment lang. Dann sagte Shadow: »Ich habe dir nichts zu sagen, Gleep. Ich habe nur, wie man es ausdrücken könnte, meine Theorien.«

»Wenn du ein Problem hast, dann spuck's lieber aus.«

»Kein Problem. Aber meine Überlegungen, die ich anstelle, gehen in beide Richtungen, nach vorne und nach hinten. Was passiert ist, und was passieren wird. Ich finde ihn, Gleep. Das weißt du.«

»Ich hab auch nichts anderes erwartet. Aber eins kann ich dir trotzdem versichern. Er weiß nichts. Denn wenn er etwas wüßte, dann hätte er es längst gesagt.«

»Was soll der Scheiß!« sagte Shadow wütend und hieb mit der Faust in die Luft. Dann, etwas ruhiger: »Ob er etwas weiß oder nicht, darum geht es gar nicht mehr. Erkennst du das?«

»Ich verstehe. Also finden wir ihn.«

»Oh, ich werde ihn finden. Aber bei all diesen Überlegungen frage ich mich, wo du wohl bist, wenn ich ihn erwische.«

»Was meinst du denn, wo ich bin? Nur mal so überlegt.«

»Das möchte ich ja gerne wissen.«

»Wo zum Teufel war ich denn die ganze Zeit«, sagte Gleep, »seit wir zusammenarbeiten? Seit du gekommen bist und mich von der Autowaschanlage weggeholt hast und mir diesen Job verschafft hast? Ich bin genau da, wo ich schon immer war, und wo ich immer sein werde. Wenn du das nicht glaubst, dann können wir die ganze Sache auch gleich beenden.«

Die Worte sprudelten aus ihm heraus. Ein wütendes Glitzern lag in seinen Augen. Shadow hielt eine Hand hoch.

»Na schön. Okay. Du verstehst, worauf ich hinauswill. Man muß sich schließlich den Rücken freihalten, in dem Gewerbe, in dem wir tätig sind.«

»Du hast gefragt. Das ist meine Antwort.«

Shadow versetzte ihm einen Zeitlupenhieb auf den Arm. Sie waren wieder Kumpel. »Das reicht mir«, sagte er. »Für jeden Tag in der Woche. Mal sehen, was für eine dämliche Idee das Scheißhirn jetzt ausbrütet.«

Aber als sie am Haus ankamen, fanden sie keinen gerissenen Pläneschmied vor, sondern einen deprimierten, gebrochenen Mann. Gaylon hockte zusammengesunken in einem Polstersessel und starrte vor sich auf den Fußboden. Alles an ihm – Wangen, Kinn, Bauchfalten, Gesäßbacken – hing herunter. Die Schwerkraft der Verzweiflung. Er schaute nicht hoch, als sie durch die Tür hereinkamen. »Ihr habt sie nicht gefunden«, stellte er düster fest.

»Finde dich damit ab, Gaylon. Die verstecken sich nicht im Wald. Nicht die beiden. Wahrscheinlich sind sie längst in der Stadt, weiter bestimmt nicht.«

»Wir müssen uns was Neues einfallen lassen«, sagte Gaylon, aber in seiner Stimme war keine Kraft. Sie hatte einen dumpfen, niedergeschlagenen Klang, den Ausdruck des Scheiterns.

Shadow war das Ganze doch ziemlich unangenehm, denn in all den Jahren, die sie nun schon zusammen waren, hatte er ihn nie so erlebt. Er entschied, daß ihm der alte, schnaufende Gaylon, das umherhüpfende, angeberische Walroß besser gefiel. Von den beiden Gaylons. »Dietz hat dir wohl 'ne Verlängerung gewährt, häh«, sagte er. Man mußte ihn ein bißchen aufmuntern. Damit er wieder auf den Teppich kam.

»Ja, bis Samstag. Und dann ist Ende.«

»Am Samstag hast du all das längst vergessen.«

»Ja. Vergessen. Im Sarg bestimmt.«

Shadow zog sich einen Stuhl heran und ließ sich vor ihm nieder. »Du mußt ganz cool sein«, schlug er nun einen ungewöhnlich vertrauten Ton an. »Ganz locker. Nichts wird passieren. Außer was Gutes.« Das war für ihn eine ziemlich fremdartige Sache: Trost spenden, Mitleid, Aufmunterung. Er war dort völlig fehl am Platze, ein Fremder, der versucht, sich in einer unbekannten Sprache auszudrücken. Er blickte über die Schulter zu Gleep, der im Korridor stand und einen geistesabwesenden Ausdruck im Gesicht hatte. Von dort konnte er keine Hilfe erwarten. »Wir werden ihn finden, und auch die Ware kriegen wir wieder zurück.« Er wollte etwas von diesem Gefühl der Sicherheit weitergeben, das er draußen auf der Straße empfunden hatte. Das Problem war nur, daß ihm dazu die Worte fehlten.

»Mich kannst du vergessen«, murmelte Gaylon. »Das ist das Ende.«

»Heh, Gaylon. Laß dich nicht hängen. Wir müssen das Ganze mal positiv sehen. Sieh mich an. Sehe ich so aus, als machte ich mir Sorgen?«

Zu Shadows beträchtlicher Verblüffung tat Gaylon, als befolgte er seine Anweisung, genau das, er schaute ihn an. Hob die Augen, in denen Tränen glitzerten. Die fleischigen Lippen bebten. »Du warst immer ein Freund, Shadow. Hawkins auch. Aber für mich kommt am Samstag das Ende.«

Shadows Vorrat an Mitgefühl, sowieso eher spärlich ausgeprägt, war fast aufgebraucht. Am liebsten hätte er laut aufgelacht. Er erhob sich jedoch verlegen und meinte: »Ich glaube, du solltest die ganze Angelegenheit lieber mir und Gleep überlassen. Wir haben da ein paar Ideen. Ich sag dir was. Bleib hier, verhalte dich ruhig, und wir melden uns. Okay? Gaylon?«

Gaylon nickte trübsinnig.

»Ich sage es dir. Wenn du wieder von uns hörst, dann ist das wie Weihnachten für dich. Dann kannst du den Champagner auf den Tisch stellen. Und dich wieder in Samt und Seide wickeln.«

Im Wagen während der Fahrt in die Stadt sagte Gleep: »Da kann es einem glatt hochkommen, nicht wahr?«

Shadow reagierte mit einem Grunzen. Er schaute aus dem Fenster, rauchte und dachte nach. Er brauchte Klarheit. Der Wald blieb zurück und ging ins Grasland über, dann braune Felder.

»Du bist wirklich gut im Händchenhalten«, sagte Gleep. »Aber was tun wir jetzt?«

»Wenn ich das wüßte«, antwortete Shadow ehrlich, denn er hatte wirklich keine Idee. Nur das sichere Wissen, daß diese kleine Episode in seinem Leben sich schnell wie durch das Wirken wunderbarer Mächte auf ein glückliches Ende zubewegte. »Aber das ist egal. Ich hab diesem Angsthasen nichts vorgemacht. Wir werden sie finden.«

Sie fuhren durch das Dorf Acme, und aus den Feldern wurden Tankstellen, Angelläden, Bootswerften, Motels, Antiquitätenläden, Imbißbuden. An der Stadtgrenze fragte Gleep: »Wohin jetzt?«

»In meine Wohnung. Ich will mich mal ein wenig frisch machen, Freund.« Shadow musterte seinen Partner. »Das solltest du auch tun. Uns stehen glänzende Zeiten bevor, Gleep, mein Freund.«

»Wir sind die Leaches«, sagte Midnight fröhlich mit der Stimme einer Krankenschwester, die einen Todgeweihten aufmuntern will. »Mr. und Mrs. Archie Leach. Weißt du, wer das ist?«

Waverly rieb sich die tränenden Augen. Aber nur ganz leicht, ganz sanft. Er versuchte sich am Kopfbrett des Bettes hochzuschieben, schaffte es aber nicht. Abgesehen von seinen Fingern – und die auch nur mühsam – schien an ihm nichts mehr zu funktionieren. Er fühlte sich wie aufs Bett genagelt. Auf ihm lag eine rauhe Decke, die bis zum Kinn hinaufgezogen war. Darunter, so konnte er spüren, war er nackt. Das Zimmer, soweit er es überblicken konnte, war fremd, schäbig, klein und kaum groß genug, um sich darin umzudrehen.

»Zuerst muß ich wohl fragen: Wo bin ich?«

»Im Sugar Beach Resort und Motel. Ein hübscher kleiner Hafen. Vielleicht ein wenig unelegant, aber sicher. Möchtest du denn nicht wissen, wer du bist, Mr. Leach?«

»Ich wette, das werde ich schon erfahren!«

»Cary Grant. So stehen wir im Gästebuch. Archibald Leach, Cary Grant. Und du hast geglaubt, meine Schauspielausbildung wäre ein Bluff gewesen.«

»Da sieht man mal, wie man sich irren kann.«

Sie saß in einem Sessel am Fuß des Bettes, und wenn er an seinem Körper entlangblickte und den Kopf nicht bewegte, dann konnte er vage ihre Umrisse ausmachen. Ihre Haare waren naß und klebten an ihrem Hals und auf ihren nackten Schultern wie Pinselstriche mit schwarzer Farbe. Sie war in ein großes Badetuch gehüllt. Sie schien zu lächeln. »Kannst du essen?« fragte sie und hielt eine Plastiktasse hoch. »Ich habe etwas Suppe.«

»Lieber zuerst eine Zigarette.«

Sie zündete eine Carlton an, kam zu ihm herüber und schob sie ihm behutsam in den Mund. Sie zündete eine zweite für sich selbst an und setzte sich neben ihn auf das Bett. Eine Duftwolke von Badeöl und Puder umgab sie.

»Hast du große Schmerzen?« fragte sie. »Aber du brauchst auch gar nichts zu sagen.«

Was er empfand, waren nicht so sehr Schmerzen, sondern ein irgendwie dezentralisiertes Pulsieren. Wie jemand, der in einen Eisblock eingeschlossen ist und langsam aufgetaut wird und dessen Nervenenden kribbeln. »Ich hab mich schon besser gefühlt«, sagte er. Er betastete behutsam sein Gesicht, so wie ein Blinder sich durch die Empfindungen seiner Fingerspitzen ein Bild von irgendeiner Sache verschafft. Es fühlte sich roh und knotig an. »Besser ausgesehen habe ich wohl auch.«

Sie beugte sich über ihn und berührte seine Stirn mit den Lippen. »Du siehst prima aus«, sagte sie.

»Wie spät ist es?«

»Es muß gegen neun sein.« Die Vorhänge waren zugezogen, und das Zimmer war dunkel bis auf eine einzelne Lampe auf der Kommode. »Abends.«

»Welcher Tag?«

»Tag?« Ihre Augenbrauen stiegen steil in die Höhe. »Es ist Donnerstag. Der Tag danach.«

»Wirst du mir verraten, wie wir hier hergekommen sind? Wo immer dieses Hier ist?«

»Hier ist immer noch Traverse City. Oder ganz in der Nähe davon. Wir waren im Wald, und du konntest nicht weiter. Erinnerst du dich nicht mehr?«

Waverly schüttelte den Kopf, nein. Daß er ihn bewegen konnte, war schon ein ermutigendes Zeichen.

»Ich hab dich unter irgendeinem Gebüsch liegengelassen und bin weitergegangen. Da war ein Haus, eine Hütte. Ich klopfte an die Tür, es war immer noch dunkel, mußt du wissen, und ein Mann öffnete. Ein sehr netter älterer Herr in einer Unterhose. Er lebe allein, sagte er, er sei Witwer. Er hat uns gerettet, wirklich. Und dann spielte ich natürlich auch eine überzeugende, kleine, süße Frau in Not.« Sie lächelte schwach. »Aber daß ich das kann, das weißt du ja wahrscheinlich schon selbst.«

»Was hast du ihm erzählt?«

»Ich hab improvisiert. Eine Party ein Stück die Straße runter, zuviel Alkohol, eine Schlägerei, dann die Suche nach Hilfe – so etwas in der Art. Ich kann erfinderisch sein, wenn ich muß.«

»Er hat uns hergebracht?«

»In seinem riesigen Sno Commander. Eigentlich wollte er uns bei sich aufnehmen und die Polizei rufen. Das habe ich aber verhindert. Wir konnten nicht mehr als zwei Meilen entfernt gewesen sein ... von ihnen.«

»Wie?«

»Wie was?«

»Du hast gesagt, du hättest das verhindert. Wie?«

»Warum die ganzen Fragen? Wir sind rausgekommen, reicht das nicht?«

»Ich möchte wissen, wie im Augenblick die Dinge stehen. Was noch alles auf uns zukommen kann.«

»Na schön. Ich habe es ihm ausgeredet. Er war sehr nett, aber auch irgendwie schon etwas senil. Ich hab mittlerweile auch gelernt, mit Tricks zu arbeiten, Waverly. Seit ich dich kenne. Du wärest stolz auf mich gewesen, glaube ich.«

»Das bin ich«, sagte er und erinnerte sich, alles kam wieder, jedenfalls das meiste. Etwas. Er war erstaunt, daß er hier war, lebendig, seine Augen immer noch in ihren Höhlen. Etwas demoliert, aber immer noch intakt. »Ich schulde dir einiges.«

»Wie geht der Witz noch mal! Die Lady mit der Hasenscharte sagt nach einer bestimmten Art von Sex: ›Du schuldest mir gar nichts, Honey, gib mir nur einen Kuß.‹«

Es gab alle möglichen Methoden, damit zurechtzukommen, dachte Waverly, wobei das Wunder der offensichtlichen Erlösung vor dem Hintergrund viel zu bizarrer Realitäten gesehen werden mußte, welche ihn total verwirrten. Ihre Methode bestand in einer gewissen Verspieltheit. Das war besser als Hysterie. Viel besser. Und er meinte, was er sagte: Sie war durchgekommen, so oder so, obgleich die Details irgendwie unvollständig erschienen, nicht ganz einleuchtend; und er schuldete ihr mehr, als sie jemals begreifen würde. Er drehte sich leicht zur Seite und drückte seine Zigarette in dem Aschenbecher aus, den sie in der Hand hielt. Ein Schmerz stach wie ein Dolch in seine Brust, und er krümmte sich leicht.

»Bist du okay? Kommst du wieder hoch?«

Er schob seine Hände unter die Decke und berührte seine Rippen. Irgendwie machte es ihm Mut, daß Teile von ihm wieder auf seinen Befehl hin funktionierten, sei es nun mit Schmerzen oder ohne. Er beugte seine Beine an den Knien, schob seine Hüften hin und her. »Zu etwa dreißig Prozent in Ordnung«, sagte er. »Es fühlt sich an, als wäre nichts gebrochen. Ich bin allmählich im Kommen.«

»Ich fürchte, ich bin nicht gerade der ideale Engel der Geschundenen. Ich hab dich gewaschen und dafür gesorgt, daß es dir halbwegs gutgeht. Ich wollte sogar einen Arzt holen.«

»Sehr schlau, daß du's nicht getan hast. Wo sind meine Kleider?«

»Warum?«

»Warum? Weil wir weiter müssen, weg von hier. Und zwar sofort. Sie haben uns einmal gefunden, sie werden uns wieder finden.«

Er stützte seine Hände auf die Matratze und drückte sich in eine halb sitzende Position hoch. Langsam und mit der Vorsicht eines Greises mit brüchigen Knochen schob er seine Beine über die Bettkante. Midnight beobachtete ihn.

»Eine helfende Hand würde sicherlich nicht schaden.«

»Du kannst dich gleich damit abfinden, Waverly. Heute abend wirst du nirgendwo mehr hingehen. Morgen ist früh genug. Es gibt morgen einiges zu tun.«

»Morgen könnte ich eine sehr eingeschränkte Sicht von der Welt im allgemeinen haben. Und das meine ich nicht als Metapher. Komm schon.«

Sie beobachtete ihn weiter.

Aus eigener Kraft kam er auf die Füße und stand dort einen Moment, schwankend. Er bedachte sie mit einem schwachen Grinsen. »Da. Siehst du.« Doch ein Nebel senkte sich plötzlich auf das Zimmer herab, die Erde begann unter ihm zu schwanken.

Sie stand schnell auf und schob ihn zurück aufs Bett. Stopfte ein Kissen unter seinen Kopf und deckte ihn wieder zu. »... und er schaffte es doch nicht«, meinte sie. »Jedenfalls nicht heute abend.«

Das Handtuch war heruntergerutscht, und ihre straffen kleinen Brüste bewegten sich wie suchende Pistolenmündungen, drehten sich, wenn sie sich drehte, es war ein graziöses Fließen.

»Schwester Clemmons, Sie haben Ihre Tracht verloren.«

Sie griff nach der Plastiktasse und einem Plastiklöffel. »Iß deine Suppe, du böser nackter Mann.«

Die Suppe war kalt, aber er sagte nichts. Nicht lange, und er wurde schläfrig und bedeutete durch eine Geste, daß er genug hatte. Durch seinen Kopf zuckten all die Dinge, die bedacht werden mußten, zu viele Dinge, wichtige Dinge. Er versuchte sie festzuhalten, einen Befehl zu formulieren, aber der Schlaf überfiel ihn. »Geh nicht raus«, sagte er. »Was immer du auch tust, wage dich nicht in die Nähe des Hotels, Park Place, meine ich. Und halte dich von deinem Wagen fern. Den werden sie beobachten. Morgen besorgen wir uns einen anderen, gemieteten. Verschwinden aus dieser Stadt. Irgendwie.«

Sie nickte dazu. »Morgen«, sagte sie, und dann stellte sie die Tasse beiseite und knipste die Lampe aus und glitt unter die Decke und schmiegte sich an ihn.

»Erwarte nicht, daß ich dir heute nacht viel Freude mache«, murmelte er.

»Schon wieder falsch, Waverly. Du hast ja gar keine Ahnung, wie gut du mir tust.«

Und sie sprach dort in der Dunkelkeit keine Lüge aus. Wie kann man »gut« definieren? Da war dieses Gefühl, seinen Körper zu halten, seine Härte, die Kraft. Und dann war da ein Geheimnis um ihn, seine Unschuld. Ein zerbrechlicher Zynismus. Eine kunstlose Zärtlichkeit. All das war gut, denn es lag außerhalb ihrer Erlebnissphäre. Bis jetzt. Sie hatte noch nie, wenn sie es recht bedachte, sich um jemanden Sorgen gemacht – Clay, schön, das war etwas anderes, das entsprang mehr dem Zufall, es hatte sich so ergeben, nun war es jedoch schon eine Verpflichtung, aus der sie sich wohl niemals würde lösen können. Das Wort Liebe hatte nie zu ihrem Sprachgebrauch gehört, tat es immer noch nicht, und sie bezweifelte, daß es das jemals würde. Aber irgendein seltsames Gesetz der Kompensation schien hier wirksam zu sein, und es brachte sie dazu, sich zu fragen, ob sie am Ende doch Rechenschaft würde ablegen müssen. Die Bilanz ihres Herzens. Nein, sie hatte diesen schlafenden Mann, diesen Fremden neben sich nicht angelogen. Nicht über die außerordentlich unerforschten Gefilde, die sie gemeinsam bereist hatten, und in weniger als einer Woche dazu, praktisch in einem Lidschlag. Wenn es eine Definition für Liebe gab, vielleicht war das eine. Soweit war es jedenfalls die Wahrheit.

Aber sie hatte ihm andererseits auch nicht alles erzählt. Daß dieser nette und senile alte Mann weder so nett noch so senil gewesen war und daß eine Demonstration ihrer außergewöhnlichen Streichelfähigkeiten vonnöten gewesen war, um sie bis in die Stadt zu bringen. Und daß sie bereits, während er schlief, im Park Place gewesen war, und zwar nicht nur einmal, sondern zweimal. Und daß der Porsche bereits abgeholt worden war und nun zwischen zwei Winnebagos auf dem Parkplatz am Sugar Beach stand. Und daß sie morgen seine Hilfe noch ein einziges Mal brauchte: um Clay aus allem herauszuholen und die ganze häßliche Affäre endlich abzuschließen. Und dann könnten sie ihre Reise fortsetzen. Wohin sie auch führen mochte.

Es war kurz nach zwei, als Shadow an der Tür seiner Wohnung im zweiten Stock ein Klopfen hörte. Es mußte Gleep sein, daher rief er einen kurzen Gruß und fuhr fort, sich Talkum in sein frisch rasiertes Gesicht zu stäuben. Er wollte sich wieder auf Vordermann bringen. Er massierte sich etwas Frisiercreme in die schütteren Haare, kämmte sie sorgfältig und sprühte Deo in seine Achselhöhlen. Dann zog er ein grünes Hemd mit vertikalen Streifen an, strich es an seinem Körper glatt und betrachtete sich im mannshohen Spiegel an der Badezimmertür. Er war nicht vollkommen unzufrieden mit dem, was er sah: einen sportlich aussehenden Burschen, eine Studie in Grün, das hellgrüne Hemd über tannengrünen Sporthosen, dazu ein zitronengelber Gürtel, all das getragen von burgunderfarbenen frisch geputzten Schuhen. Ausstaffiert, um – ha, ha – zuzuschlagen.

Er fühlte sich gut. Ganz egal, wie die Dinge sich bisher entwickelt hatten, er fühlte sich tatsächlich gut. Besser, als er sich seit langem jemals gefühlt hatte. Wie sollte er es einem Klotzkopf wie Gleep da draußen erklären: Nicht alles ist in Wirklichkeit so, wie es einem erscheint. Eine innere Vision von Gewißheit hatte sich in ihm breitgemacht, und er ahnte, daß er an der Schwelle von etwas Geheimnisvollem, Vorherbestimmtem stand. Und obgleich er begierig war, damit weiterzukommen, endlich zu erleben, wie es sich entwickelte, war er andererseits auch seltsam entspannt, gelassen, als ob nichts von dem, was er tat oder nicht tat, irgend etwas ändern könnte. Unter der Schicht Talkum glühte sein fleckiges Gesicht, und sein Spiegelbild schenkte ihm ein seliges Lächeln.

»Ich denke«, sagte er einen Augenblick später zu Gleep, »daß sie sich an den Wagen heranmachen.«

»Welchen? Er hat auch einen gefahren.«

Gleep lag hingegossen in Shadows Lieblingssessel, einem schwarzen Sitzsack, der in der Ecke seines kleinen Wohnzimmers stand. Sein Gewicht hatte ihn weit auseinandergedrückt, und er drohte jeden Moment umzukippen, und Shadow runzelte unwillig die Stirn, als er es sah. Er erwog, etwas dazu zu bemerken, aber dann verwarf er den Gedanken. Warum sollte er seine gute Laune wegen eines Sessels aufs Spiel setzen, auch wenn er stolz auf das Möbel war? Heute gönnte er sich nur glückliche, zufriedene Gedanken.

»Porsche«, sagte er. »Überleg doch mal. Sein Wagen steht sicher vor dem Hotel, und dorthin wagen sie sich nicht. So dumm sind sie nicht. Zur Polizei gehen sie auch nicht, weil sie selbst tief drinstecken. Sie haben kein Geld, keine Kleider. Sie haben nichts. Und beide sind leicht angeschlagen. Wohin wenden sie sich also?«

»Bleibt der Porsche«, meinte Gleep mit einem Achselzucken.

»Du hast es erfaßt. Und wir haben einen ausgesprochen hilfsbereiten Mr. Moon, der auf diesem Fahrzeug hockt. Wenn wir wollten, könnten wir den ganzen Tag hier herumhängen und darauf warten, daß das Telefon klingelt. Ich garantiere dir, daß er es sein wird.«

»Also was machen wir nun? Warten wir hier?«

Shadow überlegte eine Weile. Am liebsten hätte er genau das getan, gewartet, denn er war überzeugt, daß sein Szenario genauso ablief. Andererseits mußte man das Ganze auch praktisch betrachten und wenigstens ein Minimum Mühe aufwenden, um sein Geld zu verdienen. Es konnte nicht schaden, bei Moon vorbeizuschauen und ihn ein wenig aufzumuntern. Ihn daran zu erinnern, immer schön ehrlich und kooperativ zu bleiben. So oder so: Er war auf jeden Fall auf der Siegerstraße. »Nein«, sagte er schließlich. »An einem so schönen Tag wie heute gehen wir raus und schnappen ein wenig frische Luft. Vielleicht halten wir ein Schwätzchen mit unserem Mondgesicht, oder vielleicht gehen wir auch vorher etwas essen. Wir haben Zeit genug.«

Etwa zur gleichen Zeit kam Clay durch die Türen des Big-Boy-Imbisses in der Stadt und ließ sich in eine Nische in der Nähe der Kasse im vorderen Teil des Lokals fallen. Er bestellte Kaffee und ein Farmer-Omelett und bat die Kellnerin, ihm ein Glas Eiswasser zu bringen. Er war durstig und hungrig und einfach fertig durch das ganze Laufen, den weiten Weg in die Stadt, dann dort kreuz und quer durch die Straßen und wieder zurück. So klein das Nest auch war, es war ein ganz schön langer Weg, mehr, als er jemals zu Fuß gegangen war, vor allem nach dieser letzten Woche. Er hatte von diesen Idioten in der Turnhalle keinen Penny holen können. Nur ein stereotypes »Tut mir leid, hab kein Geld dabei«. Blieben nur die Fotzen aus dem Kleinlaster von heute morgen, und das hieß, er mußte eine verbrannte Brücke flicken. Es war bestenfalls eine aussichtslose

Position, in der er sich befand, nicht mehr lange, und er stürzte ab.

Nichtsdestoweniger setzte Clay Vertrauen in seine Fähigkeiten, in seinen Magnetismus; so große Sorgen machte er sich gar nicht. Er entdeckte eine von ihnen, wie sie drüben an der Müllkippe, die sie Salatbar nannten, einen Tisch abwischte. Er setzte sein altes jungenhaftes Grinsen auf und schickte es auf telepathischem Weg in ihre Richtung. Schon bald kam die Botschaft an, und sie kam zu seiner Nische herüber, wobei sie so tat, als beachte sie ihn gar nicht. Er streckte einen Arm aus und hielt sie am Handgelenk fest.

»He, Kürbis, ich bin wieder da.«

»Wie toll«, sagte sie und entzog ihm nacheinander ihre Finger. Sie spielte ihm die Verärgerte vor und schaute ihn an, ohne zu lächeln. Aber sie ging auch nicht weg, und er wußte, es war nur eine Frage der Zeit und geduldiger Überredungskünste. Er kannte Frauen, Mädchen, sogar den wenig gesegneten Typ wie Darla hier (als welche das Namensschild an der Uniform, erdbraun und voller Speiseflecken, sie identifizierte) mit ihrer Knubbelnase und den großen Zähnen und den abstehenden Ohren. Das Grübchen in ihrer Wange erschien in ihrem Fall als ein Makel in ihrem Gesicht. Struppige, gelbliche Haare. Jesus, es war schon verrückt, zu was man sich manchmal überwinden mußte, um zu Rande zu kommen.

»Steht das Angebot mit der Party noch?« fragte er.

»Häh? Du bist mir aber der richtige Partytyp, so wie du aus meinem Wagen gesprungen bist.«

Ein Ausdruck des Beleidigtseins, des Verletztseins schwang in ihrer Stimme mit. Eine Forderung nach Wiedergutmachung. »Ach, Darla«, sagte Clay, »nun komm schon. Ich hatte auf der anderen Straßenseite einen Typen gesehen, den ich unbedingt sprechen mußte. Er hatte etwas für mich. Die Ampel sprang um, dann der Verkehr. Was sollte ich tun? Ich entschuldige mich ja. Jetzt ärger dich nicht.«

»Ich weiß nicht. Wir haben schließlich auch Gefühle, weißt du.«

»Ich bin doch jetzt hier, oder?«

»Ja sicher, aber wie lange diesmal?«

Die Schlampe wollte, daß er vor ihr zu Kreuze kroch. Was sie tatsächlich verdient hätte, wären ein Teller Rührei mitten ins Gesicht und über ihre Klamotten und als farbigen Effekt ein paar Spritzer Ketchup dazu. Aber er konnte im Augenblick überhaupt nichts tun; denn vorerst war Miss Kartoffelbrei seine einzige Partie in der Stadt. Er versuchte es nun mit einer anderen Nummer, streckte seine Arme über den Kopf und gab ihr einen Eindruck von seinem Brustkorb. »Solange es nötig ist«, sagte er.

Darla schaute ihn bewundernd an. Sie verlagerte ihr Gewicht von einem Fuß auf den anderen, strich sich durch die drahtartigen Haare. »Wir kommen hier nicht vor vier Uhr weg. Das ist in über einer Stunde.«

»Wir?«

»Marlene und ich.«

»Wer braucht schon eine Marlene. Das ist doch dein Truck, oder?«

»Er gehört meinem Stiefvater.«

»Und wenn schon. Wir zwei, wir können doch eine richtig heiße Party starten.« Er hielt inne, verwandelte ein vielsagendes Grinsen in einen verschwörerischen Ausdruck. »Vielleicht hast du Lust, dich etwas anzutörnen, ein bißchen zu schnupfen? Schon mal damit probiert? Die reinste Rakete, Darla, Krieg der Sterne.«

Darlas grobes Gesicht hellte sich auf. Ihre Unterlippe zitterte gierig. »Hast du Stoff?«

»Der Typ, den ich heute morgen getroffen hab, er sitzt drauf. Wir brauchen ein bißchen Kleingeld. Nicht viel.«

»Ich bekomme heute meinen Lohn. Und dann hab ich auch noch ein Konto auf der Bank.«

»Das finde ich aber toll«, sagte Clay, und dann drohte er ihr spielerisch mit dem Finger. »Aber jetzt kein Wort mehr davon. Bring mir mal was von dem Zeug hier, ja? Ich warte hier.«

Wenn die eine Tür zufällt, geht eine andere auf, falls man mit den entsprechenden Zutaten geboren wird und bestens ausgestattet ist. Er legte seine Füße auf die zerschlissene Vinylbank und sah ihr nach, wie sie die Kaffeekanne holen ging. Er machte es sich bequem, um zu warten. Er war schon so gut wie zu Hause. Was er jedoch nicht bemerkte, so sehr hatte er sich auf das zweideutige Gespräch mit Darla konzentriert, waren die beiden Gestalten, die er mehr fürchtete als alles andere auf der Welt und die direkt hinter ihr durch den Gang zwischen den Tischen gingen und sich vier Nischen weiter niederließen.

Clay rannte. Er hatte sich gleichgültig umgeschaut und darüber nachgedacht, daß das wahrscheinlich das letzte Mal in seinem Leben sein würde, daß er in einem solchen miesen Grillschuppen herumhängen mußte, als sein Blick auf Shadow traf, seinen Blick auffing, ihn festhielt. Er sprang auf und rannte los, die Serviererin schrie irgend etwas hinter ihm her, von wegen der Rechnung. Er schlängelte sich zwischen den Touristen auf der Front Street hindurch, aber schon nach einem Block lichtete die Menge sich, und was immer die Leute ihm an Deckung hatten bieten können, war plötzlich verschwunden. Er bog nach links ab in die Park Street, hielt auf den Strand zu oder wohin auch immer, er wußte nicht, wohin – nichts wie weg, aber wo war es sicher? Zurück zwischen die Menschen, zwischen ihnen verschwinden, untertauchen? Wo? Eine Stimme in seinem Kopf trieb ihn weiter: Lauf, lauf, lauf, du kannst es schaffen, du bist besser als sie, schneller, jünger, schlauer, lauf; eine andere Stimme kreischte, wohin, wohin, wohin, mein Gott wohin? Aus einem Impuls heraus tauchte er in eine Gasse hinter der Ladenzeile und rannte in die Richtung zurück, aus der er gekommen war, suchte sich seinen Weg zwischen Mülltonnen, Schuttcontainern, geparkten Fahrzeugen, Lastwagen, die beladen wurden, aufgestörten Angestellten, die in Ruhe eine Zigarette rauchen wollten. Der raffinierte Schachzug hatte sie abgeschüttelt. Vielleicht. Über die Schulter hörte er, oder er hörte es auch wieder nicht, das Stampfen schwerer Füße. Er hatte zu viel Angst, um sich umzudrehen.

Er verließ die Gasse und landete auf der Cass, und dort entdeckte er zwei Lehrerinnen, die eine Herde kreischender Kinder zum Fußgängertunnel unter der Grandview trieben, durch den man zum Zoo gelangt. Er sprintete über die Straße und drängte sich zwischen sie, bedachte die Damen mit einem flüchtigen

Grinsen. In dem Tunnel hallten die begeisterten Schreie der Kinder von den feuchten Wänden wider. Eine Hand griff nach seiner, und er riß sich los.

»Es ist schon okay, Mister. Mrs. Dunkel hat gesagt, daß es hier keine Schlangen gibt.«

Es war ein Kind, ein Mädchen, das ihm gerade bis zum Knie reichte. Sie schenkte ihm ein beruhigendes Lächeln. »Ich halte Ihre Hand fest, wenn Sie Angst haben.«

»Danke«, sagte Clay, »aber ich schaff das schon.«

Noch drei Meter, und es war geschafft. Aus dem Tunnel raus und mitten in die Menge der Zoobesucher hinein, zwischen Eltern und ihren Bälgern, dann runter zum Strand und irgendwie zurück in die Stadt, dann Darla anrufen – es könnte klappen.

»Wollen Sie auch mit dem Zug fahren?« fragte ihn das Mädchen, und er wollte schon eine Antwort geben, als für ihn alles aus war.

Shadow, der sich am Ausgang gegen die Tunnelwand lehnte, auf einem Zahnstocher kaute, meinte: »Nein, Kindchen, der schöne Mann fährt heute nicht mit. Er hat noch nicht seine Fahrkarte bezahlt.«

Clay wirbelte herum. Und da stand Gleep.

»Weißt du, Gleep, wenn jetzt jemand vorbeikommt, dann könnte er meinen, daß du und ich eine Sandwichnummer machen, mit diesem schönen Stück Filetfleisch zwischen uns.«

Shadow spielte auf die Art und Weise an, wie die drei sich auf die Rückbank des Caprice gezwängt hatten, Clay in der Mitte. Sie parkten in einer Seitenstraße, abseits vom Straßenverkehr. Gelegentlich fuhr ein Auto vorbei, aber nicht sehr oft. Einen Block weiter war ein alter Mann im Unterhemd dabei, den Rasen zu mähen. Im Hof nebenan piesackten ein paar Kinder einen an der Kette liegenden Hund. Der Himmel war eine einzige pulsierende Hitzeglocke, unbarmherzig, nirgendwo eine Wolke; und die Luft im Wagen, dessen Fenster hochgedreht waren, war stickig und trocken. Es war natürlich ziemlich eng angesichts von Gleeps Körpermasse und Clays Schultern, und Shadow saß nur mit einer Gesäßhälfte auf der Sitzbank. Das war aber okay.

Das machte ihm überhaupt nichts aus. Nicht bei dem Glück, das sogar seine phantastischsten Träume überstieg.

Eine verwirrte Fliege krabbelte über die Windschutzscheibe. Shadow schaute ihr eine Weile zu und war fasziniert. Er sagte: »Siehst du diese dämliche Fliege, Clay? Siehst du sie?«

Clays Augen, so leer wie Kohlenschächte, regten sich nicht. Von Sekunde zu Sekunde färbte sein tiefbraunes Gesicht sich stärker grau, es war ein Wunder der Pigmentierung, in umgekehrter Abfolge. Die flache Seite von Shadows Messer streichelte seine Kinnlinie.

»Ich rate dir, die Fliege zu beobachten.«

»Ja, ja, ich sehe sie. Die Fliege.«

»Dieser arme kleine Teufel. Die ganze, große Welt ist da draußen. Also fliegt sie dort herum. Und hat keine Ahnung, was sie davon fernhält. Dabei müßte sie es eigentlich sehen, oder?«

Clay gab keine Antwort, bis das Messer sich leicht drehte. Dann sagte er schnell und stotterte sogar etwas: »Klar, klar, sie kann es sehen, das stimmt.«

Shadow blickte zu Gleep hinüber, der seinen Kopf langsam bewegte und ein Lächeln zu unterdrücken schien. Und gewöhnlich hätte das ausgereicht, ein amüsiertes, zufriedenes Publikum; aber Shadow spürte, daß sich Gleep mit irgendwas beschäftigte, mit dieser Fliegensache. Er konnte nicht genau feststellen, was es war, auf jeden Fall irgendwas. Er beschloß, das weiter zu verfolgen, wer weiß, wohin es ihn brachte.

»Aber sie kann nicht dran vorbei«, sagte er traurig. »Das muß sie doch verrückt machen, stelle ich mir vor. Sicher sagt sie sich, sieh mal da draußen, Ladyfliegen zum Bespringen, Picknicks, eine Welt voll Hundescheiße. Und sie kommt an nichts davon heran. Und es ist nur das Glas, das im Weg ist. Nichts als ein Stück Glas. Ist das nicht erstaunlich und traurig zugleich? Clay?«

»Ich hab nie drüber nachgedacht«, antwortete Clay, ohne zu zögern. Das Messer streichelte seinen Hals.

»Ich weiß, daß du das nie getan hast. Das ist dein Problem, jedenfalls zum großen Teil. Aber ich frage dich jetzt. Denk nach. Mit mir zusammen. Sieh mal, vielleicht sind du und ich und

Gleep hier, einfach jeder, genauso dumm wie diese dämliche Fliege, indem auch wir auf einem Stück Glas herumkriechen, das wir nicht überwinden können. Wir können hindurchblicken, aber wir können es nicht *sehen*. Wir wissen, was auf der anderen Seite ist oder was dort sein sollte, aber wir haben keine Ahnung, wie wir hingelangen. Verstehst du überhaupt, was ich dir damit sagen will?«

»Ja. Ich meine, ich glaube schon. Ja. Ganz sicher bin ich mir nicht.«

Auch Shadow war sich nicht sicher, obgleich er überzeugt war, daß das Bild etwas mit dem zu tun hatte, was passiert war, seit er an diesem Morgen aus dem Wald zurückgekommen war, mit der kontinuierlichen Entschleierung seiner okkulten Vision. Er hatte recht gehabt, daran zu glauben, denn hier war der unwiderlegbare Beweis neben ihm und wand sich wie ein geprügelter Hund unter seinem Messer. Die Ware und die anderen beiden, speziell der Kartenzähler – die Erkenntnis war unausweichlich, es war nur noch eine Frage von Kurs und Zeit, und das auch nur so nebenbei. Vielleicht bedeutete es endlich, daß er seine Glasscheibe entdeckt hatte und damit gleichzeitig auch einen Weg hinaus. Und wenn das stimmte (so sagte ihm seine Logik), dann bedeutete es auch, daß er mit bestimmten Kräften, Fähigkeiten ausgestattet war, mit einem seltsamen Zauber, einem Wissen, das ihn von anderen Menschen abhob. Ganz neue Ausblicke schienen sich für ihn aufzutun, grenzenlos und unendlich.

Völlig unerwartet und aus keinem bestimmten Grund, den er sich denken konnte, beugte er sich über den Vordersitz, krümmte seine Hand und pflückte die Fliege mit einer einzigen fließenden Bewegung von der Windschutzscheibe. Er machte eine Faust und hielt triumphierend den Arm hoch. »Nun, die wird es nicht mehr erfahren. Nicht so wie wir.«

Gleeps Gesicht, so bemerkte er, zeigte den stumpfen geduldigen Ausdruck eines Rindes, das soeben einen dampfenden Kuhfladen abgesetzt hatte. Für die Dauer eines melancholischen Augenblicks fragte Shadow sich, was wohl aus ihm würde, nun da sein eigenes Leben sich so geheimnisvoll verändert hatte, und wo nichts mehr so sein würde, wie es früher war. Aber dann sah er, wie Gleep ein Gähnen unterdrückte, und aus verwirrtem Ärger heraus sagte er: »Bist du an all dem nicht interessiert, Gleep?«

»Das ist schon ganz okay, was du da sagst. Aber was meinst du, sollen wir nicht lieber weitermachen? Hier drin ist es heiß.«

Shadow machte es sich in der schmalen Lücke, die für ihn geblieben war, bequem. Er hielt das Messer vor seinen Augen hoch und starrte es an, als spräche er ihm zu Ehren ein Gebet. »Weitermachen«, sprach er, und dann wandte er sich um und brachte sein Gesicht dicht an das von Clay heran. »Erinnerst du dich noch an deinen Kumpel, Rusty?«

»Rusty? Sicher, klar, Rusty.«

»Hast du ihn in letzter Zeit mal gesehen?«

»Nein.«

»Ich wußte, daß du das sagen wirst – nein. Weißt du auch, warum?«

»Ich weiß es nicht«, wimmerte Clay. Ein Nerv unter seinem Auge begann heftig zu zucken. »Bitte. Ich weiß es nicht.«

»He, he, reiß dich zusammen. Fang nicht jetzt schon an zu heulen. Ich frag dich nichts Großes und Wichtiges. Nur damit du genauso Bescheid weißt wie ich. Das ist alles. Ich geb dir ja auch selbst die Antwort. Ich weiß – Gleep auch –, daß Rusty einen kleinen Unfall hatte. Na ja, eher schon etwas mehr als nur einen kleinen. Hat sich die Hand ganz schlimm verletzt. Das einzige, was er damit noch machen kann, ist Trauben einstampfen in einer der Weinfabriken.«

Gleep stieß ein knappes, kehliges Lachen aus.

»Du willst doch nicht, daß dir so etwas ebenfalls zustößt«, fuhr Shadow fort, »bei all den Luftmuskeln, die an dir dran sind? Das würde dir die Muschijagd aber verderben. Habe ich recht?«

»Ja. Ich –«

Shadow legte das Messer auf Clays zitternde Lippen. »Das ist gut. Das ist eine Antwort. Du machst es ganz prima. Nun, ich hab jetzt eine ganz andere Frage. Und die werde ich nur ein einziges Mal stellen. Fertig?«

Clay bewegte den Kopf auf und ab.

»Wo ist die Ware?«

»Mir scheint«, sagte Shadow, als sie fünf Minuten später in Moons Tankstelle einfuhren, »als hätten wir es hier mit einem kleinen Problem zu tun.«

Clay beugte sich über den Vordersitz und zeigte mit einem Finger auf den freien Platz, wo der Porsche gestanden hatte. Seine Augen waren vor Schreck weit aufgerissen. »Ich schwöre«, sagte er hektisch. »Ich habe das Zeug in den Wagen getan. Heute morgen. In den Wagen meiner Schwester. Ein Porsche. Ich schwöre es.«

Gleep riß ihn zurück. »Wir kennen den Wagen, Arschloch.«

»Ach ja«, sagte Shadow, »hab ich vergessen zu erwähnen. Wir haben deine Schwester bereits kennengelernt. Und ihren Freund. Sie ist ein richtig heißer Käfer, deine Schwester. Ein bißchen mager vielleicht.«

Er redete einfach so daher, um Zeit zum Nachdenken zu gewinnen. Jetzt lag es wieder bei ihm, die richtigen Entscheidungen zu treffen. Diese Komplikation verwirrte ihn etwas, aber nur wenig. Alles würde am Ende glattgehen. Tatsächlich war es richtig unterhaltsam zuzuschauen, wie sich alles entwickelte; so mußte es sein, wenn man eine Bergstraße hinunterfuhr mit Serpentinen und Haarnadelkurven – kreischende Reifen, dann wieder Vollgas, ohne auf die Gefahr zu achten. Es war sowieso egal: Das Ziel war das gleiche, und das lief nicht weg.

»Soll ich ihn mal ein bißchen abstauben?« fragte Gleep seinen Gefährten. Er hielt Clay an seinem Haarschopf im Nacken. Er hatte diesen Kerl nie gemocht, obwohl er ihn kaum gesehen hatte. Er erinnerte ihn an die Gewichtheber im Hof in Jacktown: außen geöltes Fleisch und innen drin knochentrockenes Stroh. Und den mochte er noch weniger, als er jetzt fast heulte und schluchzte.

»Nein, noch nicht«, sagte Shadow. Er unterbrach die Zündung und trommelte auf das Lenkrad. Von der Stelle aus, wo sie parkten, konnten sie in das Tankstellengebäude hineinschauen. Kein Moon in Sicht. Er überlegte noch einen Augenblick, und dann sagte er: »Ich hab da so eine Ahnung, Gleep. Komm, wir schauen uns mal um. Bring den Jungen mit.«

Der pickelige Jugendliche schaute von der Kasse hoch, als sie hereinkamen. Ein Kofferradio neben seinem Arm plärrte einen Countrysong, und er schnippte den Rhythmus mit den Fingern mit.

»Hallo«, sagte Shadow. »Wir suchen Mr. Dale Moon. Ist er da?«

»Nee.«

Shadow legte den Kopf schief. Rieb sich einen Nasenflügel. »Kannst du uns mehr erzählen als nee? War er hier? Kommt er noch?«

»Moon hat heute frei. Er war nicht hier.«

Shadow griff über die Theke und drückte den Ausknopf des Radios.

»Heh, das ist Loretta Lynn!«

»Ja, ich weiß. Eine gute Sängerin, diese Loretta. Aber sie singt gleich weiter. Bis dahin haben wir ein kleines Problem, und vielleicht kannst du uns dabei helfen. Es hat mit dem Porsche zu tun, der drüben am Luftschlauch stand. Und der jetzt nicht mehr da ist. Weißt du, wohin er verschwunden ist?«

Dieser Porsche scheint aber heute das Lieblingsauto einer ganzen Menge Leute zu sein, dachte der junge Mann; seins aber auch, denn weil er ihn ebenfalls gesehen hatte, hatte er an einem Tag mehr eingenommen, als er sonst in drei Tagen nach Hause brachte. Und er würde davon auch nichts abgeben, keinen einzigen Nickel, Moon nicht und nicht diesem Ketchup-Gesicht und auch nicht dem Muskelpaket von heute morgen, das dort drüben mit dem Indianer in der Ecke stand. Aber niemals! Das Geld gehörte ihm. »Eine Lady kam und holte ihn ab«, sagte er und ließ die Stelle aus, daß er fünfzig von ihr verlangt hatte, ehe er die Schlüssel rausgab. »Sie sagte, er gehöre ihr.«

»Wann war das?«

»Vor zwei oder drei Stunden. Ich weiß nicht.«

»Hat Mr. Moon nicht gesagt, du sollst ihn anrufen, wenn jemand den Wagen holen will?«

»Hmm hmm. Er sagte nur, ich solle nicht –« Er brach ab und erkannte, in was er hineingeraten war.

»Ja? Was sollst du nicht?«

»Ich erinnere mich nicht.«

»Aber natürlich tust du das«, sagte Shadow und kam um die Theke herum und drängte ihn gegen das Süßigkeitenregal an der anderen Wand. »Er sagte, laß niemand an den Wagen heran, nicht wahr? Laß ihn von niemandem wegfahren. Das hat er doch gesagt. Shadow befand sich Auge in Auge mit dem fleckigen Gesicht des Jungen, sie waren etwa gleich groß; wenn auch nur in geringem Maße, so war Shadow sogar etwas größer (was mal eine willkommene Abwechslung war) und schaute aus einer leicht höheren Position in die verschlagenen Augen.

»Möglich, daß er gesagt hat, ich solle anrufen. Ich wollte es auch, aber die Lady sagte, der Wagen gehöre ihr. Wie ich Ihnen erzählt hab.«

»Dann hast du ihr also einfach die Schlüssel gegeben, was? Nur weil sie sie verlangt hat?«

Der Mund des jungen Mannes verzog sich grotesk, als hätte er irgendwelches verdorbenes Essen verschluckt. »Sie hatte auch einen Ausweis. Dieses Versicherungspapier mit der Autonummer darauf oder was immer das ist. Sie sagte, sie würde die Polizei rufen, wenn ich ihr die Schlüssel nicht geben würde. Was zum Teufel sollte ich da tun?« Es war alles eine Lüge, natürlich, aber er war in die Enge getrieben, verzweifelt.

»Hat die Lady dir einen Schein oder gar zwei rübergeschoben?«

»Nee, hmm, nee.«

»Warum, was meinst du, habe ich den Eindruck, daß du zu mir nicht ganz ehrlich bist? Wie kommt das wohl?«

»Ich hab Ihnen erzählt, wie's gelaufen ist. Ich bin hier nur angestellt.«

Shadow betrachtete ihn ruhig. Er versuchte, die Dinge im Kopf zu ordnen, aber irgendwas war an dieser Sumpfkröte dran, seine trotzige, schleimige Häßlichkeit vielleicht, das seine Konzentration störte. »Versuchen wir es mal mit etwas anderem«, sagte er. »Siehst du den Jungen da drüben, den mit den Muskeln?«

»Den sehe ich.«

»Hast du ihn hier schon mal getroffen?«

»Ja, sicher. Heute. Er sagte auch, es sei sein Wagen, etwas in dieser Richtung jedenfalls. Aber ich hab ihn den Wagen nicht mitnehmen lassen.«

»War es das? War das wirklich alles?«

»Er hat irgendwas in den Kofferraum getan. Einen Sack.«

»Hat er dir auch ein bißchen Kleingeld gegeben, häh?« fragte Shadow und kam wieder auf den Punkt und schloß damit den Kreis, Gott allein wußte, wie. Es hatte im Grunde keine Bedeutung, der Junge hatte ein bißchen was angeschafft; er war nur neugierig, und das war schon Grund genug. Außerdem, aus dieser Nähe betrachtet, hatte Shadow das vage Gefühl, daß er dieses elende Gesicht früher schon mal gesehen hatte oder etwas Ähnliches, diesen Ausdruck des in seinem Käfig in die Enge getriebenen Tiers, das zusammengekauert dahockt und wütend faucht und irgendein Aas bewacht, ein Stück blutiges Fleisch. Er beobachtete, wie die Blicke des Jungen über den Boden huschten. Und dann, erstaunlicherweise, als betrachtete er das Ganze durch ein Zeitfenster, erkannte er, wer das war: er selbst, niemand sonst, vor zwanzig Jahren, ein Westentaschengauner, ein Anfänger, der gerade lernte, seinen Weg in einer schmutzigen Welt zu machen, von der er abgesondert war durch den schlechten Scherz eines Körpers, den er bewohnte, und durch ein Gesicht, das jeden Morgen das traurige Schicksal seiner Geburt in aufblühenden, entzündeten Pickeln verkündete.

»Das war wohl ein guter Tag für dich«, sagte er, »nicht wahr? Geldmäßig, meine ich.«

Der Kopf bewegte sich in einem langsamen, hoffnungslosen Nicken, eine Hand zog die Geldscheine heraus und bot sie ihm an.

Shadow tätschelte die fleckige Wange sanft, fast zärtlich. »Wie heißt du, Junge?« fragte er und wartete auf die geheimnisvolle Antwort, die, wie er mit Sicherheit wußte, kommen würde.

»Willard.«

Für den Bruchteil eines Moments war er enttäuscht, aber er sagte: »Na ja, Willis ist es nicht, aber nahe dran. Willard. Das ist auch ein guter Name. Paß gut auf dich auf, Willard. Laß dich nicht aus der Kurve tragen.«

Im Wagen fragte Gleep: »Was ist los, Shadow?«

Shadow gab keine Antwort. Er fuhr zum Park Place, und als sie dort ankamen, rollte er bis zum Eingang und blieb mit laufendem Motor stehen. Er fand ein Blatt Papier und einen Schreiber im Handschuhfach und drückte beides Clay in die Hand. »Schreib, was ich diktiere«, sagte er. Dann ging er mit der Notiz hinein und bat, sehr höflich, die Frau an der Rezeption, die Nachricht entweder an Mr. Waverly oder an Miss Clemmons weiterzuleiten, durch einen Boten oder per Telefon, ganz gleich wie. Er gab ihr zehn Dollar für die Mühe und bedankte sich.

Auf dem Weg zu Gaylon fragte Gleep wieder: »Was ist los?«

»Du hast es noch immer nicht gerafft, was, Partner? Nichts ist los. Vielleicht werde ich ja allmählich weich und komme in den Herbst meines Lebens. Es ist nichts Schlimmes. Dieser Coup war zu groß für diesen armen Schwachkopf« – und dabei wies er mit dem Daumen auf Clay – »als daß er ihn sich hätte alleine ausdenken können.«

»Du meinst, sie kommen ins Hotel zurück? Hätten wir da nicht besser gewartet?«

»Nicht nötig. Wenn wir das getan hätten, dann säßen wir dort nur unnütz herum. So wie ich es sehe, werden sie nicht so dumm sein und ihre Köpfe aus dem Loch herausstecken, in dem sie gerade sitzen. Nicht nach der Abreibung von gestern abend. Aber sie sind auch nicht klug genug, um aus der Stadt zu verschwinden, solange sie noch die Chance dazu haben.«

Gleep tappte völlig im dunkeln. »Wie bist du darauf gekommen?«

»Wie? Denk mal nach, Gleep. Du hast hier ein Bruder-und-Schwester-Team, klar? Blutsbande, Loyalität, solchen Scheiß. Dämlich, vielleicht, aber so sieht es nun mal aus. Diese Fotze, die wird nicht ohne ihn abhauen. Das haben wir schon selbst gesehen. Und dort liegt unser As.«

»Was ist denn mit dem Zähler?«

»Also wenn es nach dem ginge, dann könnten wir die Ware abschreiben. Der kennt sich aus. Nur hält sie ihn an der Muschileine. Auch das haben wir schon gesehen. Deshalb ist er doch nicht so helle.«

Gleep war noch nicht zufrieden. »Okay. Angenommen, alles, was du dir ausgedacht hast, ist richtig. Wenn sie sich versteckt halten, wie sollen sie dann an diese Notiz herankommen?«

Ein schmales Lächeln, überraschend tolerant, breitete sich auf Shadows Gesicht aus. Dieser Teil, die Sicherheit, die Unausweichlichkeit von Dingen zu begreifen, war für jemanden wie Gleep unmöglich. Wahrscheinlich wie für jeden anderen auch. Es hatte noch nicht mal Sinn, eine Erklärung zu versuchen. Er wählte sich einen einfacheren Weg. »Zuerst werden sie anrufen, verstehst du? Im Park Place sollten sie sich nämlich auf jeden Fall treffen. Sie rufen an, bekommen die Botschaft und sehen, daß wir einen regelrechten Ausverkauf mit Superpreisen veranstalten. Das gilt hoffentlich für beide Seiten. Nein, wir werden nicht wie verrückt herumzappeln. Sie werden zu uns kommen. Wir bekommen sie in Geschenkpapier eingewickelt, alle drei, und die Ware dazu. Es ist wie Weihnachten im August, Gleep, jederzeit, du hast gelernt, richtig zu leben.«

»Sie bringen dich um«, sagte Waverly. »So einfach ist das. Du triffst mit ihnen zusammen – mit irgendwem irgendwann, ganz egal – und sie bringen dich um.«

Er hatte zugehört, still und ohne zu unterbrechen, wenngleich mit wachsender Verärgerung, während sie eine zweite, stark veränderte Darstellung der Ereignisse vom Tag vorher lieferte. Aber als sie zum Kern des Ganzen kam, diesem simplen Plan, um den vermißten Bruder zu retten und endlich den Vorhang fallen zu lassen nach einem wundervoll dramatischen Ende für alle Beteiligten, nicht zuletzt auch für sie beide, da war das absolut Beste, was er dazu sagen konnte, genau das, was er sagte: Sie werden dich umbringen. Wobei er sich durch die Wahl der Pronomen selbst von der Affäre distanzierte.

Es hatte so mühelos und sauber ausgesehen. Am Abend vorher war der Zeitpunkt gewesen, an dem er die Ungereimtheiten und die nicht verknüpften Fäden der Erzählung hätte aufspüren müssen. Daß er es nicht getan hatte, daran waren wohl die Prügel und der Schmerz und das Wunder schuld, noch am Leben zu sein. Aber früh an diesem Morgen, als er wach im Bett lag, begannen die ersten Zweifel und Fragen sich in seinen Kopf zu bohren. Wie kam es, verdammt noch mal, daß sie hier waren? Und was war mit dem anderen Team passiert? Sportliche Leute, die den Punktestand kannten und ausgestiegen waren? Sicherlich.

Sie lag schlafend neben ihm, mit dem Gesicht nach unten, ein Arm quer über seiner Brust, der andere über die Seite auf den Fußboden herabhängend. Ihre Ertrunkenenpose. Sanft schob er den Arm beiseite und testete sich selbst, indem er sich setzte, dann hinstellte und dann bewegte. Der pulsierende Schmerz war verschwunden und hatte einem bis auf die Knochen reichenden Bohren Platz gemacht. Er ging ins Badezimmer und inspizierte sein Gesicht im Spiegel. Der Halbbruder, die Gesichtszüge voller Knoten, verfärbt, schief, schenkte ihm ein gequältes Lächeln. Lach, sagte er, du hast es schon wieder getan, Junge, du hast gewonnen. Er trat in die Duschkabine und drehte das Wasser so heiß auf, wie er es gerade ertragen konnte, was etwa lauwarm war. Noch war er nicht bereit, auch seinen Körper zu betrachten. Mittlerweile arbeitete genug davon und führte widerstrebend aus, was ihm befohlen wurde.

Als er aus der Dusche kam, bemerkte er, daß seine Zahnbürste und sein Rasierzeug ordentlich neben dem Waschbecken lagen. Er dachte eine Weile darüber nach und versuchte, beides zu benutzen, aber nicht mit viel Erfolg. Einige Backenzähne waren gebrochen, und sein Zahnfleisch blutete schon bei der kleinsten Berührung durch die Borsten. Und selbst das Flüstern der Klinge setzte kleine Blutströme frei, welche an seinen aufgeplatzten Wangen und an seinem Hals hinabrannen.

Als er wieder im Zimmer war, wo er sich mit Hilfe des Lichts aus dem Badezimmer orientierte, entdeckte er einen Koffer, einer der ihren, der mit Kleidern vollgestopft war. Einige der Sachen gehörten ihm. Im Schrank hingen ein Jackett, die Krawatte, die Sporthosen. Er zog sich an. Dann saß er noch eine Weile länger in der Dunkelheit, wobei seine Augen sich auf seine Gedanken konzentrierten. Und dann zog er die Vorhänge auf und ließ die Morgensonne herein.

Midnight gab einige unzufriedene Geräusche von sich. Sie

stöhnte ein wenig. Schließlich rollte sie sich herum. »Waverly«, sagte sie verträumt, und als sie ihn auf den Beinen sah, angezogen und sich offensichtlich aus eigener Kraft bewegend: »Erholt. Sieht aus wie eine aufgewärmte Höllenqual. Aber erholt.«

»Ja, so ist das Leben in der großen Stadt. Und jetzt, was hältst du davon, wenn du mir erzählst, was wirklich passiert ist?«

Ihre korrigierte Version der Ereignisfolge vom Vortag: »Hörst du, es war der reinste Zirkus. Er versuchte sich an mich heranzumachen, unser Mister Wohltäter draußen im Wald. Eeecch. Da erfährt man einiges über die eigene Menschlichkeit, weil man plötzlich anfängt, die Euthanasie in einem ganz anderen Licht zu sehen. Jedenfalls das Äußerste, was ich aus ihm herausholen konnte, war eine Fahrt in die Stadt. Und das auch nur widerwillig. Er hat uns hier abgesetzt, weiter wollte er nicht fahren, und ist beleidigt wieder abgerauscht.

Ich dachte, wir hätten es geschafft, aber Irrtum. Eins kann ich dir sagen, Samariter sind in Traverse City selten. Hier geht's nach der Devise, wenn du keine Schuhe an den Füßen und keine Klamotten am Leib hast, dann gibt's nichts. Kein Gepäck, kein Geld, keine Kreditkarte – also auch kein Zimmer. Dein Zustand trug auch nicht gerade dazu bei, ihre Zweifel zu beseitigen. Ich glaube, wir sahen aus wie die Überbleibsel aus einer Straßenschlacht, aber ehrlich, allmählich wurde ich nervös. Ich dachte sogar an die Polizei, aber das erschien mir nicht klug, nicht nach dem, was passiert war. Und nach dem, was du mir über deine Vergangenheit hier in Michigan erzählt hast.«

Ihr zuzuhören, fand Waverly, war genauso, als verfolge man den Lauf eines geübten Footballspielers: ausweichen, Haken schlagen, die Lücken erkennen, um einen Gegner herumlaufen, aber wenn er erwischt wird, dann ist immer der verdammte Block dran schuld. Und so, wie die ganze Sache sich darstellte, war offensichtlich Waverly hier der verdammte Block.

»Viele Möglichkeiten hatte ich nicht«, sagte sie dann, »wenn ich dich heil von hier wegbringen wollte. Also sprach ich mit dem Angestellten an der Rezeption, appellierte an seine Christenpflicht und garantierte ihm, daß ich wieder zurückkommen würde. Es half außerdem, daß ich meine Ohrclips als Pfand dagelassen hab; Himmel, einer von den Clips würde genug Geld bringen, um ein ganzes Jahr in diesem Schuppen zu hausen. Das konnte sogar dieser Heini erkennen. Sie wollten dich nicht vorne im Büro haben, deshalb packten wir dich hinter dem Haus in eine Hängematte. Im Schatten. Kannst du dich wenigstens daran erinnern?«

Waverly deutete durch eine Geste an, daß das nicht der Fall war.

»Ich lief also zu Fuß ins Hotel. Nicht unbedingt ein erbaulicher Morgenspaziergang von hier aus. Jetzt guck mich nicht so an. Das Risiko war mir schon klar. Sie hatten mich auch in den Fingern, weißt du noch, diese Chorknaben, wie du sie genannt hast. Was sollte ich denn sonst tun?

Ich überredete das Personal im Hotel, mir das Zimmer aufzuschließen. Du weißt, daß ich sehr hartnäckig sein kann, wenn ich etwas erreichen will. Ich hab mich schon durch ganz andere Verwicklungen durchgeschwindelt, weiß Gott. Okay, vielleicht nicht schlimmere, aber kompliziertere. Ist auch egal.

Ich habe immer einen Reservehunderter in meinem Koffer. Für Notfälle. Du weißt ja, wie sie einem Mädchen von Zeit zu Zeit schon mal zustoßen können. Ich dachte mir, daß wir für dich eine Bleibe brauchen. Einen sicheren Ort, wenigstens für die Nacht. Und wir brauchten einen Wagen, um einige Entfernung zwischen uns und sie zu legen, sobald du wieder halbwegs auf dem Damm wärst.

Ich holte mir das Geld und haute wieder ab. Ich hatte keine Ahnung, wo die Schlüssel zu deinem Wagen waren, daher ging ich zu der Tankstelle, wo du meinen abgestellt hast. Irgendein widerlicher Wurm wollte ihn nicht herausgeben. Ein Fünfziger hat ihn dann überzeugt. Blieben noch fünfzig. Die und ein Ohrclip haben uns dieses Zimmer verschafft. Mittlerweile war es Mittag.«

Während des ganzen Berichts hatte sie dauernd im Zimmer umhergeschaut und war seinem Blick ausgewichen. Nun sah sie ihn wieder an. Mehr als nur ein Ausdruck von beleidigtem Trotz lag nun in ihrer Stimme, als sie sagte: »Sieh doch, Waverly, ich hoffe, du begreifst, daß nichts von all dem besonders einfach war. Mittlerweile war ich selbst nämlich auch nicht gerade eine Kandidatin für den nächsten Schönheitswettbewerb.«

Um sein Mitgefühl auszudrücken, drehte er die Hände nach oben. Sie fuhr fort.

»Ich packte dich ins Bett und ließ mich dann einfach in den nächsten Sessel fallen. Ich konnte nicht mehr denken und nichts mehr tun. Ich muß drei Stunden weggetreten sein, wahrscheinlich sogar noch länger. Als ich aufwachte, hast du im Schlaf gestöhnt. Keines unserer Probleme hatte sich aufgelöst. Wir hatten einen Wagen, aber kein Geld, nicht einen Cent. Wir hatten ein Zimmer, aber das nur für eine Nacht. Und ja, es war mir klar, daß sie uns suchen und finden würden. Wenn ich nicht irgend etwas unternahm. Das Ganze machte mich richtig benommen. Ich bin nicht so wie du, Waverly; ich bin kein Spezialist für das Lösen von Rätseln und das Zusammensetzen von Puzzles, und ich habe noch nie in so einer Sache dringehangen...

»... wie du«, hätte er am liebsten den Satz für sie beendet, aber er tat es nicht. Es war aufregend, ihr bei der Arbeit zuzusehen. Die ganze Geschichte war durchlöchert wie ein Sieb, so phantastisch, daß sie wahrscheinlich stimmte. Und sie an einen bestimmten Punkt führte. Das wußte er.

»Dann erinnerte ich mich an etwas, woran ich gar nicht mehr gedacht hatte. In meinem Kosmetikkoffer habe ich eine Kreditkarte. Ein kleines Konto nur, aber es würde reichen. Natürlich stand der Koffer im Hotel. Ich fuhr hin, und diesmal ging ich direkt zum Manager, und ein Angestellter des Wachdienstes kam mit mir auf mein Zimmer, nachdem ich eine Story von irgendwelchen Betrunkenen unten in der Halle erzählt hatte. Ich holte mir die Karte, und da ich schon einmal dort war, packte ich auch schnell noch einen Koffer mit ein paar Sachen für dich und mich. Es gab keinerlei Hinweise, daß irgend jemand dagewesen war. Jedenfalls nicht, bis ich in die Lobby kam und gerade das Haus verlassen wollte. Die Frau an der Rezeption gab mir ein Zeichen und teilte mir mit, daß ein Mann eine Nachricht hinterlassen hatte. Sie sagte, daß ich ihn nur knapp verfehlt habe. Es wäre wirklich Pech, meinte sie. Die Nachricht liegt dort auf dem Tisch. Ich glaube, du solltest sie lesen.«

Waverly ging hinüber und holte sich die Nachricht. Auf dem Tisch lag auch ein Päckchen Zigaretten, daher rauchte er eine, während er las.

Liebes Schwesterlein,

ich halte mich bei den Gentlemen auf, die Du gestern abend bereits kennengelernt hast. Sie haben mich eingeladen. Sie haben mich auch gebeten, Dir zu bestellen, ihnen ihr persönliches Eigentum zu bringen. Anschließend könnten wir uns wieder sehen und segeln oder sonst irgendwas unternehmen. Du kannst sie unter der unten angegebenen Telefonnummer erreichten. Ich hoffe, Du rufst bald an. Aber nicht später als morgen. Freitag. Hier ist alles bestens. Bis jetzt. Einen schönen Tag noch

in Liebe

Clay

PS: Sieh zu, daß Dein Freund auch mitkommt.

Als er hochsah, sagte sie: »Ja, es ist seine Handschrift. Nicht seine Worte, natürlich, aber er hat sie auf jeden Fall geschrieben.«

»Und sie glauben noch immer, daß wir das haben, was sie als ihre Ware bezeichnen.«

»Nun«, sagte sie und fuhr sich durch das tintenschwarze Haar, das auf ihre Schulter herabfiel, eine beiläufige, liebkosende Geste, »das ist es eben. Jetzt haben wir sie wirklich.«

Ihr Plan war die Einfachheit überhaupt: die Nummer anrufen, ein Treffen an einem neutralen Ort vereinbaren, möglichst öffentlich, dann, sagen wir, noch am gleichen Nachmittag, den Austausch vornehmen: den Sack im Kofferraum des Porsche gegen Clay, ein ordentlicher Handel, alle sind zufrieden; sich dann vorsichtig zurückziehen, dann nichts wie weg. Und dann, so deutete sie an, wenn dieses schlimme Abenteuer endlich hinter ihnen läge, dann könnten sie beide ja dort weitermachen, wo sie damals in jener Nacht (*jene* Nacht? Sie lag weniger als sechsunddreißig Stunden zurück!) im Park Place aufgehört hatten, und zusehen, wie weit es sie bringen würde. Und das war dann der Augenblick, als er knapp sagte: »Sie werden dich umbringen.«

»Waverly, ich bitte dich, versteh mich. Er ist mein Bruder.«

»Nur zur Hälfte, hast du mir mal erzählt. Und Bruder oder nicht, er ist so schwer, daß du dich dran verheben wirst.«

»Wer ist denn sonst noch für ihn da? Ich kann nicht zur Polizei gehen. So tief, wie er in der Sache drinsteckt, endet er im Gefängnis, und wie lange würde jemand wie Clay sich dort halten?«

»Bei der Belegschaft, etwa drei Minuten. Und das ist nur von draußen geschätzt.«

»Deshalb muß ich ihm helfen. Es ist mir gleich, was er getan hat.«

»Warum? Macht es dir Spaß, die Märtyrerin zu spielen? Siehst du denn nicht, daß du nur benutzt wirst? Du bist in dieser Sache noch weniger als ein Bauer beim Schach.«

»Benutzt? Wem erzählst du das. Mein ganzes Leben lang hat er mich benutzt. Hat sich darauf verlassen, daß ich schwach werde, und es stets einkalkuliert.«

»Daß du schwach wirst? Wie?«

Sie schaute auf ihre Hände, schien sie für einen Moment eingehend zu studieren, ehe sie weiterredete. »Das ist gleichgültig. Es gibt eine Verpflichtung. Ein Band, das ich nicht zerreißen kann. Ich habe keine andere Wahl.«

»Doch, die hast du. Du kannst dich hinter das Lenkrad deines Wagens da draußen setzen und einfach losfahren.«

»Nein«, sagte sie einfach. »Ich verlasse ihn jetzt nicht. Wer wüßte denn besser als du, was sie mit ihm tun, wenn wir ihnen die verdammte Ware nicht zurückgeben.«

Ja, wer sollte das schon besser wissen, dachte Waverly und spürte dabei wieder den dumpfen Schmerz, der seinen Körper durchpulste. Er erinnerte sich gleichzeitig an das Wunder, das seine Augen noch immer unversehrt waren. Ein Wunder pro Konflikt, und ihr gemeinsames Konto war nunmehr erschöpft. »Leute wie dein Bruder sind vom Unheil umgeben, als wäre dies ihre zweite Haut. Wenn man ihnen zu nahe kommt, dann geht man selbst auch baden. Eines muß ich dir auch noch sagen: Nach allem, was ich gesehen habe, bin ich mir nicht so sicher, ob er es im Grunde nicht verdient hat. Aber das tut jetzt nichts zur Sache. Es hat letztendlich nicht das geringste damit zu tun. Gib ihnen die Ware zurück, oder laß es, es läuft am Ende doch auf das gleiche hinaus. So sind die Regeln. Das ist die Endabrechnung.«

»Aber ich dachte, wenn wir alles zurückgeben –«

»Dein Denken ist falsch«, sagte er unverblümt und staunte über die kindliche Unschuld, die unter der glatten und spröden Oberfläche existierte, die sie der Welt darbot. Aber es gab auch alle möglichen Arten von Welten, und sie hatte niemals die Gelegenheit gehabt, die Welt kennenzulernen, mit der sie sich jetzt herumschlug und deren Gefahren ihr drohten. Etwas sanfter meinte er nun: »Die Ware ist nur eine Hälfte der Forderung. Sie werden nicht eher zufrieden sein, als bis dein Bruder aus dem Weg geräumt ist. Und du auch gleich mit, wenn du dich jetzt auch noch in die Sache hineinhängst.«

»Also, was kann ich tun? Ich brauche deine Hilfe«, flehte sie, und jetzt vergoß sie tatsächlich etwas, das wie echte Tränen aussah. »Hinter allem steckt noch mehr, als du weißt.«

»Wieviel mehr?«

Sie erzählte es ihm.

Sie und Clay hatten denselben Vater, ja, aber sie waren einander doch mehr gewesen als Bruder und Schwester. Viel mehr. Wie es begann, daran konnte sie sich nicht mehr erinnern, oder ihre innere Zensur hatte es gestrichen. Warum es passiert war? Das wußte sie. Wann? Vor ein paar Jahren, als er aus der Heilanstalt kam, vollgepumpt mit Haldol, die Augen glasig und der Körper zusammengeschrumpft und zitternd, mit lallender Sprache – und niemand kümmerte sich um ihn. Wie denn auch? Daddy, der mit seinen teuren Frauen umherzog? Sollen sich doch die Psychoheinis damit herumschlagen, so sagte Daddy immer. Deshalb war sie die Auserwählte. Wer war denn auch sonst noch da?

Sie tröstete ihn. Er sprach gerne mit ihr. Manchmal wirkte er völlig normal, dann war er der alte selbstsichere Clay und strotzte vor Energie. Doch genausooft begann er, wirres Zeug zu erzählen von seiner Mutter, der Badewanne voller Blut, davon, was er hätte tun müssen, von Schuld und ähnlichen Dingen. Die Gespräche mit ihr erleichterten ihm sein Dasein tagsüber. Aber was war in den Nächten, bei den trügerischen Visionen, den monströsen Träumen, was war damit? Zuerst hielt sie ihn in züchtiger Umarmung fest, während er ihr Haar streichelte – er bewunderte ihr Haar, seine Beschaffenheit, seine Länge und Farbe –, und flüsterte eifrig, zusammenhanglos von den Rätseln eines fieberhaften selbstmörderischen Begehrens. Du sagst, daß du dich mit dem Wahnsinn auskennst, Waverly, er war nämlich wahnsinnig. Damals. Und das ist wie ein Virus, ansteckend. Wie soll man ihm entkommen?

Es war unausweichlich, daß, nach einiger Zeit, die Umarmung nicht mehr unschuldig und harmlos blieb. Seitdem hatte sie es gelernt – vielleicht um das Gewesene zu rationalisieren, vielleicht auch, um sich selbst vor Schuldgefühlen zu schützen –, Vorwürfe nicht auf sich zu beziehen. Gab sie ihm die Schuld? Seiner Natur? Ihrer eigenen? Ihr Blut war gemischt; was sie tat, hatte sie aus freiem Willen getan. Sie hatte ihn gerettet, damals. Und das lag nun schon Jahre zurück. Sie entschuldigte sich dafür bei niemandem.

Während dieses düsteren Berichts hatte Waverly geschwiegen und dabei einzelnen Staubpartikeln zugesehen, die in den Sonnenstrahlen tanzten und dann in der Luft verschwanden. Indem er ihrer Geschichte lauschte, konnte er, umwogt von den dichten Nebeln der Zeit, sich selbst sehen: aufgewühlt, verraten, bar jeglichen Verstehens und in dem tödlichen Desaster fehlgeleiteter Gewalt und totaler Verzweiflung untergehend – jedenfalls hatte es den äußeren Anschein.

Schließlich sagte sie in einem Ton, als wollte sie sich verteidigen: »Jetzt habe ich dir mein häßliches kleines Geheimnis verraten. Und du mir deins. Und jetzt entscheide – welches ist schlimmer?«

Eine berechtigte Frage. Mord, Inzest, Betrug, Wahnsinn. Es war ein gewichtiges Paket, ein trauriger Katalog. Verschwommene Erinnerungen meldeten sich. Völlig zusammenhanglos erinnerte er sich an eine Zeile aus *Alice:* »›Na, na, Kindchen‹, sagte die Gräfin. ›Alles hat eine Moral, man muß sie nur finden.‹« Weil er sich früher ausgiebig mit Literatur befaßt hatte, gingen ihm solche Gedanken gelegentlich immer noch durch den Kopf, meistens ungewollt, aber er sprach sie niemals aus und auch jetzt nicht. Er erkannte, daß er nun an der Weggabelung angelangt war, die ihn in Traverse City erwartete, wie er es gespürt – vermutet, gehofft, gewußt – hatte, obwohl er auch in seinen kühnsten Träumen niemals angenommen hätte, daß es in dieser seltsamen Form geschehen würde.

»Sag etwas, Waverly.«

»Was möchtest du gerne hören?«

»Daß du mir heute hilfst. Dieses eine, letzte Mal. Dann kannst du dir in aller Ruhe über mich klarwerden, falls du dann immer noch interessiert bist.«

»Natürlich werde ich das«, sagte er, und er lächelte. Das Leben war voller Rätsel, einige spaßiger als andere.

Sie schien sein Lächeln falsch zu interpretieren, jedoch durchaus positiv. »Ich weiß nicht, wie man über Liebe spricht, Waverly. Ich weiß noch nicht einmal, was dieses Wort bedeutet. Nach allem, was ich getan habe, wäre es reinste Blasphemie, wenn ich diese Worte benutzen würde. Aber irgend etwas ist zwischen uns, ganz gleich, mit welchem Wort man es benennen mag. Das weißt du.«

»Das weiß ich. Wir müssen uns irgendwann einmal darüber unterhalten.«

So etwas wie einen Vorteil konnte es nicht geben, nicht bei ihnen, aber wenn er diesmal in die ganze Sache einstieg, wollte er wenigstens versuchen, das Risiko für sich etwas in Grenzen zu halten. Abgesehen von der Verrücktheit mit dem Anwalt (vor zehn Jahren, Delirium, das zählte nicht) hatte er niemals sein Leben riskiert, kannte keinerlei Waffen, außer der Art, wie sie im Gefängnis eingesetzt wurden, und diesmal würde kein Stück Heizungsrohr ihn schützen. Und auch kein Bolzen, kein in einem Laden gekaufter Arkansas-Toothpick. Nicht vor Typen wie Shadow. Er hatte schon zu viele Shadows erlebt, er kannte ihre Methoden. Sie waren mit der Flasche schnell wie der Blitz und gravierten einem ihr Autogramm ins Gesicht, ehe man mit der Wimper zucken konnte. Auch unter den günstigsten Bedingungen war er kampfklassenmäßig unterlegen; eine kolossale Fehlpaarung, wenn man die Form betrachtete, in der er sich im Augenblick befand. Deshalb mußte er sich etwas ausdenken, und er hatte nicht den Luxus, hinreichend Zeit zur Verfügung zu haben.

Midnight war im Bad, duschte und möbelte sich vermutlich auf. Wahrscheinlich legte sie Make-up auf. Heute abend sollte der große Auftritt stattfinden. Wenn er sich nicht irrte, dann sang sie sogar leise vor sich hin. Auch wenn er tausend Leben hatte, würde er sie niemals verstehen, die Frauen. Er widmete sich lieber wieder dem, wovon er etwas verstand, und dessen Dringlichkeit. Er kam zu keinem Ergebnis. Und da es sonst nichts gab, wohin er sich hätte wenden können, ging er zu der Stelle, wohin er in den vergangenen Jahren immer gegangen war. Er ließ sich eine Freileitung geben und wählte die Nummer von Mr. Bennie Epstein, Palm Beach Gardens, Florida, R-Gespräch von Timothy Waverly. Mr. Epstein erklärte sich bereit, die Gebühren zu übernehmen.

»Heh, Timothy«, kam das herzliche Brummen über die Distanz hinweg, die ihn von seinem anderen, geordneten Leben trennte, das er fast vergessen hatte. »Hast du den Schatten gefunden?«

»Jede Menge Schatten, Bennie.«

»Du hättest hierbleiben sollen, Junge. Am Tag als du abgereist bist, ist es hier ziemlich still geworden.«

Was das Dortbleiben anging, damit hatte er sicherlich recht. Zu spät, aber trotzdem recht.

»Auch diese Bauunternehmer. Sie haben gespielt wie die Anfänger. Ich hab Angelo hingeschickt, und sogar er hat es geschafft, sie naßzumachen. Kannst du dir das vorstellen? Angelo?«

»Was hab ich dir gesagt.«

»Ein Punkt für dich. Aber du hast es auch gut vorbereitet, sogar eine Art Berühmtheit erlangt. Am nächsten Abend war hier das richtig dicke Geld vertreten.«

Sein Ton war nicht unbedingt klagend, aber es lag eine Spur von Bedauern darin. Auch ein Vorwurf. Waverly ignorierte das. »Das nächste Mal...«, sagte er. Nächstes Mal? Er mußte innehalten angesichts seines eigenen überheblichen Stolzes, seiner Weigerung, an die Möglichkeit, ja fast hundertprozentige Gewißheit zu glauben, daß er sterben würde.

»Also«, sagte Bennie schnell, denn schon das kürzeste Schweigen machte ihn unruhig, »du hast mich angerufen. Es ist immer schön, mit dir zu klönen, Timothy, aber ich vermute, du hast einen bestimmten Grund. Außer mit mir den Wetterbericht auszutauschen.«

»Einen Grund. Ja. Ich dachte mir, du könntest mir vielleicht behilflich sein.«

»Brauchst du Geld?«

»Nein. Connections. Hast du noch welche in Michigan?«

»Ja sicher, in Michigan. Im echten Michigan. In Detroit oder solchen Städten. Aber du bist zur Zeit in Traverse City, wenn ich mich recht erinnere.«

»Danach frage ich ja gerade. Kennst du hier jemanden? In Traverse City?«

»Es könnte nicht schaden, wenn du mir verraten würdest, warum.«

Waverly hatte schon von vornherein gewußt, daß diese Fragen kommen würde, doch was für ihn völlig uncharakteristisch war, er hatte keine Erwiderung vorbereitet. »Warum?« sagte er.

»Hört einer mit, bei dieser Verbindung?«

»Okay. Ich muß ein Schießeisen in die Finger bekommen.« In das übertriebene Seufzen hinein, das durch die Leitung zu ihm drang, sagte er hastig: »Es ist nicht das, was du denkst.«

»Falsch, ich war noch nicht mal in ihrer Nähe.« Oder habe auch nur an sie gedacht, wurde ihm bewußt, oder an den ehemaligen Schwager oder an ihren Betrug oder den verlorenen Sohn. Nicht direkt zumindest, bis jetzt, und nun waren sie für ihn nur wenig mehr als Phantombilder aus einem melancholischen Traum. Das Maß für das Gewicht der Leidenschaften und Leiden der Vergangenheit. »Wenn du mich fragst, dann ist es sogar möglich, daß sie überhaupt nicht mehr hier sind«, sagte er.

»Ich glaube, was ich jetzt höre, ist ein Haufen warmer Wind. Du willst wohl einen Trickser anschmieren, Timothy. Und das klappt doch niemals.«

»Dann sieh es ebenso, Bennie, als warme Luft. Ich hänge bis über beide Ohren drin. Hilfst du mir raus oder nicht?«

»Bei dem, um was du mich wohl bittest, würde ich sagen, nein.«

»Eine Silbe reicht mir schon.«

Stille trat ein, kurz nur nach allgemeinen Maßstäben, aber in Bennies Fall sehr in die Länge gezogen. Dann sagte er: »Ich kenne da einen Burschen – das heißt, ich weiß von ihm –, der vielleicht etwas tun kann. Ich habe nur von ihm gehört, verstehst du? Ich habe ihn nie persönlich kennengelernt. Er heißt Ledbetter. Gaylon Ledbetter. Es ist sehr wahrscheinlich, daß er dich wieder flottmachen kann.«

Waverly lachte, bis seine Augen tränten, und dann lachte er weiter, konnte sich nicht bremsen, er lachte über jene wahnsinnigen Götter des Schicksals und des Glücks am Himmel, die sich mit jedem anlegten, der unter ihnen stand. Möchtest du ein Aspirin? Dann versuch's mal mit diesem Zyankali. Da, du Tellerwäscher, Müllmann, Schuhverkäufer, da ist der Lottoschein, die Zahlen habe ich bereits angekreuzt, großer Sieger. Du wirst alt, widerspenstig, stehst kurz vor dem Abschied? Du hast einen Affeninstinkt, Expreßpost, helf dir selbst. Hast du nicht einen Körper wie eine Festung, jung, grob vorgeformt und undurchdringlich wie die Maginot-Linie? Und da kommen schon die Doktoren durch den Wald von Argonne, sie rennen, schleppen tragbare Röntgengeräte, haben trauernde Gesichter; nein, dafür gibt es noch keine Behandlung, mein Beileid.

Er lachte und lachte. Gaylon Ledbetter, Bennies Connection. Als er Ledbetter sich in dem Kellerraum vorstellte, war Waverly verblüfft über die mehr als vage Ähnlichkeit mit Bennie selbst, so daß es durchaus, an einem anderen Ort, zu einer anderen Zeit und unter anderen Umständen Bennie selbst hätte sein können. Er hatte Seitenstiche vor Lachen.

»Heh, ich weiß, daß ich als Komiker recht begabt bin, aber du könntest mich trotzdem mitlachen lassen.«

Waverly, der immer noch nach Luft rang, sagte: »Ich erzähl's dir, wenn wir uns das nächste Mal treffen.«

»Möchtest du mir nicht auch verraten, wann das sein wird?«

»Bald, Bennie. Bald.«

»Hilft dir das denn irgendwie weiter? Abgesehen von dem herzlichen Lachen.«

»Es war prima, Bennie. Du hast deine Sache gut gemacht.«

»Okay. Melde dich wieder. Und heh, noch eins, Timothy, halt die Ohren steif, ja? Ich mach mir Sorgen um dich.«

Sie parkten vor einem Sportgeschäft, das Waverly ausgesucht hatte, indem er im Branchentelefonbuch blind auf einen Namen getippt hatte.

»Mit meinem Gesicht«, sagte er, »kann ich dort nicht reingehen. Aber du kannst es. Und du mußt folgendes erledigen. Sag, du willst ein Gewehr kaufen. Spiel das kleine Mädchen – ach, ich bin ja nur eine hilflose Frau in dieser rauhen Machowelt, ich brauche Ihren männlichen Rat. Aber was tue ich da eigentlich? Bin ich dein Trainer?«

»Warum will ich das Gewehr?« fragte Midnight.

»Mein Gott, braucht eine Lady eine Rechtfertigung für ihre Rolle? Nun komm schon, setz deine Phantasie ein, von der du mir schon so viel erzählt hast. Sag einfach, es sei ein Geschenk, für deinen Neffen, deinen Onkel oder Cousin – was weiß ich, für wen. Denk dir etwas aus.«

»Ich frage nicht wegen dem dort drin«, sagte sie und wies mit einem Kopfnicken auf den Laden. »Damit komme ich schon klar. Du bist es, wonach ich frage.«

»Du weißt noch immer nicht, warum?«

»Ich frage.«

»Okay. Nenn es von mir aus Versicherung. Lebensversicherung. Kurzfristig. Sprich mir nach: Sie werden versuchen, uns umzubringen, uns alle, dich, mich, deinen« – er murmelte das Wort – »Bruder. Diese Leute wollen immer alles.«

Ein Ausdruck, den er nicht interpretieren konnte – Skepsis? Angst? – glitt über ihr Gesicht. »Waffen«, sagte sie. »Gewehre. Was weiß ich schon darüber?«

»Sieh nur zu, daß du gut bist. Geh einfach rein und spiel deine Rolle, und es wird schon klappen.«

»Die reinste Traumrolle.«

»Hör mal, von Gewehren hast du genausoviel Ahnung wie ich. Kauf einfach etwas mit Durchschlagskraft, kein Luftgewehr. Und keins mit nur einem einzigen Schuß. Und vor allem keins mit Pumprepetierung.«

»Was noch?«

»Das ist alles. Meine Reserven sind aufgebraucht. Wir sind ihrer wohltätigen Ader ausgeliefert. Gib dir Mühe.«

Sie legte eine Hand auf seine. Sie fühlte sich sehr kalt an. »Ich werde es versuchen, Waverly.«

Es war, so vermutete er, ein Zeichen von Zärtlichkeit oder, noch wahrscheinlicher, Not, aber seine Gefühle waren so durcheinander, verwirrt, daß er nicht reagieren konnte. »Ich weiß, daß du das wirst«, war das Äußerste, was er zustande brachte. »Und vergiß nicht die Schachtel Patronen!« rief er hinter ihr her.

Nach einer halben Stunde tauchte sie wieder auf und trug eine längliche elegante Hülle mit Reißverschluß und eine kleine Plastiktüte. Sie ließ beides in seinen Schoß fallen. »Die dort drinnen sprechen eine völlig fremde Sprache«, stellte sie fest.

Waverly öffnete das Futteral und begutachtete die Waffe.

»Du hast da, ehe ich es vergesse, eine Browning mit Zwillingslauf, Kaliber zwölf mit Dreißiginchlauf und vergoldetem Abzugshebel. Den Rest weiß ich nicht mehr. Der Karton Patronen ist in der Tüte. Ach ja, sie haben mir versichert, daß das Ding einen Büffel bremsen würde.«

Er entnahm dem Karton zwei Patronen und schob sie in die Kammern. Vorsichtig, wobei er sich vom Abzug möglichst fern hielt, testete er das Gefühl der Waffe, ihr Gewicht.

»Sie sieht gut aus«, stellte er fest, »für mein ungeübtes Auge.« Er nahm die Patronen wieder heraus und zog den Reißverschluß des Futterals zu.

»Sie haben versucht, mir etwas zu verkaufen, das die Bezeichnung S. O. B. trug. Die seien jetzt unheimlich aktuell, sagten sie. Es sah billig aus.«

»Es lohnt sich schon, sich ausgiebig in den Läden umzuschauen.«

»Das Reinigungsset habe ich nicht gekauft. Ich nahm an, daß du für das Sammeln von Andenken eigentlich nicht der Typ bist.«

»Das war korrekt vermutet.«

»Also. Ist die richtig?«

»Solange sie Kugeln abfeuert, immer.«

Sie schaute ihn wachsam an. »Du hast doch nicht ernsthaft vor, sie zu benutzen?«

»Es wäre schön, wenn es nicht nötig sein wird. Man kann nie wissen.«

Er deponierte das Gewehr und die Patronenschachtel auf dem Rücksitz, und dann fuhren sie weiter, bis sie zu einem Eisenwarenladen kamen. Er blieb am Bordstein stehen.

»Nächster Auftrag«, sagte er. »Geh jetzt dort rein und hol mir eine Feile. Die schwerste und größte, die sie haben.«

Diesmal gab es keine Fragen. Als sie zurückkam, legte er die Feile zu dem Gewehr, wendete mit dem Wagen und fuhr in Richtung State Street. Er fuhr am Park Place vorbei, so langsam, wie es der Verkehr gerade noch erlaubte. Einen halben Block davon entfernt gab es ein Restaurant namens D. J. Kelly's. Er erinnerte sich daran von dem Morgen her, als er durch die Stadt geschlendert war und hineingeschaut hatte: der Speisesaal auf der einen Seite, die Bar an der anderen. »Ich glaube«, sagte er, »das ist unsere Stelle.«

»Stelle?«

»Heute abend.«

An der nächsten Kreuzung wandte er sich nach rechts in die Wohnstraßen. Er hielt Ausschau nach etwas Abgeschiedenem, Stillem und dennoch nahe Gelegenem, nach etwas, das zu finden er bezweifelte. Der erste Versuch war die Washington Street direkt hinter dem Park Place: ein altes Gerichtsgebäude, das unter Denkmalschutz steht, direkt daneben der Gerichtskomplex, ein langes, rechtwinkliges Gebäude aus Beton und Glas, gefolgt von einer Kirche. Das war ganz eindeutig nicht geeignet. Er schaute sich zwei Blocks an, fuhr langsam und ließ sich Zeit bei seiner Suche nach der richtigen Kombination von Straßenlaternen, Bäumen, Büschen, Gassen. Schließlich hielt er neben einer baufälligen Garage, die ein Teil von einem bröckeligen Stuckgebäude war, zwei Häuser vor der Straßenecke entfernt. Die Parzelle war groß, es gab – fast zu viel – offenen Raum und einen ausgedörrten Rasen voller Unkraut. Die Garage lag am Ende einer gepflasterten Einfahrt. Daneben standen eine Ulme, von irgendeiner Krankheit gezeichnet, und weitere Bäume neben dem Haus und in den angrenzenden Hinterhöfen. Das war gut. Es gab keine Büsche oder Sträucher, dafür jedoch drei große Abfallkübel, ohne Deckel und überlaufend, die unweit der Tür standen. Am Ende der Gasse und auf der anderen Straßenseite, vielleicht fünf Meter entfernt, befand sich eine Straßenlaterne. Zwei weitere an den beiden Enden des Blocks. Das war nicht so gut. Aber es war das Beste, was er finden konnte.

»Und dies«, entschied er, »ist unsere andere Stelle.«

»Für was?«

»Frag nicht.«

Sie waren wieder in dem Zimmer im Sugar Beach. Es war kurz nach zwei Uhr, und er war bereits müde, wollte sich hinlegen und alles für die Dauer der noch zur Verfügung stehenden Stunden aus seinem Bewußtsein ausblenden. Noch war es jedoch nicht soweit. Zuerst widmete er sich der Seriennummer des Gewehrs und feilte sie weg. Und dann war da noch eine Sache zu erledigen, die wichtigste und heikelste. Er wählte die Nummer am Ende von Clays Nachricht und betrachtete Midnight, die auf seinem Bett saß, die Füße untergeschlagen, das Gesicht angespannt und ängstlich. Eine Stimme, bemerkenswert fröhlich, meldete sich am anderen Ende: »Mmmmjaahallo.« Er erkannte Shadows Organ.

»Waverly«, sagte er.

»Mr. Waverly. Ich hatte gehofft, daß Sie anrufen würden. Nachdem Sie neulich so schnell verschwunden waren.«

»Dann sind Sie nicht enttäuscht?«

»Aber nein. Heh, wie fühlen Sie sich heute?«

»Einigermaßen. Keine Klagen.«

»Will sowieso heute keiner mehr anhören.«

»Es ist schon eine böse Welt.«

»Junge, da sagen Sie was. Wo Sie gerade von der Welt sprechen, haben Sie sich die Welt noch mal gut angesehen? So richtig aus der alten Perspektive?«

»Von hier sieht sie ganz annehmbar aus. Wollen Sie nicht über was anderes reden, nachdem wir nun meine Gesundheit abgehandelt haben?«

»Was sollte das sein?«

Waverly sagte für einen Moment nichts. Dann: »Wahrscheinlich habe ich die falsche Nummer gewählt. Ich sollte auflegen und neu wählen. Ganz von vorne anfangen.«

»Sie klingen irgendwie verbittert, Mr. Waverly. Wir halten hier ein gemütliches Schwätzchen und vertreiben uns die Zeit. Was können wir für Sie tun?«

»Wir könnten uns über ein Treffen unterhalten.«

»Heee, das wäre toll! Es ist immer schön, wenn man sich mal wiedersieht. Warum kommen Sie nicht raus zu uns?«

»Ja, ich glaube doch, daß dies die falsche Nummer ist.«

»Haben Sie einen anderen Ort im Sinn?«

»Sagen wir Kelly's. Heute abend. Zehn Uhr.«

»Himmel. Ich weiß nicht. Das ist ganz schön spät.«

»Dann sind wir frei.«

Ein kurzes Kichern klang durch die Leitung. »Frei. Das ist gut, Mr. Waverly. Nun, ich denke, wir können das von hier aus arrangieren. Sie haben die Ware? Und Sie werden sie mitbringen?«

»Genauso wie Sie den Jungen.«

»Aber sicher doch. Er freut sich schon darauf, seine Schwester wiederzusehen. Wenigstens erzählte er uns das, als wir ihn endlich dazu bringen konnten, mit dem Jammern aufzuhören. Er ist kein Held so wie Sie. Er ist gerade hier, wollen Sie mal mit ihm sprechen?«

»Es ist schon okay. Ich vertraue Ihnen.«

»Vertrauen ist die Seele des Geschäfts. Das hat dieses Land groß gemacht.«

»Das kann man wohl sagen«, erwiderte Waverly.

»Bis heute abend dann, bei Kelly's. Wissen Sie, dort gibt es einen ausgesprochen leckeren Hamburger. Mit Salat. Er wird Ihnen schmecken.«

Sobald er den Hörer aufgelegt hatte, fragte Midnight: »Ist Clay gesund?«

»Noch werden sie ihm nichts tun. Wahrscheinlich haben sie dafür gesorgt, daß er sich in die Hose machte.«

»Warum hast du abends ausgemacht? Warum nicht jetzt? Wäre es bei Tageslicht nicht besser? Sicherer?«

»Das ist völlig ohne Bedeutung.«

Sie zündete sich eine Zigarette an. Er bemerkte, daß ihre Hände überhaupt nicht ruhig waren. »Aber wenn wir abhauen müssen? In der Dunkelheit?«

»Das ist unsere beste Chance.«

Sie stand auf und ging ans Ende des kleinen Zimmers, dann kehrte sie um, kam zurück, machte kehrt, ging wieder weg und zog eine Rauchwolke hinter sich her. Sie blieb an der Tür stehen. Eine Haltung, fast streitlustig. Trotzig sagte sie: »Was sollen wir bis dahin tun? Es sind fast acht Stunden.«

Er stand auf und ging zu ihr hinüber, legte ihr eine Hand auf die Schulter, sanft. »Ich könnte sagen, ausruhen. Oder fernsehen. Oder schlafen. Das wären alles nur schale Scherze. Ich werde dir sagen, was ich tun werde. Ich werde mich drüben aufs Bett legen und die Szene durchzuspielen versuchen, so klar und deutlich, wie ich es vermag. Einmal. Und dann werde ich alles aus meinem Kopf verdrängen und warten. Du kannst mir dabei Gesellschaft leisten, wenn du willst.«

»Dieses Mal bin ich es, die dir nicht viel Freude machen wird.«

»Du hast mir nicht zugehört.«

Ihr Gesicht war kreideweiß, und sie kaute auf ihrer Unterlippe. Sie drückte die Zigarette in einem Aschenbecher auf der Kommode aus, und dann schlang sie die Arme um ihn und schmiegte sich eng an ihn. Ihr ganzer Körper zitterte. »Ich habe Angst, Waverly. Panische Angst.«

Ein wenig später, als sie neben ihm lag, sagte sie leise mit einer kindlichen Stimme: »Siehst du sie noch?«

Er starrte zur Decke. Es dauerte einen Moment, bis er reagierte. »Was soll ich sehen?«

»Die Szene.«

»Ja.«

»Und, wie endet sie?«

»Zufriedenstellend.«

Für eine Weile sagte sie nichts. Und dann, fast furchtsam, fragte sie: »An was denkst du, Waverly?«

»An die Zapotec-Indianer in Mexiko. Wußtest du, daß sie ein Wort in ihrer Sprache haben, welches ungefähr bedeutet, gefangen und verspeist?«

5

Der Mann, der den Kofferraum des Thunderbird belud, war breitschultrig und muskulös, noch kompakt gebaut, aber bereits mit einem ersten Ansatz zur Fülligkeit. Er hatte ein grobes, ziegelrotes Gesicht, eine Haut so rauh wie Sandpapier, eine platte Nase mit einem Netzwerk violetter Spinnwebadern, einen schütteren Haaransatz und – sein wohl auffälligstes Merkmal – wäßrige, hervorquellende Augen. Diese Augen hatten einen Ausdruck, wie man ihn bestimmten Reptilienarten zuordnet, völlig leer bis auf ein raubtierhaftes Funkeln, wachsam und ansonsten völlig emotionslos. Wenn man eine Schätzung seines Alters versuchte, hätten die meisten Leute auf fünfzig Jahre getippt, obgleich er in Wirklichkeit zehn Jahre jünger war und sich trotz seiner Körperfülle recht schnell bewegte. Im Kofferraum befanden sich zwei Koffer, die er sofort gepackt hatte, nachdem der Anruf ihn erreicht hatte. Einer enthielt die üblichen Gegenstände, die für eine kurze Geschäftsreise notwendig sind: frische Hemden, Socken, Unterwäsche sowie Toilettensachen, der andere sein Arbeitsgerät: einen Colt Python .357 Magnum, eine .25er halbautomatische Pistole mit Schalldämpfer, vier Schachteln Patronen, zwei für jede Waffe, zwei Paar Handschuhe, eins aus Plastik, eins aus Leder, und sein Andenkenmesser mit der Freiheitsstatue als Glücksbringer.

Es war drei Uhr. Er hatte sich ausgerechnet, daß die Fahrt knapp über fünf Stunden dauern würde, aber der Urlaubsverkehr hatte bereits eingesetzt, und der Verkehr in Detroit bewegte sich nur noch im Schneckentempo vorwärts. Schließlich gelangte er auf die Lodge und folgte ihr bis zur 96. Straße. Sobald er die Stadt hinter sich hatte, fing er an aufzuholen. Um sieben war er in Grand Rapids und rollte auf der 131 nach Norden. Nach ein paar Meilen auf der Schnellstraße entdeckte er den goldenen Doppelbogen, fuhr auf den Parkplatz und bestellte einen Big Mac, eine große Portion Pommes frites und einen schwarzen Kaffee dazu. Er hätte gerne eine längere Pause eingelegt, aber er wollte früh genug dort sein, um sich noch umzuschauen, vielleicht noch an diesem Abend anzufangen, unter Umständen sogar, mit etwas Glück, die Angelegenheit auch gleich zu erledigen. Daher aß er, während er fuhr, und als er fertig war, warf er den Abfall aus dem Fenster, holte eine Schachtel Milk Duds hervor und aß sie nacheinander auf.

Als er die Außenbezirke von Traverse City erreichte, hielt er an der ersten Tankstelle, die sich anbot. Er ging ins Gebäude. Hinter der Theke saß ein älterer Mann, dessen eingefallenes Gesicht in einem freundlichen Grinsen erstarrt war.

»Telefonbuch«, verlangte der Mann. Die Jahre in seinem Gewerbe hatten seine Redeweise zu einem kurzen, knappen Telegrammstil abgeschliffen.

Ein Exemplar wurde vor ihm auf den Tisch gelegt.

Er fuhr mit einem knubbeligen Daumen an den Ls entlang, bis er zu Ledbetter, Gaylon-Mardella, kam, und dann hielt er das Buch vor das grinsende Gesicht und fragte: »Wie komme ich zu dieser Adresse?«

Der alte Mann zog das Buch näher zu sich heran und blickte über den Rand seiner Brille, die auf seiner Nase heruntergerutscht war. »Nun, mal überlegen.«

»Aber schnell, ja? Es ist spät.«

»Es ist erst halb zehn.«

»Aber bis ich dort bin, ist es spät.«

»Ach, ihr jungen Leute, immer habt ihr's eilig. Wenn Sie erst mal in meinem Alter wären –«

Er schnitt ihm das Wort mit einer Handbewegung ab. »Hören Sie, ist nicht böse gemeint, ja? Nur den Weg dorthin.«

Die Sehkraft des alten Mannes war zu schwach, um den kalten

Blick wahrzunehmen, der ihn im gleichen Augenblick traf, und er sagte freundlich: »Okay, beruhigen Sie sich. Sie haben noch einige Meilen vor sich. Die Adresse, die Sie suchen, liegt hinter Acme. Draußen in den Wäldern. Dort kann man ganz gut angeln. Ich zeichne es Ihnen lieber auf.«

Nachdem Waverly aus dem gerichtsmedizinischen Zentrum magna cum sane entlassen worden war und für den Rest seiner Strafe nach Jackson zurückkehrte, kam Chop zu ihm und sagte: »Niemand kann dir deinen Verstand geben, und niemand kann ihn dir wegnehmen. Wo du gewesen bist, in Ypsi, dort ist es gar nichts, der reinste Golfclub. Ich war dort. Hier ist es anders. Hier mußt du bösartig sein, bösartig und gemein. Sie schlitzen dich für eine Zigarette oder eine Arschnummer auf – das kennst du ja bereits – oder einfach nur zum Spaß. Sie schauen zu, wie du verblutest. Sie machen dich einmal fertig, und schon bist du für jeden der letzte Arsch. Und das ist hart. Wehr dich, und du bist okay, auch wenn es um etwas ganz Dämliches geht, und das wird es wohl sein, selbst wenn man dir den Arsch versohlt, und das wird dir einige Male passieren. Aber das ist eine spätere Lektion, nämlich, wie man verliert. Zuerst einmal muß ich dafür sorgen, daß du einige Male gewinnst.«

Chop gab ihm ein eineinhalb Meter langes Rohr aus seinem persönlichen Arsenal, und schon einen oder zwei Tage später gebrauchte Waverly es bei einem rotbärtigen Rockertypen, der sich im Umkleideraum vor den Sammelduschen mit ihm anlegen wollte. Der Rocker hatte einen slawischen Namen, der einem die Zunge verknotete, daher nannten alle ihn nur einfach und unmißverständlich Polack. Seine Arme waren mit Tätowierungen verziert, nämlich Schlangen, die sich um die Worte ASS und WAR ringelten, welche seine beiden wesentlichen Interessenbereiche darstellten und gleichzeitig Auskunft über den Umfang seiner Lebenserfahrung gaben. Außerdem hing an einer Kette um seinen Stiernacken ein silbernes Kreuz, das bis auf seinen Bauch herabbaumelte, den er bei Auseinandersetzungen wie dieser stets als Rammbock einsetzte. Es geschah plötzlich, explosionsartig, tödlich und kurz, vorbei nach zwei Minuten oder weniger, und es endete mit Polack auf dem Fußboden, mit dem ASS-Arm seinen Bauch und dem WAR-Arm sein zertrümmertes Schlüsselbein haltend. Chop verfolgte das Geschehen wohlwollend von einer dampfenden Duschkabine aus. Später, als er Waverly bei der Behandlung von dessen eigenen zahlreichen Blessuren half, welche ihm durch den Einsatz des vielseitigen Kreuzes zugefügt worden waren, bemerkte Chop: »Du hast das Ganze recht gut über die Bühne gebracht, außer was deine Emotionen betrifft. Da war noch zuviel persönliche Verletztheit, zuviel Wut in dir. Du mußt begreifen, daß nichts von alledem persönlich ist. Wut auf Polack zu haben ist genauso, als würdest du die Sonne verfluchen, welche dir die Haut verbrennt, oder einen eisigen Wind. Polack ist ein Schwachsinniger, aber er ist ganz in Ordnung. Er wird dich nicht mehr belästigen. Vielleicht werdet ihr sogar Freunde.«

»Aber kann ich es schaffen?«

»Es steckt einiges in dir. Wir werden sehen. Zuerst einmal holst du mit dem Rohr viel zu weit aus.«

Zwei weitere Auseinandersetzungen ähnlicher Art waren noch nötig, um Chop zu überzeugen. Die erste, mit einem hageren Süchtigen, war ein klarer Sieg, obgleich beide Kombattanten für zehn Tage ins Loch mußten (als er wieder herauskam, waren seine Augen dunkel und leer wie zwei verlassene Höhlen, und Chop sagte: »Du brauchst noch einige Anleitungen für solche Fälle, denn das ist etwas völlig anderes, was es zu überstehen gilt«). Das zweite Duell, mit zwei Schwarzen, war bestenfalls ein Unentschieden, und etwa einen Monat lang quälten ihn seine gebrochenen Rippen. Aber am Tag danach lud Chop ihn in seine Zelle ein, setzte seine vom Staat bezahlte Brille mit Metallgestell auf und holte zwei Schulbücher hervor und sagte: »Nun, was meinst du, fangen wir mit dem Mittelenglisch an und gehen zurück oder zuerst mit dem Altenglisch und arbeiten uns dann langsam nach vorn? Du bist der Fachmann; was ist am besten?«

All das ging Waverly durch den Kopf, als er dreißig Minuten vor dem verabredeten Zeitpunkt auf dem Bett lag, innerlich über die Erinnerung lachte und daraus Trost und Mut gewann. Midnight war bereits aufgestanden und angezogen. Sie ging auf und ab und versuchte ihre Angst wenigstens etwas abzubauen. Es wurde Zeit. Er ging ins Badezimmer und schrubbte gründlich seine Hände und erfrischte sein Gesicht mit einigen Spritzern eiskalten Wassers. Er spülte sich den trockenen Mund aus, zog seine Jacke an, knotete die Krawatte und zupfte sie zurecht. Er versuchte, alles dem Ritual seiner routinemäßigen Vorbereitung einer weiteren Spielrunde anzupassen, zum Beispiel jenen nur zum Zeitvertreib eingelegten Blackjack-Runden an jenem Abend, obwohl er erkannte, daß die Geber diesmal nichts als mechanische Wesen waren und das Haus massiv im Vorteil war. Ein Dutzend Mal oder öfter war er die Szene in seinem Kopf durchgegangen, bis alles so festgelegt war, wie es in der kinohaften Welt der Happy-Ends nun einmal üblich war. Aber nun, als er alles noch einmal im grellen Licht überdachte, war er entsetzt über die Kurzsichtigkeit seiner eigenen phantastischen Hoffnungen. Als er jedoch ins Zimmer zurückkam, war seine Stimme fest, und er sagte zu Midnight, die an der Tür auf ihn wartete: »Alles klar? Dann bringen wir es hinter uns.«

Bis auf das violette Licht der Sonne am Horizont war es fast dunkel, und der aufgehende Mond schickte seinen schimmernden Segen auf die kühlen Fluten der Bucht. Die angenehme Wärme des Tages und die Kühle der heraufziehenden Nacht trafen sich und verschmolzen in einem delikaten Gleichgewicht.

Er fuhr mit übertriebener Vorsicht, achtete auf die Geschwindigkeit und alle Verkehrsschilder und -ampeln und mimte den braven Bürger, der sich in den hektischen Freitagsverkehr einfügte. Ein paar Blocks vor der Innenstadt bog er ab in die Seitenstraßen und fand die Gasse und die Garage. Oben im Haus brannte kein Licht, was ein Glücksfall war, aber er löschte trotzdem die Scheinwerfer des Porsche und manövrierte ihn neben die Garage, bis er genau auf gleicher Höhe mit den Abfallbehältern stand. Dann stieg er aus und öffnete den Kofferraum. Er schob die Tasche mit der Ware so weit gegen den Rücksitz, wie es ging, dann holte er das Gewehr aus dem Futteral und schob zwei Patronen in die Kammern.

So gut er es in der Dunkelheit vermochte, untersuchte er eine der Mülltonnen, wühlte sich mit der Hand durch lockeren Abfall, Kaffeesatz, Geflügelknochen, diversen Matsch. Das war nicht das richtige. Die nächste Tonne, deren Inhalt in einzelne, nicht zugeklebte Plastiksäcke gepackt war, ging jedoch. Er verschob die Säcke und Tüten derart, daß das Gewehr sich dazwischenschieben ließ und ohne Schwierigkeiten hinein- und herausglitt; und dann deponierte er es in der Tonne, mit dem Lauf nach unten, und löste behutsam den Sicherungsflügel. Wenn man genau hinschaute, dann war das Ende des Kolbens zu sehen, und das unverwechselbar, ein Gewehrkolben, aber daran konnte er nichts ändern. Er verteilte noch ein paar Patronen auf den Plastiktüten, und dann nahm er das Futteral und die Patronenschachtel und legte beides vor dem Fahrersitz auf den Wagenboden, schlug die Kofferraumklappe zu und ging hinüber auf Midnights Seite. Die ganze Zeit hatte sie geschwiegen und durch die Windschutzscheibe gestarrt. Auch jetzt stellte sie ihm keine Frage.

»Wir sollten jetzt lieber losgehen«, sagte er. »Es sind noch einige Blocks, und wir wollen doch pünktlich sein.«

Einen Moment lang regte sie sich nicht. Dann wandte sie den Kopf, schaute ihn an und nickte kaum wahrnehmbar.

Sie gingen in Richtung State Street und dann hinunter zur Park Street. Beide Straßen waren mit Fahrzeugen verstopft, und sie mußten warten, bis sie sie überqueren konnten. Einige Hupen ertönten. Abgaswolken hingen in der unbewegten Luft. Waverly klopfte mit der Ferse gegen den Bordstein. Er sah auf die Uhr: zehn nach zehn. »Was hat dieser ganze Verkehr zu bedeuten?« fragte er leicht ungehalten, und sie erwiderte – es waren ihre ersten Worte des Abends: »Es ist Labor Day. Das Wochenende. Weißt du nicht mehr?«

»Das war mir entfallen.«

Eine Lücke tat sich in der Fahrzeugschlange auf, und sie spurteten los. Der Parkplatz bei Kelly's war besetzt, und in der Nähe des Eingangs drängten sich die Menschen. Er ergriff Midnights Hand und schlängelte sich mit ihr durch das Gedränge und die Tür. Drinnen herrschte ein Geschiebe hungriger Gäste. Er steckte den Kopf in den Speisesaal, sah nichts. Sein Gesicht, so bemerkte er, rief ein paar fragende Blicke hervor. »Versuch es mal in der Bar«, sagte er. Der Strom der Menschen trug sie einige Meter weit in den anderen Raum. Geschrei, Rufe, Brüllen, lautes Gelächter, Geplapper – das Konzert eines genehmigten Chaos. Sie hingen im Gedränge fest, begannen allmählich zu verzweifeln, bis Waverly einen dünnen Arm entdeckte, der in der Luft herumruderte. Es war Shadow, der an einem Tisch neben der Trennwand saß. Neben ihm saß Gaylon Ledbetter und machte einen total benommenen Eindruck. Der gute Gesellschafter, Gleep, war nirgendwo zu sehen, ebensowenig Clay Clemmons. »Jetzt geht's los«, sagte er zu Midnight und schuf mit den Schultern für sie einen engen Durchgang zu dem Tisch.

Ledbetter hatte sich eine Zigarre zwischen die Lippen geklemmt, aber sein Blick war gesenkt, und sein Gesicht zeigte einen düsteren Ausdruck. Shadow hingegen strahlte. »Allmächtiger Gott, Mr. Waverly. Es sieht so aus, als hätte der Lkw, der Sie erwischt hat, Ihr Gesicht vollkommen demoliert.« Und dann, indem er Midnight mit einem Tippen an die Krempe seines imaginären Filzhuts begrüßte, sagte er: »Sie müssen meine Worte entschuldigen, Miss Clemmons. Bitte, setzen Sie sich. Wir machten uns schon Sorgen wegen Ihnen beiden. Wir dachten, Sie hätten sich verlaufen.« Sein ganzes Gesicht schien aus seinen Zähnen zu bestehen, die er in einem Lächeln entblößte.

»Trotzdem sind wir hier«, sagte Waverly. Er hielt einen Stuhl für Midnight bereit und nahm selbst Shadow gegenüber Platz.

»Ja, das sind Sie wirklich. Wissen Sie, diese Plätze für Sie freizuhalten war der reinste Mord, bei dem, was hier heute los ist. Der absolute Mord.«

»Sehr aufmerksam. Ich schätze, das bedeutet, daß wir Ihnen was schulden.«

Shadow gab ein freudloses Lachen von sich. »So wie Sie das ausdrücken, klingt es richtig lustig.« Eine nervöse Serviererin eilte vorbei, und er hielt sie am Arm fest. Sie reagierte mit einer verärgerten Miene, aber er ließ sie nicht los. »Eine Runde. Wir feiern nämlich. Was soll es sein, Leute?«

Ledbetter wies auf das leere Glas vor ihm. »Das gleiche«, murmelte er. Midnight schaute hilfesuchend auf Waverly. Er nickte aufmunternd, und mit sehr leiser Stimme bat sie um ein Glas Weißwein. Waverlys Ginger-ale ließ bei Shadow eine Augenbraue hochsteigen.

»Okay«, sagte er und spielte den großen Gastgeber. »Das wären also ein Wein, der eine Shirley Temple und zweimal wie gehabt.« Er löste den Griff, und die junge Frau entfernte sich.

Längere Zeit hatte niemand etwas zu sagen. Midnight und Ledbetter studierten die Tischplatte. Waverly und Shadow schauten sich weiterhin an. Shadows Lächeln ließ nicht nach. Etwas nahezu Aufrichtiges, Ungekünsteltes lag darin, wenngleich auch etwas Demonstratives. Schließlich sagte Waverly: »Schön, die Nettigkeiten haben wir jetzt hinter uns. Wollen Sie noch über etwas anderes reden?«

»O ja, wir haben eine Menge zu besprechen.« Er griff in eine Gesäßtasche, zog eine Brieftasche heraus und reichte sie Waverly. »Zunächst jedoch, ehe ich es vergesse, die gehört Ihnen. Sie haben sie an jenem Abend neulich bei Gaylon liegengelassen.«

»Danke.«

»Das Geld ist noch alles da. Sie können nachzählen, wenn Sie wollen.«

»Wissen Sie nicht mehr? Ich sagte doch, ich traue Ihnen.«

Shadow schnippte mit den Fingern. »Stimmt ja. Das haben Sie gesagt.«

»Habe ich. Aber wenn ich mich hier umschaue, dann bekomme ich ein sehr unangenehmes Gefühl.«

»Tatsächlich. Warum das?«

»Nun, vielleicht übersehe ich ihn, aber ich kann Miss Clemmons Bruder nirgendwo entdecken. Nirgendwo im Saal. Oder siehst du ihn?« fragte er Midnight.

Ohne aufzuschauen, sagte sie: »Er ist nicht da.«

Shadow lehnte sich auf seinem Stuhl zurück und stellte seine Fingerspitzen gegeneinander wie ein gewiefter Bankier, der die Sicherheiten für einen gewagten Kredit abwägt. »Das ist wirklich seltsam«, sagte er. »Man könnte es einen, nun, Zufall nennen. Sehen Sie, das gleiche Gefühl hatte ich, als Sie heute abend hereinkamen. Denn ich habe keinen Sack gesehen.«

»Warum fühle ich mich jetzt an unser Telefongespräch von heute erinnert? Wollen Sie, daß wir rausgehen und noch einmal durch die Tür dort hereinkommen? Daß wir wieder von vorne anfangen?«

»Ich hatte gehofft, daß das nicht nötig ist«, sagte Shadow, und er wollte noch etwas hinzufügen, als die Serviererin erschien, die Drinks brachte und sie absetzte wie ein Schachspieler die Figuren auf dem Brett. Waverly gab ihr einen Schein aus seiner Brieftasche, und sie gab ihm darauf heraus. Shadow wartete, bis sie gegangen war, ehe er fortfuhr.

»Okay, vielleicht können wir jetzt aufhören, uns gegenseitig etwas vorzumachen, was meinen Sie?«

»Ist mir nur recht. Zeigen Sie uns den Jungen. Dann können wir über die Ware reden.«

Ledbetter schnaubte erbost. »Daß wir hier sind, heißt noch lange nicht, daß wir nicht mehr alle Tassen im Schrank haben«, sagte er. Es schien, als unterhielte er sich mit seinem Glas. Sein Kopf war eingezogen, sein Gesicht schien in seinen Kinnfalten zu verschwinden. Der Zigarrenstummel, immer noch an seinem alten Platz, war erloschen.

Shadow wedelte mit der flachen Hand in der Luft herum. »Nein, nun beruhige dich, Gaylon. Der Mann hat doch recht. Es ist nicht so unverständlich, daß man sehen möchte, mit welcher Ware man handelt.« Er hielt inne und schaute zur Decke, als durchlebte er einen Moment der inneren Zwiesprache. »Passen Sie auf, Mr. Waverly. Wir bringen den Jungen rein, zeigen Ihnen, daß er nicht beschädigt ist – was er übrigens wirklich nicht ist, vielleicht ein bißchen wackelig und aufgelöst, aber sonst so gut wie neu – und dann können Sie und Miss Clemmons uns zeigen, wo die Ware ist. Klingt das fair?«

»Es ist zumindest ein Anfang.«

»Irgendwo müssen wir ja anfangen«, sagte Shadow freundlich, »wenn man Geschäfte machen will.« Er hob einen Arm in einer winkenden Geste, und zwei voluminöse Gestalten erschienen im Gang neben dem Tisch.

Midnight blickte erschrocken auf und sagte: »Clay! Bist du in Ordnung?«

Clay schickte Shadow einen gehetzten Blick, dann bewegte er den Kopf matt auf und ab. Die Muskeln wölbten sich unter einem hautengen Polohemd, aber in seinem Gesicht lag ein Ausdruck von Unterwerfung, und in seinen Augen flackerte die Angst wie ein Irrlicht. So nahe neben Gleep wirkte er fast eingeschrumpft.

»Das ist Ihre Ware«, sagte Shadow. »Wo ist unsere?«

»Zuerst darf er gehen.«

Ein Strom komprimierter Luft drang über Ledbetters Lippen, was wie ein mißglücktes Pfeifen klang. Shadows Lächeln verflog. »Gehen?« fragte er nach. »Wie kommen Sie darauf, daß er gehen darf?«

»Weil das die Bedingungen sind. So wird es gemacht.«

»Eines muß man Ihnen lassen, Mr. Waverly, Sie haben wirklich ganz schön Mut. Im Augenblick jedenfalls. Als nächstes hören wir noch von Ihnen, daß Sie beide ihn begleiten wollen.«

»Das wäre auch nicht schlecht.«

»Sie haben noch vor einer Minute etwas über Vertrauen gesagt. Sieht das etwa so aus?« Ein Ausdruck des Beleidigtseins schwang in seiner Stimme mit, fast so etwas wie Verletztheit.

»Ihre Ware steht auf der Straße. Zwei Blocks von hier. Lassen Sie ihn laufen, und ich sorge dafür, daß Sie sie bekommen.«

Eine von Shadows Händen verschwand unter dem Tisch. »Sie sind ein ganz schön abgebrühter Bursche, Mr. Waverly. Angenommen, ich sage Ihnen, daß ich eine Kanone in der Hand halte, deren Lauf genau auf Ihre Eier gerichtet ist.«

»Ich würde meinen, daß das ganz schön dumm wäre, bei all den feiernden Gästen. Wenn es wirklich so wäre.«

Er zog die Hand wieder hervor und legte sie auf den Tisch, leer. Gleichzeitig verzog er die Mundwinkel und zeigte wieder sein Lächeln. »Ja, ein raffinierter Bursche«, sagte er wieder, als würde ihm diese Bezeichnung besonders gefallen. »Ich wette, Sie legt niemand aufs Kreuz.« Er wandte sich an Clay. »Junge, möchtest du nicht so lange ins Holiday Inn gehen? Und dort warten, bis wir unser Geschäft hier abgewickelt haben?«

»Shadow, was zum Teufel –« Das war Ledbetter, sein entsetztes Krächzen.

Shadow schnitt ihm das Wort ab. »Ganz ruhig, Gaylon. Trink was.« Er schaute Clay eisig an, aber seine Stimme klang friedlich. »Wirst du dort warten, ja? Auf dein Schwesterlein und ihren Freund?«

»Ja«, sagte Clay. »Ich werde warten. Bestimmt.«

»Versprochen?«

»Ja.«

»Sag, daß du es versprichst.«

Er sagte es.

»Ich denke, daß du mich vielleicht übers Ohr haust, Junge. Das macht aber nichts. Wenn du tatsächlich abhauen solltest, dann finden wir dich sowieso. Die beiden haben wir auch gefunden, nicht wahr? Paß nur auf, wer hinter dir geht.«

Clay murmelte etwas.

Shadow legte eine Hand hinter sein Ohr. »Ich hab dich nicht verstanden.«

»Ich warte dort.«

»Okay. Dann kannst du jetzt abziehen.«

Clay schaute zwischen Shadow und Gleep hin und her. Er blickte einmal zu Midnight, wobei sein Gesicht eine seltsame Mischung aus Sorge und Schrecken und Mitleid zeigte. Er zögerte, aber nur für einen kurzen Augenblick, und drängte sich dann ohne ein Wort durch die Schar der Gäste zur Tür. Gleep stand da und schüttelte verwundert den Kopf. Ledbetter sagte: »Um Himmels willen, Shadow, du gibst alles aus der Hand. Er wird abhauen.«

Shadows Gesichtsausdruck änderte sich nicht, aber er stieß einen tiefen Seufzer aus. »Gaylon, du hattest deine Chance gehabt. Und sie vermasselt. Nun empfehle ich, daß du endlich die Klappe hältst. Du hast diese Leute gehört. Wir arbeiten hier auf reiner Vertrauensbasis. Ist es nicht so, Mr. Waverly?«

»Vertrauen«, echote Waverly, und Ledbetters Kopf sank noch tiefer herab, als zerbröselte nach und nach das Knochengerüst seines Halses.

»Natürlich Vertrauen, und das von beiden Seiten. Also, Gaylon, warum ziehst du nicht einfach los und überzeugst dich, daß der Junge unseren Teil der Abmachung einhält?«

Ledbetter blickte ruckartig auf. »Du sagst, ich soll ihm folgen? Ich?«

»Richtig, Gaylon, genau das habe ich gemeint. Ein bißchen Beinarbeit dürfte dir guttun. Bringt dich wieder ein wenig in Form. Wir treffen uns dann wieder in deinem Haus. Wird nicht lange dauern.«

Gehorsam erhob Gaylon sich und schob sich durch die Menschenmenge.

»Einen Moment mal«, sagte Waverly. »Das ist aber nicht ganz sauber.«

Shadow lehnte sich auf seinem Platz zurück und hob die Hände in einer Geste der Beschwichtigung. »Ach, Mr. Waverly, es ist nur eine kleine Rückversicherung für Gaylon. Das können Sie sicher verstehen, wenn Sie bedenken, um was es bei dieser Transaktion für ihn geht. Überdies ist es nicht gerade ein Wettrennen unter Gleichen, der Junge gegen unseren Gaylon. Jetzt hören Sie schon auf, fair ist fair.«

Waverly ging seine Möglichkeiten durch. Viele waren es nicht. Er konnte mit der Ware abhauen oder sie loswerden, natürlich, aber wenn der Junge wirklich abhauen sollte, dann würde er Ledbetter wohl das Nachsehen geben. Und wenn er dumm genug war, es nicht zu tun (und so aufgelöst, wie er wirkte, war diese Möglichkeit nicht von der Hand zu weisen), nun, dann gab es nicht mehr viel, was man für ihn noch hätte tun können. Und es entging Waverly auch nicht, daß, wenn Ledbetter nicht mehr da war, er einen Gegner weniger hatte, auf den er achten mußte. Er brachte ein hilfloses Achselzucken zustande.

»Ich hatte gehofft, daß Sie die Dinge im rechten Licht sehen«, sagte Shadow. Er klopfte auf den freien Platz und bedeutete Gleep, er möge sich setzen. »Okay«, sagte er zu Waverly. »Nun, da wir alles geregelt haben und alle wieder bester Laune sind, können wir vielleicht endlich zum richtigen Geschäft kommen.«

Waverly griff in die Tasche und holte die Schlüssel des Porsche heraus. »Sicher«, sagte er. »Es ist genauso, wie ich es Ihnen gesagt habe. Der Sack befindet sich zwei Blocks von hier. In einem Wagen. Ich bringe Sie hin, und dann können Sie sich selbst bedienen.«

Shadow stützte sein Kinn in eine Hand und rollte mit den Augen. »Heh, Mr. Waverly. Wir wurden zwar nachts geboren, Gleep und ich, aber nicht erst gestern.«

»Man kann ja mal fragen.«

»Ja, und wenn ich auf dem heißen Stuhl sitzen würde, auf dem Sie im Augenblick hocken, dann hätte ich es vielleicht auch versucht. Oh, wir werden die Schlüssel gerne annehmen. Ich glaube, ich kann mich daran erinnern, daß Sie sie bei unserer kleinen Auseinandersetzung benutzt haben. Weißt du noch, Gleep?«

Gleep bedachte Waverly mit einem langen, glühenden Blick. Er bejahte die Frage mit einem Knurren.

Für den Bruchteil eines Augenblicks sagte Waverly nichts und dachte nach. Dann, mit einer sehr bewußten Geste, legte er die Schlüssel auf den Tisch zwischen ihnen. »Okay. Aber wir beide haben noch immer ein Problem. Ich will es mal erklären und sehen, ob Sie mir folgen können. Ich bin mir etwas im unklaren, wie wie hier rausgehen sollen, Miss Clemmons und ich. Sicher, das ist alleine unser Problem. Aber Sie wissen nicht, wo der Wagen steht. Bestimmt nicht. Und das ist Ihr Problem.«

Shadow griff nach den Schlüsseln, mit einer lässigen Geste, ließ sie zwischen den Fingerspitzen baumeln und betrachtete sie eingehend. »Junge, das klingt ja wie ein verdammtes Unentschieden«, stellte er schließlich fest, »dieses Problem, das Sie gerade beschrieben haben. Vielleicht hat die Lady dazu irgendeine Idee.« Er wandte seinen Blick Midnight zu. »Was meinen Sie, Miss Clemmons? Von Ihnen haben wir heute abend noch nicht viel gehört. Sind Sie okay? Oder fühlen Sie sich irgendwie krank?«

Und wieder schaute Midnight zu Waverly mit der Bitte um Hilfe, und als Shadow es bemerkte, meinte er: »Die haben Sie aber ganz schön an der Angel, Mr. Waverly. Für mich sieht das aus wie das reinste Bettverhältnis.« Seine Blicke wanderten zwischen ihnen hin und her. Er grinste breit. »Ich könnte mir denken, daß er in den letzten beiden Nächten nicht allzuviel gebracht hat. Bei seinem Zustand. Vielleicht sind Sie deshalb so still. Ist wohl nichts gelaufen, oder?«

»Nein, das ist es nicht«, antwortete Waverly für sie. »Sie denkt nur gerade darüber nach, wie es für eine Frau ist, mit einer Pickelfresse wie Ihnen schlafen zu müssen. Und der Schock hat ihr einfach die Sprache verschlagen.«

Shadow kicherte ein wenig. Ein belustigtes, verständnisvolles Kichern. »Lustig, daß Sie das gerade erwähnen. Ich dachte gerade an etwas Ähnliches in dieser Richtung. Wie sollte man auch an etwas anderes denken bei einer derart gut aussehenden Lady.« Er deutete in ihre Richtung eine Verbeugung an und schaute zu, wie sie erschauerte. »Ich weiß natürlich, daß Sie hier gewisse Rechte haben«, fuhr er fort und sprach Waverly direkt an, »deshalb dachte ich, ich könnte aushelfen, da Sie es wahrscheinlich nicht mehr so richtig bringen. Ich dachte mir auch, was wir sonst tun könnten – nachdem wir unser Geschäft unter Dach und Fach haben –, daß wir Ihnen das Ding abschneiden und es der Lady mal zu kosten geben. Losgelöst, könnte man sagen. Ja, und auf diese Weise könnten Sie selbst sogar zuschauen, natürlich je nachdem wie Ihre Augen heraushängen.« Er wandte sich an Midnight und fragte spöttisch: »Na, wie gefällt Ihnen das, Miss Clemmons? Ein ganz neues Gefühl, eh, und wenn es nicht klappt, dann sind da immer noch ich und Gleep.«

»Mein Gott, ich muß hier raus«, sagte sie. Ihre Stimme zitterte an der Grenze eines hysterischen Anfalls. Sie schickte sich an aufzustehen.

»Setz dich«, sagte Waverly, und als sie gehorchte, schaute er sie ruhig an und meinte: »Halte durch.«

Shadow kam ihm zu Hilfe. »Ja, halten Sie durch, es dauert nicht mehr lange. Es ist bald geschafft.«

Ein begeistertes Gebrüll erhob sich hinter ihnen, und zwei alte Knacker, steifbeinig und mit roten Gesichtern und selig, für einen Abend von ihren Ehefrauen befreit zu sein, kamen auf den Tisch zugewankt.

»Das ist doch die kleine Lady aus der Bar«, verkündete einer von ihnen so laut, als wäre es für die Ohren aller im Raum Anwesenden bestimmt. »Sie erinnern sich noch an uns?« rief er Midnight zu. »An Ernie und mich?«

»Ich, äh, ja, ich erinnere mich«, sagte sie unsicher, verzweifelt und erinnerte sich nicht.

»Die Bar im Park Place«, sagte der Sprecher der beiden als weitere Erklärung, »neulich abends. Wir sprachen übers Spielen.«

Shadows Mund klappte auf. Waverly sagte nichts, aber seine Hände umklammerten die Tischkante. Midnights Finger spielten nervös mit dem Stiel ihres Glases. »Ja, jetzt erinnere ich mich«, sagte sie.

»Prima. Und haben Sie die Indianer fertiggemacht? Das Kasino gesprengt? Ein paar Skalps mitgenommen?« Er kippte leicht nach hinten und hielt mühsam die Balance. Freund Ernie zeigte ein narkotisiertes Grinsen. Gleeps Gesicht verdüsterte sich, aber er rührte sich nicht.

»Ich konnte es nicht finden«, sagte Midnight und fügte dann schnell hinzu: »Aber ich würde jetzt gerne hingehen. Wollen Sie mich nicht begleiten?«

»Heh, Moment mal –« Shadow wollte protestieren, aber Ernie beugte sich über den Tisch und schaute Midnight ins Gesicht. »Is' mir eine Ehre«, lallte er.

»Ihre Freunde haben sicher nichts dagegen«, sagte der andere, leicht erschreckt und nicht ganz an das Glück glaubend, das ihnen in diesem Moment lachte.

»Bestimmt nicht«, sagte sie, und ehe jemand etwas sagen oder tun konnte, war sie aufgestanden und hatte sich hinter Waverlys Stuhl vorbeigedrängt. Sie ergriff den Arm dessen, der sich noch am besten auf den Beinen halten konnte.

»Haben Sie etwas dagegen, daß wir Ihnen die Lady für zwei Stunden entführen?« fragte er und konnte sein unendliches Glück inmmer noch nicht fassen.

Ernie raffte sich zu einer betont straffen, aufrechten Haltung zusammen und erklärte betont formell: »Wir sind Ihnen sehr verbunden.«

Shadow und Waverly wechselten verblüffte Blicke. Dann drehte Waverly sich auf seinem Platz und sah Midnight an. Sie wich seinem Blick aus. Shadow beobachtete das alles, und sein häßliches Grinsen blühte wieder auf. »Nee, ist schon okay«, sagte er. »Gehen Sie nur, und viel Spaß. Wir treffen die Lady dann später.«

»Super«, sagte derjenige, dessen Name nicht Ernie war. Dann, in seinem Sieg großzügig: »Wollen Sie nicht mitkommen? Ins Kasino? Die Würfel versuchen? Sich ein wenig amüsieren?«

»Nein!« Das war Midnights Ruf. »Nein, sie können jetzt nicht mitkommen.«

»Die Lady hat recht«, sagte Shadow. »Noch geht es nicht. Aber wir kommen später.« Er grinste Waverly spöttisch an.

»Schade.«

Die beiden alternden Abenteurer schlangen besitzergreifend die Arme um Midnights Taille, und als sie da standen, leicht schwankend, stellten die drei ein recht zweifelhaftes Tänzertrio dar, das im Begriff war, sich an einer flotten Nummer zu versuchen.

»Vielen Dank für Ihre...« Ernie suchte nach dem richtigen Wort, das ihre Dankbarkeit ausdrückte. »Zeit«, sagte er dann. Seine Augen wanderten trübe über den Tisch und blieben an Waverly hängen. »Was ist mit Ihrem Gesicht passiert?«

»Ein kleiner Unfall«, antwortete Waverly.

»Das sollten Sie behandeln lassen, hören Sie? Gehen Sie mal zum Arzt.«

Er führte die drei einen unsicheren Schritt rückwärts und schickte sich dann an, sie endlich den Abgang machen zu lassen. Midnight hielt sie noch einmal an und wandte sich halb um, gerade genug, um Waverly anzusehen. »Es tut mir leid«, sagte sie. »Ich kann nicht – es tut mir leid.«

Ein hilfloser, namenloser Schmerz stieg in seiner Kehle auf. Er kam sich vor wie ein gestrandeter Reisender, der diese Straße schon einmal benutzt hatte. Er schüttelte langsam den Kopf. »Laß es dir gutgehen«, sagte er und schaute ihnen nach, als sie sich entfernten und schließlich in der Menge verschwanden.

Shadow sagte: »Sieht so aus, als hätten alle Freunde Sie verlassen, und Sie hängen mitten im Wind, Mr. Waverly.«

Gaylon bog mit seinem Caddie um die Ecke und rollte langsam die Front Street hinunter, umklammerte das Lenkrad und drehte hektisch den Kopf nach rechts und links. Nichts. Der Gehsteig war leer. Nirgendwo etwas zu sehen. Dieser verdammte miese kleine Arsch hatte sich aus dem Staub gemacht, war weg. Genau, wie er es prophezeit hatte. Verdammt noch mal, er hatte es Shadow gesagt, hatte ihn gewarnt. Niemand hörte mehr auf den alten Gaylon. Ein Wagen jagte von hinten heran, fuhr fast auf ihn auf, schwang um ihn herum, hupte. Der Fahrer, ein Halbwüchsiger, zeigte ihm wütend einen Vogel.

Gaylon kam zur Grandview-Kreuzung in dem Augenblick, als die Ampel auf Rot umsprang, und er saß da, hilflos, mit pochenden Schläfen, Schweißpfützen in jeder Körperfalte. Er hatte Kopfschmerzen von all dem Alkohol, der Sorge, den Zweifeln, dem Auf und Ab von Hoffnung und Verzweiflung. Zu viel Streß für einen Mann seines Alters, zu lange. Und dann, zu seiner totalen Verblüffung, seinem völligen Unverständnis, sah er eine athletische Gestalt über die Straße eilen und auf das Holiday Inn zusteuern. Gaylon mußte mehrmals blinzeln, aber verdammt noch mal, das war dieser Scheißer persönlich, der genau tat, was ihm befohlen worden war. Ein verfluchtes Wunder.

Bei Grün fuhr er an und bog nach links auf den Parkplatz ein. Er war bis auf den letzten Platz besetzt, Freitag abend traf sich immer das Shimmers-Volk, und da fand man keinen einzigen freien Platz mehr. Er mußte jetzt klar denken, folgerichtig vor allem. Er rollte bis unter das Vordach, als wollte er im Hotel absteigen, und ließ den Motor laufen. Er beugte sich zur Seite und schnappte sich die Kanone, die er im Handschuhfach verstaut hatte. Er wartete. Nach einigen Sekunden erschien Clay auf dem Bürgersteig vor dem Gebäude. Etwa drei Meter vom Eingang entfernt hielt er inne, schaute sich um, als wäre er verwirrt, benommen, sich nicht ganz sicher, wo er war. Jetzt ist der Zeitpunkt gekommen, um ihn einzusammeln, dachte Gaylon, ehe er irgendwelche verrückten Ideen bekommt. Er schob seinen Kopf und einen Arm aus dem Fenster und schnippte mit den Fingern.

»Heh, Arschloch. Hierher. Sofort.«

Der Scheißer reagierte, als hätte er soeben den Finger in eine Steckdose gesteckt. Für einen einzigen schrecklichen Augenblick befürchtete Gaylon, daß er doch noch versuchte, sich aus dem Staub zu machen, was eine ganz schlimme Sache gewesen wäre. Denn Gaylon konnte an diesem Ort kaum mit der Waffe losballern, und er hätte ihn auch nicht einholen können, wenn der Junge sich zwischen den Wagen hindurchschlängeln würde. Aber statt dessen kam der Junge ängstlich auf den Wagen zugeschlichen, näherte sich dem Seitenfenster und sagte: »Mr. Ledbetter« – als könnte er sich kaum erinnern, mit wem er redete – »ich tue genau, was er befohlen hat.«

Mein Gott, Shadow mußte bei dem ja eine Riesenüberzeugungsnummer abgezogen haben. Der gute alte Shadow. Niemals mehr würde er an ihm zweifeln. Niemals. »Das ist gut, daß du das tust, sagte Gaylon drohend. »Steig in den Wagen.«

»Aber er sagte, ich solle warten. Bitte.«

»Der Plan hat sich geändert. Steig ein.«

Gaylon ließ ihn einmal die Pistole sehen. Dieses eine Mal reichte.

Am Haus angekommen, rollte er in die Garage und ließ das Garagentor mit der Fernbedienung herunterfahren. Er fühlte sich noch etwas groggy und benommen. Seine Hände, so bemerkte er, zitterten heftig. Er erinnerte sich an die offene Flasche auf dem Küchentisch. Er brauchte jetzt einen Doppelten bis Dreifachen. Einen, um sich zu beruhigen, um zu sich zu kommen. Er bedeutete Clay mit einer Handbewegung, auszusteigen und vor ihm herzugehen. Sie betraten das Haus, gingen durch den Korridor zur Küche. Gaylon knipste das Licht über der Spüle an.

»Hol zwei Gläser und diese Flasche«, sagte er zu Clay. Er könnte dem ängstlichen Stück Scheiße ruhig einen Drink spendieren, es wäre sowieso sein letzter.

Clay tat wie befohlen.

»Dort hinein«, steuerte Gaylon ihn und wies auf das dunkle Wohnzimmer. »Du auf die Couch.«

Er wollte sich gerade in seinen Lieblingssessel setzen, als er ein Paar Füße ausmachte, die auf der Ottomane ruhten. »Shadow? Bist du das?«

»Ich fürcht nein, Mr. Ledbetter.«

»Wer ist da?«

Als seine Augen sich an die Dunkelheit gewöhnten, konnte Gaylon eine dunkle, fremde Gestalt im Sessel erkennen. Hände in schwarzen Handschuhen und eine Pistole, die auf seine Brust zielte. Der aufgeschraubte Schalldämpfer verlieh ihr das Aussehen eines sauber abgesägten Gewehrs.

»Sie sind Gaylon Ledbetter.« Es war ein Tonfall zwischen einer Feststellung und einer Frage.

»Ja, aber –«

»Sie legen das Eisen jetzt dort auf den Hocker. Mit dem Griff nach vorne.«

Gaylon beugte sich schwerfällig vor und legte die Waffe neben die Füße, die sich nicht bewegt hatten. Für einen Moment war er zu erschrocken, um einen Laut hervorzubringen.

»Stell die Sachen auf den Fußboden und komm her.« Dieser Befehl galt Clay, der durch den Raum ging und neben Gaylon stehenblieb. »Dein Name lautet nicht zufällig Clemmons?«

»Ja, Sir.«

»Ha. Genau das richtige Paar.«

»Sehen Sie«, sagte Gaylon, »wir bekommen heute die Ware zurück. Dietz hat gesagt, ich hätte bis morgen mittag Zeit. Sie können ihn anrufen.« Er war sich seiner Stimme bewußt, einem hohen Quieken. Seine Knie waren wie Pudding.

»Sicher. In der Zwischenzeit können wir ja einen kleinen Spaziergang machen. Draußen haben wir ja einen schönen Wald.«

Er erhob sich aus dem Sessel und dirigierte sie mit der Waffe zur Tür. Clay begann sich gehorsam umzudrehen, aber Gaylon rührte sich nicht. »Warten Sie nur eine Stunde«, bettelte er. »Sie werden sehen. Fünfundvierzig Minuten.«

»Nun machen Sie schon. Sie bemühen sich umsonst.«

Gaylons Mund zuckte heftig, aber nichts Verständliches schien herauskommen zu wollen. Seine Hände fuhren durch die Luft. Er sah Clay an, und schließlich stotterte er: »Hast du eine Ahnung, was hier vor sich geht?«

Clay reagierte mit einem ruhigen, leeren Lächeln, und Gaylon wollte noch mehr sagen, als der Mann mit der Pistole zu ihm kam und ihm ein Knie in den Unterleib rammte, und welche Worte

Gaylon auch immer aussprechen wollte, sie endeten in einem erstickten Schrei.

»Müssen Sie es auch noch von meinen Lippen ablesen?« fragte der Mann. »Ich hab gesagt, Sie sollen sich bewegen. Ach ja – gehen Sie durch die Garage. Ich hab gesehen, daß dort eine Schaufel steht.«

Als er sah, daß er von der State Street weggeführt wurde, blieb Shadow abrupt stehen und hielt Waverly mit einer Hand am Ellbogen zurück. »Wo, haben Sie gesagt, steht das Fahrzeug?«

»Noch etwa einen Block weiter.«

Der Block, vor dem sie standen, war ausreichend erleuchtet, der nächste war dunkler, und der dahinter war noch düsterer. Shadow machte ein mißtrauisches Gesicht. »Sie haben doch nicht irgendwelche Dummheiten im Sinn?«

Waverly hob die Schultern. »Vielleicht wäre es Ihnen in der Innenstadt lieber gewesen. Da hätten Sie mehr Zuschauer gehabt.« Er war zwischen den beiden eingeklemmt, Shadow und Gleep, auch sie ein Trio, wenn auch nicht ganz so fröhlich.

Shadow überlegte einige Sekunden. »Okay«, sagte er schließlich. »Gehen Sie weiter.«

Mitten im zweiten Block ließ er sie wieder anhalten. »Du solltest ihn lieber noch mal abtasten«, sagte er zu Gleep. »Für den Fall, daß er irgendwelche Dummheiten im Sinn hat.«

Gleep wies auf einen Baum in einem Hof, der vom Gehsteig ein Stück entfernt lag. Waverly ging gehorsam hinüber, stützte die Hände gegen den Stamm und breitete seine Arme und Beine aus.

»Wissen Sie, das war ja das ganze Problem«, sagte Shadow, »ihr habt nicht in eurer Liga gespielt. Ihr drei. Das war alles etwas zu groß für euch.«

»Darf ich das gleiche bei Ihnen tun?« fragte Waverly und meinte das Abtasten. »Fair ist fair. Erinnern Sie sich?«

»Fair?« sagte Shadow mit einem freudlosen, knappen Lachen. »Wir waren viel zu fair, Mr. Waverly, als wir Ihre Freunde – und ich nehme doch an, daß es Ihre Freunde sind – so einfach abziehen ließen. Sehr großzügig, würde ich meinen. Abgesehen davon, wie wollen Sie denn fair sein? Wir sind zu zweit. Haben Sie das schon bemerkt?«

»Habe ich.«

»Sauber«, stellte Gleep fest.

»Das ist gut. Daß Sie das bemerkt haben, meine ich. Und auch, daß Sie keine störenden Gegenstände bei sich führen. Sie sollten sich jetzt lieber wieder umdrehen.«

Waverly wandte sich um, und Shadow trat dicht an ihn heran und schlug ihm mit dem Handrücken ins Gesicht. Mit einer eisig kalten Stimme sagte er: »Die Spielchen sind jetzt endgültig vorbei, Mr. Waverly. Wo ist die Ware?«

Er konnte das Blut schmecken, das aus dem frischen Riß in seiner Haut über seine Lippen rann. Ein leicht salziger Geschmack. Er war es allmählich furchtbar leid, immer derjenige zu sein, der blutete. »Um die Ecke«, sagte er. »In einer Gasse. Im Porsche. Meinen Sie, das können Sie behalten?«

Shadow schlug noch einmal zu, etwa in Höhe der Gürtellinie. Es war kein schwerer Schlag, und er blieb auf den Beinen, aber schwankend. In einer fernen Provinz seines Schädels entstand ein Wirbelsturm.

»Ein Fall von Klugscheißerei, der tödlich enden kann«, stellte Shadow fest, trat hinter ihn und stieß ihn vorwärts. »Los.«

Vor der Garage war der Porsche in einem silbrigen Streifen Mondlicht zu erkennen. Sobald er ihn bemerkte, schob Shadow sich an Waverly vorbei und ging auf den Wagen zu. Gleep folgte ihm und betrachtete neugierig die Kofferraumhaube. »Ist die Ware da drin?« fragte er.

»Ich kümmere mich schon darum, verdammt noch mal«, sagte Shadow wütend. »Paß du nur auf ihn auf. Aber sorgfältig.«

Doch Waverly war mittlerweile bis zu der Mülltonne weitergegangen. Gleep war einen oder zwei Meter von ihm entfernt. Eine gefährliche Distanz.

Shadow fummelte an dem Schloß herum. Halb im Dunkeln, halb vom Mond beschienen, zeigte sein Gesicht den Ausdruck eines kranken Wasserspeiers. »Man müßte ein paar Haare drumherum kleben«, murmelte er vor sich hin, Worte, die die letzten sein sollten, die er jemals von sich gab. Er öffnete die Haube und stieß einen erleichterten Seufzer aus, und dann bückte er sich und langte in den Kofferraum, um den Sack mit der Ware herauszuholen.

Nun konnte Waverly die Mülltonne an seinem Oberschenkel spüren. Seine Finger suchten nach dem Kolben, und als sie ihn fanden, riß Waverly die Schrotflinte heraus. Er richtete sie zuerst auf Gleep und winkte ihn mit einer unmißverständlichen Bewegung des Laufs beiseite. Dann drehte er sich rechts und rief, aus dem stillen Auge des Wirbelsturms in seinem Kopf heraus, Shadows Namen, und als Shadow sich umwandte und fragend in die beiden Mündungen der Zwillingsläufe starrte, sagte Waverly: »Jetzt bist du an der Reihe, die Welt aus einer anderen Perspektive zu betrachten.« Shadow öffnete den Mund, versuchte noch etwas hervorzubringen, aber Waverly betätigte den Abzug, und nach der Explosion ertönte ein Heulen, wie der Trompetenstoß eines tollwütigen Elefanten, und Shadows Kopf wurde weggerissen, zog eine Wolke aus Blut und Fleischfetzen und Knochensplittern, porzellanweiß, hinter sich her, und was Shadow sah, wenn er mit diesen erstaunten, beleidigten Augen überhaupt noch etwas sehen konnte, war die Ansicht, die ein Astronaut hat von einer Welt, die von ihm wegstürzt und rasend schnell kleiner wird.

Waverly richtete die Flinte auf Gleep.

»Du hast ihn umgebracht«, sagte Gleep, knapp, frei von jeder Empfindung, ruhig. »Du hast noch eine Patrone in dieser Kanone. Die solltest du lieber nutzen, und zwar sofort, es wird das beste für dich sein. Denn auch hinter mir wird irgend jemand stehen. Ein Jacktownspezi wie du sollte das wissen.«

»Ich weiß.« Lichter flammten in der Straße auf. »Deshalb sollten wir beide lieber von hier verschwinden.«

Gleep starrte auf den zerschmetterten Körper. Er rührte sich nicht. »Der da war mein Partner. Vielleicht ein Arschloch, aber nicht unbedingt dumm. Er sagte, du stecktest auch in der Sache drin.«

»Und du glaubst das?«

»Es sieht so aus.«

Eine Sirene heulte in der Ferne auf. Waverly hätte lieber in

Ruhe alles überdacht, die Risiken gegeneinander abgewogen, aber es wurde ihm klar, daß es kein Muster mehr zu entwickeln gab, keine Ordnung, keinen Hintersinn. Und es blieb keine Zeit. Und schließlich, es machte keinen Unterschied mehr. »Na schön«, sagte er und winkte mit dem Gewehrlauf. »Dort hinüber.«

Er folgte Gleep ein Stück in die Gasse, und dann schwang er plötzlich herum, zielte mit dem Gewehr auf den Benzintank des Porsche und feuerte. Eine Explosion erschütterte die Nacht. Die offene Kofferraumklappe sah aus wie ein weit geöffneter Mund, ein Drachenmaul, das sich von dem sättigte, was von Shadows zuckendem und knisterndem Körper noch übrig war. Eine Flammenzunge, die aus ihm herauszuschießen schien, entzündete die Garage. Waverly ging so dicht heran, wie er es vermochte, und schleuderte das Gewehr in das Flammeninferno. Dann wich er zurück. »Und was glaubst du jetzt?« fragte er Gleep.

»Ich weiß gar nichts mehr. Ich glaube, wir sollten abhauen.«

Und sie hauten ab, in entgegengesetzter Richtung.

6

Es war ein theatralisches Räuspern, das ihn weckte, gefolgt von der amüsierten und ein wenig herablassenden Frage: »Schlafen Sie immer mit Krawatte?«

Zuerst einmal mußte er seine Augen aufbekommen und seine Sinne sammeln, ehe er daran denken konnte, eine Erwiderung zu formulieren. Er war – wo schon wieder? – im Zimmer des Park Place. Warum hier? Warum auch nicht? Es war der nächstliegende Zufluchtsort gewesen. Eine zur Hälfte geleerte Flasche Seagrams stand auf dem Nachttisch, dazu ein überquellender Aschenbecher und ein Glas voller sich auflösender Zigarettenkippen, die in einer bernsteinfarbenen Pfütze schwammen. Ein beißender, säuerlicher Gestank drang aus dem Bett, und er war dessen einzige sichtbare Quelle. Sein Schädel brummte gerade eine kurze Strafe ab und sein restlicher Körper eine lange. Ja, er hatte geschlafen – genauer gesagt, er war ziemlich betrunken umgekippt – in seinen Kleidern, sozusagen in voller Montur mitsamt Krawatte. Und nun besetzte ein Fremder den Ledersessel am Fenster, gleichermaßen friedlich und oberlehrerhaft, als hätte er dieses Zimmer reservieren lassen und dafür bezahlt und als gehörte er rechtmäßig dorthin. Und der Fremde meinte beharrlich, aber überhaupt nicht unfreundlich: »Und, tun Sie's?«

»Ich muß mich für frühmorgendliche Gäste bereit halten«, sagte Waverly, »immer optimal aussehen.« Was seine Antworten anging, so war hiermit für diesen Morgen der Höhepunkt erreicht.

»Dann schauen Sie mal auf die Uhr, Sie werden sehen, so früh ist es gar nicht. Und dazu in einen Spiegel. Von Schönheit kann bei Ihnen ja wohl kaum die Rede sein, mein Freund, bei dem Gesicht. Ob nun mit Krawatte oder ohne.«

Ein Nachfragen erübrigte sich, er war von der Polizei. Sämtliche verräterischen Kennzeichen waren da: ein im Schlußverkauf erstandenes Sportjackett und die glänzende Hose, beides in Taiwan geschneidert; das Gesicht, eine Mischung aus Zynismus und melancholischem Entsetzen, durchaus benachbarte Gefühle; die Stimme selbst mit ihrem unaufrichtig besorgten Klang eine Sandpapierattacke auf das Ohr. Und dann das rundlich schlaffe Äußere, das sie alle nach einiger Zeit zu entwickeln schienen. Dieser dort hatte seine Laufbahn wahrscheinlich vor Jahren schlank und rank begonnen und sich dann zu lange mit Kuchen und Kaffee in Vierundzwanzigstundencafés vollgestopft. Die Knochenstruktur seines Gesichts war schmal, aber die Wangen hingen schlaff herab, und von seinem Kinn wellten sich mehrere Fleischterrassen abwärts. Die Schultern waren mager, und die Brust war flach, fast eingesunken, mit einem deutlichen Bauch, der sich darunter wölbte.

»Ich heiße Slate«, sagte er, »Max Slate. Vom Grand Traverse Sheriff's Department. Einige Leute nennen mich Clean, für sauber, wenn sie einen kleinen Scherz machen wollen. Clean Slate.«

Es klang fast wie eine Aufforderung, sich selbst zu jenen Humoristen zu zählen: Na los doch, Junge, nenn mich Clean.

Waverly kannte den Drill: der erste Schlag, dann, wenn nötig, die Handschuhe, dann nackte Fäuste und ein Knie in die Eier. Es waren die Rhythmen, auf die man achten mußte; Änderungen konnten ganz schnell eintreten. Er beschloß, vorerst gar nichts zu sagen.

»Wollen Sie mir nicht erzählen, wie es passiert ist?«

Waverly gab ihm seinen perfektesten leeren Blick.

»Ich meine Ihr Gesicht.«

»Ach das. Beim Rasieren. Ich habe auch diese empfindliche Haut, von der immer in der Werbung die Rede ist. Im Fernsehen.«

»Ja, daß Sie der empfindliche Typ sind, kann ich schon auf den ersten Blick erkennen. Stören sie Sie nicht? Ich meine Ihre Kratzer.«

»Nein, das macht überhaupt nichts. Es gehört zu meiner Rolle.«

»Zu Ihrer Rolle«, wiederholte Slate und sprach es überdeutlich aus, als versuchte er, die grundsätzliche Bedeutung des Wortes zu ergründen.

Waverly stemmte sich im Bett hoch. Er zog eine Zigarette aus einer fast leeren Packung, die im Nachttischmüll lag. Der erste Zug schickte das Gefühl einer betäubenden Übelkeit von den tiefsten Zonen seiner Eingeweide durch den Bauch und dann durch die Brust. Mit Mühe stoppte er es vor der Speiseröhre, sozusagen in der letzten Sekunde.

Slate, dem offenbar nichts entging, fragte: »Sie fühlen sich doch in Ordnung? Sie werden doch jetzt nicht kotzen?«

»Ich könnte vielleicht pinkeln gehen.«

Er wies mit einer ausholenden Geste auf das Badezimmer. »Sie brauchen nicht um Erlaubnis zu fragen. Es ist Ihr Zimmer.«

Waverly kam auf die Beine und fing sich mit der sorgfältigen, würdevollen Vorsicht der Schwerkranken. Er konnte Slates amüsierte Blicke während des ganzen Weges auf sich spüren. So heftig es ging, ließ er das Wasser ins Waschbecken rauschen, um die gurgelnden Würgegeräusche, die er von sich gab, zu übertönen, womit er natürlich niemanden überzeugte. Der Spiegel bestätigte Slates Beschreibung seines Gesichts, aber das hatte er sich auch selbst denken können. Die Zeit – der vorgerückte Nachmittag – war eine andere Sache. Am vergangenen Abend war er hierher zurückgekehrt – wo hätte er sonst hingehen können? – und hatte eine Flasche bestellt. (»Die Marke können Sie aussuchen«, entsann er sich dem Zimmerservice gesagt zu haben.) Er hatte vergeblich versucht, sich Klarheit über die Dinge zu verschaffen, darüber, was gerade passiert war, was er dabei getan hatte, über Midnight. Statt dessen hatte er sich bewußtlos getrunken. Nun, in den Bruchteilen eines Augenblicks, mußte er wieder versuchen, sich auf das vorzubereiten, was vor ihm lag. Ohne Erfolg. Jegliche Logik schien aus seinem Leben verschwunden zu sein.

»Und wie geht es Ihnen jetzt?« fragte Slate ihn, als Waverly sich in den Sessel ihm gegenüber sinken ließ. Spöttische Besorgtheit.

»Es geht mir prima, Mr. Slate. Aber es tut gut zu wissen, daß sich jemand um einen Sorgen macht.«

»Sie haben wohl ein wenig zu ausgelassen gefeiert, was?« sagte er, immer noch mit einem Ausdruck des Mitgefühls.

Waverly brachte eines seiner nichtsagenden, lächelnden Nachmittagsteegesichter zustande. Es gab nichts, was er jetzt hätte an dieser Situation ändern können, jedenfalls fiel ihm nichts ein. Aber er brauchte es ihm auch nicht allzu leicht zu machen.

»Sie haben gerade etwas über Ihre Rolle gesagt. Und während Sie auf der Toilette waren, um sich frisch zu machen, habe ich darüber nachgedacht. Über Ihre Rolle.« Slate sprach sehr ruhig, ein Mann der Theorie und des Nachdenkens, aber allmählich schlich sich auch seine natürliche Bosheit in seine Stimme. »Nehmen wir zum Beispiel nur mal Ihre Akte, wenn wir gerade von Härte sprechen. Timothy Waverly, heißt es da, ein gebildeter Mensch, aber eine ernste Gefahr, vor allem wenn es um das Bedrohen von Frauen, speziell Ehefrauen geht. Ganz schlimm. Ebenfalls ein großer Anwaltsschreck und Absolvent der Killerakademie in unserem einzigartigen vergitterten Waldorf Astoria in Michigan, ein Block-Fünf-Stammgast. Wirklich eine interessante Lektüre, die Liste Ihrer Auftritte.«

Die Vorgeplänkel waren plötzlich vorüber. Jetzt kam der

Hauptkampf. »Wenn Sie bis zum Ende gelesen haben«, sagte Waverly, »dann dürften Sie auch den Eintrag gesehen haben, ›ordnungsgemäß entlassen am 26. März 1983‹.«

»Sicher, den Teil habe ich auch gelesen.«

Sie ließen sich Zeit, belauerten sich. Es war Slate, der weitermachte. »Timothy, das ist ein hübscher Name. Ich wette, Sie hatten im Bau eine Menge Freunde.«

»Die meiste Zeit mußte ich mich gegen die Grünjacken wehren. Kaum steckt man einen Mann in eine Uniform, schon dreht seine Libido durch. Sie gerät völlig aus dem Takt. Aber ich nehme an, das wissen Sie selbst.«

Slate grinste bösartig und zeigte einen Mund voller Silber. Er spielte den abgebrühten Coolen, bis auf sein Atmen, das deutlich als unterdrücktes Keuchen zu hören war.

»Nun«, sagte Waverly in die Stille, »wir haben uns jetzt über meine Gesundheit und meine Vergangenheit und mein Sexualleben unterhalten. Gibt es sonst noch etwas, woran Sie interessiert sind?«

»Es scheint, als wäre da noch etwas.« Er klopfte sich mit einem Knöchel gegen die Schläfe, als wollte er eine ganz bestimmte Erinnerung lockern. »Ach ja, jetzt hab ich's. Ich wollte Sie fragen, ob Sie über vergangene Nacht irgend etwas Außergewöhnliches gehört haben.«

»Etwas gehört? Können Sie mir nicht etwas mehr verraten? Mir behilflich sein und erklären, was Sie meinen?«

»Aber klar doch. Dafür sind wir ja da, Ihre hilfsbereiten Gesetzesvertreter. Ich dachte an eine Explosion. Sie wissen schon, ein lautes Krachen in der Nacht.«

Waverly brachte jetzt ebenfalls die Nummer mit dem Gegen-die-Schläfe-Klopfen. »Nein ... nein. Das muß mir wohl entgangen sein.«

»Das ist wirklich schade, daß Sie davon nichts mitbekommen haben. Aber auch seltsam. Man konnte es fast in der ganzen Stadt hören.«

»Ich schlafe immer sehr fest.«

»Kann ich mir vorstellen.«

Die nächste Pause. Für Waverly kam sie hoch willkommen. Er

hatte es geschafft, sein Lächeln beizubehalten, doch seine Nervenenden standen unter Strom. Slate wirkte träge genug, um jeden Augenblick einzuschlafen, als könnte ihn alleine das Thema Schlaf schon müde machen. »Wollen Sie wissen, was es war«? fragte er, »dieser laute Bumms?«

»Ich dachte mir, wenn ich lange genug warten kann, daß Sie es mir dann verraten.«

Slate beugte sich in seinem Sessel vor. Sein Bauch legte sich in Ziehharmonikafalten. Die Stimme klang leise und vertraulich. »Es war ein Porsche, der in die Luft geflogen ist, Timothy. Zwei Blocks von hier entfernt.«

»Daraus sollte man lernen. Mit einem amerikanischen Fahrzeug wäre das sicher nicht passiert.«

»Ja, sicher, aber da war noch mehr. Sehen Sie, jemand war noch in dem Wagen. Der ist jetzt tiefgegrillt. Alles, was geblieben ist, ist eine Portion Brombeergelee, das aussieht wie die Überreste eines Kopfs. Daher wissen wir nicht, wer es war. Noch nicht.«

Waverly schüttelte traurig den Kopf. »Unfälle«, sagte er. »Gut, daß Sie gekommen sind, um mich zu warnen. Sicherheit geht schließlich alle etwas an.«

Slate stimmte mit einem verhaltenen Kichern zu. »Das Problem ist nur, Timothy, daß es in der Vergangenheit eine ganze Serie von Unfällen gegeben hat.« Er fing an, sie an den Fingern seiner Hand aufzuzählen: »Da haben wir als erstes dieses geheimnisvolle, explodierende Automobil. Mit einem bedauernswerten Insassen darin, das ist Nummer zwei. Dann, vor einer Woche, hatten wir einen Jungen, dem die Hand verstümmelt wurde.« Er wedelte mit seiner eigenen Hand hin und her, um zu verdeutlichen, was er meinte. »Gewöhnlich würde so etwas unter der Rubrik Unfall verbucht, nur kann unser Junge überhaupt nicht erklären, wie es passiert ist. Er kann nämlich überhaupt nicht mehr reden. Sie haben ihn in eine Gummizelle gesperrt – diese Dinger kennen Sie ja –, und wenn jemand hereinkommt, Psychiater, Krankenpfleger, wer auch immer, schon fängt er an zu brüllen. Ein schlimmer Fall. Ein paar Tage vorher fanden wir einen farbigen Gentleman draußen in der

Nähe des Flughafens. Dem hatten sie einen neuen Mund verpaßt, als Ersatz sozusagen und ein Stück unterhalb des ursprünglichen. Aber keiner ist heute noch zum Lachen aufgelegt. Und wie viele wären das jetzt?«

»Münder oder Unfälle?«

»Wie viele?« wollte er wissen und schien es nicht lustig zu finden.

»Ich zähle vier. Es sei denn, Sie zählen den Unbekannten und den Wagen als einen. Dann sind es drei.«

»Vier«, sagte Slate, nun etwas umgänglicher. »Innerhalb von zwei Wochen. Was für Traverse City eine ganz schöne Zahl ist. Ein Allerweltsmord, das ist etwa das Schlimmste, was wir hier oben schon mal auf den Tisch bekommen.«

»Schlechte Neuigkeiten kommen meistens bündelweise.«

»Was Sie nicht sagen. Oh, wir haben übrigens noch einen Unfall, Timothy. Als Nummer fünf.«

»Und was wäre das?«

»Das sind Sie«, sagte Slate, und in seiner Stimme schwang ein nur schlecht unterdrückter Widerwille mit. Er beobachtete Waverly aufmerksam.

»Sind Sie hergekommen, um mich wegen irgendeiner Angelegenheit zu beschuldigen, Mr. Slate?«

»Wollen Sie einen Anwalt herholen? Was will ein Scheißer wie Sie schon einem Anwalt sagen: Verteidige mich, oder ich bring dich um?«

»Vielleicht würde ich etwas behutsamer an die Sache herangehen. Freundlich. So wie Sie.«

»Können Sie mir etwas über Ihre Aktivitäten der vergangenen Nacht erzählen?«

»Wenn Sie mir mitteilen, wessen ich beschuldigt werde?«

»Wie wäre es mit Zufall, wenn ich Sie wegen zufälligen Zusammentreffens verhafte. Alles ging in dieser stillen, kleinen Stadt seinen Gang, die Geschäfte gingen gut, die Touristen hatten ihren Spaß, gaben ihr Geld aus, die Händler waren zufrieden. Dann fangen die Unfälle an. Eins kommt zum anderen, man sucht und sucht, und da sind Sie plötzlich.«

»Und welches Gesetz ist das noch mal, dieser Zufall?«

»Das gleiche, welches mir die Autorität verleiht, Ihnen mal zu zeigen, wo die Glocken hängen, wenn mir der Sinn danach steht. Dafür zu sorgen, daß die Reißverschlüsse in Ihrem Gesicht von Dauer sind.«

Waverly streckte ihm beide Hände entgegen. »Das habe ich schon früher erlebt. Nur zu«, sagte er.

»Das sehe ich«, sagte Slate scharf. Dann, mit einem sicheren Gefühl für Timing, ließ er sich in seinen Sessel zurücksinken, griff in seine Tasche und holte ein Päckchen Kaugummi hervor. Er wickelte einen Streifen für sich selbst aus und bot Waverly einen an.

»Nein, danke.«

»Ohne Zucker.«

»Danke, nein.«

Slate hob seine schmalen Schultern und schob sich den Kaugummi in den Mund. Er war ein sehr intensiver Kauer, dessen Kiefern heftig arbeiteten, dennoch war seine nächste Frage in freundlichem Ton gehalten und voller Interesse. »Wo wohnen Sie eigentlich zur Zeit, Timothy?«

»Im Süden.«

»Im Süden also. Und was bringt Sie nach Norden und dazu, unsere kleine Gemeinde zu besuchen?«

»Die Luft.«

»Ja, wir haben gute Luft hier oben, nicht wahr?«

»Stimmt.«

»Sicher mit die beste auf Gottes schöner Erde. Es könnte nicht auch Ihre Exgattin sein, die in der Stadt lebt und die Sie vielleicht hat herkommen lassen? Sie denken doch wohl nicht daran, ihr und ihrer Familie noch mehr Ärger zu machen?«

»Sie haben aber wirklich Ihre Hausaufgaben gemacht, Mr. Slate.« Es kam als Kompliment heraus, als was es auch gedacht war. Praktisch über Nacht hatten sie sich seine vollständige Akte verschafft. Er war aufrichtig beeindruckt.

»Wir geben uns alle Mühe, auf dem laufenden zu sein. Ich kann Ihnen noch mehr erzählen. Dieser Süden, von dem Sie reden, das ist doch der Staat Florida, Palm Beach Gardens. Habe ich recht?«

»Schon wieder richtig.«

»Und schon kommen wir zu einem anderen dieser Zufälle, von denen ich sprach. Sehen Sie, Timothy, ich hab eine Bleibe unten in Juno Beach. Einen Wohnwagen, recht großzügig. Juno Beach, das ist doch, wenn ich die Geographie richtig im Kopf habe, nördlich von dort, wo Sie wohnen.«

»Wir sind praktisch Nachbarn.«

»Genau, das ist es, Nachbarn. Deshalb habe ich auch ein nachbarliches Interesse an Ihnen. Im nächsten Juli werde ich aufhören. Dann habe ich meine vierunddreißig Jahre hinter mir, Timothy, elf davon in Pontiac unter den Farbigen, bis sie uns zahlenmäßig überflügelten. Bin wegen des Friedens und der Ruhe hierhergekommen, aber selbst das ist heute selten geworden. Man kommt einfach nicht zur Ruhe. Jedenfalls nicht bis zum 1. Juli siebenundachtzig. Und dann fangen die goldenen Jahre für mich an.«

»Wie schön für Sie.«

»Ja, aber vielleicht nicht so gut für Sie, um abzuschließen, was ich begonnen habe. Sehen Sie, ich mache fast jeden Winter da unten Ferien. Seit Jahren schon. In meinem Job dauert es nicht lange, bis man die Leute kennenlernt. Der Chef von West Palm, zum Beispiel, ist ein guter Freund von mir. Wenn ich ihn das nächste Mal sehe – was etwa im Januar sein wird –, dann erzähle ich ihm, daß Sie und ich uns angefreundet haben. Vielleicht läßt er sich gelegentlich bei Ihnen blicken, um nachzusehen, daß auch alles immer schön glatt läuft.«

»Ihre Fürsorge finde ich richtig nett. Ich werde ihn erwarten.«

»Nichts zu danken«, sagte Slate. Er nahm den Kaugummi aus dem Mund und betrachtete ihn mit der Faszination eines Edelsteinkenners, der durch Zufall auf ein besonders wertvolles Exemplar gestoßen ist. »Der süße Geschmack ist völlig weg«, sagte er und klebte die Masse unter seinen Stuhl. Dann hievte er sich hoch und überragte Waverly. »Also, ich muß jetzt weiter. War mir ein Vergnügen, mit Ihnen zu reden.« Für einen kurzen Augenblick schien es, als wollte er zum Abschied eine Hand ausstrecken, aber statt dessen meinte er: »Sobald ich draußen bin, gehe ich von der Annahme aus, daß Sie Ihre Sachen zusammenpacken und sich wieder in Richtung Süden auf den Weg machen. Und zwar heute, am Nachmittag. Ich hoffe, ich kann mich auf diese Annahme verlassen. Sehen Sie, Timothy, was wir nicht brauchen, Michigan allgemein und Traverse City speziell, sind Typen wie Sie. Sie haben verstanden, was ich Ihnen hiermit anbiete?«

Waverly holte so tief Luft, wie seine schmerzende Brust es ihm gestattete. Wunderbarerweise schien die Gefahr nun vorüber zu sein. »Ich glaube, ich hab's verstanden.«

Slate legte ihm eine Hand auf die Schulter und drückte sie leicht. »Braver Junge«, sagte er.

Er beobachtete, wie Slate sich schwerfällig bewegte und seinen Bauch in Richtung Tür schob. Ehe er hindurchging, rief Waverly seinen Namen: »Slate?«

»Sir?«

»Klären Sie mich auf. Warum soll ich verschwinden, wegen all dieser Zufälle?«

»Sie wissen es nicht?«

»Ich frage.«

»Sie wissen es wirklich nicht«, sagte er. Der beiläufige Tonfall seiner Stimme konnte seine Überraschung nicht verbergen. »Okay, es schadet nicht, wenn ich's sage. So wie Sie aussehen, sind Sie auch bald dran. Der Nigger am Flughafen, er war ein kleiner Gauner aus Saginaw. Wer immer ihn aufgeschlitzt hat, hat seinen Teil dazu beigetragen, die Schönheit Michigans zu erhalten. Der Junge mit der verstümmelten Hand hatte seine Finger auch in irgendwelchen miesen kleinen Geschäften drin, wie unsere Quellen haben verlauten lassen. Wahrscheinlich ist er an eine Sache geraten, die eine Nummer zu groß für ihn war. Ich habe so eine Ahnung, rein instinktiv, verstehen Sie, daß unser Grillopfer im Porsche sich am Ende auch als einer von der unerwünschten Sorte entpuppt. Der Porsche bringt uns zu Ihnen. Heute morgen unterhielten wir uns mit der Lady, der er gehört, und –« Slate hielt inne, um Waverlys Gesichtsausdruck zu deuten. »Überrascht? Das hier oben ist zwar nicht so wie in der großen Stadt, aber auch wir tun unsere Arbeit. Ich könnte mir denken, Sie wissen längst, was sie gesagt hat.«

»Erzählen Sie es mir doch trotzdem, um die Story abzurunden.«

»Sie sagte, das Fahrzeug müsse gestohlen worden sein. Sie wüßte es nicht, denn sie sei am vergangenen Abend beschäftigt gewesen. Und zwar sehr beschäftigt. Es scheint, als hätten sie sich im Sugar Beach Motel verschlafen.«

Waverly senkte den Kopf und begann leise zu lachen.

»Sie erklären mir nicht, es sei anders gewesen?«

»Nein«, sagte Waverly, und aus seinem Lachen wurde ein krampfartiger Husten. »Nein, es ist genauso, wie sie es beschrieben hat.«

Slate funkelte ihn wütend an. »Das macht dem Jungen Spaß, was, diese kleine Geschichte. Wissen Sie, Timothy, in all den Jahren, die ich in diesem Gewerbe tätig bin, waren es immer die Frauen, aus denen ich nicht schlau wurde. Ich hab mir auch diese genau angeschaut. Wir haben hier eine junge Lady, die aus einer anständigen Familie und einem angesehenen Haus stammt. Sehr ehrenwerte Leute. Geld, Einfluß. Klasse. Ihr liegt die Welt zu Füßen. Und dann rennt sie mit einem Haufen Hundescheiße wie Ihnen herum. Wie wollen Sie das erklären?«

»Es ist ein Wunder«, war alles, was er hervorbringen konnte.

»Ein Wunder, ja. Wie dem auch sei. Sobald Sie aus der Stadt draußen sind, ist das Verschönerungsobjekt, von dem ich gerade geredet habe, abgeschlossen.« Slate blieb noch einen Moment stehen. »Dann wünsche ich Ihnen jetzt eine angenehme Reise.«

Als er das Ortsschild von Ishpeming passiert hatte und am Ziel angekommen war, fuhr Gleep direkt zu der Grundschule, in deren Heizungskeller Norbert vor langer, langer Zeit verblutet war. Ein völlig anderes Gebäude stand jetzt dort, eine andere Schule, und wo die Apfelbäume gewesen waren, befand sich jetzt ein asphaltierter Parkplatz. Gleep versuchte ein Bild von seinem Bruder zu rekonstruieren, aber die Erinnerung – bis auf die schrillen Laute seines verzerrten Namens – Gleep! Gleep! Gleep! – ließ ihn im Stich. Er konnte sich auch nicht mehr genau auf den Tag besinnen, als er den sich duckenden Schuldirektor verprügelt und die Schule angezündet hatte, wodurch er seinem

Leben eine völlig andere Wendung gab. Es hatte sich trotz allem gelohnt, dachte er, obgleich die verschwommene Erinnerung an die Flammen ihn an den vorhergehenden Abend denken ließ und an Shadow und den Kartenzähler aus Jacktown und an die spontanen Entscheidungen seines Lebens, die er getroffen hatte oder die er vielleicht hätte treffen können. Eine Flut seltsamer Empfindungen überwältigte ihn, die ihm selbst völlig fremd und zu verworren waren, um sie genauer zu betrachten oder sich damit auseinanderzusetzen.

Er stieg wieder in Shadows Caprice und fuhr durch die Stadt. Er bog in die Straße ein, wo das Haus seiner Kindheit früher gestanden hatte. Es war natürlich nicht mehr dort, abgerissen und von Unkraut überwuchert. Er fand die Lehmstraße durch den Wald, folgte ihr mehrere Meilen, bis er an seinen See gelangte, wo er mitten im Winter immer vor einem Loch im Eis gehockt hatte, während eisige Winde ihm um die Ohren pfiffen. Dort saß er nun, gewärmt von der Sonne, eingehüllt von der Zeit, und dachte über die Rätsel von Schicksal und Zufall nach und lauschte den flüsternden Stimmen, die sich aus den grünen Fluten erhoben und sich den Winden der Vergangenheit anvertrauten.

Gunter Dietz beschäftigte sich zur gleichen Zeit ebenfalls eingehend mit Schicksal und Zufall. Er saß in dem sehr maskulin eingerichteten Arbeitszimmer seines Heims am North Shore in Chicago und starrte das Telefon an, das sich standhaft zu klingeln weigerte. Seit über achtundvierzig Stunden hatte er nichts mehr gehört, und der Zwang, abwarten zu müssen, war seiner Laune kaum zuträglich, obwohl er sich stets damit brüstete, ein ruhiger und geduldiger Mensch zu sein.

Im übrigen Haus herrschte ein Durcheinander fieberhafter Aktivität, nämlich die letzten Partyvorbereitungen seiner Frau. Nur kultivierte, interessante Leute seien eingeladen, so sagte sie. Drei davon, Wochenendgäste, trieben sich bereits im Haus herum, und wenn sie für die übrigen Gäste repräsentativ waren, dann wäre er wohl besser in Michigan geblieben und hätte sich persönlich um seine Angelegenheiten gekümmert. Einer, ein

Schwuler, dem eine Kunstgalerie in der Stadt gehörte, verbrachte den größten Teil des Tages damit, bekleidet mit einem Seidengewand herumzurennen, und kam daher beladen mit Neonschmuck inklusive übergroßen Perlenclips an beiden Ohren. Die anderen beiden, ein Ehepaar, waren Juden: er ein bärtiger Professor von der Universität von Kalifornien, Physik oder so ein Blödsinn, und sie, soweit Dietz es beurteilen konnte, rund um die Uhr damit beschäftigt, eine Nervensäge zu sein.

Gestern abend hatten die drei im Spielzimmer einige Runden Pool gespielt, wobei Dietz und seine Frau zugesehen hatten und der Professor die ganze Zeit über »die elegante Geometrie des Spiels« schwadroniert hatte. Dabei hatte er mit dem Queue so gut wie nichts anzufangen gewußt. Dietz wäre am liebsten hingegangen und hätte ein oder zwei Runden versenkt, um ihnen zu zeigen, wie es gemacht wird, aber er wußte, daß seine Frau sich sicherlich darüber geärgert hätte. Dann war das Judengirl, nachdem sie eine Flasche Brandy geleert hatte, zu ihm gekommen und hatte ihn sehr freundlich gefragt, ob er an Aphasie leide, und er hatte gesagt, ich, äh, hoffe doch nicht, und sie hatte ihm dafür ein verruchtes Lächeln geschenkt. Später hatte er das Wort im Wörterbuch gesucht, es aber nicht gefunden.

Heute blieb er daher alleine in seinem Arbeitszimmer. Er zog einen Testanruf seinerseits in Erwägung, verwarf diese Absicht aber: Nervosität ist gleich Schwäche, und ein Mann in seiner Position konnte sich derartige Gefühlsregungen nicht leisten. Um zwei schaute seine Frau zur Tür herein und zischte: »Gäste!« Er ging hinaus, um sie zu begrüßen, drei Ehepaare, die sich dafür entschuldigten, schon so *früh* erschienen zu sein, und die, ein wenig zu laut, verkündeten, bereits so besoffen wie die Henker zu sein. Dietz mixte ihnen weitere Drinks und gab sich alle Mühe, mit ihnen Konversation zu machen. Gegen drei erschien der japanische Hausboy (Oonas Onkel oder Cousin oder irgendein anderer Verwandter), tippte gegen seinen Arm und teilte ihm mit, jemand verlange ihn auf seiner Privatleitung. Er entschuldigte sich und suchte sein Arbeitszimmer auf.

»Ja, bitte?« sagte er in den Hörer und stellte nicht ohne Stolz fest, wie sanft und moduliert und vor allem kontrolliert es herauskam.

»Wer ist da?«

»Dietz. Eugene?«

»Oh, Mr. Dietz. Ich hab Sie gar nicht erkannt.«

»Ich bin es, Eugene. Ich habe auf deinen Anruf gewartet.«

»Ja, tut mir leid. Ich hatte Schwierigkeiten mit meinem ersten Kontakt. Seine bessere Hälfte ist schwanger, deshalb meinte er, er wolle keinen Job übernehmen, der ihn über längere Zeit von zu Hause fernhalten würde.«

Dietz machte einen flachen Atemzug, eher er wieder redete. »Die Sache muß erledigt werden, Eugene. Sofort. Ich denke, das habe ich deutlich gemacht.«

»Es ist für uns nicht schlimm, Mr. Dietz. Ich hab einen anderen Burschen für uns darauf angesetzt. Jemanden aus Detroit. Viel Erfahrung, beste Referenzen. Er ist gestern noch raufgefahren.«

»Demnach hast du also Neuigkeiten für mich.«

»Also, eigentlich ja und nein.«

»Was soll das heißen?«

»Ich schätze, man kann sagen, zur Hälfte gut und zur Hälfte nicht so gut.«

»Du mußt dich schon klarer ausdrücken. Diese Leitung ist okay.«

»Ist sie wirklich sauber?«

»Kannst mir vertrauen, Eugene.«

»Na schön. Also, dieser Junge aus Detroit hat sich gerade gemeldet. Er sagte, Ihr Personalproblem da oben, das wurde gestern abend erledigt.«

»Die Ware?«

Ein Zögern. Dann: »Ich glaube, das ist der nicht so gute Teil, Mr. Dietz. Die hat er nämlich bisher noch nicht auftreiben können.«

Dietz hatte neben dem Telefon gestanden. Nun ließ er sich schwer in einen Sessel sinken. »Und was ist das Problem?« fragte er und bemühte sich, seine Stimme so fest wie möglich klingen zu lassen.

»Das ist schwer zu sagen. Gestern schienen eine ganze Menge Leute ihre Finger im Spiel gehabt zu haben. Die Polizei hat auch rumgeschnüffelt. Wenn Sie wollen, kann ich es Ihnen in allen Einzelheiten durchgeben.«

»Keine Details, Eugene. Ich will nur die Ware zurück. Wie sieht es damit aus?«

»Nun, unser Mann ist dran geblieben und hat sich umgehört und dabei einiges aufgeschnappt. Dieser Kartenhai, sagten Sie nicht, daß er auch mit drinstecken würde? Nun, die Polizei muß ebenfalls den Verdacht gehabt haben. Es scheint, als hätten sie nichts, was sie ihm anhängen können, daher wollen sie wohl, daß er die Stadt schnellstens verläßt.«

Halblaut murmelte Dietz einen für ihn völlig uncharakteristischen Fluch. Wieder dieser Kartenzähler! Dietz spürte, wie ihm die Kontrolle über sich selbst zusehends entglitt. Am liebsten hätte er jetzt mit der Faust auf den Tisch gehauen. Statt dessen fragte er: »Hat er sie jetzt? Die Ware?«

»Das läßt sich nicht mit Sicherheit sagen. Zumindest meldete das der Junge aus Detroit. Er möchte wissen, ob er an dem Kerl dranbleiben soll.«

»Bestell ihm, er soll die Ware beschaffen, Eugene. Und zwar schnellstens. Er wird dafür bezahlt. Und sag ihm auch, er soll den Kerl bestrafen. Ich will, daß er es ihm ordentlich besorgt. Sag ihm das.«

»Schön, aber er wird nach dem Bonus fragen, über den wir gesprochen haben, ob der immer noch gilt.«

»Ja, verdammt noch mal, der Bonus steht.«

»Ich werd's ihm bestellen, Mr. Dietz.«

»Und schnell. Er soll sich beeilen.«

»Machen Sie sich keine Sorgen. Dieser Junge aus Detroit ist ganz fix. Der knallt ihm schnellstens den Stempel auf den Arsch. Ab ins Jenseits, per Expreß. Sie haben mein Wort.«

Schon wieder eine Garantie. Dietz, dessen ganzer Körper zu zittern schien, vom Kopf bis zu den Füßen, als hätte er einen plötzlichen Schüttelfrostanfall, mußte kurz daran denken.

»Sind Sie noch da, Mr. Dietz?«

»Klar, Eugene.«

»Sonst noch was?«

»Nein. Sobald du was hörst, meldest du dich. Ist das klar?«

»Aber sicher. Bei Ihnen zuerst. Und jetzt wünsche ich Ihnen ein schönes Wochenende, Mr. Dietz.«

Das Judengirl hatte ihn schon den ganzen Nachmittag verfolgt, schließlich stellte sie ihn an dem prächtigen Steinkamin in der Bibliothek.

»Sie müssen sehr belesen sein, Mr. Dietz. Bei all diesen Büchern.«

»Ich lese, wann immer ich Zeit dazu habe«, sagte er kühl. »Meine Geschäfte halten mich in Trab.«

»Geschäfte«, sagte sie. Ihre Stimme klang leicht undeutlich, und sie schwankte ein wenig, hielt sich nur unter Schwierigkeiten gerade, aber in ihren Augen lag ein diabolisches Funkeln, als sie ihn unschuldig fragte: »Stimmt es, was man von Ihnen erzählt? Daß Sie ein Gangster sind? Der Chef einer Gangsterbande?«

Dietz reagierte mit einem eisigen Lächeln und gab keine Antwort, aber er dachte dabei daran, daß diese Fotze sich bestimmt zu einem hübschen Stück Seife verarbeiten ließe.

Er stellte seinen Koffer ab und legte den Zimmerschlüssel auf die Theke. Die Frau dahinter blickte von einem Hauptbuch auf und mimte eine filmreife Spätzündung beim Anblick seines Gesichts. Sie verzog ihren Mund zu einem sattsam bekannten mitleidvollen Grinsen, wie Leute es für besonders mißgebildete Krüppel bereithalten, und fragte, womit sie ihm behilflich sein könne.

»Ich ziehe jetzt aus«, erklärte Waverly.

Das Lächeln bekam einen verwirrten Ausdruck. »Aber es ist« – sie warf einen Blick auf die Uhr an der Wand – »schon nach vier Uhr, Sir.«

»Ist das ein Problem?«

»Nun, eigentlich nicht. Aber sehen Sie, die übliche Zeit zum Verlassen des Zimmers ist die Mittagszeit. Oder auch ein Uhr. Um diese Tageszeit muß ich Ihnen den ganzen Tag berechnen.«

»Dann tun Sie das«, sagte er.

Sie stellte die Rechnung zusammen, faltete sie und wollte sie gerade über die Theke reichen, als ihr noch etwas einzufallen schien. »Sie sind Mr. Waverly?«

»Genau der.«

»Beinahe hätte ich es vergessen. Eine Dame hat eine Nachricht hinterlassen. Sie möchte, daß Sie zu ihr in die Bar kommen.«

»Eine Dame also.«

»Ja. Ich glaube, sie ist noch da. Soll ich mal für Sie nachschauen?«

»Danke. Das schaff ich schon.«

Er blieb einen Augenblick lang im Eingang stehen. Sie saß an der Bar, an der gleichen Stelle, wo er sie vor einer Woche und einem Tag zum erstenmal gesehen hatte. Wie damals war der Raum ansonsten leer. Beiläufig rührte sie den Drink vor sich und betrachtete ihn mit einem geistesabwesenden Blick. Er ging hinüber und schwang sich auf den Hocker neben ihr. Er schaute sie an, sagte nichts. Er war nicht in der Stimmung, es irgendwem an diesem Tag leicht zu machen.

Schließlich sagte sie mit dem Anflug eines Lächelns: »So. Und wie war dein Tag?« Ihre Stimme, etwas schrill, hart, dünn, klang wie das Organ eines traurigen Kindes. Unter dem perfekten Make-up sah ihr Gesicht müde aus.

»Es gab schon schlimmere«, antwortete er, »obgleich nicht gerade in jüngster Zeit. Und bei dir?«

»Oh, es geht so.«

»Es geht so«, wiederholte er und ließ sich nichts anmerken. »Darf ich dich zu einem Drink einladen? Irgendwo muß ein Barkeeper aufzutreiben sein.«

»Ein anderes Mal. Man hat mich aufgefordert weiterzuziehen.«

»Waverly, ich muß unbedingt –«

Er hob die Hand. »Nein. Du mußt nicht. Es ist nicht nötig. Was du heute der Polizei gesagt hast, reichte völlig.«

Sie schaute ihn voller Hoffnung an. »Es war ein gutes Gefühl, das zu sagen. Das sagen zu können. Es war wie eine Versöhnung, irgendwie.«

Eine interessante Wortwahl, Versöhnung. Er hatte den Verdacht, daß sie keine Ahnung von der Herkunft dieses Begriffs hatte: *in Übereinstimmung, sich einig sein.* »Jetzt sind wir quitt«, sagte er, »du und ich. Wir sind uns nichts mehr schuldig.«

Das unsichere Lächeln wurde bitter. »Du willst von allem nichts hören? Davon, was passiert ist? Wie ich hergekommen bin?«

Um dich zu retten, war das, was unausgesprochen blieb, was die Erklärung hätte sein sollen und den Tag hätte retten können. Sie war schon eine seltsame Frau. »Es ist gleichgültig«, sagte er.

»Mir nicht.«

»Dann erwarte ich, daß du es mir verrätst«, sagte er. Von seinem Platz aus konnte er in einem Sessel in der Lobby einen uniformierten Polizisten herumlümmeln sehen, der so tat, als interessierte er sich ausschließlich für eine Zeitung. Sollte er ruhig warten.

»Ja, das werde ich. Richtig, das tue ich bestimmt.«

Sie erzählte ihre Geschichte mit einer Stimme, die von einer seltsamen Mischung aus Traurigkeit und Streitlust geprägt war und indem sie ihre Hände einsetzte und flüchtige Gesten machte. Gestern abend, nachdem sie Kelly's mit den beiden Nervensägen verlassen hatte, überredete sie die beiden, kurz ins Holiday Inn zu fahren. Das war nicht so schwierig, da sie beide diese Bitte falsch interpretierten, vor allem der weinselige Ernie, der ihren Oberschenkel ständig mit einer knochigen, mit Leberflecken übersäten Hand drückte. Clay war nirgendwo zu sehen. Sie brachte die beiden dazu, sie herumzufahren, damit sie suchen konnte, aber nicht sehr lange. Schon bald ließ die sich allmählich durchsetzende Erkenntnis, daß ihre Chancen auf ein wenig Abwechslung denkbar gering waren, die beiden richtiggehend häßlich werden. Wir sind schließlich kein Taxidienst, schimpfte Ernie, und sie setzten sie in einer Seitenstraße ziemlich unsanft hinaus.

Es gab niemanden, der ihr hätte helfen können. Nur sie selbst. Sie versuchte genauso zu denken, wie er denken würde. Wenn er dagewesen wäre. Aber sie konnte sich keinen Reim mehr darauf machen, was geschah. Auf das, was geschehen war, was sie getan hatte. Sie erinnerte sich an das Sugar Beach und ging los. Unterwegs hörte sie eine Explosion und Sirenen. Sie war aber viel zu benommen, zu geistesabwesend, um irgendeine Erklärung dafür zu suchen.

Das Zimmer, das Schloß, die Sicherheitskette – so weit schaffte sie es noch so eben. Sicher, endlich mal wieder sicher. Der Tag, die ganze lange Woche waren irgendwie unwirklich gewesen, hatten zu viele fremde Empfindungen hervorgerufen. Sie fiel aufs Bett und schlief ein. Phantastische Träume begleiteten ihren Schlaf.

Am nächsten Morgen – diesem Morgen – erwachte sie von einem beständigen Hämmern gegen die Tür. Das Erwachen war noch schlimmer als jeder Schlaf. Und noch immer gab es nirgendwo Hilfe. Sie lugte um den Türvorhang. Polizei, zwei Männer in Uniform, einer ohne. Unendliche Erleichterung, eine Art letzte Rettung, jegliche Energie sickerten aus ihr heraus und ließen sie schlaff werden.

»Das waren wohl Slate und Co.«, sagte Waverly. »Und damit wären wir wieder auf dem laufenden.«

»Da ist noch etwas mehr«, sagte sie, und ihre Geschichte ging weiter.

Sie ließ Slate herein. Er war freundlich und höflich, schien eine ganze Menge über sie zu wissen. Dabei wanderten seine Blicke von ihr zu dem schlachtfeldähnlichen Bett und im ganzen schäbigen Zimmer herum. Es versprach ein Hochseilakt zu werden, dieses Gespräch.

Er erzählte ihr von dem Porsche, und sie reagierte mit angemessener Bestürzung. Die Geschichte von einem Diebstahl kam ihr glatt von den Lippen. Aber dann erzählte er ihr von der Leiche im Kofferraum des Wagens, beobachtete dabei ihre Reaktion, und der Schock, den sie zeigte, war diesmal echt, ungespielt. Das konnte niemand anderer gewesen sein als du, Waverly. Wer sonst? Eine große Leere überkam sie, die um so schlimmer war, als dieses Gefühl ihr so fremd war und so aufwühlend.

Nein, hörte sie sich Slate antworten, keine Ahnung, wer das sein könnte. Der Wagen stand gestern abend noch auf dem Parkplatz.

Er fragte, ob sie vielleicht jemanden namens Timothy Waverly kennen würde. Dem Klang nach mußte er längst Bescheid wissen.

Ja, sie kenne ihn. Warum?

Kein besonderer Grund, sagte Slate. Nur daß dieser Waverly eine ganz üble Nummer sei und man wisse, daß er sich in der Stadt aufhalte. Es wäre schließlich ein Teil seines Jobs, unerwünschte Individuen im Auge zu behalten. Zur Zeit seien sie gerade dabei, ihn zu überwachen, und sie hätten vor, sich im weiteren Verlauf des Tages etwas eingehender mit ihm zu unterhalten. Deshalb würde ihm alles weiterhelfen, was sie ihm erzählen könne. Zum Beispiel, wie gut sie sich kennen würden.

Das seien die Worte gewesen, die er benutzt habe: »dieser Waverly«, »üble Nummer«, »unerwünschte Individuen«. Für einen kurzen Augenblick hätte sie das seltsame Gefühl gehabt, als wäre die Zeit zurückgedreht worden in einen Film der vierziger Jahre, in dem sie eine eher unbedeutende Rolle spielte, jedoch ein komplizierter Plot ihre nächsten Textzeilen bestimmte. Mit züchtig niedergeschlagenen Augen und in jenem Tonfall, der die gestrauchelte Frau kennzeichnete, eben so, wie man einem Fossil wie Slate begegnen mußte, sagte sie: Ich fürchte, er ist für Sie nicht der richtige Verdächtige. Denn, wissen Sie, er hat die letzte Nacht mit mir verbracht. Und zwar die ganze Nacht.

Slate schien wie vom Donner gerührt und zutiefst verwirrt gewesen zu sein. Und überhaupt nicht froh. Sind Sie ganz sicher? fragte er.

»Ich weiß immer, mit wem ich die Nacht verbringe, Mr. Slate.«

Er hatte noch einige weitere Fragen, aber sie waren einfach zu beantworten, überhaupt nicht verfänglich, reine Routine. Durch ihre Antworten ließ sie ihn wissen, daß es hier um Geld ging, daß er es mit Einfluß zu tun hatte und mit der Verdrehtheit der Reichen, was eigentlich alles erklären mußte. Vor allem diese Rolle konnte sie perfekt spielen. Er bot ihr an, sie in seinem Wagen mitzunehmen, ihr zu helfen, aber sie bedankte sich für das Angebot. Ihr Vater, der Anwalt, würde jemanden engagieren, der sich um die Angelegenheit kümmern würde, zum Beispiel um die Versicherungsdinge und verschiedene Details und so weiter. Sie nannte ihm eine Adresse in Illinois und eine Telefonnummer, die er anrufen sollte. Falls es nötig sein sollte. Er sagte, er hoffe, daß nichts von all dem ihre kleine Gemeinde jetzt in einem ungünstigen Licht würde dastehen lassen. Sie versicherte ihm, daß dieser Ort ihr recht gut gefiele. Er sei so schön altmodisch. Und dann verabschiedete er sich wieder. Darauf bat sie den Mann an der Rezeption, ihr einen Mietwagen zu besorgen, und wenig später war auch sie unterwegs.

»Und da bist du nun«, faßte Waverly für sie zusammen, »um das Wrack des Tages einzusammeln.«

»Nun, ich bin auf jeden Fall hier.«

»Dein Bruder? Was ist mit ihm?«

»Ich weiß es nicht«, sagte sie müde. »Ich habe zu Hause angerufen, und niemand hat etwas von ihm gesehen oder gehört. Sobald er die Bar verlassen hatte, muß er gestartet sein wie eine Rakete. Gott allein weiß, wo er jetzt ist. Nach all dem bin ich mir noch nicht einmal sicher, ob es mich noch in irgendeiner Weise interessiert.«

»Ich will dir mal einen unverbindlichen Rat geben. Falls... wenn du ihn findest, dann vergiß nicht, ihn daran zu erinnern, was die Leute gestern abend gesagt haben. Nämlich, daß er ständig über die Schulter schauen soll. Sag ihm, er solle diesen Rat wirklich beherzigen. Noch ist die ganze Affäre nicht abgeschlossen.«

»Ich werde ihn daran erinnern. Wenn ich ihn das nächste Mal sehe. Aber im Augenblick bin ich hier. Bei dir.«

»Das bist du.«

»Sieh mal, Waverly, es gibt nichts, was ich tun könnte, damit du mein Handeln überhaupt verstehst. Das von gestern abend. Ich weiß das. Aber eins sollst du wissen – was zwischen uns war, was einfach da war – ist mit nichts zu vergleichen, was ich bisher in meinem Leben erlebt habe.«

Irgendwie war es ihm peinlich, so etwas zu hören. Sein Blick wanderte zum Ende der Bar, dann richtete er sich auf den Fußboden. »Wenn ich mich jetzt dafür bedanken soll, dann bitte – ich danke dir.«

»Ich wollte nur, daß du es weißt.«

Es war jene Art von leerer Unterhaltung, die nichts anderes bewirkte, als die wachsende Distanz zwischen ihnen deutlich zu machen. »Nun weiß ich es«, sagte er und artikulierte es als endgültige Feststellung.

Ihr ernstes Gesicht schien brüchig zu werden. »Werde ich dich jemals wiedersehen?«

Die Frage wurde von einem leichten Vibrato getragen, doch mittlerweile begegnete er ihrem stimmlichen Talent mit Vorsicht. Dennoch war es ihm fremd und hatte einen Unterton der Hingabe, der beinahe echt wirkte. Er erkannte nur, wieviel von seiner Antwort abhing. »Das halte ich nicht für sehr wahrscheinlich. Aber man weiß ja nie.«

»Nun, ich habe ja noch deine Visitenkarte«, sagte sie und holte die Karte aus ihrer Handtasche, um sie ihm als Beweis zu zeigen. »Aber es steht keine Telefonnummer darauf. Wirst du mir eine Telefonnummer geben?«

Waverly mußte sich das für einen Moment durch den Kopf gehen lassen. »Warum möchtest du ausgerechnet jetzt eine? Nach allem, was passiert ist.«

»Oh, ich weiß nicht. Vielleicht brauche ich irgendwann einmal einen Rat. Oder vielleicht reicht mir auch schon eine freundliche Stimme am anderen Ende der Leitung. Ich möchte nicht, daß es so zu Ende geht, Waverly.«

Gegen jeden Instinkt, der ihm riet, Vernunft zu bewahren, nannte er ihr die Nummer von Bennie Epsteins Key Line Services.

Sie schrieb sie sorgfältig auf die Vorderseite der Karte und sagte dann mit einem wissenden, geheimnisvollen Lächeln: »Florida. Der Winter steht vor der Tür. Kann sein, daß wir uns eines Tages doch über den Weg laufen.«

»Schon möglich.«

»Mach's gut, Waverly.«

Sie erhob sich wie ein Vogel von ihrem Platz und ging mit jener betonten Präzision zur Tür, als hätten die Sohlen ihrer Füße jegliches Gefühl verloren. Er stand haarscharf davor, ihr irgend etwas nachzurufen, doch er war unfähig, irgendwelche Worte zu finden, noch nicht einmal ihren Namen. Und dann war sie gegangen und ließ ihn mit der Überlegung zurück, wie viele Beziehungen der Mensch in seinem Leben eingehen darf, und der Frage, ob sein Kontingent aufgebraucht war.

Er lenkte den Mazda über eine hübsche, von Bäumen gesäumte Straße in Traverse City. Es war die Straße, in der das Haus von Arthur und Annetta Foss stand. Eine letzte Erledigung vor seiner Abreise, der befohlenen und endgültigen. Er fuhr langsam und kniff die Augen zusammen, als er die Hausnummern las. Ein schwarzweißer Wagen des Sheriff's Department stand mit laufendem Motor an einer Ecke zwei Blocks hinter ihm.

Es war nicht schwierig, die Adresse zu finden, denn ein Schild mit ihren in Holz geschnitzten Namen war über dem Garagentor befestigt. Er fuhr daran vorbei, bog in eine Einfahrt ein paar Häuser weiter ein, kam zurück und hielt am Bordstein dem Haus genau gegenüber. Er ließ den Motor laufen, verließ aber nicht seinen Platz hinter dem Lenkrad. Er schaute nur. Leute. Kein Grund, nervös zu werden. Eine Übung in morbider Neugier, perverser Nostalgie.

Aber viel war dort nicht zu sehen: ein zweistöckiger Bau, angebaute Garage mit obligatorischem Basketballbrett und einem Kinderfahrrad, das an einer Wand lehnte, gepflegter Rasen mit einzelnen Büschen und Zierbäumen, hier und da einige Blumenbeete. Eine Idylle in amerikanischer Lebensart. Fast genau das, was er erwartet hatte. Vorne war niemand zu sehen, aber er konnte hinter dem Haus einen Rasenmäher brummen hören. Er legte den Gang ein und ließ den Wagen ein Stück weiter rollen, um besser sehen zu können. Obgleich er sich nicht vollkommen sicher sein konnte – schließlich lag es schon zehn Jahre zurück –, mußte es sich bei der Gestalt, die den Rasenmäher schob und regelmäßig in sein Gesichtsfeld geriet und wieder daraus verschwand, um Arthur handeln. Und wenn er es wirklich war, dann sah er bemerkenswert fit aus, fast jungenhaft. Straffe Figur, gerade Haltung, energisches Auftreten. Er trug Jeans und ein T-Shirt und, wie es schien, Turnschuhe. Eine Pfeife ragte aus seinem Mund wie eine gerade, dunkle Waffe. Aus der Entfernung schien sein Haaransatz sich gehalten zu haben, keine Spur von Zurückweichen.

Demnach hatte sich nicht alles so entwickelt, wie es sollte. Tatsächlich überhaupt nichts, denn im gleichen Moment erschien eine jugendliche Gestalt im Garten, ein Junge mit ebenmäßiger Figur, der ein Glas mit irgend etwas in der Hand hielt. Wahrscheinlich mit Limonade. Er ging hinter Arthur her und tippte ihm spielerisch gegen die Hüfte und bedeutete ihm stehenzubleiben. Arthur nahm das Glas in eine Hand und strich dem Jungen mit der anderen durch das Haar. Dafür wurde er mit einem liebevollen Blick belohnt.

Es gab keine Gelegenheit, mehr zu sehen, selbst wenn er es gewollt hätte. Der Polizeiwagen tauchte neben ihm auf, und der Beamte, wahrscheinlich um die einundzwanzig und noch krampfhaft darum bemüht, seinem Auftreten einen Hauch von Bedrohlichkeit zu verleihen, schob seinen Kopf durch das Seitenfenster und meinte gedehnt: »Das ist aber nicht die Straße, die aus der Stadt hinausführt, Freund.«

»Vielleicht habe ich mich verfahren.«

»Warum folgen Sie mir nicht einfach? Ich bringe Sie schon auf den rechten Weg.«

Zehn Meilen südlich von Traverse City bog der Polizeiwagen in eine Seitenstraße ab und parkte. Waverly fuhr geradeaus weiter, und der Beamte winkte ihm einen spöttischen Gruß zu, als er an ihm vorbeifuhr.

Er hatte das Seitenfenster fast vollständig heruntergedreht und atmete zwischen den Zigaretten die aseptische, frische Luft Michigans ein. Aber er achtete auch genau auf den Rückspiegel. Seine Warnung an Midnight galt genauso auch für ihn selbst, wenn nicht noch mehr: Noch waren die Schulden bei weitem nicht beglichen. Es war nur vernünftig anzunehmen, daß sie Clay bereits erwischt hatten, und da die Ware immer noch nicht aufgetaucht war, würden sie sich ihm als nächstem an die Fersen heften. Irgendwo dort draußen, hinter ihm, vielleicht auch vor ihm, hinter der nächsten Kurve, lauerte eine weitere Gestalt, genau wie Gleep ihn gewarnt hatte. Dieser wäre namenlos, gesichtslos, und er würde auftauchen wie eine Gewitterwolke in nächster Nähe, die sich schnellstens entlud. Es galt, Strategien zu entwickeln, gewisse Details umgehend zu bedenken. Er mußte sich schnellstens und ohne Verzögerung über alles klarwerden.

Aber die trügerische Sicherheit des rollenden Wagens und die friedliche, großzügige Landschaft versetzten ihn in einen Zustand, der an Gleichgültigkeit grenzte. Der Highway schimmerte im Licht der untergehenden Sonne. Baumgruppen wiegten sich im milden Windhauch. Die ersten Blätter zeigten bereits gelbe Flecken und begannen zu welken. Auch die Felder waren größtenteils gelb oder von einem stumpfen Braun. In zwei, drei Monaten würden sie mit Schnee bedeckt sein, bei Tag so hell leuchtend wie poliertes Silber und blaßblau bei Nacht. Er erinnerte sich daran, aber nur schwach. Genauso wie er sich an seinen Sohn erinnerte, in zarten Pastelltönen, eigentlich fast überhaupt nicht. Für eine Weile dachte er über das Rätsel der Vaterschaft nach, ein Kind, das durch einen Zufallsakt der Lust ins Leben geschleudert wurde und nun für immer verloren war, für alle Ewigkeit der Sohn eines anderen Mannes. Was wiederum Gedanken an Annetta auslöste, an ihren glücklosen Anwalt, an die Jahre im Gefängnis und die darauffolgenden, an seine unter einem ungünstigen Stern stehende Reise und den lauernden Irrsinn, der ihn dazu inspiriert hatte. Und von dort zu Midnight, die sich am Arm zweier besoffener Typen in Sicherheit brachte, ihn mit einer beiläufigen Entschuldigung abspeiste (schade, daß sie dich töten werden, tut mir wirklich leid); dann dachte er an ihren mißratenen Bruder, ein toter Mann, wenn nicht jetzt, dann sicherlich in nächster Zukunft, und an die brennende Leiche Shadows, und an das Rätsel Gleep. Und unausweichlich an die schrecklichen Geheimnisse des Zufalls. Eine seltsam wehmütige Leere überkam ihn, die Leere der Gegenwart. Was er finden mußte, war eine Erlösung von diesen Scherben der Vergangenheit, weit verstreut, aber nicht verschwunden. Was er für sich entdecken mußte, war eine Strategie zur Gestaltung des Lebens, mit welcher er seine Geheimnisse entschleiern und die Ordnung wiederherstellen konnte.

Nichts davon erschloß sich ihm.

Aber Chop kam ihm in den Sinn. Chop, der meisterhafte

Stratege, der absolute Pfadfinder im Labyrinth; er hätte für all diese Fragen die Antworten parat. Das wäre jetzt das einzig Richtige, ein Gespräch mit Chop.

Sofort fühlte er sich besser. Er steigerte sein Reisetempo und war um kurz nach sieben in Grand Rapids. Am Flughafen führte er einige Telefongespräche mit Leuten, die Kontakte hinter den Mauern hatten. Nein, Chop war nicht mehr in Jackson. Er sei schon seit, Moment mal, Mai in Ypsi. Er würde sich wundern, wenn er ihn besuchte. Er sei nicht mehr der alte Chopper. Es sehe so aus, als hätten sie ihn doch noch kleingekriegt.

Düstere Informationen. Er hörte zu, aber er glaubte es nicht für eine Sekunde.

Er erklärte der Lady am Schalter der Autovermietung, was er beabsichtigte: Er wolle den Mazda noch einen weiteren Tag behalten und ihn am Detroit Metro stehenlassen. Sie sagte, das ginge in Ordnung, es koste natürlich etwas mehr, aber ansonsten gäbe es keine Probleme, wobei sie ihn argwöhnisch musterte und ihre Blicke nicht von seinem zerschlagenen Gesicht lösen konnte. Schließlich fragte sie: »Hatten Sie, äh, einen Unfall?«

»Sie sollten mal den anderen Burschen sehen«, sagte er. Der Gedanke erzeugte ein kleines Lächeln.

»Aber der Wagen ist …?«

»Intakt. Unversehrt. Draußen auf dem Parkplatz, wenn Sie ihn sich ansehen wollen.«

Sie wollte nicht, und er setzte seine Fahrt fort.

Zwei Stunden später fuhr er auf die Verbindung zwischen Ypsilanti und Ann Arbor auf. Es war eine breite, vielbefahrene Schnellstraße mit einer Reihe von Motels, einige mit erleuchteten Schildern, die auf freie Zimmer hinwiesen, die meisten jedoch mit dem roten Besetztzeichen. Er fuhr langsam und unterzog sie einer eingehenden Betrachtung. Es wurde jetzt Zeit, sich um solche Einzelheiten zu kümmern. Sie zu vernachlässigen könnte sich gefährlich auswirken.

Er entdeckte ein ramponiertes, von seiner ehemaligen Eleganz lebendes Relikt von Hotel mit einer Leuchtschrift, die hoffnungsvoll verkündete: DAS PARADIES FÜR BOWLER! SONDERPREISE! Das konnte durchaus das sein, was er suchte. Der Parkplatz war voll, und in der Lobby wimmelte es von Menschen, dennoch schien es noch Gäste aufzunehmen. Er hielt an, parkte unter einer Laterne, holte seinen Koffer aus dem Kofferraum und ging hinein. Für eine Weile mischte er sich unter die Leute und schaute sich ausgiebig um. Vier Flügel hatte der Bau, drei mit zwei Zimmeretagen, der vierte, einstöckig, mit der Bar, dem Speisesaal, einem Souvenirladen und der Rezeption. Die Flügel umgaben einen grasbewachsenen Innenhof, der von einem großen, mit Glaswänden abgetrennten Swimmingpool beherrscht wurde. Er war lang, rechteckig und konnte nur durch den Rezeptionsflügel oder durch eine Tür am entfernteren Ende betreten werden, die zu einem briefmarkengroßen Sonnendeck führte, auf dem Liegestühle und Topfpflanzen standen. Bis auf zwei Notlampen war der Pool jetzt dunkel und offensichtlich für die Nacht geschlossen, zweifellos eine Art Schutzmaßnahme für die ausgelassene Gesellschaft. Überall auf den Korridoren herrschte ausgelassener Betrieb, die Türen standen offen, laute Musik dröhnte, und berauschte Paare in bunten, mit Emblemen verzierten Seidenhemden wankten von Zimmer zu Zimmer. Das war genau das, was ihm vorschwebte. Er kehrte zur Rezeption zurück, bezahlte für ein Zimmer in bar und trug sich als Chad O. Glip ein. Es war ein kleiner, ganz persönlicher Scherz, den er sich erlaubte.

»Was ist denn mit Ihnen passiert?« fragte der stirnrunzelnde Angestellte ihn. »Hat jemand Ihr Gesicht abgeräumt?«

»Nicht ganz«, sagte Waverly.

»Na ja, Sie haben Glück gehabt. Das war das letzte noch freie Zimmer. Gehören Sie zu den Bowlingleuten?«

»Nur im Geiste«, sagte er und schüttelte verneinend den Kopf, als er den verständnislosen Blick seines Gegenübers gewahrte.

»Dann kann ich Ihnen leider keinen Sonderpreis berechnen. Tut mir leid.«

»Das ist schon in Ordnung. Was ist denn hier los? Ein großes Treffen? Ein Kongreß?«

»So was Ähnliches. Ein paar Clubs treffen sich hier zu einem fröhlichen Beisammensein. Das machen Sie jeden Labor Day.

Sie bereiten die Saison vor, könnte man in etwa sagen. Ich hoffe, der Betrieb stört sie nicht zu sehr.«

»Überhaupt nicht. Ich finde, Bowler sind überaus nette Leute. Genau meine Kragenweite.«

»Okay«, sagte der Angestellte und reichte ihm einen Schlüssel. »Sie wohnen im Südflügel, im zweiten Stock.«

Waverly ging eine Treppe hinauf und schob sich durch eine Menschentraube im Gang, bis er zu seinem Zimmer gelangte. Nichts Besonderes, die übliche Ausstattung. Es ging auf einen zweiten Parkplatz hinaus, der voll war mit Reihen unregelmäßig abgestellter Fahrzeuge. Er überflog sie vom Fenster aus. Der T-Bird, der ihm aufgefallen war, als er sich Lansing näherte – zumindest glaubte er, auf ihn achten zu müssen – war nicht dort draußen. Jedenfalls noch nicht.

Er stellte seinen Koffer ab und inspizierte die Speisekarte des Zimmerservice neben dem Telefonapparat. Unter dem reichhaltigen Angebot befand sich auch etwas, das den Namen Tail-Gater Special trug: vier Sorten Käse, ein Stück Salami, Kartoffelchips, Bohnensalat. Stopft sechs hungrige Mäuler, stand als Empfehlung dahinter. Er wählte die Nummer und bestellte fünf Portionen. »Und Bier dazu«, sagte er und gab seiner Stimme einen lallenden Klang, »klar, Bier muß sein, hier ist vielleicht 'ne Party im Gange, und dann noch ein paar Saucen, was immer die Küche hergibt, Bourbon, Gin, eine Flasche Scotch vielleicht, suchen Sie es aus und – ehe ich es vergesse – wir brauchen auch noch ein Messer für die Salami, aber ein scharfes.« Sobald alles gebracht worden war, riß er die Tür auf und trat hinaus auf den Gang und rief: »Alle mal herhören, die Party ist eröffnet. Getränke und Speisen gehen auf mich!«

Der Thunderbird parkte außer Sicht in einer dunklen Gasse genau gegenüber dem Motel, und der Mann, der hinter dem Lenkrad lümmelte, war erstaunt und mehr als nur ein wenig verwirrt. Dies war nicht unbedingt der eleganteste Weg, um sich aus dem Staub zu machen. Oder vielleicht doch. Den Wagen auf den Parkplätzen nach zu urteilen, war der Laden voll bis unters Dach. Die Lobby war mit schwankenden Trinkern bevölkert,

Musik dröhnte aus der Bar nach draußen. Samstagabend, Ferienzeit, Sommerende, ein Treffen von Bowlern, ein feuchtfröhliches Chaos – irgendwie paßte es. Aber das machte ihm das Leben auch nicht leichter.

Er machte sich einige Gedanken zu der Angelegenheit. So wie er es sah, hatte er es mit zwei Problemen zu tun. Einerseits war da die Ware, die er zurückholen mußte, wenn er sich den Bonus verdienen wollte, andererseits besagten die Instruktionen, daß er nicht allzu sanft zu Werke gehen sollte. Nach seiner Erfahrung müßte er mit gewissen Schwierigkeiten rechnen. Es würde auch auffallen. Irgendwie mußte er beides unter einen Hut bringen.

Er kam am Ende zu dem Schluß, daß im Augenblick im Hotel zuviel Betrieb war, um die Sache noch an diesem Abend abzuschließen. Vielleicht hatte dieses Opfer irgendwelche Tricks im Sinn, vielleicht auch nicht. Es hätte keinen Sinn, amateurhafte Risiken einzugehen. Morgen war Sonntag. Sonntag war immer ein guter Tag.

Am nächsten Morgen ging Waverly hinunter in den Speisesaal und suchte sich eine Nische an der hinteren Wand, von wo aus er einen ungehinderten Blick auf den Eingang hatte. Er bestellte Kaffee, beobachtete nur und ließ die Zeit verstreichen. Die stikkige Luft drehte ihm fast den Magen um, und die Adern seiner Schläfen schienen zu pulsieren. Er war steif und voller Schmerzen bis auf die Knochen, aber nicht annähernd so erschöpft und träge, wie er es eigentlich hätte sein müssen. Das Bewußtsein drohender Gefahr durchzuckte ihn wie ein elektrischer Strom. Vielleicht war es auch Angst. Oder es war diese Reise in die Erinnerung, die vor ihm lag. Oder es war eine Kombination von allen drei Dingen.

Um diese frühe Stunde war der Saal still und fast verlassen. Nicht gut. Aber schon bald kamen einige der Freizeitkegler hereingeschlichen, sie sahen leicht angeschlagen und verkatert aus. Das war besser. Einige von ihnen, die sich schwach an den vorhergehenden Abend erinnerten, grüßten ihn ziemlich lustlos. Er winkte mit etwa dem gleichen Elan zurück. Um elf war der Saal voll. Die Geister und dicken Köpfe erwachten allmählich wieder zum Leben, und er hörte, wie bereits wieder Pläne für den Abend geschmiedet wurden. Trotz seiner morgendlichen Beobachtungen hatte er bisher keinen eigenen festen Plan. Wenn ihm tatsächlich schon jemand auf den Fersen war, dann fände er vorübergehende Sicherheit sicherlich in größeren Gruppen. So weit waren seine Überlegungen immerhin gediehen. Und dabei lag die Betonung auf vorübergehend.

Er wartete eine weitere Stunde ab, dann ging er hinaus zur Rezeption und buchte das Zimmer für eine weitere Nacht. Er bezahlte wieder in bar. Gegen ein großzügiges Trinkgeld wurde ihm der Mazda vor die Tür gestellt. »Jawohl, Sir, Mr. Glip, ich lasse ihn gleich holen.« Der Thunderbird war nirgendwo zu sehen, was natürlich nichts bewies, ihn aber doch zu der Frage brachte, ob die Phantome am Ende doch nur in seinem Kopf existierten. Nichtsdestoweniger verschloß er die Türen und holte aus seiner Jackentasche das Messer, das er am Abend zuvor bei der Tail-Gater-Orgie hatte mitgehen lassen. Es war ein simples Küchenmesser: Holzgriff, zehn Zentimeter lange Klinge, ausreichend scharf. Als Waffe nicht besonders beeindruckend. Aber besser als nichts. Er deponierte es neben seinem Sitz, legte den Gang ein und jagte davon.

Acht Meilen weiter südlich stand das Ypsilanti State Hospital mitten in ebenem, braunem Ackerland, ein riesiger, ausgedehnter Komplex aus Straßen und Plätzen und Gebäuden, drei Etagen hoch, aus Ziegeln, dunkel und fleckig vom Alter, viele untereinander verbunden und an Festungen erinnernd. Es war größer, als er es in Erinnerung hatte, viel größer, aber seine Erfahrungen bezogen sich auf eine ganz bestimmte Ecke, und das auch noch von innen und vor einigen Jahren. Das gerichtsmedizinische Zentrum lag vom restlichen Hospital abgetrennt durch einen hohen Stahlzaun, dessen Krone aus rasiermesserscharfem Draht bestand. Gewichtige Gebäude auf einem vage schicksalsträchtigen Grund.

Besuchszeit war um ein Uhr. Er schloß sich der Menschenmenge an, die sich am Tor aufgestellt hatte. Die meisten davon waren mürrisch aussehende Farbige. Es war ein heißer, sonniger Tag von der Art, wie er Fremde dazu bringt, sich übers Wetter zu unterhalten. Niemand in dieser Gesellschaft sagte jedoch ein Wort, erst als es ein Uhr wurde und weitere Zeit verstrich und das Tor geschlossen blieb, stützte eine riesige Frau mit steifer Gelfrisur die Hände auf ihre ausladenden Hüften und verkündete: »Scheeii-ße! Das ist nichts anderes als eine ganz große Scheeii-ße!« Und ein anderer, ein Mann, murmelte: »Diese Bastarde wollen einen zappeln sehen.«

Etwa fünfzehn Minuten nach der vollen Stunde kam ein Wachtposten – Wärter wurden sie hier genannt – in Jeans, Cowboystiefeln und verwaschenem Flanellhemd zum Eingang, stieg eine Treppe hinunter und öffnete wortlos. Er führte die Menschen in den Warteraum und nahm seinen Platz hinter einem zernarbten und zerkratzten Holzschreibtisch ein. Darauf lag ein Stapel Formulare, die anderen Besucher holten sich welche und fingen an, sie auszufüllen. Waverly hatte darin keine Erfahrung, daher folgte er ihrem Beispiel, füllte ein Formular aus und stellte sich an eine neue Schlange an, die sich vor dem Schreibtisch gebildet hatte. Langsam schob sie sich vorwärts. Als er an der Reihe war, reichte er seinen Antrag hinüber.

»Ausweis«, forderte der Wärter. Er hatte ein schmales, dreieckiges Gesicht und ein hartes, kleines Kinn. Seine Augen waren ausdruckslos, weder gelangweilt noch voller Anteilnahme.

»Wie bitte?«

»Ich brauche einen Ausweis. Mit Paßbild.«

Waverly klappte seine Brieftasche auf und zeigte seinen Führerschein. Der Wärter untersuchte ihn und ließ seinen Blick zwischen dem Bild und dem Mann hin und her wandern. »Das sieht Ihnen aber nicht ähnlich«, stellte er fest.

»Ich laß mich nicht besonders gut fotografieren.«

»Ist mit Ihrem Gesicht irgendwas passiert?«

»Das liegt am Bild. So sehe ich immer aus.«

»Heh, Mann, das ist wirklich lustig«, sagte er böse. »In welcher Abteilung ist er?«

»Keine Ahnung.«

»Dafür, daß Sie den weiten Weg von Florida raufgekommen sind, wissen Sie nicht viel, oder?« Er holte eine Patientenliste hervor und fuhr mit den Fingern daran entlang, wobei seine

Lippen sich beim Lesen stumm bewegten. Er griff nach dem Telefonhörer, wählte eine Nummer und nannte Chops Namen. Dann zog er ein Motorradmagazin aus der Schreibtischschublade und begann geistesabwesend darin zu blättern.

Waverly stand da und wartete auf einen Hinweis. Er kannte diesen Typ sehr gut: von grundsätzlicher Bosheit und grenzenloser Gemeinheit. Okay. Er ließ sich eine Minute Zeit, dann fragte er: »Wollen Sie mir nicht verraten, wie es jetzt weitergeht?«

Der Wärter wies mit einer ausholenden Geste auf den dicht bevölkerten Raum. Er machte sich nicht einmal die Mühe aufzuschauen. »Klar doch. Setzen Sie sich auf einen Stuhl. Jemand kommt runter und holt sie. Gleich.«

Mittlerweile waren natürlich alle Plätze – zwei Vinylsofas und einige mit Brandflecken übersäte Plastikstühle – besetzt. Waverly stand an einer Wand. Die eisige Luft aus der Klimaanlage war schal und blau wie Smog. Ein farbloser Teppich bedeckte einen Teil des Fußbodens, die Wände und die Decke waren voller Scharten wie Teile einer zerbeulten Rüstung. Als er mit einer Hand über die Rückseite einer Couch neben ihm strich, war seine Handfläche fettig und schmutzig. Alles an diesem Ort war zerschlissen und stank und war verschmutzt und kündete von einer gezielten Vernachlässigung und dem Vorrecht der Verwaltungsorgane. Es wurde ihm wieder bewußt, wie sehr er Obrigkeit verabscheute, wie er es immer getan hatte, es jedoch nie ganz begriffen hatte.

Ein weiterer Wärter kam durch die Tür hinter dem Schreibtisch und rief mehrere Namen auf. Waverlys war nicht dabei. Einige Besucher standen auf und bildeten eine Schlange vor der Tür eines Vorraums, von dem aus man zu den Abteilungen gelangte. Nacheinander stiegen sie auf ein Podest und starrten blicklos nach vorne, während der Wärter sie mit einem elektronischen Suchgerät überprüfte, das er wie einen Zauberstab an ihren Körpern, den Schultern und den Köpfen entlang führte.

Weitere Zeit verstrich. Kurz vor zwei wurde sein Name aufgerufen. Er nahm seinen Platz auf dem Podest ein und hob die Arme, um die Überprüfung zu erleichtern. Der Wärter führte ihn durch die Tür und eine Treppe hinauf. Weitere verriegelte

Türen öffneten sich auf unsichtbare Signale hin. Es war ihm alles vage vertraut, seit seinem Aufenthalt vor nunmehr zehn Jahren hatte es keine wesentlichen Veränderungen gegeben. Er folgte dem Wärter durch einen tristen Korridor in einen großen Raum mit zwei langen Tischen im hinteren Teil, die beide mit einem Drahtschirm in der Mitte über ihre ganze Länge unterteilt waren. Die Patienten saßen auf der einen, die Besucher auf der anderen Seite. Am entfernten Ende des einen Tisches kauerte eine Gestalt auf einem Stuhl, die in clownhafte, viel zu große Anstaltskleidung gehüllt war und storchenähnliche Schultern hatte. Der Wärter wies auf sie. »Das ist Ihr Mann«, sagte er mit der Andeutung eines Grinsens. »Viel Glück, wenn Sie mit ihm reden wollen.«

Waverly hinterließ seinen Passierschein am Tisch und bekam den Hinweis: »Denken Sie daran, Sie haben eine Stunde Besuchszeit.«

»Ich glaube, mittlerweile weiß ich es auswendig.«

Das Drahtgitter zergliederte Chops Gesicht und ließ es aussehen wie ein Gesicht, das von einer stehenden Wasserfläche reflektiert wird. Und es war ein mumifiziertes Gesicht, das Waverly vor sich sah, gelb und fleckig, der blaue Schimmer eines Bartes an einem scharfkantigen Kinn, die Augen so dunkel wie Höhlen und von einem Spinnennetz von Fältchen eingefaßt. Alle alten Narben schienen verschwunden zu sein, aber eine neue, blutrot und leuchtend, bildete ein Fragezeichen über einer buschigen Augenbraue. Die Nase war verbogen, die Nasenlöcher waren feucht und schienen zu laufen. Die Haare, die einst die Farbe von Tinte gehabt hatten, waren verfilzt und fast weiß. Und die Hände – es waren die Hände eines Krüppels, eines Arthritikers, verkrümmt und knotig wie die Äste eines kranken und sterbenden Baumes.

»Chop«, fragte er, »was ist passiert?«

Keine Antwort. Statt dessen griff er sich mit einer gekrümmten Klaue an die Stirn und massierte sie langsam, als schlüge er sich mit einer besonders kniffligen Frage herum.

»Ich bin's, Waverly. Du erinnerst dich doch.«

»Waverly?«

»Der Angelsachsen-Waverly. Latein-Waverly. Du weißt doch.«

Ein dünnes, wölfisches Grinsen verzerrte das eingefallene Gesicht. »Natürlich erinnere ich mich. Meinst du, die hätten mich schon geschafft?«

»Das wäre mir nie in den Sinn gekommen, Chop. Das habe ich niemals angenommen.«

»Timothy, richtig?«

»Stimmt.«

»Tu's nicht«, sagte er böse.

»Was soll ich nicht tun?«

»Es glauben. Was sie dir erzählen. Niemand weiß, was in meinem Kopf vorgeht. Ich sitz hier nur meine Zeit ab. Ich bin bald weg.«

»Wohin, Chop?«

Er stieß ein überhebliches Kichern aus und klopfte sich gegen die Schläfe. »Wohin, das steckt da oben.« Dann schaute er sich wachsam um und beugte sich zum Gitter vor und schirmte den Mund mit dem Handrücken ab. »Northville.«

Northville. Waverly erinnerte sich an alles, was er über Northville gehört hatte. Es war der letzte Zufluchtsort für die endgültig Verrückten. »Bist du sicher, daß du dorthin willst?«

Chop wich zurück und zeigte Erstaunen und Verletztheit. »Sicher? Natürlich bin ich mir sicher. Northville ist wie Urlaub. Das reinste Paradies.« Dann, etwas ruhiger, friedlicher: »Dir würde es dort gefallen. Sie haben dort ein Schwimmbecken, heißt es. Olympische Maße. Du schwimmst, hast du das nicht immer erzählt?«

»Ich glaube, ich hab's dir mal erzählt.«

Chop schnippte mit den Fingern. »Da hast du's.«

Waverly nahm sich eine Zigarette. Das Anzünden, Inhalieren und das Verfolgen des Rauchs, der zur Decke aufstieg, verwandelte er in ein ausgedehntes Ritual, einen zeremoniellen Ritus grenzenloser Trauer. Oder er versuchte, Zeit zu gewinnen. Eine unwägbare Stille breitete sich zwischen ihnen aus, die an Feindseligkeit erinnerte. Es war ein Fehler gewesen, hierhergekommen zu sein.

Über dem ersten Stock gab es keine Klimaanlage, und der Raum war vollgepackt, das reinste Rattenloch menschlichen Gestanks, der von der Hitze noch verstärkt wurde. Am gegenüberstehenden Tisch hielt eine farbige Frau ein sich aufbäumendes schreiendes Kind. Sie schrie selbst, um sich Gehör zu verschaffen. Andere Stimmen hallten von den Wänden wider. Eine – tief, kehlig, voller Haß – erhob sich über den allgemeinen Lärm: »Aaarschloch. Baaastard.« Es war der Patient, der links von Chop saß, ein junger Mann mit rasiertem Schädel und dem Körperbau eines Sumoringers. Er sprach mit einem Mann in den Fünfzigern, mit slawischen Gesichtszügen und wettergegerbter Haut. »Baaastard«, wiederholte der Patient. »Ich tu nichts, was du gesagt hast. Schick mir nur meine Klamotten und tausend Dollar im Monat. Ich rede nicht mit dir.« Er erhob sich von seinem Stuhl, und zwei Wärter tauchten neben ihm auf und legten ihm die Hände auf die Schultern.

»Ich will mit diesem Scheißer nicht mehr reden.«

»Okay, okay. Beruhige dich. Wir bringen dich zurück.«

Der Besucher machte ein verwirrtes Gesicht. Er stand auf und sagte etwas in dem Stakkatorhythmus einer Balkansprache. Kurz darauf waren sie verschwunden.

»Das ist Kotkowski«, sagte Chop. »Sie nennen ihn hier Krakau. Vergewaltiger. Hat für seinen alten Herrn nichts übrig.«

»Das scheint mir auch so.«

Chop grinste plötzlich. »Als ich noch ein Junge war, schlich mein Alter sich immer hinter mich und verpaßte mir eine Kopfnuß. Whap! Daß mir fast der Schädel abgerissen wurde. Ich fragte, wofür war das denn? Und er sagte: ›Das war für das, wobei ich dich *nicht* erwischt habe.‹« Das Grinsen erstarb, und Chop schaute ihn nachdenklich an. »Was hältst du davon?«

»Ich denke, dein Alter war genau der Typ Lehrer, den wir in dieser Welt brauchen.«

»Hat deiner auch so was getan?«

»Nein, niemals.«

Chop wischte sich die Nase mit einem Ärmel ab, der bereits von getrocknetem Nasenschleim glänzte. »Waverly, richtig? Hast einen Anwalt alle gemacht? Warst auf dem College?«

»Ich bin's immer noch, Chop.« Er schaute auf die Uhr an der Wand. Von der Stunde, die er sich erhofft hatte, waren erst zehn Minuten verstrichen.

»Du kanntest dich in alten Sprachen aus.«

»Du auch.«

»Nicht mehr.«

»Warum nicht mehr?« Falls sich nichts geändert hatte, dann gab es im Zentrum, wie Waverly sich erinnerte, keinen Dienstplan, keine speziellen Arbeiten, nur wenig Zerstreuung, so gut wie keine Freizeitbeschäftigung; eigentlich nichts, nichts außer Zeit.

Chops Blick wanderte lauernd umher. Er senkte seine Stimme zu einem Flüstern. »Keine Zeit zum Lernen wie damals bei uns in Block Fünf. Ich muß meine Nummer ständig üben. Northville. Jedenfalls grillen sie hier mein Gehirn. Zweimal pro Woche. Es fällt mir schwer, mich zu erinnern. Man vergißt so viel.«

So geht es auch, dachte Waverly. Er war hergekommen auf der Suche nach Antworten, und das war vielleicht die beste, die er bekommen würde.

Als hätte er seine Gedanken lesen können, sagte Chop: »Du hast Probleme, stimmt's?«

»Ja.«

»Probleme«, sagte er mit einem Achselzucken. »Überall gibt es Probleme. Weißt du, was sie meinen, worunter ich leide, Waverly?«

Er konnte es sich denken, aber er fragte trotzdem nach.

»Schizophrenie. Die Stimmen, die man hört – erinnerst du dich noch daran, als du mal im Loch warst? –, sie sind Einbildungen, Phantasieprodukte, Halluzinationen. Das sind ihre Worte. Und das ist Schizophrenie, sagen sie. Unheilbar. Entweder das, oder« – sein Gesicht bekam einen listigen Ausdruck – »ich simuliere.«

»Und was meinst du?«

»Ich? Ich finde, was dem einen seine Halluzination, ist dem anderen seine Vision.« Er hielt inne, und ein Glitzern trat in seine Augen. »Abgesehen davon – und natürlich meinem Gespräch jetzt mit dir – sage ich nichts. Und weißt du auch, warum?«

»Warum?«

»Weil es die Worte sind, die einen verraten. Und das Schweigen, das ist es, das einen dorthin bringt, wohin man gelangen muß, wo man sein möchte. Das solltest du eigentlich wissen. Du warst auch einmal fast dort. Aber das ist nur der Beginn der Reise, Timothy, wo wir waren.«

»Welcher Reise, Chop?«

»Nichts, wovon man geheilt werden möchte. Es sind all diese Worte, die aus den Löchern in ihren Gesichtern herauskommen, die der Heilung bedürfen. Denk mal darüber nach, Timothy, an den Strom von Worten, den du hinterläßt, Worte eines ganzen Lebens. Versuch mal, sie zu zählen. Unglaublich. Man könnte damit eine ganze Bibliothek füllen, mit den Worten eines Menschen. Mein Gott, alleine wie oft man ›meiner Meinung nach‹ und ›um ganz ehrlich zu sein‹ sagt, damit könnte man schon einen ganz dicken Band zusammenbekommen. Oder denk an die ›Leck michs‹. Ein ganzes Regal. Und das Tolle daran ist, Timothy, all diese Worte sind reiner Geist. Es ist dein Geist, der aus dem Loch in deinem Gesicht herausläuft, das ist die Krankheit, und die kann nur geheilt werden –« Er verstummte, als wäre er sich plötzlich bewußt, daß die Worte, die seinem eigenen Mund entströmten, und die Krankheit, die sie zu beschreiben versuchten, ein und dasselbe waren. Aber dann, er war doch noch nicht ganz fertig, redete er weiter. »Northville ist ein Mausoleum, erzählen sie mir hier. Man sei dort lebendig begraben. Es klingt wie eine Drohung. Ich hab dir einmal erklärt, daß diese Orte heilig sind. So oder ähnlich habe ich es damals ausgedrückt. Erinnerst du dich?«

Erinnern, erinnern, erinnern, an diesen Ort, an jenen, an diese Worte, an andere – er war gekommen, um die Vergeßlichkeit zu überprüfen, nicht das Gedächtnis. Aus reiner Zuneigung zu diesem Mann, der sein Freund gewesen war, aus dieser Erinnerung heraus sagte Waverly: »Ich erinnere mich.«

»Ich hatte recht«, sagte Chop lebhaft. Er blickte zur Decke, und dann schien dieser Augenblick des Triumphs zu verstreichen. Er studierte seine gekrümmten Hände trübsinnig. »Ach, es ist alles ein großer Schwindel. Du weißt ja, wie das so geht. Erzählst am Tag hundert Lügen, die Hälfte dir selbst. Aber du hast Probleme und erinnerst dich an das, was du hier gelernt hast. Einige Dinge waren gut, nützlich. Wie man zurechtkommt. Wie man hinter seinen Augen weiterlebt. Wie man die Initiative behält und sich auf niemanden sonst verläßt. Das ist der Preis des Mutes, Timothy, du hast gelernt, daß man einiges dafür opfern muß. Und wenn die Probleme auftauchen, dann denkt man eben an diese Dinge.«

Der Katalog von Lektionen, die man früher mal beherrscht hatte, die nun jedoch vergessen oder verloren oder vielleicht auch nur verlegt worden waren. Er würde wohl wieder an sie denken müssen. Und das schnell. Aber in diesem Augenblick konnte er Chop nicht mehr länger ansehen. Der Schirm, der sie voneinander trennte, war in einem Streifen modrigen Holzes befestigt, und ein Bataillon winziger roter Ameisen krabbelte an seiner Basis herum. Er konnte nicht länger hierbleiben. Er erhob sich und rief einen Wärter.

»Ich muß jetzt gehen, Chop. Kann ich noch irgendwas für dich tun? Bücher? Geld? Irgendwas?«

»Du hast Geld?«

»Etwas. Genug.«

»Bist du jetzt draußen?«

»Seit drei Jahren, Chop.«

»Und was treibst du so?«

»Um zu leben?«

»Für Geld.«

»Ich spiele Karten.«

»Karten. Und wie kommst du zurecht?«

»Ganz gut. Wenn ich aufpasse. Und wenn das Glück auf meiner Seite ist.«

»Glück«, wiederholte er, und seine eingesunkenen Gesichtszüge brachten ein trauriges Lächeln zustande. »Glück, Zufall. Der Zufall ist das Spielzeug Gottes. So lautet ein Sprichwort.«

»Mach's gut, Chop.«

Der Wärter erschien und führte Waverly zur Tür. Er zögerte

einen Moment, rief sich eine letzte Frage ins Gedächtnis zurück und wandte sich um. »Chop, erinnerst du dich an jemanden im Block Fünf namens Gleep? Ein ziemlich großer Kerl. Indianer.«

»Gleep? Nein... nein. Den kann ich nirgendwo unterbringen.«

Waverly ging durch den Warteraum und hinaus in den grellen, sonnendurchglühten Nachmittag. Er schaute sich verstohlen um. Eine ganze Menge normaler Leute ging auf dem Gelände spazieren, daher ging er an dem Block entlang zu einer Picknickbank, die im Schatten eines Baumes vor einem anderen Flügel des Hospitals stand. Es war kein Teil des Zentrums, kein hoher Zaun umgab es, und die Patienten schienen frei und ungehindert kommen und gehen zu können. Einige lagen im Gras, schliefen und murmelten dabei Fetzen ihrer geheimnisvollen Träume vor sich hin. Drüben bei der Kapelle stand ein weiterer Patient gerade und starr wie eine Säule, ein schmutziges Laken über den Kopf gezogen. In einem Durchgang durchsuchte ein verwitterter alter Krieger einen Abfallcontainer mit der starren Konzentration eines aasfressenden Vogels, wobei er gelegentlich den einen oder anderen Gegenstand in eine Tasche oder in seinen Mund schob.

Der Mazda war direkt auf der gegenüberliegenden Straßenseite geparkt. Dahinter, zwischen Krankenhaus und Highway, lag ein ziemlich fehl am Platze wirkender Golfkurs. Eine Vierergruppe Wärter übte ernsthaft ihre Schläge und bereitete sich auf das Tee-off vor. In der Stadt des Wahnsinns erschien die ernsthafte Jagd nach kleinen, weißen Bällen auf einer ausgedehnten Fläche samtigen Grases nicht ungewöhnlicher oder bizarrer als das, was unter dem Vorzeichen der Normalität geschah.

Er beobachtete sie eine Weile. Und während er das tat, gingen ihm Chops ausweichende Antworten durch den Kopf. Was er brauchte, war ein Dolmetscher, jemand, der all diese unentzifferbaren Botschaften in Richtung, Ordnung und Plan übersetzte. Die unwägbaren Fragen hatte er mitgebracht, sie müßten wohl unbeantwortet bleiben. Chop, der in seinem eigenen Delirium gefangen war, war ein Mentor für ein anderes Leben, eine andere Zeit. Was er jetzt brauchte, war ein Plan zum Überleben. Nichts dergleichen schien sich jedoch abzuzeichnen.

Um drei Uhr fiel das Tor hinter den letzten Besuchern, die aus dem Zentrum kamen, ins Schloß. Sie eilten zum Parkplatz am Ende des Blocks. Und während der letzte ihrer Wagen den Platz verließ und auf die Straße einbog, konnte Waverly ein Fahrzeug sehen, das sich nicht gerührt hatte, das weder gestartet worden noch bewegt worden war, einen Thunderbird mit einem männlichen Insassen, der gleichgültig hinter dem Lenkrad saß. Waverly verließ sich auf seine Füße. Mit erhöhtem Tempo, aber noch nicht richtig laufend, überquerte er die Straße zu seinem Mazda. Er fand das Messer und verstaute es in einer Tasche. Während er am Krankenhauseingang vorüberfuhr und auf den betriebsamen Highway einbog, konnte er sehen, wie der Thunderbird sich ohne Eile in den Verkehrsstrom hinter ihm einfädelte. Und als Waverly seine geringen Möglichkeiten überdachte, fiel ihm ein Rat ein, den Chop ihm gegeben hatte: Sieh zu, daß du stets die Initiative behältst.

Sechs Stunden später saß, Waverly mit einer Kompanie Bowlingsportler in der Motelbar. Er war von ihnen eingeladen dank seiner Bereitschaft, eine Runde Drinks zu spendieren. Der stets willkommene Mr. Glip, der große Playboy, dessen dicke Brieftasche für die furchtbar mißhandelten Gesichtszüge Ausgleich bot. Mittlerweile waren sie ein anekdotentauschender Club, der sich am Ruhm vergangener Triumphe berauschte. Waverly hörte mit übertriebener Aufmerksamkeit zu, lächelte oft, hing aber zu sehr seinen eigenen Gedanken nach. Gewissermaßen eine letzte, heiße Probe.

Soweit er es entscheiden konnte, war alles an Ort und Stelle. Oder jedenfalls so nahe daran, wie er es gerade schaffte. Versteckt unter einem Liegestuhl am dunklen Swimmingpool stand eine lederne Bowlingtasche, die er am frühen Abend aus einem Partyzimmer hatte mitgehen lassen. Die Innentür des Pools war fest verschlossen, aber die andere, die zum Sonnendeck und zum Hof führte, war mit einem vor den Schließriegel geklemmten Streichholzbriefchen präpariert worden. All das hatte er geschafft, indem er den Jungen ablenkte, der die letzten Betrunkenen aus dem Pool herausholen und den Pool für die Nacht abschließen sollte: Das ganze Unterfangen war von großer Lautstärke und einem Angebot für eine Flasche Bier begleitet. Ein *Coors* für eine vage Rettungschance für sein Leben. Ein Tauschgeschäft.

Der Mann, der auf ihn angesetzt war, würde zuerst die Ware wollen, die Vergeltung käme dann als zweiter Punkt. Der Mann konnte nicht wissen, daß die Ware nicht mehr existierte und nur noch aus einer Handvoll Asche bestand. Und was er in diesem Szenario entdecken würde, war ein Schwimmer, der im tiefen Wasser trieb. Er wäre gewieft, natürlich professionell und würde überaus wachsam auf irgendeine Intrige achten. Die Pistole im Anschlag würde er eine Position in sicherer Entfernung vom Beckenrand einnehmen. Vielleicht wäre er auch wie Shadow, und es käme erst zu einem verbalen Geplänkel. »Macht dieser Wassersport Ihnen so viel Spaß?« könnte er fragen.

Und Waverly, der sich gerade einen Abschnitt Zeit kaufte, würde erwidern, was immer ihm in den Sinn kam: »Es gibt nichts Besseres. Sie sollten auch reinkommen. Das Wasser ist herrlich. Anfangs ein wenig kalt.«

Es wäre nur ein kurzer Augenblick, nicht mehr, dann würde er auf die Ware zu sprechen kommen. Und Waverly würde ihm erklären, daß sie sich auf dem Grund des Beckens befand.

»Sie sollten sie lieber hierherschaffen«, würde er sagen. »Und sich selbst gleich dazu.«

Waverly würde auftauchen und die gewichtige Tasche bergen – dabei zuerst das Messer hervorholen, das darin stecken würde, und zum Beckenrand schwimmen. Er würde die schwere Tasche aus dem Wasser hieven und dabei kaum das Deck benetzen. Und dann würde der andere, die Pistole noch immer im Anschlag, nähertreten, um sich vornüber zu beugen und nach den Griffen zu fassen; und Waverly würde sich halb aus dem Wasser erheben und mit dem Messer die Hand attackieren, welche die Tasche hielt, und es würde einen Schrei geben, aber der würde von dem Ventilator erstickt, und die Waffe würde auf den Zement fallen, und Waverly würde ihn bei seiner Jacke packen, und sie würden rückwärts in den Pool stürzen und ...

Als er sich seinen Plan ein letztes Mal durch den Kopf gehen ließ, wurde ihm dessen Dürftigkeit schlagartig bewußt, da er sich auf nichts anderes stützte als die genaue Abfolge seiner und der Aktionen seines Gegners, ein minutiös abgestimmter, tödlicher Pas de deux. Aber es war alles, was er zur Verfügung hatte. Es gab keine Alternativen. Und obgleich seine Nerven gespannt waren wie straffe Drähte, verspürte er seltsamerweise so gut wie keinen Groll auf sein Schicksal, das ihn hierhergeführt hatte. Wenn Chop recht hatte, wenn er nichts anderes war als ein beliebiges Spielzeug Gottes, dann würde das ganze Spiel vielleicht in dessen Element stattfinden, auf seinem Spielfeld.

Um halb zehn schob er den Stuhl von seinem Tisch zurück, erhob sich leicht schwankend und verkündete, er brauche dringend etwas Schlaf. Abgesehen von einigen neckenden Bemerkungen achtete niemand darauf, wie er zur Tür schlurfte. Dort hielt er einen Moment inne, schlug sich gegen den Kopf, als wäre ihm plötzlich etwas ungeheuer Wichtiges eingefallen, und ging dann zur Bar und bat um zwei Sechserpacks Bierflaschen. Das Gewicht für die Bowlingtasche.

In den Zimmern und auf den Korridoren kamen die Parties allmählich wieder in Schwung, und er winkte ab, als man ihn mehrmals einladen wollte. Er war bereits im Laufe des Nachmittags auf mehreren gewesen und hatte sich dabei immer inmitten größerer Menschengruppen aufgehalten und ausschließlich Ginger-ale getrunken. Am Ende des ersten Flurs schlüpfte er durch die Innentür, die auf den Hof führte. Die Nacht brach bereits herein, und am Himmel zogen Wolken in schneller Folge über das Antlitz des Mondes. Er überquerte das Sonnendeck, setzte die Sechserpacks ab und überprüfte die Tür.

Sie gab nicht nach. Irgendwie hatte er sich verrechnet. Das Streichholzbriefchen hatte nicht ausgereicht, um sie offen zu halten. Er ließ seine zitternden Hände sinken. Auf der anderen Seite der Tür befand sich sein Spielfeld, sein Terrain; hier draußen war er geliefert, so gut wie tot. Er war sich bewußt, wie die Zeit gnadenlos weitertickte, wie sie allmählich knapp wurde. Ihm fiel das Messer ein. Vielleicht, aber nur vielleicht, konnte er die Klinge in den schmalen Spalt zwischen Tür und Türrahmen zwängen und mit einigen vorsichtigen Bewegungen das

Schloß zum Aufschnappen bringen. Ein scharfes metallisches Knacken erklang, und als er die Waffe inspizierte, von der sein ganzer Plan abhing, sah er einen Holzgriff mit einem kleinen Stumpf, der von der abgebrochenen Klinge übriggeblieben war. Er hatte keine Waffe mehr. Und keinen Ort, wo er sich verstecken konnte.

Mittlerweile hatten seine Augen sich an die Dunkelheit gewöhnt. Er schaute sich gehetzt um. Die Liegestühle waren entlang der Rückwand zu einem wackligen, länglichen Stapel aufeinandergesetzt worden. Ein Wasserschlauch lag auf dem nassen Sonnendeck. Offensichtlich war an diesem Tag saubergemacht worden, was auch die Erklärung für die verschlossene Tür sein dürfte, aber das half ihm jetzt auch nicht mehr weiter. Ein schwankender Stapel Liegestühle, ein Wasserschlauch und ein Dutzend Bierflaschen: die Summe seiner Hilfsmittel. Viel war es nicht.

Er schlang den Schlauch um die Hinterbeine des untersten Liegestuhls und zog die beiden Enden zu einer großen Topfpflanze am Rand des Sonnendecks, eine Entfernung von kaum drei Metern. So leise es ging, zerschlug er eine Bierflasche und behielt nur den Hals mit der gezackten Kante in der Hand. Und dann duckte er sich hinter die Pflanze und ließ seinen Blick mit uhrwerkhafter Präzision zwischen den beiden Türen zum Hof hin und her pendeln. Sie befanden sich an den beiden Enden des Gebäudeflügels, dem Sonnendeck gegenüber, und bildeten die einzigen weiteren Zugänge. Der Mann, der es auf ihn abgesehen hatte, würde durch eine von ihnen hereinkommen, und das sehr bald. Und während er in der Dunkelheit wartete, unter dem eisigen Hauch der Angst fröstelnd, fiel ihm ein weiterer Ratschlag Chops ein, etwas, das er zum Thema Mut gesagt hatte...

»Wollen Sie sich einen Fünfziger verdienen?«

»Heh, solche Geschäfte mache ich nicht«, sagte die Serviererin schnippisch. »Und wenn ich in diesem Gewerbe wäre, dann bekämen Sie für einen Fünfziger so gut wie gar nichts.«

Der Mann, der die Frage gestellt hatte, saß in einer der hinteren Nischen der bevölkerten Bar. Er wartete einige Sekunden nach Waverlys theatralischem Aufbruch und winkte sie dann an seinen

Tisch. »Sie haben mein Angebot ja noch nicht zu Ende gehört«, sagte er. »Haben Sie den Burschen gesehen, der gerade gegangen ist?«

»O ja«, sagte sie und blickte vielsagend auf das Wechselgeld auf dem Tisch. »Er gibt gute Trinkgelder.«

»Besorgen Sie mir seine Zimmernummer, und Sie haben den Fünfziger.«

Die Serviererin war eine Frau um die Dreißig, ein wenig zu alt für die Tugendhaftigkeit, die sie demonstrierte. Ihre blonden Haare trug sie als Lockenpracht, und ihr stark geschminktes Gesicht bekam einen verschlagenen Ausdruck. Sie schaute ihn aus schmalen Augen an. »Warum fragen Sie nicht einfach an der Rezeption?«

»Ich frage Sie.«

»Wir dürfen die Zimmernummern der Gäste nicht weitergeben.«

Er holte eine Rolle Geldscheine hervor, pellte einen Fünfziger heraus und legte den Schein auf den Tisch neben die Münzen. »Vielleicht machen Sie eine Ausnahme. Dieses eine Mal.«

In den vielen Jahren in diesem Job hatte sie schon viel erlebt, aber noch nie hatte sie solche Augen gesehen, wie dieser Kerl sie hatte. Einmal, bei einer Reise in den Westen, hatte sie bei einer Sehenswürdigkeit an der Straße angehalten, bei einer Schlangenfarm, und sie hatte mit einer Mischung aus Ekel und Angst die Kollektion von Schlangen und Reptilien in ihren Glaskästen betrachtet. Es war gerade Fütterungszeit gewesen, und eine der Schlangen hatte eine lebende Maus in ihrem Maul. Der Kopf und der Rumpf der Maus waren nicht mehr zu sehen, aber der Schwanz wackelte noch. Unter der Haut der Schlange zuckte es leicht, und ihre Augen schienen feucht zu glitzern, nicht so sehr vor Bosheit als vielmehr von einem gierigen, brutalen Hunger. Sie hatte so etwas noch nie gesehen und wollte es auch nie mehr sehen. Aber nun, als sie dem flachen, kalten Blick dieses Kerls begegnete, kam es ihr so vor, als sähe sie diese Augen doch. Fünf Minuten später kam sie mit der Nummer von Mr. Glips Zimmer zurück. Über das Geld war sie nicht gerade unglücklich, aber sie war doch froh, als sie ihn gehen sah.

Er hatte es nicht besonders eilig. So gut wie sicher hatte er ihn jetzt unter Kontrolle. Die Ware zu besorgen und ihn unauffällig aus seiner Höhle herauszuholen könnte schwierig werden. Aber das tatenlose Abwarten und Belauern reichte ihm jetzt. In der Lobby, den Gängen und Zimmern trieben sich noch immer eine Menge Bowler herum, aber der Menschenstrom war spärlicher als am Abend vorher. Er hatte schon unter schwierigeren Bedingungen als diesen gearbeitet.

Er stieg die Treppe hinauf und ging zum Südflügel. Auf dem zweiten Stock waren noch weniger Leute unterwegs, doch als er sich dem gesuchten Zimmer näherte, kam ein untersetzter Kerl mit breitem Gesicht, das vom vielen Trinken rot angelaufen war, durch den Korridor auf ihn zu.

»Heh, großer Mann. Komm und feier mit!«

»Verschwinde.«

»Ach, Mann, nun komm schon. Bier und Weiber satt.«

»Ich sagte, verpiß dich, Arschloch!«

In dem dumpfen, grollenden Ton der Stimme lag ein Ausdruck, der im Kopf des Halbbetrunkenen ein Warnsignal auslöste und ihn zurückweichen ließ, wobei er ein »Leck mich doch« murmelte, allerdings leise und für den anderen nicht zu hören. Sobald der Korridor frei war, streifte der Mann sich hautenge Handschuhe über, holte eine Pistole hervor und schraubte einen Schalldämpfer auf. Er hielt die Waffe in Deckung seiner Jacke und versuchte die Tür zu öffnen. Zu seiner beträchtlichen Verblüffung war sie nicht verschlossen. Die Waffe nun schußbereit haltend, drückte er die Tür langsam auf. Er trat ein und schaute sich wachsam um. Alle Lampen brannten, aber es war offensichtlich, daß sich niemand in dem Zimmer aufhielt. Jede Schublade stand offen wie zu einer Inspektion, und der Koffer auf dem Bett war ebenfalls aufgeklappt. Im Bad fand er eine Nachricht, die mit Seife auf den Spiegel geschrieben war: Wir treffen uns am Pool.

Raffiniert. Sehr raffiniert.

Er schaute sich noch einmal schnell um und wußte genau, daß die Ware nicht da war. Er streifte die Handschuhe ab, entfernte den Schalldämpfer von seiner Pistole und verstaute alles wieder in den dafür vorgesehenen Taschen. Er war ein ordentlicher Mann. Dann verließ er das Zimmer und ging zur Treppe am Ende des Korridors. Ein Fenster bot dort einen ungehinderten Blick auf den Innenhof. Die Wiese und das Sonnendeck schienen leer zu sein, der Swimmingpool war dunkel. Nirgendwo war eine Bewegung wahrzunehmen.

Unten im ersten Stock drehte er am Knauf der Lobbytür zum Pool. Ganz leicht, ganz leise. Verschlossen. Er ging zum anderen Ende des Flügels und versuchte sein Glück an der Tür zum Hof. Diese ließ sich öffnen. An der Wiese und hinter dem Sonnendeck waren die einzigen Möglichkeiten, zum Schwimmbecken zu gelangen. Er stellte sich vor, daß durchaus damit zu rechnen war, daß auch die sich öffnen lassen würde. Von jedem, der dumm genug wäre, es zu versuchen. Und das war er nicht.

Er blieb einen Moment lang dort stehen, starrte in die Dunkelheit und dachte nach. Okay, sagte er sich schließlich, wenn du Spielchen haben willst, dann sollst du sie bekommen. Er ging zurück zur Bar und winkte die Serviererin in eine Ecke. »Dieser Fünfziger«, sagte er, »für einen anderen Gefallen, den Sie mir tun können. Ich habe nämlich Lust zu schwimmen, und ich glaube, daß die Tür abgeschlossen ist.«

Waverly sah ihn überhaupt nicht kommen. In seinem Szenario führte der einzige mögliche Zugang über den Hof, und so entging ihm total die Gestalt, die sich am Pool entlang näherte, sich vorsichtig bewegte, sich im Schatten und in Deckung hielt. Waverly kniete hinter der Topfpflanze, seine Blicke suchten den Hof ab, den Rücken hatte er der Tür zum Pool zugewendet. Er hörte ein kaum wahrnehmbares Quietschen einer Türangel, und als er über die Schulter blickte, erkannte er die Umrisse einer Gestalt in der Türöffnung. Das Gesicht war nicht zu sehen, aber unverkennbar waren die Umrisse einer Pistole in einer Hand, deren Lauf durch einen Schalldämpfer überlang war. Eine rauhe, dunkle Stimme, haßerfüllt und unheilverkündend, meinte: »Wußte, daß du hier bist, Hundescheiße. Gib's auf. Das Spiel ist vorbei. Du hast verloren.«

Waverly drückte sich flach gegen den Boden und zerrte an den beiden Schlauchenden, und der Stapel Liegestühle stürzte krachend auf das Sonnendeck. Die Gestalt sprang durch die Tür und drehte sich nach links, den herabstürzenden Liegestühlen entgegen und nahm die klassische Kauerhaltung eines Revolvermannes ein, die Füße gespreizt, die Waffe mit beiden Händen umfassend. Ein knappes, leises Plopp ertönte, und eine Kugel prallte von der Außenwand des Motels ab und sauste pfeifend durch die Luft. Waverly machte einen Satz über die kurze Distanz zwischen ihnen, griff ihn blindlings von der Seite an und rammte ihm den Zackenrand der Bierflasche mitten ins Gesicht. Blut spritzte auf seine Hand, und ein erstickter Schrei hallte durch die Nacht.

Die Pistole klirrte auf den Zement, aber ein zurückgerissener Ellbogen erwischte Waverly mitten vor der Brust, und er ließ die Flasche fallen und kippte nach hinten, krümmte sich, als die Luft aus seinen Lungen getrieben wurde. Er hörte das unmißverständliche Klicken eines Schnappmessers, und er blickte gerade noch rechtzeitig hoch, um die Gestalt auf ihn zukommen zu sehen, die die eine Hand vor das zerschnittene Gesicht hielt und mit dem Messer in der anderen Hand wild zustieß.

Waverly schnappte sich einen der Stühle und stieß ihn wie ein plötzlich durchdrehender Löwenbändiger dem Angreifer wütend entgegen, dadurch vereitelte er den Angriff und schlug ihm das Messer aus der Hand. Aber fast gleichzeitig wurde der Stuhl weggerissen und über den Rasen geschleudert, und ehe er sich umwenden und davonrennen konnte, geriet er in eine knochenbrechende Umarmung, wurde sein Körper hochgehoben, wobei seine Arme wie von Stahlklammern gehalten lang an seinem Körper lagen und seine Beine hilflos umherstrampelten. Ein tödlicher Griff, der ihm den letzten Rest Luft aus dem Körper quetschte. Über dem Sirenengeheul, das plötzlich in seinem Kopf erklang, konnte er ein wütendes, kehliges Fauchen hören, nicht ganz tierhaft, aber auch nicht mehr menschlich. Begleitet wurde es von einem scharfen Knoblauchgeruch, der nur wenig von den letzten Spuren eines Mundwassers gemildert wurde, und das Gesicht dahinter war von Blut überströmt. Waverly schloß krampfhaft die Augen, biß die Zähne aufeinander, nahm den Kopf nach hinten und rammte ihn dann wuchtig vor in das blutende Gesicht, das sich bei dem Zusammenprall in einen Haufen feuchten Lehms zu verwandeln schien. Aus dem Fauchen wurde ein Gurgeln, und die klammernden Arme erschlafften, und sie standen da, beide immer noch auf den Füßen, aber sich nur mit Mühe dort haltend.

Waverly machte einen unsicheren Schritt rückwärts und lehnte sich gegen die Glaswand des Schwimmbades. Gerade rechtzeitig für den wilden Schlaghagel, der auf ihn einprasselte, oft genug traf und ihn schließlich auf die Knie sacken ließ. Er gewahrte undeutlich eine kleine Holzkiste im hohen Gras entlang der Wand, die er vorher übersehen hatte, sie war fast in seiner Reichweite. Er kroch darauf zu, während die Fäuste nun mit elementarer Gewalt auf ihn eindroschen.

Er suchte in der Kiste nach einer Waffe, irgendeiner, und erwischte eine Plastikflasche mit einer Lösung oder einem Reinigungsmittel, was genau, konnte er nicht feststellen, aber es war gleichgültig. Plötzlich hörten die Schläge auf, und während er sich noch mit dem Verschluß abmühte, legte sich eine Schlauchschlinge um seinen Hals und riß seinen Kopf nach hinten. Ein Knie bohrte sich zwischen seine Schulterblätter. Blitze zuckten hinter seinen Augenlidern auf. Die Welt begann sich zu drehen. Eine erstickte Stimme murmelte schmatzend hinter ihm: »Ich bring dich um, Hurensohn, bring...« Nur aus seinem Unterbewußtsein handelnd, schaffte Waverly es, den Deckel der Flasche zu entfernen, und er hob die Flasche und schüttelte sie in die angenommene Richtung der Stimme hinter ihm.

Der Schlauch lockerte sich und fiel von seinem Hals herunter, und aus einer unendlichen Entfernung hörte er einen hohen, dünnen Schrei. Er drehte sich um und sah verschwommen eine Gestalt, die plötzlich in einen wilden Tanz verfiel. Ächzend und keuchend wuchtete er sich hoch und packte einen weiteren der herabgestürzten Stühle, und indem er ihn schwang wie einen Baseballschläger, hämmerte er ihn gegen den Körper des Tänzers, der einen Augenblick schwankte, dann auf ihn zustolperte und sie beide zu Fall brachte.

Waverly versuchte wegzukriechen, doch Hände packten seine

Fußknöchel. Er konnte sich nicht rühren. Mit letzter Kraft riß er einen Fuß los und trat damit nach hinten gegen den Schädel, und dann waren beide Füße frei. Immer noch auf allen vieren drehte er sich und riß den fremden Kopf an einem Haarbüschel hoch. Der Kopf drehte sich. »Ich bring dich noch um«, erklang die haßerfüllt hervorgestoßene Drohung. Und er versuchte immer noch, hochzukommen, als Waverly den Kopf auf den Boden krachen ließ. »Unten, verdammter Kerl! Bleib *unten*!« Waverly machte es wieder und wieder.

Diesmal blieb er unten.

Und Waverly, der auf Händen und Knien neben ihm kauerte, fragte in einem fort: »Wen bringst du um? Wen bringst du um?«, als wäre dies eine Mantra, die den Sturm seiner Wut entfesselt hatte.

Allmählich ließ die Raserei in ihm nach. Er kam auf die Füße und stand zitternd da und versuchte allmählich, wieder zur Vernunft zu kommen und die Kontrolle über sich wiederzuerlangen. Er schaute sich um. Niemand war auf dem Hof aufgetaucht. Noch nicht. Wenn der Kampflärm von jemandem gehört worden war, dann bestand immerhin die Möglichkeit, daß man die Geräusche dem Partylärm zugeordnet hatte. Eine seltsam perverse Neugier überkam ihn. Vielleicht blieb ihm noch etwas Zeit. Nicht viel sicherlich. Die Plastikflasche lag im Gras neben dem Sonnendeck, und er hob sie auf und suchte in seiner Hosentasche nach einem Streichholz, riß es an und las das Etikett im flackernden Lichtschein: Salzsäure. Anwendung nur mit äußerster Vorsicht.

Waverly bückte sich für einen Blick auf seinen namenlosen, besiegten Gegner. Er drehte ihn vorsichtig auf den Rücken, Blut sickerte über das zerschnittene Gesicht. Der Mund stand offen und gab den Blick auf eine rosige, heraushängende Zunge frei. Speichelbläschen zerplatzten auf den zerfetzten Lippen. Der Atem kam krampfartig, mühsam. Und ein Auge war ganz eindeutig zerschnitten. Er war noch lange nicht tot, aber es brächte ihm keinen Nutzen, wenn er ihn jetzt tötete, sondern wahrscheinlich viel mehr Schwierigkeiten, wenn er eine Leiche zurückließ. Er würde sich erholen, der da vor ihm, aber es würde noch eine lange Zeit dauern, bis er wieder seine Geschäfte aufnehmen könnte. Falls überhaupt jemals. Waverly bückte sich weiter herab. »Das Spiel läuft noch«, krächzte er in ein Ohr, das zum Teil abgerissen war und nur noch an wenigen Fleischfasern hing. »Aber du mußt wohl auf die Reservebank.«

7

Zwei Stunden später saß Waverly in einem Flugzeug unterwegs nach West Palm und nach Hause. Oder dem, was als solches galt. Andere würden diesem letzten folgen – und wenn nicht, wenn sie ihn nicht aufstöbern könnten, dann würden eines Tages die Kollegen und Freunde von Max Clean Slate auftauchen und alles aufrollen und ihn wieder auf die Reise schicken, stets mit einem mißtrauischen Blick über die Schulter, unterwegs zu einem anderen Ort, der als sein Zuhause herhalten müßte.

Während des Fluges redete die Frau auf dem Platz neben ihm in einem fort von einem Leben à la Erna Bombeck, voll von spaßigen, verrückten Problemen. Indem er ihr zuhörte, kam er sich vor wie ein Mensch unter Schock, nickte bestätigend und ließ sogar gelegentlich eine höfliche Zwischenfrage fallen, um die geschwätzige Chronik voranzutreiben, aber alles, was er wirklich in ihr sehen konnte, waren ein offenes Loch in ihrem Gesicht und eine Flut von Wörtern und Luft, die ihm entströmte.

Er hatte vom Metro aus telefoniert, und Bennie wartete inmitten der Leute am Ausgang, unmöglich zu übersehen in seinem mandarinfarbenen Sporthemd und den karierten Bermudas, ein riesiger Pudding von einem Mann mit Rollen von sommersprossigem Fett, die von seinen Ellbogen und seinen Knien herabwallten. Als er Waverly erblickte, wurden seine Augen groß, und seine Fettpolster zitterten.

Die typische Bennie-Epstein-Begrüßung: »Herrgott im Himmel, jemand hat auf deinem Gesicht wohl eine Stepnummer gebracht. Deine Visage sieht ja aus wie ein Horrorfilm.«

»Ich find's auch schön, dich wiederzusehen.«

»Komm schon, sehen wir zu, daß wir dich von hier wegbringen, ehe sie noch den Rettungsdienst schicken oder einen Leichenwagen. Versteck dich irgendwo, ich hol dein Gepäck. Gib mir schon deinen Flugschein. Mein Gott.«

Er wartete auf dem Gehsteig vor dem Terminal. Die Nachtluft war feucht und heiß, genauso wie an dem Morgen, als er abgeflogen war, und sein Hemd klebte bereits wieder feucht an seinem Rücken. Demnach hatte sich also nicht alles verändert.

Eine halbe Stunde später saßen sie in einem pinkfarbenen Seville, einem der zahlreichen Wagen, die Bennie besaß. Zuhälterkutsche nannte er ihn. Er schlängelte sich damit geschmeidig durch den Verkehr. Einen großen Teil der Fahrt über war er ungewöhnlich still. Aber schließlich kam er doch zur Sache.

»Weißt du, ich hab eine ganze Reihe von Schmerzstillern auf Lager, wenn du dich nicht so gut fühlst.«

»Ich bin schon okay, Bennie.«

»Willst du mir verraten, was passiert ist?«

Es war eigentlich nur fair, es ihm zu erzählen. Alle Pläne – die Partnerschaft, die Ausweitung des Geschäfts, die größeren Einnahmen – all das wäre ja nun gestorben, genauso jegliche Ordnung in seinem weiteren Leben. Er würde es ihm erzählen müssen, aber nicht jetzt, nicht an diesem Abend. »Morgen«, sagte er, »morgen reden wir darüber, okay?«

»Ich schätze, irgendeine Tante steckt dahinter, stimmt's?«

Waverly hob die Schultern.

»Aber nicht deine Ex, häh? Oder ihr neuer?«

»Nein.«

»Das ist ja was Neues. Also diesmal jemand anderer.«

»Richtig.«

»Es wird doch wohl nicht die gleiche Lady sein, die heute für dich angerufen hat, unter meiner Nummer?«

Zum ersten Mal seit unendlich langer Zeit fing Waverly an, sich zu entspannen. Doch nun wurde er plötzlich wachsam. Mit einer Stimme, so neutral wie irgend möglich, fragte er: »Und wie lautet die Nachricht?«

»Sie sagte, sie müsse mit dir reden. Ich hab eine Nummer bei mir zu Hause.«

»Weißt du noch mehr? Wer sie war? Worum es geht?«

»Der Auftragsdienst hat den Anruf angenommen, nicht ich persönlich. Sie sagten, du solltest Mitternacht anrufen, mehr nicht. Ist das ein Name oder nur die Zeit?«

Waverly war sich seines tiefen Seufzers nur am Rand bewußt. Was denn jetzt – wieder ein Rat, wieder Probleme? Eine weitere dringende Bitte um Hilfe, geäußert aus dem sicheren Bewußtsein, daß er immer da wäre, ob nun einen halben Kontinent entfernt oder nicht? Entfernung bedeutete nichts bei dem, was zwischen ihnen war. Vielleicht wäre er wirklich da, permanent auf Abruf; und zwar in genau dem Augenblick, den er jetzt nicht sicher wußte. Er konnte auch nicht genau sagen, ob er jetzt Verärgerung verspürte oder eine seltsame Art von Erleichterung. Das war auch etwas, worüber er sich erst am nächsten Tag würde klarwerden können, aber nicht jetzt. Und teilweise als Antwort auf Bennies Frage und als Reaktion auf seine eigenen verwickelten Empfindungen sagte er: »Beides, glaube ich.«

»Dieser Anruf«, sagte Bennie und betrachtete ihn lauernd von der Seite, »hängt auch mit Michigan zusammen, was?«

»Ich fürchte.«

»Wirst du jemals vernünftig, Timothy?«

»Ach, du hättest mitkommen sollen.«

Bennie schnaubte wütend. »Mitkommen! Hast du es denn vergessen? Überall, mein Junge, wo du gewesen bist, habe ich schon lange vor dir herumgehangen.«

»Hast du. Ich hab's nicht vergessen.«

»Weißt du, was dein Problem ist, Timothy?«

»Ich hatte so eine Ahnung, daß du es mir erklären wirst.«

»Was meinst du mit Ahnung?«

»Erzähl schon.«

»Es sind Zahlen«, sagte er und unterstrich seine Aussage mit einer heftigen Handbewegung. »Karten, Zahlen, damit kommst du bestens klar. Das hast du schon immer gekonnt.«

»Karten haben kein Gedächtnis, heißt es nicht so?«

»Wie es heißt, weiß ich nicht«, sagte er ungeduldig. »Ich weiß nur, daß du uns damit in Jacktown ganz schön eingeheizt hast. Weißt du noch?«

»Und wie.«

»Und noch mehr. Aber sobald du von den Karten abläßt, von den Zahlen, wenn du vom Tisch aufstehst, dann bist du gar nichts, bringst nichts auf die Reihe. Du warst noch schlimmer als Chop.«

»Aber jetzt nicht mehr.«

»Was, du hast ihn gesehen?«

»Heute nachmittag noch.«

»Tatsächlich? Den alten Chopper? Und wie steht's mit ihm?«

Waverly wußte auf diese Frage keine klare Antwort, daher meinte er: »Ich weiß es nicht.«

»Wo ist er denn jetzt?«

»Im gerichtsmedizinischen Zentrum.«

»Gut für ihn. Besser als Block Fünf. Haben die Seelenschlosser ihn schon wieder auf die Bahn gesetzt?« fragte er und lachte.

»Damit bekommt er sicher ein Stipendium an der Schauspielschule. Na ja, nun, das waren Zeiten«, sagte er und erledigte das Thema damit. Er hatte ein natürliches, gesundes Desinteresse an der Vergangenheit. Die Ausfahrt North Lake Boulevard lag vor ihnen, und er fädelte sich hinter den dichten Abgaswolken eines Trucks auf der rechten Fahrspur ein. »Aber jetzt haben wir bessere Zeiten. Was möchtest du? Einen Drink? Was fürs Bett? Was zu essen? Ja, ich wette, du hast Hunger. Nach den Notrationen im Flugzeug mußt du ja Kohldampf haben. Wir machen bei Iggy's halt.«

Er bog in die Ausfahrt ein und fuhr auf den Parkplatz von Iggy's Sub Shop. Er stellte den Motor ab und schaute Waverly prüfend an. »Bleib lieber sitzen, damit sie drinnen keinen Schreck bekommen. Ich bring das Essen raus. Was möchtest du?«

»Was immer du aussuchst. Überrasch mich mal.«

»Das geht doch nicht. Du kennst mich: Schweizer Käse und Zungenwurst auf Schwarzbrot. Wird gleich serviert.«

Waverly sah ihn durch die Tür des Ladens wackeln. Durch das Fenster konnte er ihn an der Theke beobachten, wie er wild gestikulierte, in einem fort redete, an seinen Shorts zerrte, die ihm in den Schoß hochgerutscht waren, und dabei ein paar schüttere Haarsträhnen auf seinem mächtigen Schädel ordnete. Bennie Epstein der Große, der Versucher des Glücks und Meister des Zufalls.

Und während er da saß, dachte er an Chop, an alles, was er an diesem Tag gehört hatte: an die Worte und Schreie und Schmerzenslaute. Er dachte auch an andere Dinge. Versprechen, tödliche Revanchen, grenzenloses Leid, an das Trügerische der Hoffnung. Daran dachte er. Er fragte sich, ob Chop, mit seinem verdrehten Geist und zurückgezogen in seiner ozeanischen Stille, sich vielleicht geirrt hatte. Er wußte es nicht. Es war so, als würde für ihn das Leben von einem Trickspiegel reflektiert, als wären die Bilder nicht mehr ganz deutlich. Nichts war so, wie es schien. Aber er hatte das traurige Bewußtsein, daß er, anders als Chop, wo immer er hinfuhr, was immer an Abenteuern in seinem Leben noch vor ihm lag, daß er immer und für alle Zeit die unveränderbare, unantastbare Last seines eigenen Ichs mit sich herumschleppen würde.

Nach einigen Sekunden kam Bennie wieder zurück. Er reichte Waverly sein Päckchen und begann, sein eigenes aufzureißen. Und dann, als er die Stimmung seines Freundes erahnte, sagte er mit einem Mund voll Schwarzbrot: »Hör mal, Junge, dein alter Onkel Bennie sitzt neben dir. Frauen sind auf dieser Welt das, was man am einfachsten finden kann. Ein Bursche wie du braucht sich deshalb nicht verrückt zu machen. Bei denen ist es nicht so wie mit Geld. Und deshalb schicken wir dich schnellstens wieder ins Rennen, sobald dein Gesicht nicht mehr so aussieht, als könntest du damit in der Kuriositätenschau Eintritt verlangen. Jetzt geht es wieder an die vollen Töpfe.«

Waverly konnte nichts anderes, als dazu grinsen und den Kopf schütteln. Er starrte hinaus auf die Lichter des Verkehrs, der den North Lake Boulevard hinunterströmte. Er fühlte sich sehr seltsam. Wie ein Zeitreisender, der für einen kurzen Abstecher wieder in seine Zeit zurückgekehrt war, ehe er zu weiteren Reisen aufbrach.